《江右文庫》編纂委員會

精華編

王庭珪集

［宋］王庭珪 撰 盧家明 點校

江西人民出版社

圖書在版編目（CIP）數據

王庭珪集 / (宋) 王庭珪撰 ; 盧家明點校 . -- 南昌 : 江西人民出版社 , 2024.8

(江右文庫 . 精華編)

ISBN 978-7-210-14936-1

Ⅰ . ①王… Ⅱ . ①王… ②盧… Ⅲ . ①王庭珪 – 文集 Ⅳ . ① I214.412

中國國家版本館 CIP 數據核字 (2023) 第 226336 號

王庭珪集

［宋］王庭珪 撰 盧家明 點校

審　　讀　杜華平
責任編輯　李陶生　張葉　姚繼舜
設計總監　甯成春
設計製作　光亞平

出版發行　江西人民出版社
地　　址　江西省南昌市東湖區三經路 47 號附 1 號
網　　址　www.jxpph.com
電　　話　0791–86812172
郵　　編　330006
經　　銷　各地新華書店

排　　版　南昌市青雲譜區龍創設計工作室
印　　刷　浙江海虹彩色印務有限公司
開　　本　720 毫米 × 1000 毫米　1/16
印　　張　36.75
字　　數　465 千字
版　　次　2024 年 8 月第 1 版
印　　次　2024 年 8 月第 1 次印刷
標準書號　ISBN 978-7-210-14936-1
定　　價　138.00 元
贛版權登字 -01-2024-558

贛人版圖書凡屬印刷、裝訂錯誤，請隨時與江西人民出版社聯繫調換。
服務電話 : 0791–86898820

《江右文庫》編纂委員會

出版前言

江西，别稱「江右」，向爲文化繁榮之地、文獻興盛之區，歷史上大家輩出，巨著紛呈，爲中華文明的進步發展做出過巨大貢獻。爲保存和利用鄉邦文獻，發掘和彰顯江西文化的厚重底蕴和豐碩成果，江西省委、省政府决定編纂出版彙集本省歷代優秀典籍的大型文獻叢書《江右文庫》。

江西「三面距山，背沿江漢，南距五嶺，北奠九江，當吴楚閩粤之交」。獨特優越的地理環境，孕育了江西悠久的歷史和璀璨的文化。萬年仙人洞和吊桶環、樟樹吴城、新干大洋洲等遺址，見證了江西早期文明的絢爛。隋唐以降，隨着大運河的開通、大庾嶺驛道的鑿通、政治中心的漸次東移，北方人口大量南遷，江西經濟文化迎來全面發展，農業文化、陶瓷文化、書院文化、科舉文化、戲曲文化、佛禪文化、理學文化、中醫藥文化等蓬勃發展，享譽中外。千百年來，江西大地耕讀傳家，詩書繼世，人文鼎盛，名賢輩起，被譽爲「文章節義之邦」。

江西多著名文人。在詩詞文曲方面都擁有開創文體及流派的大家和齊整的作家陣容。以詩而言，陶淵明開創田園詩派，黄庭堅創立江西詩派，楊萬里創造誠齋詩體，王安石創半山體，文天祥、劉辰翁等興起愛國詩體，「元詩四大家」中江西有虞集、范梈、揭傒斯三家，蔣士銓爲「乾隆三大家」之一，陳三立興起贛派同光體。以詞而言，《全宋詞》收録江西詞家一百七十四人，占全書作者的百分之十二。「宋詞四大開祖」中江西有晏殊、晏幾道、歐陽修，晏殊更有「北宋倚聲家之初祖」的譽稱。姜夔創立騷雅詞派，與辛棄疾豪放派齊名。以文而言，唐宋八大家江西有歐陽修、曾鞏、王安石三家，明代楊士奇爲首開創臺閣體，魏禧爲「清初散文三大家」之一。以戲曲而言，湯顯祖開創臨川派，「臨川四夢」家傳户誦。蔣士銓「妙筆天下」，堪稱清中葉第一曲家。

江西多學術英才。在經學史學、文字音訓、天文地理、音樂書畫乃至農工科技等方面，人才輩出。經學如吴澄、江永等，史學如樂史、歐陽修、劉敞、劉攽、劉恕、馬端臨等，藝術如鍾紹京、黄庭堅、八大山人、羅牧等，科技如宋應星、張潛等，中醫如龔廷賢、陳自明、喻昌等，碩學宗師，燦若星辰。

江西多思想大家。儒家的理學、佛教的禪宗與净土宗、道教的天師道與净明道，均創立或發揚光大於江西。朱熹上承二程而集理學之大成，是中國傳統社會後期影響最大的思想家。陸九淵獨闢蹊徑，開創心學，經弟子門人繼承發展，至王陽明而集大成，「陽明一生精神俱在江右」。

江西多忠烈之士。廬陵「五忠一節」輝耀青史，歐陽修忠言直道，輔佐三朝，天下景仰。楊邦乂爲金所虜，堅決不降，慷慨赴死。胡銓不避斧鉞，力請斬秦檜。周必大言事不避權貴，立朝剛正。文天祥以「人生自古誰無死，留取丹心照汗青」的浩然正氣，慷慨殉國。楊萬里清節勵萬世，爲直節名臣。洪皓出使金國，被拘十五年，不忘故土，被稱爲「宋之蘇武」。江萬里全家投「止水」拒降，以身取義。謝枋得「萬古綱常擔上肩，脊梁鐵硬對皇天」，浩氣凛然。

悠久的歷史，燦爛的文化，帶來典籍的興盛。江西人所撰述的典籍汗牛充棟，據不完全統計，目前存世的江西典籍超過一萬種。在《四庫全書總目》收録的一萬餘種圖書中，江西人的著述占比達十分之一；《四庫全書》著録的三千四百多種圖書中，江西人的著述有四百多種，占比超十分之一。浩瀚的典籍，既是古代江西歷史文化的重要載體，又是江西文明嬗變的歷史見證，其價值不可估量。

編纂出版《江右文庫》，通過對江西典籍和歷史文化資源做系統的調查、保護、整理、研究、出版，厘清「源」與「流」，講清「古」與「今」，辨清「陳」與「新」，展示江西文化的博大精深和獨特魅力，功在當代、利在千秋。

《江右文庫》分爲書目編、文獻編、方志編、精華編和研究編。書目編：系統梳理江西典籍資源，展示江西歷史上的著述成果以及記述江西的著述概貌；文獻編：收録約三千種歷代江西學人的代表性著作，集中呈現自秦漢以來至一九一一年爲止江西文化的文本面貌；方志編：選取江西現存各級各類舊志中史料和版本價值較高、品相較好的近三百部志書，以展示江西在方志編纂方面的成就；精華編：在文獻編所收文獻基礎上，精選江西學人在中國各種文化形態中有代表性意義和較大文化影響的著作，以嚴謹的學術規範進行整理；研究編：主要收録由當代江西學者撰寫的研究江西歷史文化的代表性著作，包括通史性著作、專題史著述、歷史文化名人傳記，集中展示當代江西學者在研究江西歷史文化方面所取得的成果。

修史立典，察往知來。編纂出版《江右文庫》，既是我們傳承弘揚中華優秀傳統文化的歷史責任，也是我們禮敬先賢激勵當下增强文化自信的光榮使命。新時代，江西人民將堅定不移沿着中國特色社會主義先進文化前進方向，踔厲奮發，勇毅前行，不斷推進文化强省建設，努力共襄民族復興偉業。

《江右文庫》編纂委員會

本編前言

中華民族有着五千年悠久的歷史和燦爛的傳統文化，作爲傳統文化最主要載體的古代典籍可謂汗牛充棟、浩如煙海。中國歷史文化通過古籍而代代傳承，在社會發展進程中起着巨大的作用。

中國傳統文化是中華民族在長期發展過程中積澱下來的，它與現代文化一樣，都具有顯著的中國特色，同時又都有着自己的鮮明時代特點。傳統文化又是一個發展變動的系統，會隨着時代的發展而不斷創新。因此，傳統文化是現代文化的源頭，是現代文化得以產生的母體，而現代文化則是傳統文化的自然延續和發展。民族傳統文化是永遠不會過時的，古代典籍也會在現代社會建設中發揮自己的作用。例如，有關中醫藥、農林、水利、氣象、建築營造、造紙、製瓷等傳統技藝、環境保護等典籍和文獻資料，至今仍在國家經濟建設和人民健康保障方面做出了重要貢獻，而有關人文社會科學方面的古籍，更在加强中華民族的道德建設，提高人民的思想文化素質和精神境界，增强中華民族的自信心和凝聚力，借鑒治國經驗，完善法治建設，發展社會主義文學藝術，推進社會文明等方面産生了重大影響。我們重視傳統文化，并非不加區别地全盤繼承，而是有選擇地取其精華、棄其糟粕，并結合時代特點推陳出新。古籍整理研究工作就是對中國傳統文化做一番認真的清理的過程，就是推陳出新的過程，從而使優秀傳統文化「創造性轉化，創新性發展」，不但把祖國寶貴的文化遺産繼承下來，還要讓它們爲國家的建設事業提供資源與借鑒。

俗語云，一方水土養一方人，一方水土也孕育一方文化。文化的産生和發展總是和一方區域的自然環境與人才興替相聯繫的。江西地處長江中下游南岸，西境、南境崇山聳立、峻嶺横亘，分别與湖南、廣東毗鄰；東部丘陵起伏，與浙江、福建接壤；北地隔長江與湖北、安徽相望，形成三面環山、一面臨水而相對封閉穩定的區域。江西境内河流縱横，水網密布，土地肥沃，農業生産發達，是歷代王朝的糧倉。江西有色金屬礦藏豐富，森林覆蓋率位居全國前茅，製瓷製茶、金屬冶煉、竹木製作等手工業發達。樟樹更是全國最著名的藥材集散地，被視爲「藥都」。而自唐代開鑿了大庾嶺之後，行旅物資自長江、鄱陽湖經贛江溯流而上，可直達虔州（今贛州），再經大庾嶺梅關而連通廣東、海南，江西便成了中原至嶺南最便捷的通道。交通的發達、經濟的發展大大促進了江西文化的繁榮和人才的繁盛，而文化繁榮最顯著的標志便是大量著作的涌現。

中國歷來重視地方文獻（或稱鄉邦文獻）的搜輯整理，因爲地方文獻是保存一地文化記憶的物質載體，這些鮮活的信息可以使後人全方位、多角度地了解一地文化的概貌和成就，方便他們研究相應時代的社會、歷史、經濟、文化現象，并使這些研究的進一步拓展和突顯時代化特徵有了寬廣深厚的基礎。因此，唐宋以後編輯鄉邦文獻的叢書層出不窮，明清以降更蔚成風氣。新中國建立以來，黨中央一直高度重視古代典籍的整理研究工作，多次發布整理我國古籍的指示。特别是新時代以來，國家的古籍整理研究事業蒸蒸日上，許多省區開展的地方文獻整理工作成果豐碩。中共江西省委、省政府爲了進一步弘揚江西傳統文化，提升江西的文化軟實力，推動江西文化强省建設，决定編纂《江右文庫》，這便自然成爲新時代江西文化建設中的重要基礎工程。

《江右文庫》分「書目編」「文獻編」「方志編」「精華編」「研究編」。其中「精華編」精選江西歷史文化名人的著作一百六十餘種，用現代方法加以校勘標點，以展示江西古代文化的精粹。「精華編」的編排，仍依照中國傳統文化知識體系的分類習慣，將所收典籍分爲經、史、子、集四類，以便讀者檢閱。

江西歷史文化名人及其著作的影響不拘於江西一地，他們的成就具有全國性意義，有些更具有世界性影響。例如，僅以經學而言，北宋王安石及其門人的經學著作在北宋晚期形成著名的「荆公新學」，更乘着變法之勢，風靡朝野五六十年。即使王安石變法失敗之後，「荆公新學」在學術界仍有流韵遺響，以至蘇軾仍稱贊他「網羅六藝之遺文，斷以己意；糠粃百家之陳迹，作新斯人」。「荆公新學」的興盛，還標志着「宋學」的最終形成。相對於「漢學」重章句釋解，「宋學」更重義理闡述，給中國古代學術帶來一股新風。另一方面，王安石變法雖然失敗了，但他製定的許多制度仍被後世沿用。王安石變法及其學術，也在世界學術界産生過影響，他本人被稱爲「中國十一世紀的改革家」。理學的集大成者朱熹，是南宋至明清中國思想界影響最廣博深遠的人物，也是中國經學理學化的最終完成者。他的經學著作一直得到後世的尊崇。他對《四書》的闡述，甚至成了明清時期科舉考試的依據，從而使《四書》的重要性超過了《五經》。朱熹的學説受到世界許多國家學者的重視，使朱熹在世界學術史上也占有一席之地。與朱熹同時的陸九淵則開創「心學」一派，强調内省功夫，與朱熹的理學主張常有論辯，又經後代學者進一步完善，使心學成爲與理學雙峰并峙的學術流派，對中國思想界影響深遠。元代吴澄以繼承朱熹道統自許，著有多種解經著作，與北方的許衡齊名，爲一代大儒。此外，北宋劉敞對《春秋》的闡述，南宋楊萬里對《易經》的研究，都頗具影響；宋代胡士行、段昌武、李如圭，元代胡一桂、毛應龍、袁俊翁、詹道傳，清代魏禧、江永、戴大昌、王朝渠、蔡孔炘、王曜南等的經學都有一定聲名，其中江永的聲望最顯。江永經學著作宏富，講求考據精核，矯正理學末流的空疏，又不墨守成説，繼顧炎武之後開考據之風，并直接推動了乾嘉學派的形成。經學之外，江永於天文曆算、文字音韵等研究都有精深成就。

江西文人中史學成就最高者當推歐陽修，他獨自撰成《新五代史》，又與宋祁先後主持官修《新唐書》。這兩部新史相對於《舊五代史》和《舊唐書》而言，因爲補充了許多新材料而受到人們重視，都被納入「二十四史」。歐陽修的學術成就遠不限於史學著作，他的解經著作《詩本義》，可以説是《詩經》研究史上里程碑式的著作。因爲《詩本義》破除了歷代經師陳陳相因、日趨僵化的解經舊説，打破了「疏不破注」的舊規，解經不僅可以質疑傳、注舊説，甚至可以懷疑經文本身，這就在儒家經典研究領域大大解放了思想，并開闢了探究經典本義而闕其所疑的新路，爲宋代義理之學奠定了堅實的基礎。南宋徐夢莘《三朝北盟會編》爲編年體史書，詳列史料，繫以年月，分事記載，是研究南北宋之際宋金史事的重要參考資料。明代陳邦瞻《宋史紀事本末》爲紀事本末體史書，分專題詳列兩宋史實，記述大事的全過程，也是學界常用的史學名著。南宋徐天麟的《兩漢會要》和清人龍文彬的《明會要》分别記載西漢、東漢和明朝的典章制度及其沿革。宋元之際馬端臨的《文獻通考》則記載上古至南宋的歷代典制沿革，與杜佑《通典》、鄭樵《通志》并稱

「三通」，都是政書中的名著。此外，宋人趙汝愚的《諸臣奏議》、明代楊士奇的《歷代名臣奏議》，均輯録大臣奏疏，分門編次，可以幫助了解有關史實，借鑒歷代政治得失。北宋樂史的《太平寰宇記》和歐陽忞的《輿地廣記》，都是歷史地理類的名著，詳細記載了上古至宋代的疆域沿革、州郡設置。《太平寰宇記》還特别注意記載州郡人物、詩文、古蹟等，使地理類著作的體例更爲完備，後代的地方志亦多沿襲樂史的做法。明人郭汝霖的《使琉球録》記載奉使琉球國的行程，證明了釣魚島爲中國領土。元人汪大淵的《島夷志略》詳述親歷海外數十國的見聞，特别是當地的風土人情、物産人物，反映了七百年前中國人的航海意識和航海技術。

古人將經、史、詩文之外的著作一并歸入子部，又將其中不易明確歸類的著作一并歸入雜家，於是子部便無所不包，而雜家類著作便成了子部的大宗，筆記類著作因所記無所不包，也成了雜家類的大宗。筆記至宋而大盛，其中江西文人所著頗多。如吴曾的《能改齋漫録》、張世南的《游宦紀聞》、羅大經的《鶴林玉露》、洪邁的《容齋隨筆》《夷堅志》，都是宋人筆記中的名著，内容豐富，所記翔實，學術價值極高。這些筆記大半考據史實、討論學術，對清代考據學的形成亦有影響。其餘如五代時人王定保的《唐摭言》、元人劉壎的《隱居通議》，也是後人常加徵引的著作。明人鄭仲夔的《玉麈新譚》實近筆記小説，多記傳聞奇事。清人揭暄的《璇璣遺述》則反映了西學東漸對中國文人的影響。子部中另一大宗爲申論儒家性理之學的著作。如明人胡廣的《性理大全書》，彙編宋代理學家的著作和言論，實爲理學的百科全書。明人劉元卿的《諸儒學案》輯録了周敦頤、程顥、程頤、張載、邵雍、朱熹、陸九淵、王守仁等宋明理學二十餘家語録。明人張九韶的《理學類編》亦輯録周、張、二程、邵、朱六家言論，而分天文、地理、人物、性命等幾類編列，性質與前書相似。明人章潢的《圖書編》輯録諸書中有圖可考者爲一編，分經義、象緯曆算、地理、人道四類，所引資料頗有條理，亦類書中較實用者。此外，如清人藍浦的《景德鎮陶録》則記録景窑管理機構、人員分工、瓷器製作、工藝要求等。元人嚴德甫、晏天章的《玄玄棋經》有圍棋聖經之名，是影響頗大的圍棋理論著作。元人趙友欽《原本革象新書》則是涉及天文、曆法、氣候、星象、數算等傳統自然科學的著作，所論亦實有心得。中醫理論與實踐關係人類健康，一直受到古人的重視。宋人陳自明的《陳自明醫學全書》、元人危亦林的《世醫得效方》、明人龔廷賢的《龔廷賢醫學全書》、明人龔居中的《龔居中醫學全書》、清人喻嘉言的《喻嘉言醫學全書》等，均爲江西古代名醫的著作。其中，陳自明是江西古代十大名醫之一，他的《婦人大全良方》是中國古代最早的婦産科專著。《世醫得效方》輯録危亦林家族五世家傳經驗醫方，每方之下標列主治、組成、用法及加減變化，至今仍在中醫藥界使用。龔廷賢被譽爲明代「醫林狀元」。龔居中爲廷賢族人，亦曾供職太醫院。喻嘉言爲清初三大名醫之一。可見，上述五位中醫聖手皆非等閑之輩，他們留下的中醫藥著作亦非等閑醫書。最引人注意的是明代宋應星的《天工開物》，該書分類詳述農業、手工業的種類、産地、工藝、生産經驗等，是世界上第一部有關農業、手工業生産的百科全書式著作。

江西素稱文章節義之邦。東晋陶淵明不爲五斗米折腰，棄官歸隱，躬耕田園，成爲「隱逸詩人之宗」，開創田園詩派，是後世詩人追慕的偶像。他的詩風影響了無數詩人，而他的詩作則不斷被後世詩人追和、模仿，對中國詩歌的發展影響至巨。江西經濟文化在唐代得到大力開發，至宋而大放光采。晏殊以宰相之尊影響文壇，又極注意培養人才，范仲淹、韓琦、歐陽修、王安石都曾得到他的賞識。晏殊與其子晏幾道均以詞作著名，推動了宋詞的發展。歐陽修、王安石均爲北宋文壇巨擘。

歐陽修作爲文壇宗主，大力提倡古文，用以糾正唐末宋初纖弱文風，又極力獎掖青年才俊，王安石、曾鞏、蘇軾、蘇轍等人都得到他的提攜。在歐陽修的提倡和努力下，文壇風氣一新。王安石以古文名家，其文風格精悍勁峭，其詩則一改唐人格調而開「宋詩」先河，是「宋詩」的重要奠基者之一，古詩、律詩、絶句各體皆工，尤以絶句冠當時。曾鞏亦以古文名家，與韓、柳、歐、王、三蘇并稱「唐宋古文八大家」。黄庭堅詩與蘇軾齊名，世稱「蘇黄」，又被「江西詩派」推爲宗主，也爲「宋詩」風格的形成作出了重大貢獻。黄氏於詩文之外尤精書法，與蘇軾、米芾、蔡襄一起并稱「宋四家」。李覯爲北宋早期思想家，主張「康國濟民」、富國强兵，又立書院講學，解説多有新見，對理學的形成有重大影響。「清江三孔」（孔文仲、武仲、平仲）當時頗有文名，黄庭堅曾以「二蘇聯璧」「三孔分鼎」贊之。「鄱陽三洪」指洪适、洪遵、洪邁弟兄。他們的父親洪皓曾出使金國被扣十五年，不屈而歸，又遭秦檜嫉恨，謫居嶺南九載，赦歸途中去世，一生困頓而大節凜然，三子均有大名。洪适、洪遵官至宰輔，除詩文外，洪适又是著名的金石學家，洪遵則是錢幣學家，洪邁更以筆記見長，所著《容齋隨筆》《夷堅志》影響巨大。惠洪是北宋著名詩僧，與黄庭堅等往來密切，於北宋僧人中詩名最盛，詩集《石門文字禪》外，所著《冷齋夜話》是詩話名著，《僧寶傳》記録禪門宗師數十人的生平，爲禪宗名著。胡銓是南宋名臣，力主抗金，曾上書請斬秦檜，朝廷震動，被貶今海南三亞，爲人慷慨有氣節，爲文亦曉暢簡約、恢閎謹嚴。楊萬里爲南宋一代詩宗，與陸游、范成大、尤袤并稱「南宋中興四大詩人」，爲官清正廉明，頗有時譽，詩風清新自然，被稱爲「誠齋體」（萬里號誠齋）。姜夔是南宋著名詞人，也是著名的音樂家，與蕭德藻、楊萬里等交游唱和，爲南宋詞壇大家，其詞作《暗香》《疏影》，幾乎家喻户曉。南宋末民族英雄文天祥在南宋政權風雨飄摇之際，明知不可爲而爲之，堅持抗元，被俘不屈，慷慨赴死，詩風激昂忠憤，其《正氣歌》和「人生自古誰無死，留取丹心照汗青」的自白，至今激勵着國人的愛國情懷。吴澄、虞集、范梈、揭傒斯是元代文壇巨匠，虞集、范梈、揭傒斯、楊載四人號爲「元詩四大家」，四家中江西占其三。虞集、揭傒斯還是當時著名的書法家，當時人評虞集「古隸爲當代第一」，揭傒斯書法則有晋人風神。而吴澄除詩文外，經學成就當時亦罕有其匹。明代初期，文壇臺閣體盛行，楊士奇因任輔臣數十年，成爲文壇盟主，其詩作雍容平和，對仁政、盛世充滿嚮往，亦爲臺閣體本色。解縉以神童聞名，才華横溢，文章雄勁奇古，詩作豪宕豐贍。解縉主持纂修的《永樂大典》是中國最大的類書，也是世界上體量最大的名著，爲保存和弘揚中國傳統文化作出了重大貢獻。夏言曾爲首輔，治國有政績，遭嚴嵩構陷而死。夏言一生撰詩詞約二千首，風格多樣。羅汝芳爲明中後期思想家、泰州學派代表人物，應邀在各處講學，在當時有較大影響。譚綸，明後期軍事家、文學家，抗倭名將，與戚繼光、俞大猷等合力平定福建倭患，又善音律，喜戲曲，推動了海鹽腔和弋陽腔的融合，促進了宜黄腔的形成，於晚明戲曲的發展有大貢獻。湯顯祖爲明後期杰出的思想家、文學家，提倡「情」而不籠統反對「理」，認爲理與情相抗相争而又相輔相成，主張情理兼顧、順理遂情，憧憬一個法治和教化并舉、封建秩序協調而穩定的社會。他以「臨川四夢」名世，成爲中國文學史上劃時代的戲曲家；又以新鮮活潑的思想觀點和對「至情」的歌頌、對弊政的抨擊，而成爲處於時代前列的思想家。明清之際著名學者周亮工，博學多才，著述宏富，論文治學均主張兼收并蓄，「樹千萬五色幟」，詩文之外旁涉文字音韵、天文地理，尤善書畫，精篆刻，富藏書，喜交游，學術興趣廣泛，成果豐碩。李紱是清代康雍乾三朝名臣，爲官清正，曾因參劾河南巡撫田文鏡觸怒雍正帝而遭下獄論斬，但瀕死不悔。李紱治學謹嚴，爲學常調和朱陸而偏重陸王之學，爲清代陸王學中堅。蔣士銓在乾隆朝極有文名，與彭元瑞二人被乾隆帝譽爲「江右兩名士」，詩與袁枚、趙翼齊名，戲曲創作影響尤巨，是中國戲曲史的殿軍。謝啓昆科舉順利，仕宦顯達，爲官頗有政績，治學勤奮，著作等身，所著《小學考》爲治文字、音韵、訓詁者必讀書，詩文集及其他著作有廣泛影響，所作論詩詩頗得時人好評。黄爵滋與林則徐、鄧廷楨等爲禁煙名臣，而黄爵滋是首倡禁煙者。鴉片戰争發生後，黄爵滋親赴閩浙查禁鴉片，又與林則徐、龔自珍、魏源等提倡經世之學，力主富國濟民。文廷式是清末光緒帝黨的重要人物，主張變法維新，甲午戰争時上疏痛斥李鴻章誤國，力促抗戰。文氏詩文詞俱佳，詞尤有名，是異軍突起的詞壇勁旅，在當時頗有影響。

《江右文庫》「精華編」全面準確地體現了江西優秀傳統文化的深厚底蕴。檢閲「精華編」，我們能體悟到群星璀璨的輝煌場景。「精華編」所體現的輝煌文化，一直和中國其他區域的傳統文化精華融匯在一起，形成了中國優秀傳統文化的長河，并且哺育了歷代先人。我們相信，中國優秀傳統文化的長河也一定會在新時代哺育一代又一代新人并創造新的輝煌。

（楊　忠）

前言

江西素稱「文章節義之邦」，自矯矯特立的南州高士徐孺子、不爲五斗米折腰的靖節先生陶淵明發其端，以迄於近代，文節名臣輩出，垂範史册，標舉於世。歐陽修、王安石、黄庭堅、胡銓、文天祥，今天每每提起這些名字，自是如雷貫耳，婦孺皆知，但「凜有直節」、在宋代詩壇很有影響力的王庭珪，則似乎鮮爲人知或知之甚少。

一

王庭珪，字民瞻，學者稱盧溪先生，江西安福人。生於宋哲宗元豐三年庚申（一〇八〇），卒於孝宗乾道八年壬辰（一一七二）三月己丑，歷哲宗、徽宗、欽宗、高宗、孝宗五朝，享年九十有三，葬於安福縣山莊鄉下沙村長甫村後山腰。先世太原人，八世祖王該因避唐末亂而徙居盧陵郡西六十里之何山，五代吴順義元年（九二一）遷居安福縣北之連嶺。宋元祐三年（一〇八八），其父王奭又徙居安福縣城南。

曾祖王著、祖王祥、父王奭「皆業儒，以氣節聞於鄉」（胡銓《監簿敷文王公墓志銘》，以下簡稱《墓志銘》）。

王庭珪聰穎早熟，「爲兒童時，毅然有成人風」（周必大《左承奉郎直敷文閣主管台州崇道觀王公庭珪行狀》，以下簡稱《行狀》）。崇寧二年（一一〇三），游廬陵郡學，參加三舍取士考試，名列第一。次二年入太學，「獨首犯時之大禁，力學衆人之所不敢學」，與同郡劉才邵「挾六一、坡、谷之書以入，晝則皮藏，夜則繙閱，每伺同舍生息燭酣寢，必起坐吹燈，縱觀三書。迨暇，或哦詩歌或續古文。每一篇出，流布輦轂，膾炙薦紳，紙價爲高。」（楊萬里《樅溪居士集序》）

大觀元年（一一〇七）立八行（孝、悌、睦、姻、任、恤、忠、和）取士科。提舉本路學事張根欲薦以八行，王庭珪以八行乃士人之常行，辭不就。政和八年（一一一八）登進士第，授迪功郎，調衡州茶陵縣丞。

茶陵民俗樸陋，王庭珪到任後注重文教，「擇秀民勸以學，士皆向化。三年間，應書者倍蓰。」（《墓志銘》）又有猾吏文雅者勢傾一縣，前任令丞不敢懲治。王庭珪發其奸狀，上報於郡，予以重處。他還與縣令著手解決田税不均，「富者受田不受税，以避力役」的問題，采取措施均平賦役，改變當地富人田多税少的不公平狀況。作爲縣丞，他還兼管著造船場，「有部使者嘗薦公，既而諉公役匠造私器，公不可，且歸其章，使者大怒。」（《行狀》）絶不以一己之私阿附權貴。由於王庭珪爲政清廉公正，不畏强權，深得民心，以至「他郡之民，以事訴於監司，願得公决者相踵」（《墓志銘》）。面對朝政混亂、吏治黑暗、内憂外患，他意識到時事阽危，禍根已萌，兼之其個性耿介剛正，耻於與庸官貪吏爲伍，遂於宣和五年（一一二三）以與監司守倅争事不直，棄官而歸，在盧溪之陽構築草堂，學道著書，彈琴賦詞，自號「盧溪真隱」。王庭珪歸隱後，在家鄉設館授徒，登門求學者屨滿户外。從此泊然無求，「窮苦困厄四十餘年，未嘗一出仕」（王庭珪《上皇帝書》）。

高宗紹興八年（一一三八），宰臣秦檜決策與金屈辱議和，朝廷内外，群情洶洶。時任樞密院編修的胡銓憤然抗疏，痛陳「此膝一屈，不可復伸；國勢陵夷，不可復振」，表示「義不與檜等共戴天」，請斬秦檜、王倫、孫近三人頭，「竿之藁街，然後羈留虜使，責以無禮，徐興問罪之師，則三軍之士不戰而氣自倍。不然，臣有赴東海而死爾，寧能處小朝廷求活邪！」（《戊午上高宗封事》）上書一經傳出，朝野震驚，金人亦聞之失色，連稱「南朝有人」，「中國不可輕」。秦檜銜恨入骨，以「狂妄凶悖，鼓衆刼持」的罪名將胡銓一貶再貶，先是貶送昭州（治今廣西平樂）管制，繼而迫於公論，改監廣州鹽倉，次年又改爲簽書威武軍（治今福建福州）判官。紹興十二年（一一四二），胡銓再遭重遣，除名編管新州（治今廣東新興）。一時士大夫箝口遠禍；唯有罷居福州的張元幹不爲所懼，毅然爲胡銓置酒餞行，并作《賀新郎·送胡邦衡待制》慰勉。獲知胡銓被貶嶺南新州，王庭珪也激於忠憤，挺身而出，作《送胡邦衡之新州貶所二首》，爲胡銓壯行。此詩一出，「人争傳之，一日滿四海」（楊萬里《王叔雅墓志銘》），簡直令奸佞聞風喪膽，他因此也受到流放夜郎的政治迫害。

其實事已過五年，胡銓鄉人歐陽安永却仍居心險惡，向朝廷上飛語，攻訐王庭珪送胡銓詩謗訕朝政，「事下虔、吉兩郡，而守臣曾慥（按，時知虔州爲曾訹）、王珸，江西提點刑獄公事李芝不切究之。會芝奉祠，直秘閣林大聲代之提點刑獄，亦寢其事」（宋李心傳《建炎以來繫年要録》卷一五九）。紹興十九年（一一四九），本任户部侍郎以忤秦檜意出知袁州，此時以敷文閣待制知洪州的沈昭遠却再次告發，「權臣聞而惡之，下江西帥司，興詔獄名捕先生」（《楊萬里《王叔雅墓志銘》）。年已古稀的王庭珪談笑就逮，毫無難色。其子王頔一起被繫獄，「請於決曹掾蘇庠曰：『吾父老矣，願以身代之。罪若笞死瘐死唯命，翦之市朝亦唯命，願以聞焉。』蘇受辭白帥，帥怒，屏不奏。」（楊萬里《王叔雅墓志銘》）六月丁巳，朝廷下詔，將王庭珪送辰州（治今湖南懷化市沅陵縣）編管。

湘西辰州古稱夜郎，歷來被認爲是蠻荒之地、貶謫之所，詩人屈原、李白、王昌齡等都曾謫貶於此。王庭珪對貶逐生涯初時尚有些忐忑，隨後即不以爲意，泰然處之。他在給其外甥劉喬卿的信中描述了被貶途中和到達貶所的情景與心理感受：「老舅初被譴就道，懼人以爲罪人而鄙斥之，所至逆旅輒杜門不使之知姓名。自入荆湖界，行路之人皆逆知之，争相迎問，士大夫或至相賀，謂此禍非庸人所宜得……迨至貶所，未敢遽入城，而城中士大夫多出城見訪，相勞苦。州民驚喜，如異人至其邦，授館如歸，得一蘇氏花園，枕沅江之上，夜郎牂牁之水出焉。自入桃源，觀晉人捕魚至落花流水處，又歷漢伏波將軍征蠻故道，湖頭石室宛然。所謂武陵五溪，盡屬境内，以至洞天神仙古迹不可勝數。於是乃知昔人雖流竄而有以自得者，良有以也。始望皆不可以及此，今乃自負，知未爲時論所棄也。」（《盧溪文集》卷三十《答劉喬卿書》）士大夫與州人的善待、辰州山水之勝消解了他的天涯淪落之感。他在《謫辰州》中寫道：「名落江湖外，氣干斗牛旁。吾衰任飄泊，朝夕渡沅湘。」故爾他在貶所很少戚戚於憂患，而始終保持樂觀豁達的心態。其子頔探望老父返鄉，臨别「戀戀不忍去」，老詩人反而開導兒子，讓他「上沅湘，至昔人窺九疑處，得下武陵溪，入荆州，由巴陵、武昌、洞庭黄帝張樂之野，觀開闢以來造化孽出瓌雄怪譎之處」，「是行聊學子長游」（《送頔子還盧陵》），就像當年司馬遷（字子長）壯游天下，以開拓心胸，培植氣魄。

在辰州，王庭珪仍然致力於當地的文教，築草堂於盧溪之武口洲（今稱五里洲，位於瀘溪縣城東沅水與武水的匯合處），仍舊設館授徒。府、縣學子慕其氣節與學問，紛紛投其門下。其時「武將馬羽攝郡事，尤待公厚。公謝曰：『某罪人也，將累公。』羽曰：『繇公獲譴，其榮多矣！』更遣子受業，遂登科」（楊萬里《王叔雅墓志銘》)。王庭珪寓居湘西七八年,對促進湘西文教發展厥功甚偉。

紹興二十五年(一一五五)十二月秦檜病死,皇上下詔盡放天下流人,王庭珪獲旨自便。次年(一一五六)春,王庭珪遂從辰陽乘舟,經桃源至武陵到達長沙,東向至其故里安福。隆興元年(一一六三)春,王庭珪奉召赴臨安,孝宗稱贊他「粹然耆儒,凜有直節」(《盧溪文集》附《國子監主簿誥詞》),授左承奉郎,除國子監主簿。王庭珪以年高力辭,孝宗命主管台州崇道觀,令所在州常加存問。乾道六年(一一七〇),胡銓向孝宗同時舉薦朱熹和王庭珪,認爲王庭珪「雖老,宰相才也」(《行狀》)。於是,孝宗再召王庭珪赴闕。七年(一一七一)冬,王庭珪以九十二歲之高齡應召至臨安,對内殿,乞歸,得到孝宗嘉勉,除直敷文閣,仍主管崇道觀。次年(一一七二)三月,王庭珪病逝於故里。

綜觀其一生志操行業,慨然以氣節文章自命,剛介而勇於義,淡泊名利,胸襟曠達。誠如明張寰所言,其「緣情述事,無非炳然仁義之談,而其志操端挺,氣節激昂,雖處下僚恒以國事爲憂,竟以言語得禍,遠竄夷方,瀕於九死之死不悔,所謂行義之士,先生其人焉!」(《重刻盧溪先生文集序》)

二

王庭珪才華高妙,「年十二三,刻志於學,晝夜不息,弱冠通經史百家」(《行狀》)。他是一個造詣淵深的學者,於學無不通,尤邃於《易》。年少時就曾隨鄉先生張汝明學《易》,晚年更是深有悟入。精通《周易》的朱震、理學家胡寅、名臣向子諲都曾造訪盧溪草堂,與他討論經旨,聽他講《易》,「見其解,皆歎賞,以爲必傳」(《行狀》)。胡寅還爲他作《易解序引》。可惜的是,遭詩禍時,掾吏提禁卒挾巡尉突入其家,見家徒四壁,惟《易解》鎖在篋中,以爲寶貨,將他這一心血之作劫掠而去,令他十分痛心,哀歎「天厄吾書」！他還著有《六經講義》《論語講義》等，可惜這些經學著作早已散佚，今人無從窺見其奧旨。

正是因爲從小浸淫於儒家的經典之中，王庭珪立身處世深深體現着儒家「家國天下」意識、「生生」之德的仁愛情懷和人格獨善的思想，一直關注着國家命運、民生疾苦，有着强烈的濟世精神和深摯的愛國情操。儘管仕履不顯，一生大多在隱逸、避亂、貶謫中度過，但他并不消極避世，而是「常懷經世心，事苟宜民，必告於當路」（《行狀》）。幾乎每次朝廷或守土大臣求言，他都要急切地上書建言，指陳國家利病、地方所患苦和救國安民大計，希望自己的憫時憂國之言能爲當政者采擇，有補於時。

靖康之難，徽、欽二帝被擄，高宗倉皇南巡，國家處於風雨飄摇之中。在主戰、主和的争論中，王庭珪堅決反對議和，始終主張抗戰到底，收復失地。王庭珪作詩送胡銓，對於秦檜等獨攬朝政，主張議和，以致使社稷蒙羞的奸佞之臣給予無情的嘲諷，就是這一態度的集中體現。隆興元年（一一六三），已是八十四歲高齡的王庭珪作《上皇帝書》，認爲在當時金人鐵蹄大舉壓境、宋軍屢戰屢敗的情況下，「天下之事，於今爲最大而不可緩者，惟邊鄙未寧、境土未復而已」，因此希望皇帝立志定謀，「赫然奮厲威權，震動天下，委任賢相良將，以掃除宿憤，恢復中原」，并痛陳「今之言和議者，止於苟安」，主張「與其輕信詭謀，移於偏聽，寧博采群議，登能庸賢，以張吾已振之威；與其幸歲月之安，憚勞費，罷防秋，寧謹修邊備，練兵選將，以俟其可乘之隙。和議，斷不可用也」！

紹興三年（一一三三），趙鼎爲江西安撫制置大使。王庭珪在上書中尖鋭地指出，當今「最害治者奸胥舞文以害民，貪吏黷貨以亂政」，而「所甚急而當措意者」，不過人材、軍旅、財用、盗賊問題，其中最先要重視的是人材，「惟人材不可獨後也。儻得其人而用之，責其功實，則其萬事莫不振舉」（《上趙丞相書》）。紹興五年（一一三五）至七年（一一三七）間，李綱任江西制置大使，王庭珪上書歷數社會各種弊害及致亂之源：「上自朝廷主計之臣，一切出於無術，唯聞賣官爵、降度牒，甚者至於斂僧道、賣户帖……厥今天下所以大弊，皆原於小人先壞其法制，然後得肆其奸。由是廉耻道喪，守宰狼藉，獄以賄成，民氣冤塞，枉不獲伸，則揭梃報讐，白晝殺人，因以亡命，遂成凶盜……今江西盜賊所以未蕩平者，其釁皆如此。夫非官吏刻剥驅迫以成，則不平而報讐以起也。」上書中不只是一般地呼籲李綱「視今日之弊，須痛掃除」，而是具體地「采取風俗利病、閭閻所患苦者數事，别爲劄目，隨書以獻」（《上李丞相書》）。其他如《與胡待制書》《與宣諭劉御史書》《與黄子龐書》《答王元勃舍人書》等等給官吏的書信，無不痛揭地方州縣諸多積弊與害民之事，諸如賕賂狼藉、請托公行、苛虐横斂等等，希望他們能體國憂民，力除其弊，使生民受福，其拳拳愛國愛民之心溢於言表。

三

王庭珪「主盧陵文盟者六十年」（周必大《跋王民瞻楊廷秀與安福彭雄飛詩》），劉澄以爲在盧陵惟王庭珪文可繼歐陽之後。謝諤稱其爲江鄉大手，「其少時志尚已高，視功業如拾芥。既齟齬，則發而見諸紙上，皎如日星，鏗如金玉，芳如芝蘭，浩如江河，自然有一種奇趣。他人之所强勉，而公則信手拈來，渾然天成」（謝諤《盧溪先生文集序》）。胡銓將其詩文喻爲珠玉，尤其强調王庭珪被貶之後「思益苦，語益工，蓋如杜子美到夔府後詩、韓退之潮陽歸後文也。人得其片言隻字，寶藏十革，雖玉府所謂珠盤玉敦，未足爲珍」（《盧溪先生文集序》）。其門人楊萬里則揭出其詩文淵源所自及其主體風格，云：「蓋其詩自少陵出，其文自昌黎出，大要主於雄剛渾大云。」（楊萬里《盧溪文集序》）四庫館臣也指出：「庭珪抱經濟才，鬱而未發，故雄直之氣時流露於詩文間。」（影印文淵閣本《四庫全書》集部四《盧溪文集提要》）

作爲宋南渡時期的一位重要詩人，王庭珪上繼歐陽修，下啓楊萬里、劉辰翁，其詩歌明顯體現了這一時期詩風的衍變。其早期深受江西詩派的影響，崇寧年間元祐之學遭禁，他却閱盡歐陽修、蘇軾、黄庭堅之書，并拜見曹輔（字子方），「得詩法」（楊萬里《盧溪先生文集序》），在詩歌創作中講究句法、注重雕琢。靖康之難後，他目睹國家的衰敗和百姓的苦難，自己也避亂山中，對安史之亂後杜甫流離顛沛的生活感同身受，深切體會到杜甫詩歌中悲天憫人、憂國憂民的情懷，詩作多關注國家憂患和民生疾苦。如其《和謝夢叟思鄉用李巽伯韻》極寫遭遇金人鐵蹄入侵後國家殘破的黍離之悲。首聯寫歷劫之後野老痛哭，宫殿蕩然無存，顯然化用杜甫《哀江頭》，語氣似更爲沉痛；頷聯化用杜牧《過華清宫》句，借唐玄宗爲楊貴妃馳驛置辦鮮荔枝的故實，流露出對當政者不能吸取唐玄宗驕奢淫逸、亂政誤國的歷史教訓。「初傳」「猶見」，兩相對比，尤見激憤；頸聯寫出了國家危難的嚴重，變生肘腋，而軍情緊急；尾聯從友人之感入筆，家在舊京，而舊京已入敵人之手，寫出了友人故國之思的無限凄楚。

又如《和周秀實田家行》把樸實農民的命運與國家命運結合起來，既寫農事又寫國事，以農事襯國事。前八句寫田家久旱逢甘雨的喜悦，接寫農民儘管辛勞備嘗，仍甘願將所獲糧食「先輸官倉足兵食」，支援前方將士抗金復國；後八句從「足兵食」生發，從邊境的捷報寫到當政者應該一鼓作氣，乘勝收復失地。尾聯透露了對執政者的不滿和對國運的擔心。諸多主題濃縮於一爐，形成多主題變奏。

其他如《寅陂行》《盧陵行》《再和酬王元勃舍人見寄》《用朱希真韻寄葛主簿》等作品，都體現了詩人對在外患内憂雙重壓力下農民生活的體恤和關切。

王庭珪雖以隱節高世，淡泊名利，但他氣度剛正寬宏，其詩歌創作也自然顯得筆力雄健遒勁，氣勢雄剛豪邁。讀其作品，除了最能感受他體國憂時、痌瘝民瘼的熱切之心外，更有他那種噴薄而出不可遏制的「雄直之氣」。如他最負盛名的代表作《送胡邦衡之新州貶所二首》第一首着重寫胡銓上封事壯舉帶來的巨大震動及其遭致的殘酷打擊，一氣呵成，而又極頓挫有力；第二首着重揭示胡銓封事的意義，歌頌其忠肝義膽，并以鞭撻權奸秦檜作反襯，形成强烈的對比。兩首詩互爲呼應，充溢着一股浩然正氣，勢衝牛斗，直貫長虹。這種氣概正與胡銓請斬秦檜等三人頭一樣，足以振懦起頑，故周必大曾作跋曰：「有澹庵壓嵩岱、排淮泗之舉，然後可以發盧溪穿天之心、造月窟之詩，不如是不稱二絕。」（《益公題跋》卷二《跋王民瞻送胡邦衡南遷詩》）他如《送周解元赴岳侯軍二絕句》，詩中一位拔劍而起、走馬疆場的血性男兒形象呼之欲出，寫來氣勢豪邁，充滿著昂揚樂觀的情調與意氣風發的漢唐之象；《觀駱元直經進江南形勢圖》《觀徐明叔畫湘西磨崖圖》《題周忘機畫軸》顯得雄奇壯麗，氣勢非凡，力透紙背；《梁道人借示丹經數册閲未遍輒告行歸其書贈之以詩二首》想象奇崛大膽，意境雄奇壯闊。

深受時代環境和自身的經歷影響，兼之對前人詩歌風格的繼承和融合，王庭珪詩歌呈現出不同風格，雄渾剛健是其主基調，但也有不少作品顯得清曠平淡，明白曉暢。如《次韻盧贊元江亭即事二絕句》，取景清麗，色調淡雅，在物我相忘中體現詩人蕭散閑逸的情趣。《二月二日出郊》，描繪出城郊行所見的景物以及農村田園生活帶給人的樂趣，并流露出詩人自身熱愛自然之情趣，寫景生動細緻，筆調輕快、活潑。《移居東村作》，通過層層推進的手法，向讀者展現出一幅避世的清幽環境，字裏行間透露出生活的嫻靜。

相較於詩，王庭珪存詞不多，但亦頗具情致，不乏佳構。清沈雄稱「其留别《感皇恩》云：『醉中暫住。離歌幾許。聽不能終淚如雨。無情江水，斷送扁舟何處。』其感舊《點絳唇》云：『白髮相逢，猶唱當時曲。』皆可歌也」（《古今詞話·詞評上卷》）。他的詞作受蘇軾影響較大，語言暢達，寫來或格力雅健，或婉約纏綿。

總體而言，王庭珪是兩宋之交有着重要影響的一位詩人，以詩名享譽於文壇。世人或多稱賞其詩詞，其實王庭珪的散文也極富魅力，在南宋散文中占有一席之地。明鄧軗指出：「蓋其與世齟齬，履險處窮，節苦而思深，故得致力於文詞。或謂先生之詩高亢清圓，名章秀句，最稱於世，文若不逮。今觀集中諸文，體雖稍變，其詞致皆雄渾雅健。要之，多該物理，悉事會，不爲空言者。至爲雜文，則奇麗邃博，各極其趣，殆有元祐之風焉。」正如鄧軗所云，王庭珪散文廣涉書、論、墓志、行狀、題跋、記、手簡、序諸種文體，内涵豐富，具備雄渾、雅健、蕭散、弘麗多種風格，奇趣盎然。

四

王庭珪平生勤於著述，著作頗豐，有《盧溪文集》五十卷，《易解》二十卷，《六經講義》十卷，《論語講義》五卷，《語録》五卷，《雜志》五卷，《滄海遺珠》五卷，《方外書》十卷，《校字》一卷，《鳳停山叢録》一卷。今所傳者唯《盧溪文集》五十卷及詞一卷，其他各書均已佚。

王庭珪詩文在其身後不久便結集刊行。據胡銓、謝諤、楊萬里諸人的《盧溪先生文集序》，當時至少有三個刊本：一爲其弟子劉江（字伯深）等編的五十卷詩文集，一爲朱子淵所刊詩集，一爲長沙劉光祖、紹祖兄弟所刊「長沙詩集」。從著録情况看，《宋史·藝文志》有「王庭珪《盧溪集》十卷」，《直齋書録解題》卷二十和《文獻通考·經籍考》均有「《盧溪先生文集》七卷」。鄧軗《重刻盧溪集序》亦稱：「鄱陽馬氏謂先生有詩六卷、詞一卷，不言其有文集。」那麽，前人著録的十卷本、七卷本，是否即爲劉光祖等編集的「長沙詩集」和朱子淵刊刻的詩集，已無從查證。上述三個集子的宋本，今皆已不存。今天所能見到的《盧溪集》最早刻本爲明嘉靖五年（一五二六）常熟縣令梁英刊本。據張寰《重刻盧溪文集序》云：「故吏部侍郎葉文莊公，雅好先生，宦迹所至，嘗訪其集，遂獲劉氏刻本，録而藏之。寰嘗觀公著述，數有及盧溪者，知其家有是集，因借得之，間以示常熟縣令梁君，梁君許爲刻之以傳……丙戌孟夏……梁侯刻之，以是歲五月入梓，八月以訖工告。」可知梁本出自據宋劉氏刻本（謝諤序後有「吉州東岡劉宅梅溪書院善本」鐘形牌）抄録本刊印，而非直接自宋刻原本翻刻。儘管「録本出於筆吏，多謬誤」（鄧韍《重刻盧溪文集序》），但梁本大體上保留了宋刊本面貌。梁英刊本較爲完足而校勘尚屬審慎，今多有傳世，北京、上海、南京各大圖書館均有收藏。清乾隆間編《四庫全書》，所收録者亦爲梁本。根據館藏目録，湖南圖書館所藏之一部即爲四庫底本。除四庫本外，還有清乾隆五十一年（一七八六）愛敬堂重刻本和一些抄本、選本，也多是梁英刊本的流裔。其中兩種均出自五十卷本的《盧溪集》。一種爲十六卷本，爲清同治七年（一八六八）蒙岡王廉端刊，上海圖書館、北京大學圖書館均有收藏。一種爲二十卷本，爲李兆洛藏抄本，書藏上海圖書館。兩本雖卷數不同，但仍是詩文合集，唯將五十卷本逐卷歸并，各成一編。

本次整理，以綫裝書局影印明嘉靖五年梁英刊《盧溪先生文集》（收入《宋集珍本叢刊》第三十四册）爲底本，校以影印文淵閣《四庫全書》本《盧溪文集》（簡稱四庫本），間采清乾隆愛敬堂重刻本（簡稱乾隆本）、清李兆洛藏《盧溪文集》抄本（簡稱李本）、清同治七年王廉端《盧溪集》刊本（簡稱王本），及近人傅增湘校語（簡稱傅校），并參考《全宋詩》《全宋文》所録王庭珪詩文。

《直齋書録解題》卷二十著録有「《盧溪詞》一卷，王庭珪民瞻撰」，今所傳嘉靖本《盧溪文集》未收詞。近人趙萬里據所見吴訥《四朝名賢詞》本及毛斧季校《紫芝漫鈔》本，并旁搜《花庵詞選》《歷代詩餘》《欽定詞譜》諸書，校輯《盧溪詞》一卷，唐圭璋《全宋詞》據以收入。本次整理則據《全宋詞》録入，列於其詩之後爲卷二十六。

目録

卷一

古詩

卷二

古詩

卷三

古詩

卷四

古詩

卷五

古詩

卷六

古詩

卷七

古詩

卷八

古詩

卷九

律詩

卷十

律詩

卷十一

律詩

卷十二

律詩

卷十三

律詩

卷十四

律詩

卷十五

律詩

卷十六

律詩

卷十七

律詩

卷十八

律詩

卷二十一

絶句

卷二十二

絶句

卷二十三

絶句

卷二十四

絶句

卷二十五

挽詞

卷二十六

詞

卷三十三

手簡

卷三十四

論

卷三十五

記

卷三十六

記

卷三十七

序

卷三十八

序

卷三十九

啓

卷四十

啓

卷四十一

上梁文　致語　疏

上梁文

致語

卷四十二

銘　贊　頌偈　祭文

卷四十七

墓志

卷四十八

行狀

卷四十九

題跋

卷五十

題跋

卷五十一

題跋

脱稿

古詩

律詩

律詩

絶句

附録

一　生平資料

二　版本序跋

卷一

古詩

題宣和御畫

王鎖宫扉三十六，誰識連昌滿宫竹。内苑寒梅欲放春，龍池水暖鴛鴦浴。宣和殿後新雨晴，兩鵲飛來向東鳴。當時妙手貌不成，君王筆下春風生。長安老人眼曾見，萬歲山頭翠華轉。恨臣不及宣政初，痛哭天涯觀畫圖。

徽宗皇帝臨御日久，海内無事，唯不忘翰墨之娱，見者知其爲御畫也。臣既獲仰觀，撫卷太息〔一〕，思宣政間，當國家太平極治之時，景物宛然〔二〕，不覺流涕，乃再拜稽首而賦是詩。紹興丙寅三月望日，小臣王庭珪謹題。

【校記】

〔一〕撫卷太息　原誤作「俯卷大息」，此據四庫本改。

〔二〕然　原缺，據四庫本補。

仙人春宴曲

高樓玉珮摇春風，銀槽壓雨珍珠紅。天留曉月十分魄，飛光下照仙人宫。瑶姬半醉撾鼉鼓〔一〕，彩鳳吹笙黃鶴舞。雙成翠袖織藕絲，麻姑行厨擗麟脯。金盤燒蠟夜未央，從妃進果蟠桃香。坐上花開人未老，他日重來花更好。三千年後忽相逢，再約群仙醉蓬島。

【校記】

〔一〕擿　原誤作「過」，據四庫本改。

觀駱元直經進江南形勢圖

異時漢網疏天討，胡兒馬嚙江南草〔一〕。石頭重戍豈無兵，將軍不識丹陽道。至今戰骨埋秋霜，傷心不忍問耆老。龍蟠虎踞昔何雄，赤壁濡須在眼中。潯陽江水射蛟處，旌旗拂天來向東。艨艟塞川不敢下，昔人曾此破曹公。横江九道波翻屋，試請輕兵渡淮曲。夜入長安人不知，應見畫圖心已熟。他日將軍按此圖，鼓行而西如破竹〔二〕。

【校記】

〔一〕胡兒馬嚙　四庫本作「邊馬來嚙」。

〔二〕而　原誤作「如」，據四庫本改。

長沙北禪覽古寺有吴王女墳

明湖漲天光，春雲如粉碎。吴王宫女罷吹簫，象床玉椀今安在。桃李初開映緑池，緑池水暖揺花枝。聞道只今池上月，照見吴王繁盛時。當時粉色艷月彩，今日古墳煙草衰。草衰不見吴宫事，唯有月下孤猿啼。猿聲哀苦問不得〔一〕，又恐清曉催黄鸝。

【校記】

〔一〕問　四庫本作「聞」。

方外庵聽惠端彈琴明日赴李似矩尚書招

浮雲捲盡天無風，青山銜日猶半紅。誰彈烏啼夜鶴怨，平明結客長安中。大顛初識韓吏部，清檗亦參裴相公。尚書意欲吞胡虜〔一〕，手挽天河作霖雨。響泉韻磬應自擕，昵昵莫爲兒女語。爲陳古操有平戎，此曲聊堪佐旗鼓。

【校記】

〔一〕吞胡虜　四庫本作「清邊圉」。

游青原呈王元勃舍人周秀實監丞

異時黄魯直，嘗賦青原詩。至今青原山，名與星斗垂。自從有宇宙，孰能磨滅之。昨日從大旆，上讀前人碑。欲學下一語，自覺落筆遲。我等如湛輩〔一〕，後世誰復知。治君千載人〔二〕，治中同一時。兩公俱大手，妙語仍崛奇。得句未肯吐，神物尶護持〔三〕。光艷出月脇，當留照巖扉。

【校記】

〔一〕湛　原誤作「淇」，據王本改。湛輩，指晋羊祜守襄陽時从事鄒湛等人，事見《晋書》卷三十四《羊祜傳》登峴山，鄒湛曰：「至若湛輩，乃當如公言耳。」

〔二〕治　傅校作「使」。

〔三〕尶　原本及四庫本均作「尶」，北京大學古文獻研究所編《全宋詩》卷一四五二作「慳」，或可采。

舟次白沙

朝發螺浦湄，暮宿白沙口。初爲夜行計，有物應掣肘。山雲四面起，風濤半江吼。落帆危石磯，就枕不敢久。林深鳴鶴鵠，村遠聞鷄狗。夢覺知月明，破篷見牛斗。起視天色清，解纜欲放溜。浪頭聒天響，掀簸入我牖。蒲帆未及張，篙師復回首。渡頭有古祠，壁畫雜怪醜。舟人相與言，勸我酬神酒。出處本細事，陰晴亦常有。我固不問天，豈問土木偶。

寄胡邦衡兼簡陳僉判黄書記

斯文久寂寞，誰應擅雕龍。萬事問伯始，今復得此公。濤瀾翻筆舌，錦繡蟠心胸。平時吐佳句，逸氣如長虹。制策收俊異，行當推選鋒。元龍湖海士，江夏無雙童。詞彩俱秀出，春葩發青紅。鏗鏘排律吕，純音玉琤琮〔一〕。草木吾臭味，坐隔神螺峰。遥聞玉荆産，長松想清風。安得賈餘勇〔二〕，提戈噪其中。且願試音響，徑須撞巨鐘。

【校記】

〔一〕琤琮　原誤作「净淙」，據四庫本改。

〔二〕賈　原誤作「且」，據四庫本改。

向衡州生日今右相與公同生日

嵯峨閶闔西風回，赤霄夜半天門開〔一〕。昴星麒麟下穹昊〔二〕，兩家同日生公台。兩公爲誰張與向，人物堂堂真漢相。願公接武未央庭，禁直金鑾對方丈。

【校記】

〔一〕門　原缺，據四庫本補。

〔二〕昴　原誤作「昂」，據四庫本改。

張持操携徐獻之侍郎書見訪兼出示著述中興論諸雜文爲賦詩一篇以文軸還之他日亦録寄獻之也

君不能徒步上書獻天子，又不能移書帝城結王公。欲將筆力扛九鼎〔一〕，紙上有説能平戎。宣和治極久忘戰，羯奴騎馬嘶淮甸〔二〕。是時猶屯百萬師，無人北向放一箭。大臣搏手知何爲，草間公卿兒女啼。至今謀國無上策，讀君斷稿令人悲。君家人物照青汗，曲江猶識胡雛亂。他年論事要回天，應向荆州尋好漢。

【校記】

〔一〕力　原誤作「刀」，據四庫本改。

〔二〕羯奴騎馬　四庫本作「北來邊馬」。

過蕭瀧廟

瀧江欲度虹爲橋，瀧濤舂擊蛟魚跳。瀧頭有廟非一朝，瀧民猶傳神姓蕭。殿脚插入白鷺腰，青原舞翠挹岧嶢。朱甍日出煙霧消，碧瓦不動磨青瑶。忽然飛電掣紫霄，天爲借怒生奇飆。游龍揮雨洗泬寥，桂花墮落香雲飄。百年古木號鼉能〔一〕，變化擊鼓鸞吹簫〔二〕。官船賈舶膽欲焦，廟前泊櫓不敢摇。楚詞跪奠設漿椒，瀧之靈兮或可招。

【校記】

〔一〕能　李本作「魋」。

〔二〕此聯四庫本作「百年古木號夔魋，鼉能擊鼓鸞吹簫」。

送陳邦直知縣

道邊車馬來不休，傾城出送陳太丘。太丘愛民如父母，故令民作嬰兒愁。各持杯酒塞行路，衆人欲挽我獨不。我記殿前初射策，臚傳高名落九州。同年袞袞上臺省，公獨執板拜督郵。况兹小縣天一陬〔一〕，不煩細民遮道留。繡衣飛章動冕旒，行必召對螭坳頭。君王端問活國計，大略要洗儒生羞。

【校記】

〔一〕陬　原誤作「取」，據四庫本改。

贈別黄超然

我生不識黄太史，猶及諸老談遺事。藍田生玉海生珠，謂君眉目無乃似。誰作江西宗派詩，如今傳法不傳衣。句中有眼出月脇，密付嫡孫人未知。宗風後必喧人口，雲夢更須吞八九。他年拈此一瓣香，獅子窟中獅子吼。

寓郡齋過清閟軒與高虞卿夜話

户牖鄰清閟，深夜客扣關。開門見脩竹，人與竹俱閑。雨竹窗外響，風從屋頭還。羡君屏百事，讀書蒼翠間。刺口談治亂，筆挾風霜寒。更覽珠玉文，洗我冰雪顔〔一〕。歸來興未盡，危坐聽珊珊。

【校記】

〔一〕冰　原誤作「永」，據四庫本改。

趙逢源今春當赴省試以事失期乃督錢綱往行在且欲觀母后回鑾之慶作詩速其行

去年秣馬望行宫，飄然氣若摩霄鴻。不學提携百金劍，不倚能彎兩石弓。徒誇讀書飽藜莧，筆陣欲敵千人鋒。要登月窟取官職，不使官出兜鍪中。丈夫功名自有日，春闈已過落花風。今當獻計隨群吏，到時萬井歡聲沸。慈寧殿前催趁班，看君入賀嗚靴鼻。

送向宣卿赴朱相公參議

旄頭彗天天狗墮，一日中原作奇禍。金竿突繞都城光，鐵馬橫蹰御街過。邇來十年不解兵，盜賊軍書急星火。將軍藩身養脇疽[一]，帝命相公期必破。指揮貔虎下天來，奮臂一呼皆袒左。相公元是帝股肱，提師辟士收豪英。君才累試當劇郡，群凶落膽知威名。麾下傳聞有飛將，一箭曾射欃槍星。公謀豈止當十萬，要挽天河洗甲兵。君不見河陽軍烏重胤[二]，參謀初拔温處士。遂令冀北馬群空，石洪亦自河南至[三]。又不見裴晉公取淮西，幕下正用韓退之。乃能夜縛吴元濟，至今留得平淮碑。如今相公開幕府，豈減烏公與裴度。席捲江湖波浪清，貂鼎勛庸歸自取。

【校記】

〔一〕藩　傳校作「蟠」。

〔二〕胤　原誤作「嗣」，據四庫本改。

〔三〕自　原誤作「有」，據四庫本改。

送吴叔舉主簿往清江受納秋苗

田頭作穀催入場，一半白著輸官倉。廬江主簿喜懷檄，放船椎鼓開帆檣。蕭灘老農公事畢，夾道歡呼羅酒漿。笑言歸去唤妻子，今年租米兩平量。

秋夜西園獨步

清夜游西園，竹影亂秋月。穹色湛虛明，林光益奇絶。人間睡正著，那知此時節。坐觀衡陽移，頃刻風煙別〔一〕。沆瀣洗天宇，一飲醒毛髮。氣與南山高，青蒼助施設。池塘收緑净，星斗轉空闊。微雲點太清〔二〕，須臾亦自滅。明朝問此境，勝處不可説。却恐鷄三號，開門走車轍。

【校記】

〔一〕頃刻　原誤作「領列」，據四庫本改；傳校作「領略」。

〔二〕太　原誤作「大」，據四庫本改。

劉晞揚貧甚爨煙不屬而讀書不輟作詩遺之以激其志因敍其貧之所以然冀當塗有聞之者〔一〕

荷鋤初讀書，中原已鼎沸。輟耕仰太息〔二〕，衣食尚卒歲。喧呼傳點丁，田廬忽湮替。産盡猶索租，從何出租税。乃知天寶後，信如石壕吏。君門九重深，旗戟森兵衛。朱幡背相望，莫肯察凋弊。賴子天資高，追琢自成器。時能從諸生，扣門來問字。長篇爛溢目，春葩吐奇麗。饑雖不堪煮，要自飽風味。乃翁昔好事，賓客常滿位。小兒聽客語，炊甑忘箸箅。豈慮飯成糜，邇來糜亦廢。時能饋升斗，與子黔突喙〔三〕。

【校記】

〔一〕而讀書　原誤倒作「書讀而」，據四庫本乙正。

〔二〕太　原作「大」，據四庫本改。

〔三〕喙　原誤作「啄」，據四庫本改。

送王舍人超武

王郎遠器宜廟堂，胡爲奔走天一方。吴越相望峙雄壘，雙旌再開南斗傍。手携仙人緑玉杖，坐褰刺史赤帷裳。平生廣莫意萬里，眼高四海無相當。舍人舊班紫宸陛，天馬豈受青絲韁。騎驢到部正閲歲，飄然鵠舉摩天翔。嬰兒十萬啼塞路，各遮馬首持杯觴。忽聞半夜發輕舸，追走不及徒悲傷。繡衣飛章有巨力，不須州民投皂囊。正恐君王知治狀，便向劍履趨明光。鼇頭蓬萊在平地，日邊除書細作行。

卷二

古詩

和劉美中尚書聽寶月彈桃源春曉

何年鑿源開混茫，桃花兩片吹紅香〔一〕。煙消遠浦生微陽，漁舟誤行溪水長。溪回岸轉山隙光，疑有絳闕仙人房。居民争出羅酒漿，花間笑語音琅琅。抱琴釋子眉髪蒼，響泉韻磬鳴長廊。能談往事悲孟嘗，昔時臺沼今耕桑〔二〕。又如勇士赴敵場，坐令游子思故鄉。清猿抱木號鴻荒，孤吟劃見丹鳳翔。曲終待月西南廂，重調十指初不忙。如見古畫秦衣裳，春天百鳥争頡頏。桃源歸來今已忘，彈到落花空斷腸。

【校記】

〔一〕片　李本作「岸」。

〔二〕沼　原誤作「治」，據四庫本改。

和李巽伯少卿見懷

巽伯靖康中以少卿使金

騎鯨仙人本仙冑，不應暴落饑蛟口。長庚却復下人間，島瘦郊寒皆縮手。篇章邁往無故初〔一〕，不共曹劉轍俱蹂。此邦雖陋江山雄，巽時間出歐陽九〔二〕。公今詩句滿江山，似覺衰容得春酒。筆端獵獵生風雷，胸次煌煌焕星斗。生兒了事正作癡，亦恐癡兒未能了。頃年胡騎獵夷門，兵拏不解誰當剖。大臣薦公來洛陽，舌翻波濤驚朝堂。飛龍借馬出建康〔三〕，醜虜夜走塵沙黄。是時帝坐八綺窗，擬歌風起雲飛揚。

【校記】

〔一〕故　四庫本作「古」。

〔二〕九　原誤作「久」，據四庫本改。歐陽九，指歐陽修。蘇舜欽有《出京後舟中有作寄仲文韓二兄弟永叔歐陽九和叔杜二》之作。

〔三〕建　原誤作「延」，據四庫本改。

寅陂行

安成西有寅陂，溉田萬二千畝，廢久〔一〕，官失其籍，大姓專之。陂傍之田，歲比不登。邑丞趙君搜訪耆耄〔二〕，盡得古迹。迺浚溪港〔三〕，起堤閼，躬視阡陌，灌注先後，各有繩約，不可亂。是歲紹興十三年，適大旱，而寅陂溉萬二千畝，苗獨不槁。民頌歌之〔四〕。國家方下勸農之詔，法有農田水利，實丞職也。然緣是而僞自增飾以蒙褒顯者，世不爲怪，由是水利爲虚名。今寅陂功績崇崛，丞不肯自言，部使者終不及省察。某出城别君東門外，逢寅陂之民塞路涕泣言此，爲敍其事，作《寅陂行》，不復緣飾，皆老農語也，冀當世有采之者。紹興癸亥十月望日書。

安成城頭烏夜宿，啼烏未起鷄登木。傾村入城來送君，馬首摩肩袂相屬。但有龐眉不識名〔五〕，何物老翁出山谷。老翁持酒前致詞，家住西村大江曲。大江兩岸皆腴田，古有寅陂置官屬。自從陂廢田亦荒，官中無人開舊瀆。公沿故道堰横流，陂傍秔稻年年熟。今年雖旱翁不憂，田頭已打新舂穀。誰云此陂會當復，老父曾聞兩黄鵠。嗟哉如君不負丞，躬行阡陌勸農桑〔六〕，監司項背只相望，風謡滿路胡不聽。胡不聽，寅陂行，爲扣天閽叫一聲。

【校記】

〔一〕廢久　四庫本作「歲既久」。

〔二〕耄　四庫本作「老」。

〔三〕迺　原缺，據四庫本補。

〔四〕民頌歌之　四庫本作「民賴其利，咸頌歌之」。

〔五〕眉　原誤作「首」，據四庫本改。

〔六〕桑　四庫本作「耕」。

廬陵行并序

廬陵别駕謝公前年初下車，適蕭、富二盜作亂，州人震恐。别駕提兵，不閲月，兩巨寇縛致麾下，境内遂安。今當還朝，州人懷之。盧溪王某爲作《廬陵行》，以慰其懷思之意，録以爲别。

廬陵地控虔與洪，孤城斗絶吴楚東。連年賊兵塞官路，烽火照夜旌旗紅。治中來時正逢此，自請按行山谷中。禾川吉水方震動〔一〕，縛取兩渠來釁鐘。凶徒披靡拜麾下，願持田器爲良農。凱歌歸陳破賊狀，捷書飛入甘泉宮。甘泉侍臣知姓字〔二〕，天子往往聞其風。謂當到闕問邊事，邊上如今塵不起。但把長牋造鳳樓，莫説渡河挑馬棰。此公淹久佐一州，安用州民遮道留。州中老人錯料事，此公行立螭坳頭。

【校記】

〔一〕川　原誤作「州」，據傳校改。今吉安永新有禾川鎮，自唐顯慶間始爲永新縣治。

〔二〕字　四庫本作「氏」。

和程子山舍人贈高虞卿

南宮四海英俊場，閲人須多無此郎〔一〕。御史傳呼主司出，遥瞻紫案金爐香。簾垂咫尺斷還送，閉户設棘圍高墻。卷堆封彌充棟宇，筆浸滄溟開混茫。麟臺學士喜得子，時子山爲館閣。如獲寶鼎聯芝房。明日都城始傳榜，聲名烜赫無三張。平生知己萬不一〔二〕，世有若人安可失。方調鼎味薦鹽梅，桃李何心并滿浪反。佳實。論經射策未足論，挽取功名看他日。同門笑語夜相過，起看北斗插天河。凌晨鳳閣拜座主，門生來賀争肩摩。一時人物盡豪傑，太平爲寶非嘉禾〔三〕。

【校記】

〔一〕須　四庫本作「雖」。

〔二〕平　原誤作「干」，據四庫本改。

〔三〕寶　李本、傳校作「瑞」。

題羅疇老家明妃辭漢圖 李伯時作明妃豐容靚飾欲去不忍之狀〔一〕

明妃辭漢出宮門，豐容靚飾朝至尊。至尊左右皆動色，明妃欲語咽復吞。三千蛾眉塞天閽〔二〕，帝獨不識王昭君。顧影徘徊復良久，尚冀君王一回首。當時自倚絶世姿，不將賂結毛延壽。可憐朱網畫香車，却來遠嫁呼韓邪。不如歸州舊村女，三幅羅裙兩髻丫。陌上花開大隄暖，細雨春風歸緩緩。寧從禁禦落胡沙〔三〕，長路漫漫碧雲斷。忽看漢月照氈裘，淚濕彈絲錦臂韝。龍眠會作無聲句，寫得當時一段愁。

【校記】

〔一〕之　原誤作「不」，據四庫本改

〔二〕眉　原誤作「媚」，據四庫本改。

〔三〕禦　四庫本作「籞」。

送向宣卿往衡山兼寄胡康侯侍講〔一〕朱陵衡岳仙人所居公是行緣胡文招隱公有《雪寃録》歷詆諸監司〔二〕

海内甲馬未盡休，豪英爲時當出謀。天生奇才必有用，何乃相率居巖幽。胡公人品今第一，汗漫久作朱陵游。朱陵窟宅倚蒼翠，此公招隱安可留。九廟今誰起頹壓，四方正爾煩誅求。我聞昔時元刺史，春陵地分天子憂。少陵作詩頌其事，至今人傳元道州。公爲道州績尤偉，誰爲再作舂陵謳。孤城疲卒捍狂賊，高論力詆庸兒羞。安得如公數十輩，參錯天下爲邦侯。京洛腥羶不難掃，潢池寇孽不難收。願公早請尚方劍，先斬佞臣張禹頭。

【校記】

〔一〕向宣　原作「宣向」，據四庫本乙。「講」，李本、傅校作「讀」。

〔二〕胡　原作「故」，據四庫本改。

贈齊軒仲素老并序

齊軒仲素老自安成至京師〔一〕，游螺川凡十餘年〔二〕。偶過其居齊軒〔三〕，面東一山峰曰秀嶺，煙雲草木翠色依然。真逸道人戲作詩招之〔四〕，以代東山移文云。

秀嶺明東城，飛翠横空斷。煙霞互滅没，爽氣浮清旦。旁連仙人居，樓殿出天半。金龍蟠繡柱，銀榜開琳館。齊軒面青葱，下瞰緑篠岸。我嘗醉其上，謳吟雜悲歎。一時賢士夫，車馬共游欵。當年二學士，落筆瀉銀漢。曾賦齊軒詩〔五〕，字字星斗爛。事逐雲雨空，鬼録尚可按。重來兵火餘，觸目自悽惋。唯有軒前山，秀色還舊觀。曉猿驚未已，歸袂何必挽。胡爲走塵埃，廢此奇一段。山靈亦可畏，移文定嘲玩。

二學士乃伍醇父、劉偉明，立名賦詩〔六〕。

【校記】

〔一〕至　原缺，據四庫本補。

〔二〕年　原脱，據四庫本補。

〔三〕「偶過」前，四庫本有「暇日」二字。

〔四〕道　四庫本作「老」。

〔五〕賦　原誤作「赴」，據四庫本改。

〔六〕名　傳校作「石」。

寄黄子龐兼簡鄒德裕

天狼窺太清〔一〕，戎馬斷行路。一别常萬里，寄書何由數。識君英妙時，亹亹見佳處。當年松柏姿，已有廟廊具。比嘗覽新作〔二〕，險絶聞奇句。探珠滄海底，秀色不受污。筆端百斛鼎，胸中九經庫。高文動場屋，仍傳渭上賦。豈但凌三都，自可驚狂虜〔三〕。鄒郎挺忠烈，英英起門户。同游氣概中，風雲生指顧。獨念蓬室士，無因陪杖屨。相望隔章水，欲往不敢渡。拏舟弄明月，正恐蛟龍怒。

【校記】

〔一〕清　四庫本作「虚」。

〔二〕嘗覽　四庫本作「常覓」。

〔三〕此句四庫本作「自使强敵怖」。

贈康元章并序

西昌康元章自言：頃從防禦使劉紹先軍屯廬陵日，楊勍凶焰方熾，間道走九江，謁大丞相朱公，陳誅討之計。蓋勍本猾賊，藏奸宿亂，日欲奮，獨憚紹先，縮頸不敢摇。賴丞相果發兵捕勍，盡擒馘之〔一〕。未幾，丞相與紹先皆罷去，元章亦歸耕隴上。今欲裹糧奔行在，而有羈旅窮餓之厄。爲作詩以壯其氣，亦庶幾故人有哀之者。

康郎讀書本勃窣，羞作儒生酸到骨。偶逢四海未解兵，氣如秋鷹眼如鶻。布衣杖策丞相前，官軍盡掃長蛇窟。燋頭爛額已論功，况子當年陳調曲〔二〕。

【校記】

〔一〕盡　原誤作「蓋」，據四庫本改。

〔二〕調曲　李本、傅校作「曲突」。

送葛德裕并引

德裕沿檄之豫章，兼聞當督戰船往池陽，因書寄别。

捧檄困米鹽，戴星入州府。官卑强趨走，出語不媚嫵。坐此觸駭機，三人忽成虎。况聞郡公曹，士論極患苦。禍福在牙頰，驕氣溢眉宇〔一〕。念君鸞鳳栖，孰若黄鵠舉。負材淹簿領，擺脱即騫翥〔二〕。高興動長川，插旗催轉艣。帆經一柱觀，清風九江渚。蛟龍蹙横波，樓船照秋浦。兹游定有得，因之壯心膂。

丞相新開藩，門闌壓吴楚。豪英氣概中，人物粲可數。相逢一笑樂，細與論今古。若問山間人，披蓑釣煙雨。

【校記】

〔一〕溢　原誤作「益」，據四庫本改。

〔二〕騫　原誤作「蹇」，據四庫本改。

題秀光亭壁餞劉世臣劉仲美并序

余遭小人之謗，諸友嘗憤惋切齒，欲起而攻之。會劉世臣、劉仲美當赴省試，諸生設祖道於秀光亭。酒既行，忽報小人敗績，於是滿堂懽叫〔一〕，獻酬紛錯，終夕酣暢以爲樂。蓋小人既衰，吾道必盛，且以卜二君明春光大之兆〔二〕。歐陽巨明作序以紀餞筵之盛，盧溪老人賦詩以贈行。

飛雨灑簷角，車騎散巖隈。臨池張翠幕，衆賢會高臺。坐中蟾宫客，再占北斗魁北斗第一至第四爲魁。世臣前舉郡魁，今第四名。復有南巷阮謂仲美也，少年負英才。兩公俱博雅，胸臆天所開。明春試殿陛，筆力翻風雷。臚傳姓名出，聲聞落九垓。今宵且盡醉，須覆掌中杯。朝來得好語，仍聞小人災。請觀盧溪老，談笑消奸回。見敵未嘗却〔三〕，坐令敵傾摧。庸兒不量力，自倒非人推。舉此卜二友，否極終泰來。

【校記】

〔一〕堂　四庫本作「坐」。

〔二〕君　原誤作「尹」，據四庫本改。

〔三〕却　原缺，據四庫本補；李本、傅校作「動」。

送李亨仲赴荆南辟

少年膽氣横秋煙，腰間檑具森龍泉。出門萬里探虎穴，錦帶雕鞍明積雪。洞庭木葉飛霜風，將軍秉旄西擊戎。旌旗戈甲照湖海，欃槍欲滅胡天空。須君磨盾作露布，插羽來奏明光宫。

麗人行讀《大業拾遺》作

桃葉山前宫漏遲，宫人傍輦持花枝。君王喜憑絳仙立，殿腳争畫雙長眉。欲把琵琶彈出塞，結綺臨春時事改。井邊忽見張麗華，忍聽後庭歌一再。

早行

群鷄鼓翼天欲光，井上梧桐生微凉。殘星爛爛或出没，初日淡淡開青蒼。楚妃臺邊曉雲碧，伏波廟前秋草黄。騷人辛苦拾何物，沅有芷兮今已香。

卷 三

古詩

謝張欽夫機宜惠靈壽杖

九疑連綿青未了，郴江擘出蛟龍吼。雷公霹靂搜巖幽，化爲鬱律黄蛇走。飛電迸火出奇節，黄蛇走立僵如鐵。携看玉女洗頭盆，拄上九疑探禹穴。莫挑馬棰渡黄河，莫扣天門閽者訶。但掛百錢時一醉，從教風雨濕漁蓑。青錢學士年方少，年少羞爲老人調。即看飛步上蓬瀛，别有青藜夜相照。

魏彦成寄示桐川琅琊送行詩集奉次柳字韻一首系於卷末

少年班玉墀，美若靈和柳。一麾出銀臺，風流亦不朽。琅琊古名郡，屢移賢太守。天子憂遠民，謂公極其厚。林甫既當國，不便珉與玖〔一〕。何如訪醉翁，翁意不在酒。

【校記】

〔一〕便　王本、傅校作「辨」。

次韻張虔州兼呈向宣卿

賊鋒繞章南，殺氣動秋色。主將初無謀，突出誰與敵。君門九重深，羽衛生旗戟〔一〕。我欲獻奇計，何由吐丹臆。萬言一杯水，平生幾兩屐。時雖急搜賢，毀譽皆失實。頃聞向衡州，奸盜俱惕息。人材有如此，宰相安可失。

【校記】

〔一〕生　四庫本作「森」。

和李巽伯韻贈甥劉志道

年少嘗讀書，復挾琴與醫。世無識貞者〔一〕，持此將安之。古調不詠俗，空囊不貯貲。結交名公卿，雲間接風期。披煙對珠玉，常恐生微疵。向來壁上弓，落杯輒自疑。此事一了了，昔賢當并馳。李卿句有眼，妙語真而師。

【校記】

〔一〕貞　四庫本作「真」。

存存閣

王郎身如椰子大，胸蟠萬卷猶能載。少年著足名利場，歸來卜築紅塵外。太虚爲室月爲燭，四海諸公常所會。窮閻陋室天下貴，駑奴豐車多覆敗[一]。坐收浮念得此生，如鍊真金豈常壞。是中本自無虧成，壞與不壞亦何在？請君直下賦一言，要識所存當默解。

【校記】

〔一〕奴　王本、傅校作「馬」。

次韻周秀實觀李觀察勒兵

霜風獵獵吹旗旌，將軍束裝來勒兵。白鷺洲前雲鳥合，青原臺上山川横。李侯凜凜萬人敵，匹馬横行沙塞北。至尊殿上親賜名，生坐閻羅官柱國。提兵括寇來江西，探取賊窟如連鷄。軍中超距多暇日，却學臨淮親校旗。中興猛士如吼虎，二十八將隨光武。要看麒麟第一功，金印垂腰光耀組。

送陸景莊提幹

驅車越荆吴，轍迹走欲半。是時親戚多，烜赫踐華貫。中有衣繡人，持斧下霄漢。利權炙可熱，冷語冰未泮。徒乘朱班輪，呵殿嚇閭閈。如儺帶面具，應遭鬼笑玩。而況新失職，誰肯聽呼唤。坐令公困窮，旅突幾不爨。蔚然鸞鳳姿，胡爲雜鵝鸛〔一〕。我實憎此曹〔二〕，期君游汗漫。

【校記】

〔一〕鸛　原誤作「觀」，據四庫本改。

〔二〕憎　原誤作「增」，據四庫本改，

次韻曾育才翠樾堂雪詩

哦君翠樾堂中雪，詞如劍戟相磨切。又如牛鐸應黄鐘，水中躍出蕤賓鐵。因誦東坡憶雪詩，城郭山川兩奇絶。翠樾堂中雪復然，敢擬片詞增竄竊。長安道上醉騎驢，忍凍不知蹄屢蹶。争似淮西破賊時，蔡州城外沙如月。將軍一箭射欃槍，夜落城頭曉方滅。捷書飛奏不動塵，露布馳來迷玉闕。醉翁句律號令嚴，凍口何由更開説。銀杯任逐馬蹄翻，斷稿殘編且扃鐍。

送趙逢源赴趙提點辟

泉司近年浸鐵成銅，以足國用。使者與公皆賢宗室，故以比子政云

曩日逢君盧水頭，來如天馬初伏軥。忽然去作幕下士，奮袖起如鷹脱韝。黄雲壓空欲成雪〔一〕，笑捧辟書還御闕。王孫俱是天麒麟，枕中有方能點鐵。

【校記】

〔一〕雲　原誤作「雪」，據四庫本改。

同陳思忠訪洪覺範

尋春反向僧房臥，無乃行藏與時左。起來刮目覽新詩，花壓欄干夢初破。黄葉丹楓屬興深，吁然莫測疑楚些。惠休島可没已久，二百年來無此作。世間何處著斯人，秀句天教出寒餓。我氣未衰詞頗弱，欲借鼓旗聊一佐。終朝巖下不逢人，苔色應嗔馬蹄涴。

次前韻酬劉美中

筆勢斕斑如虎臥，何止風流蓋江左。新詩吟出鸞鳳音，曉鶯未啼春欲破。始知李白飄然思，俊語天成安用些。鳳簫聲不類人間，玉管定非人所作。可憐洛下書生冷，雷轉空腸發清餓。終日長哦學不成，掩鼻皺眉相贊佐。與公并轡且西游，舉扇勿憂塵土涴。

贈忠襄公二孫

乃翁精忠貫日月，一門挺秀俱琅玕。丹山飛來兩雛鳳，碧梧翠竹皆停鸞。武陵溪邊忽相遇，口角流涎誦詩句。盧溪摩頂欲作語，他日雲霄還記否。

送安成知縣周子發公家伯仲方持節江淮發運、提點荆湖刑獄，公今又趨朝，故有是作

安成斗絶吴楚東，妖氛未息仍歲凶。公當是時宰斯邑，眼底日厭旌旗紅。胡兒初寇中原地〔一〕，驛騎符移星火至。衆方敲搥立威名，公能使民歌愷悌。公家人物自魁雄，弟兄蹀躞騎青驄。端能經世任國事，同時獻納蓬萊宫。繡衣持斧今無對，虎節麟符照湖海〔二〕。行看三鳳接雲飛，共濟艱危熙帝載。

【校記】

〔一〕胡兒　四庫本作「北兵」。

〔二〕「符」字原誤置於此句末，據四庫本乙正。

酬聶達夫惠所業

聶郎贈我長短句，大盤小盤堆玉筯〔一〕。當年持此驚市人，破帽蹇驢誰借譽。厭聞百鳥呼春風，自作彩鳳鳴孤桐。俗聞惡語敗人意，胡不謁帝明光宫。

【校記】

〔一〕堆　原作誤「推」，據四庫本改。

酬劉英臣載酒送花

去年花下探春雨，鳴鞭走馬看花開。今朝危坐空山裏，不識春從何處來。誰云山中春亦好，忽見花枝被花惱。無奈窮愁輒賦詩，對酒簪花能絶倒。

次韻劉謙夫同年二首

子雲昔獻長楊賦，詞傾江海濤翻素。溪邊相遇覽新詩，陣馬迎鋒敢馳鶩。忽憶楓宸賜第時〔一〕，青袍紛紛莫知數。與客流落最多年，不記紫騮花下路。

蒼龍闕下同充賦，偶著青衫脱寒素。當年千佛共題名，勢若飛黄正騰鶩。此時入彀多英雄，只今豈可一二數。朱輪丹轂滿人間，亦有傾輈猶載路。

【校記】

〔一〕宸　原誤作「震」，據四庫本改。

次韻張子春賦瑶林春色余瑶林洞中以醂釄作麴，因爲酒名

花間酌酒邀明月，月照金罇佳興發。鯨吞霧捲百川空，醉挽醂釄落香雪。便將壘麴築糟丘，醂釄壓膏麥爲糵。釀成忽見張公子，公子家居近丹闕。爲余乘興誇洛陽，笑指沙頭卧雙榼。洛陽視此真草野，敢辱新詩借牙頬。瑶林名字出風塵，未遇知音那敢説。况能大讀《離騷》句，痛飲雖多不爲饕。未識王家碧玉香，髣髴東坡真一訣。誅茅本結方外人，豈用禮法相分别。預拂瑶林一片石，與君醉過清明節。窮亦不足悲，達亦不足説。酒闌插劍露肝膽，正恐不免論功業。

和陳柄臣見贈

北人愁聽江南曲，細草新蒲幾回緑。當年避胡初渡南〔一〕，千官蒼黄飯不足。中原亂後又逢春，邊頭只道無煙塵。邇來公卿不生事，此事必屬非常人。我曹生長江南樂，豈料翻成風土惡。湖海元龍氣尚豪，贈我新詩何璀錯。拾遺後出最能文，脩椽大屋今荒墳。遠孫高材淹管庫，猶能落筆生煙雲。山城相遇初相喜，共論大梁人物美。莫學夷門抱關吏，謀竊兵符椎晉鄙。

【校記】

〔一〕胡　四庫本作「敵」。

和胡子敦實少年行〔一〕

酒酣坐待東方高，臂鷹走逐城南豪。彎弓射殺白額虎，醉騎歸馬雪花毛。日暮黄雲動天色，易水迷魂招不得。莫學并州游俠兒，徒費黄金飾韉勒。

【校記】

〔一〕胡子敦實　原誤作「明胡敦實」，據四庫本改。

暴雨初晴

馮夷聒天夜椎鼓，盡驅群龍起行雨。阿香推出雷公車，惡風動掣不周柱〔一〕。似聞帝坐清霞宫，號令群龍收惡風。便令萬物有生意，虞淵取日當春空。

【校記】

〔一〕動掣不　原誤倒作「不動掣」，據四庫本乙正。

觀李氏畫

壁間冥冥雲塞川，細看幻出江湖天。寒鴉雪壓凍不喧，沙尾忽有瀟湘煙。黄盧碧草雁初下，畫此千金不當價。爲君覓紙一題詩，詩不能工且觀畫。

李仲孫佩蘭軒〔一〕

我友李仲孫，飭身一何介。被服古衣冠，昂然偉而怪。開軒蓬户中，紉蘭以爲佩。布袍揖公卿，脱幘卧江海。方其得意時，天地不能礙。荷鋤入深林，剪薙發幽薈。清芬動窗壁，蕙若連光彩。君看紫綬翁，腰垂黄金帶。璜珩錯琚瑀，印章如斗大。步趨踏龍尾，鏘然中音會。豈如此香草，擢秀繁霜外。秋風落萬木，臭味久逾在。我思軒中人，免食三斗艾〔二〕。夢寐欲見之，一往清鼻界。

【校記】

〔一〕蘭　原缺，據傳校補。

〔二〕斗　四庫本作「年」。

酬劉震仲

憶對秋風與公别，風吹雲開露明月。萬談不作儒生酸〔一〕，舌翻波瀾吐奇絶。今朝馬首從西來，笑我窮愁不掀揭。蟠泥蛟螭氣如蜺，不肯一吐人安知。要令光彩射月脇，五色萬丈天南垂。我聞此語中夜起，誰與插翼白日馳。低心逐駑駘，青衫走塵土。何當大醉騎鯨魚，凌煙飛過蓬萊渚。

【校記】

〔一〕萬　四庫本作「高」。

送南臺長老并序

本老游吾州數年，余固知其名而未識面也。忽飛錫赴南諸侯之請〔一〕，訪余於溪上，談論亹亹，獵取孔孟莊周之言以證彼大事，此又談禪而無蔬笋氣者也〔二〕。奇事奇事。余聞南臺古禪窟大師，時之偉人。其往也必不爲彼寂寂，故作數語以贈行。

祝融峰畔南臺路，傑閣危欄上雲雨。繡木泥金好佛堂，撞鐘擊鼓聞瀟浦。瀛洲仙人東道主，謂敢招提境中住〔三〕。請公説法也大奇，要公别下一轉語。

【校記】

〔一〕諸侯　李本、傅校作「臺」。

〔二〕談　原誤作「彈」，據四庫本改。

〔三〕謂敢　原缺，據李本補。

卷四

古詩

次韻方性夫同年見寄

禮經久顛龐，不絕僅如帶。諸儒共補葺，紛然莫酬對。先生隱桐廬，議論有根蔕。劍胸剔廢滯，電眼亦作電光。燭幽晦。虀鹽二十年，時節忽已屆。聲名塞天宇，筆舌翻清瀨。子美蓬萊宮，輝赫輒自怪。文彩動人主，英風特飄灑。清芬掩幽蘭，四海共紉佩。平生慕忠義，爛爛意常在〔一〕。坐閱諸公間，誰與論梗概。著書逢休運，一洗窮愁債。騣騣度驊騮，過都如歷塊。嗟予強追躡，常負跛鼈態。雖登龍虎科，異調愧當代〔二〕。才高自激烈，無爲逐時輩。

【校記】

〔一〕爛爛，四庫本作「爛漫」。

〔二〕代，原誤作「伐」，據四庫本改。

和施倅重陽日謝予送酒

東坡異時談醉鄉，怒罵嬉笑成文章。其中廣莫幾萬里，脫略禮法侔鴻荒。初無愛憎與喜怒，豈有寒暑與炎凉。後世乃與醉鄉隔，糟粕始變鵝兒黄。三杯危坐亦拱手，儼如冠劍侍君王。淵明不飲時節改，霜風九月籬菊芳。舉頭忽見南山翠，便覺逸氣登羲皇。揮毫落紙得佳句，流涎露頂庸何傷。甕下被縛烏足取，定無奚童携錦囊。安用船頭置百斛，又令口不離杯觴。醉翁飲少輒已醉，胸中了了初不忘。八仙脱醉尤可笑〔一〕，騎馬落井何其强。

【校記】

〔一〕脱　傳校作「沈」。

題禾山蕭秀才卧雲庵

江南山盡頭，氣狀頗英淑。禾山倚天開，蒼翠滿林麓。扶輿磅礴起，横斷湘江曲。中有隱君子，結屋在深谷。未放雲出山，蟠雲卧幽獨。暮簷青潑眼，遠靄寒山竹〔一〕。景色嘉有餘，幽人夢初熟。起看柱礎潤，山前雨應足。

【校記】

〔一〕山　傳校作「生」。

題劉端禮步芳橋

橋上畫欄低壓水，青龍影落芙蕖底。欲渡芙蕖望翠微，波面紅雲映屐齒。洛浦清流古有神，羅襪凌波生暗塵。東昏戲作錦地茵，金蓮襯步如花人。而今此事墮渺莽，但有荷花開蕩漾。試穿芒屩踏風煙，安用紫絲連步障。

余棄官累年劉元弼作詩見勉次韻奉謝

我生寡結交，論議誰與質。憤氣不可蟠，龍蛇走鬱律。少年學奇字，費力弄紙筆。不讀五千卷，亦慕入此室。腰間插櫑具，談兵尤縱逸。時方用巨人，顧我何品秩。往年承平久，出師無紀律。群盜尚縱横，豈但開邊失。皇威振海岱，戈甲耀霜日。自可掃狂胡〔一〕，掩耳驚雷疾。故人起閭巷，宿昔登近密。聲焰動四方，風雲生叱吒。犬羊猶爛熳，氛氣何時畢。感公贈以言，欲往非儔匹。此事恐不免，高卧安敢必。

【校記】

〔一〕狂胡　四庫本作「欃槍」。

送駱仲武〔一〕

淵明不喜折腰趨，寧作腰笏何易於〔二〕。勸農使者鄙丈夫，少年新進安識渠。下馬怒頰虯奮鬚，指揮星火飛文符。詈辭愧語每不無，諸公止欲求薦書。椎斲肌骨尋高腴，公爲一笑憐其愚。熙朝成法字已孚，堅如金石莫可無〔三〕。鞭且勿施安用蒲，三年竟亦無逃逋。吏民遮道相懽呼，生立叢祠傍佛區。想當逸氣吞江湖，與人恢疏無怨吁。臨邛小子傲鄉閭，方乘朱輪呵道衢。公歸西山結茅廬，丹崖絶壁巉空虚。誰能負弩當道隅，終日與爾爲前驅。

【校記】

〔一〕駱　傳校作「路」。

〔二〕腰　原缺，據李本、傳校補。

〔三〕無　四庫本作「渝」。

送周覺民兼簡湘西故人

蒼山凍雲垂欲雪，風吹客衣冷如鐵。忽乘狂醉夜敲門，不畏苦寒來訪別。時朝騎馬雪中歸〔一〕，何處皺眉吟雪詩。若見湘西舊同舍，爲余傾廪説相思。

【校記】

〔一〕時　李本、王本、傅校作「明」。

段居士粟庵

若人胸臆著萬卷，始信此庵藏大千。維摩室中坐獅子，蓮花鬚上集人天。十方國士從坐起，聚此一粒空中圓。爾時寶刹現毫端，跳出雲門向上關。癡兒正抱古公案，對面不納須彌山。便向粟中尋世界，含元殿裏覓長安。

題周忘機畫軸

舊聞周忘機隱於浮屠，如洪覺範之流，然未見其畫也。紹興乙丑清明日觀於任子嚴書室。王某題

羅浮飛瀑落九天，尺素倒流三峽泉。怪底晴窗起風雨，洞庭野色瀟湘煙。平生江山入吾手，况有對坐南昌仙。不須作此無聲畫，妙畫自以無聲傳。

次韻李教授閔雨

赤帷使者朱斑車，重簷飛蓋遮日烏。佛前下馬來跪爐，草木焦捲苗欲枯。我亦本是耕田夫，僅能識字勤須臾。吟詩閔雨作時無，空勞皺眉捋髭鬚。安得年豐鼓不桴，便足飽飯甘樵蘇。

觀徐明叔畫湘西磨崖圖崖在湘西白鶴峰，紀官軍破賊

衡山高出北斗邊，九疑蒼梧相屬聯。群峰環走如却立，山腳插入瀟湘川。朱陵渺邈迷處所，白鶴噴薄飛流泉。坐看徐郎拂絹素，盡驅山岳置眼前。徐郎豈是真畫手，酒酣游戲乃其天。巴陵洞庭連浦漵，鯨鯢蟠穴爲賊淵。詔謂將軍出旗鼓，樓船蹴踏驚浪喧。欃槍夜落照湖水，雕弓十萬猶控弦。湘西古寺最奇絶，丹崖翠壁開何年。况公文章善敘事，大字怪偉宜鑱鐫。中書異時觀落筆，因煩吮墨圖凌煙。孟公韓公毛髮動，腰鞚大羽冠進賢。他年中興事可考，公名亦與茲山傳。

和介甫少狂喜文章

少狂喜文章，頂戴千佛名。年大意轉拙，腸饑猶舌耕。筆扛百斛鼎，詩當五言城。儻無封侯骨，止是識字氓。長安公卿中，閲人如踐更。扁舟苟能辦，自足了一生。

贈劉允升并序

紹興三年，歲在癸丑，暮春三月，允升自湖南李相公幕府歸，致相公之意，因留數日，欵甚〔一〕，作詩贈之〔二〕。

我家神螺峰，與子鄰井閈。聞名初識面，逸氣起天半。坐久語翻瀾，詩文星斗爛。刺口論世事，極能

原治亂。洗我冰雪懷，韻出眉宇燦。遂於交游内，得此一好漢。自言長沙來，幕府天下冠。相公秉旄鉞，英僚照藩翰。辟書欲交飛，置我在門館。事繫國輕重，忽逐雲雨散。請君企踵待，勢若馬脱絆。他年恐未免，成此奇一段。

【校記】

〔一〕欽　四庫本作「洽」。

〔二〕之　原缺，據四庫本補。

劉端行自建溪歸數來鬭茶大小數十戰予懼其堅壁不出爲作鬭茶詩一首且挑之使戰也

亂雲礴破蒼龍璧，自言鏖戰無勍敵。一朝倒壘空壁來，似覺人馬俱辟易。我家文開如此兒〔一〕，客欲造門憂水厄。酒兵先已下愁城，破睡論功如破賊。惟君盛氣敢争衡，重看鳴鼉鬭春色。

【校記】

〔一〕文開　王本作「又聞」。

次韻酬向縣丞

平昔君家瀛閣老，少日結交名譽早。眼中忽失如此人，尚喜諸郎美風調。前年寄書識英妙，經歲初酬君勿誚。後會相逢應可期，顧我形容未枯槁。

送敘浦令宋元老總幹

軺車昔參使者騶，萬里粟帛咸括搜。荆蠻小縣天一陬，却來執板拜督郵。督郵偃蹇聊復爾，鶴書夜逐秋風起。峨冠端恐立螭頭，汗脚行當踏龍尾。公家有兒纔毀齒，背誦六經如瀉水。九重天子念勤勞，令試禮部收英髦。願作文章驚四海，他年一釣連六鼇。但知工部好驥子，勿怪將軍尋鳳毛。

題惠崇畫秋江鳧雁

老崇學畫如學禪，中年悟入理或然。長江未落鳧雁下〔一〕，舒卷忽若無丹鉛。定自維摩三昧裏，半幅生絹開萬里。不用并州快剪刀，斷取鐵圍山下水。

往年見趙德麟，説惠崇嘗自言「我畫中年後有悟入處」，豈非慧力中所得圓熟故耶？今觀此短軸，定非少年時筆也，故詩中云爾。

【校記】

〔一〕未　李本、王本、傅校均作「木」。

次韻傅彦本三首

介子齎金持漢節，欲斬樓蘭言剴切。建康家譜不傳人，萬口謳謠同一舌。仍聞載書盈幾車，指甲生花掌臥蛇。祖風凜凜世不乏，笑我窮山采蕨芽。

友琴安用胡公節〔一〕，簾卷鳴弦自清切。忽聞飛語銜駭機，亦慮過時聽反舌。仁風西來隨傳車，揮毫落紙蟠蛟蛇。正逢久旱得霖雨，一洗槎枿皆萌芽。

國步未寧誰仗節，慷慨談兵多感切。當時日厭五侯鯖，子雲筆札君卿舌。争如不識金銀車，亦無字畫能驚蛇。且吟老杜江頭句，細柳新蒲又吐芽。

【校記】

〔一〕友　王本作「鼓」，李本作「女」。

用前韻贈歐陽公制

垂髫與君相折節〔一〕，初學吟詩開又切〔二〕。君仍抵掌能劇談，至今濤瀾翻頰舌。人生讀書須五車，要當赤手捕長蛇。不然是事且略置，時過松窗煮雪芽。

【校記】

〔一〕相　原誤作「與」，據四庫本改。

〔二〕開　王本作「剴」。

卷五

古詩

雅歌樓詩送永豐宰鄧晉卿

潢池赤子弄庫兵，犬牙蟠接虔漳汀。十年烽火照縣郭，白晝不敢問衙庭〔一〕。忽見青樓臨大路，樓上高歌揮白羽。樓前解角看投壺〔二〕，終歲不聞撾戰鼓。主人坐笑已風流〔三〕，小婦鳴箏樓上頭。曲罷仍能雅歌舞，送君此舞傳中州。

【校記】

〔一〕問　四庫本作「開」。

〔二〕角　李本、傅校作「甲」。

〔三〕笑　四庫本作「嘯」。

送董袞臣提舉并序

湖西提舉董公，館於方外幕中月餘〔一〕，日得欵報杖屨之游，每聽高論，慨然有經世之志。忽聞大丞相李公來鎮長沙，即日撰裝走臨川以迎謁。謹書長句敘別，因以送行。

小庵遂在青林裏，高軒大馬從何至。慨然吐論翻濤瀾，茅簷爲我清風起。忽傳丞相下湖東，群凶落膽先摧鋒。便欲磨盾作文檄，捷書飛入甘泉宫。丞相參謀虚位否〔二〕，會看出奇兼破虜。席卷江湖波浪清，貂鼎勛庸歸自取。

【校記】

〔一〕幕　李本、傅校作「庵」。

〔二〕否　四庫本作「處」。

次前韻酬董衮臣使君見寄時公知岳州

少年通籍金閨裏，持節荆湖已三至。巴陵江水天上來，樓觀峥嶸半天起。使君才氣雄山東，豪曹巨闕誰争鋒。譙門高開洞庭野，鼓角震動魚龍宫。此中景致最佳處，譙間不復談征虜。題詩遠寄江外人，政恐六丁來下取。

再次韻酬岳州董使君聞去歲妖賊犯境，即時擒滅

西望岳陽煙霧裏，聞有璽書天上至。增秩何年下鳳凰，初無草動風塵起。我生飄泊任西東，孤軍敢犯千人鋒。郢中白雪豈容和，牛鐸輒應黄鐘宫。郡樓把酒題詩處，笑命騷人等奴虜。不憂突境有狂夫，

立遣偏裨生縛取。

江虞仲生日正月十四日

王春正月東風回，星橋鐵鎖明夜開。鼇山千仞接雲漢，平地五色移蓬萊。公家今夕果何夕，適逢閒氣生英才。清都虎豹失呵禁，九闕轉鈕驅河鬼〔一〕。爛柯山頭瑞煙起，太白之精天上來。却來人間知幾載，少日聲名震寰海。太學高文擅俊場，江南刺史多遺愛。江邊父老祝長年，南極年來一星在。明年此夕從宸游，鼇山正出鼇頭外。新鶯百囀柳初青，龍池鳳閣遥相待。

【校記】

〔一〕鬼　四庫本作「魁」。

李真狂過盧溪盧溪慮其狂之無所歸作狂語箴之

江南有狂客，氣欲横九州。朝爲長安市上游，暮出簀中思報仇。皇天恐爾狂不休，囚鏁置之東海頭。盧溪爲脱千金裘，换酒仍作商聲謳。醉來騎折玉龍背〔一〕，醒後槌碎黄鶴樓。摩霄拔劍斫月窟，何如投筆亦封侯。白晝殺人誇意氣，何如煙雨臥漁舟。

【校記】

〔一〕玉　四庫本作「六」。

和周通判永豐破賊

五更盾上聞磨墨，夜半偏思破殘賊。平明露布已成文，倚馬不知軍務劇。初傳別駕下南州，人如天馬徠西極。指揮猛士驅貔虎，坐使威聲馳絶域。狂胡昔渡西樓山〔一〕，漢皇不閉玉門關。四方群盜蝟毛起，旌旗光拂牛斗間。回戈必定東征去，鎧仗如雲光照路。捷書飛入甘泉宮，插羽鳴鞭氣横鶩。公家人物世不衰，况復詩名天下知。探驪得珠何崛奇，更欲盡采珊瑚枝。

【校記】

〔一〕狂胡　四庫本作「單於」。

題李伯時畫馬

禿筆戲掃凡馬空，人間始識天廐龍。山城逼窄那得有，注目萬里生長風。奚官緩牽紫絲鞚，好頭不著黄金籠。時平諸番盡入貢，此是玉花於闐驄。

劉偉明家藏名畫數軸，其侄時發得之以示余，且求余跋，而以李伯時畫於闐驄馬爲惠。余愛其善寫神駿之姿，非伯時不能也，復跋其後而藏之。

送向豐之

君家梁苑妙人物，羯末封胡咸勃窣〔一〕。子今二十能綴文，詩如陣馬敢馳突。此去荆湖道路長，要吟秋水動三湘。歸時蕉葉應黄落，牘拾騷人春草香〔二〕。

【校記】

〔一〕羯末　原作「劫來」，據四庫本改。

〔二〕拾　四庫本作「入」。

和周秀實田家行

旱田歲逢六月尾，天公爲叱群龍起。連宵作雨知豐年，老妻飽飯兒童喜。向來辛苦躬鋤荒，剜肌不補眼下瘡。先輸官倉足兵食，餘粟尚可瓶中藏。邊頭將軍耀威武，捷書夜報擒龍虎。近報殺退龍虎大王。便令壯士挽天河，不使腥羶汙后土。咸池洗日當青天，漢家自有中興年。大臣鼻息如雷吼，玉帳無憂方熟眠。

再和酬王元勃舍人見寄

風雹聒天雷動地，老父閉門呼不起。從教卷却屋上茅，偶遇時豐且歡喜。閭閻比歲連旱荒，椎肌斲骨生千瘡。羽書止欲調兵食，不貯别庫爲私藏。吾君撥亂如光武，將軍不數韓擒虎。龍神自將羽林兒，折棰一揮開北土。誰識江南刺史天〔一〕，政平訟理仍豐年。村中儻無石壕吏，吏不捉人人夜眠。

【校記】

〔一〕天　四庫本作「賢」。

贈蔣山僧并引

蔣山僧覺海持劉美中書來茶陵。予以解官，遇海於廬陵，作數語送之，俾游雲陽尋定佛果祖師道場，以乞丐於衡湘間。

雲陽秀湘南，祖刹隱林嶠。曾出老古錐，今尚有餘貌。神駒過江來，覊靮不受敲。潮音震海湖，乞食遍蠻徼。遣子尋故岑，飛錫出泥淖。端能破慳貪，亦須硬觜爪。定林枕雙溪，門前風水鬧。一派繞鍾山，歸時可自照。

沅陵遇公美忽談道術如有所得將之桃源作詩送之

昔年結屋并江灣，見君心膽方未閑。墻東月出夜扣關，酒酣説劍翻濤瀾。邇來書劍謀俱左，尋仙欲鼓蓬萊柂。三寸田中已發花，九曲江邊仍進火。蓬萊萬里天無涯，驚風落葉卷黄沙。且過桃源訪秦洞，玉盤應飣棗如瓜。

贈寫真徐濤并引

世言畫工喜作鬼魅，謂荒誕易圖也，故傳神寫照爲難。聞徐濤畫盧溪老子，作幅巾芒鞵蕭散之狀，見者以爲甚似，作詩求之。

徐生畫人不畫鬼，點目加毛必佳士。邇來下筆更逼真，勿論山僧及童子。會貌詩人孟浩然，便覺灞橋風雪起。如今儻欲畫盧溪，一庵宜著深巖裏。

贈高伯强

高郎讀書有何好，如魚蠹書終日啃。爨煙不屬長苦饑，行吟安得追風驃。群公頓網加羅搜，未肯放子出一頭。先生上堂應勞苦，向來白璧何時酬。

和歐陽叔向寺丞韻酬劉漸父

渤海赫赫東南豪，俯挹前輩傾時髦。有如青天白日出，平地放著崑崙高。都下官寮車可載，聲稱寂不聞中外。二陸初來浪得名，謬以尊夔誇捷對。文章直要窺孔顔，不可睥睨馬與班。君門九重耀晶戟，遠臣胡得來其間。清新不見庾開府，寂寞詩壇將無主。縱使揚雄識字奇，劉歆泣歎空自苦。也知未遇何足悲，時來忽睹青雲低。鳳凰孤鳴得天律，百鳥東喙不敢啼〔一〕。先生能作鳳凰語，議論遠過袁虎子。豈惟一日動朝廷，留作詩人後來史。汪洋尤喜陳時議，一夜稱嗟豈徒謂。九衢傳寫已喧闐，氣壓五侯驕七貴。螺江地古人物好，迄今故老猶能道。醉翁没後頗荒凉，秀氣盤旋此環抱。天恐斯文久遂終，英靈挺出嗣家風。身雖富貴異流俗，兩眼觀書耳亦聰。應曾夜半參黄石，神幾暗得無蹤迹。我本閑愁寡才力，閉吻逢君那喘息。

【校記】

〔一〕喙　四庫本作「啄」。

郡齋次張參政韻呈王舍人

使君天下士，豈止臨一州。此州久廢亂，弄兵非鼠偷。使君醫國手，頓若沈痾瘳。下免北征苦，上寬南顧憂。壞堤防蟻穴，回瀾障東流。潢汙與行潦，咸可供薦羞。幕府羅俊彦，巨細靡不收。天生一世人，異趣各有求。盧溪老病叟，十年不浪游。失脚入城府，本自非人謀。賢侯新下車，采矚加窮搜。鄰里輒驚怪，出門争挽留。平生江海思，□□□□□。徑坐大孤秀，猶沈百寮底。揭來尉吾邦，聲華愈煒暐。諸公用法律，領略極不似。輶軒日邊來，願采書於紙。

送通判周監丞

秋江水浄磨碧銅，秋山先作歸意濃。况逢星火羽書急，立馬不復能從容。船中載書三萬軸，鳴鐃插幟揺秋空。前年群盗尚鑫午，眼底日壓旌旗紅。行春兼督貔虎士，破賊屢奏明光宫。今年豈料煙塵起，赤白提囊走邊吏。縣官飛符急索租，誰能急了官中事。不如置笏還縣官，頭巾脱掛西林寺。詩句留傳天地間，時有人來問奇字。功名正恐未免耳，此役由天不由己。

卷六

古詩

送趙敏卿

翩翩公子天麒麟，目光點漆傾坐人。萬里肯來尋逐客，夜夜讀書喧四鄰。君今先渡瀟湘水，我亦東歸聊復爾。明朝勑放巫山陽，拄杖行穿赤泥尾。

題洪覺範方丈

曲徑通禪房，闢户得佳境。適從闤闠至，頓覺耳根静。古木含蕭森〔一〕，寒梢發光景。墻圍數竿竹，中藏大千境。月從天上來，入林散清影。爐焚薰佛香，盌注浮雪茗。客散群動息，茲焉發深省。

【校記】

〔一〕木 原誤作「來」，據四庫本改。

次題周公予趙逢源過瑶林洞中探酴醿〔一〕

桃花落盡春風顛，兩翁并轡來翩然。入門下馬看花發，仰攀緑葉窺青天。倚檻謳吟發清唱，終夕擁鼻鳴寒蟬。唐昌仙人識玉蕊，借月下看乘飛煙。明朝地上拾落粉，草間點綴如遺妍〔二〕。狂思玉爪搔背癢，不可妄得麻姑鞭。歸來歡欣應拍手〔三〕，笑君騎馬似乘船。醉後猶能作長句，半夜打門驚我眠。

【校記】

〔一〕題　李本作「韻」。

〔二〕妍　原作「年」，據四庫本改。

〔三〕歡欣　原缺，據李本、傅校補。

送葉通判赴闕

乃翁共試蓬萊殿，筆力翻瀾瀉河漢。聯鑣并出日華門，燕罷綴行風雨散。家聲烜赫今益昌，高車大馬何煌煌。江頭相遇初識面，握手一笑仍悲傷。獨把窮愁老巖谷〔一〕，喜見高年有此郎。如今又作摩霄去，行看鏘玉侍明光。

【校記】

〔一〕把　傳校作「抱」。

送僧祖麟游龍會

大仰古禪窟，秀色摩穹蒼。蜿蜒屬龍會，半壁開寶坊。中有寂寞人，宴坐花雨傍。杜門不説法，碧眼照胡床。子昔喜行脚，拄杖走四方。所至螺鼓鬧，正作佛事忙。是中不可住，令人心發狂。却尋龍會山，夜深聞妙香。起望山上月，千山同一光。從來遠行客，終必還故鄉。便當隨月歸，急掃松下房。芒屩儻已具，留錢辦茶湯。

避亂東村逢南岳簡上人

一别湘山今幾載，盜賊縱横爾猶在。狂胡鐵馬獵夷門〔一〕，金錯旗竿繞湖海。憐我避亂荒村中，杖錫穿雲窮巋嵬。茅簷瀹茗清風生，月隱霄間星磊磊。高談微及古興亡，爲言致禍由時宰。著屐包腰却下山，恐觸危機吁莫采。

【校記】

〔一〕狂胡　四庫本作「北來」。

送劉宏夫昆仲赴省試

我聞君家書滿房，騎馬夜過叢桂坊。乃翁危坐具燈燭，諸子讀書喧兩廊。問君讀書一何苦，要取高官起門户。仰天大笑幾時歸，明年雙鵠刺雲飛。

次韻韓朝美惠硯

詩如春風入花骨，暖日晴雲入竹石。退之筆力千古豪，世有文章擅東壁〔一〕。松窗結鄰翁乃惜，坐中頗復有此客。人怪窮兒得寶歸，布袖淋漓手黧黑。

【校記】

〔一〕壁　原作「璧」，據四庫本改。

次前韻酬羅思義

君章夢吞五色翼，未羨充宗得文石。遠孫詞采亦班班，復見光芒動奎壁。我住江南君住北，北人今作江南客。論詩爭勝類樗蒱，一喝成盧子俱黑。

次前韻酬周公予年家

君家大阮聲輝赫，當年并試龍墀石。小阮風流不減人，一家頓有雙聯璧。共題雁塔多名卿，溪頭獨作漁竿客。身經離亂偶相逢，怪我婆娑鬢猶黑。

次前韻酬劉大虚惠端硯

端溪之水深莫測，千夫挽綆下取石。溪翁采得歸不眠，夜劚鴝卵出蒼璧。君從何處得此寶，贈我慚非玉堂客。況無健筆寫銀鈎，墨汁徒翻老鴉黑。

王舍人生辰作〔一〕道書有金房四年之訣，皆鑄金爲簡，刻白銀編之，紫筆書文也。

己巳四月二十四，甲子夜半天門開。是時群星環北斗，一星謫墮人間來。星精爲人不易得，千年孕秀方呈才。筆扛龍門百斛鼎，家傳鳳閣通銀臺〔二〕。螭頭獻納近日月，論事力取天顔回。中興文武收髦俊，願公急起乘風雷。野人指山祝公壽，事業亦與山崔嵬。金房難老自有訣，銀編紫筆磨松煤。

【校記】

〔一〕作　原誤作「洋」，據四庫本改。

〔二〕通　傳校作「連」。

贈彭時卿秀才時卿昔年上書言得失，不報。今以親喪旅於江上，有窮愁之厄，恐墮其志，故作此詩遺之

昔年待詔隨公車，袖中獨有平戎書。當年肉食無上策，奇才劍客何時無。從來謀國忌迂儒，遂令此虜稽天誅〔一〕。君能再陳治安策，親喪未舉宜何如。休論忠孝不兩立，一抔之土非難圖。莫但扣門來夜話，長纓終請羈單於。

【校記】

〔一〕虜　四庫本作「賊」。

六月上澣陪王元勃舍人携客游青原山周秀實通判作韻語紀一時勝集奉次元韻

使君從千騎，伐鼓驚群偷。前驅嚴虎節，夾道森蛇矛。別駕工五言，句刮造化美。筆法蟠高軒，銀鈎照窗几。冠蓋一時盛，秋旻羅衆星。尋思問祖意，米價作麼生。欲扣山中人，何由知彼岸。殘陽下峰頂，暮色藹餘蒨。鳴珂出修竹，驅車轉平原。登臨悲往昔，豈不多名賢。獨餘姜與顔，人品亦自勝。溪流水濺濺，中堪理漁艇。賓客隨太守，風流幾百年。山間留絶唱，巨石枕横川。

送劉義夫宰祁陽

浯溪寒翠拖碧玉，石崖硉矹凌蒼霞。次山奇文走霹靂，顔老健筆蟠蛟蛇。凜如誚杞叱希烈，至今傑立天之涯。公於其間宰民社，切勿但取文辭誇。當用忠壯出奇節，縣妖破膽莫敢嘩。官舟連檣泊溪口〔一〕，符移星火如撒沙。舊聞俗苦吏嚚惡，端能病政使不嘉。先聲入境若元氣，顧見槎枿皆萌芽。溪中古月溪上石，照公清德無纖瑕。溪流不盡石不老，佳名萬古磨不窊。

【校記】

〔一〕舟　原缺，據四庫本補。

次韻羅伯固聽琴

焦桐初不受文理，弦以朱絲奇乃爾。坐中忽聞太古音，寵辱頓忘那有耻。官廳曾有一日閑，奏刀未覺肯綮難。抱牘兩衙梟雁退，目送飛鴻聊一彈。爽氣朝來如有約，幽林鳥語山間樂。琴罷揮毫各賦詩，滿袖珠璣何璀錯。晚風歸袂失炎蒸，却憶冰壺此段清。酒醒月白重開匣，更作松風夜雨聲。

彭青老往禾山讀書所寓之室曰蟄庵爲賦蟄庵詩一篇送之兼簡白雲元老

彭子擔簦行有日，拄杖穿雲風雨疾。主人好事家有書，卷埒石渠吞藏室。茲游遠去棲碧山，頭角未欲嶄嶄出。泥蟠谷底茅屋深，丹崖青壁幾千尋。白雲老元坐禪窟，笑汝猶作書生吟。峰頭別打禾山鼓，喚起蛟龍趁雲雨。

題向巨源南昌樓詩後并序

昔年過豫章，望南昌樓，知其必有勝處，欲一登而不果。今觀向巨源四詠，果與滕王閣争江南臨觀之美，始恨昔年匆匆，不獲一寄目以償所願，輒作數語題其後〔一〕。

南昌高樓在何許，亦面西山望南浦。壁間有客舊題詩，傾倒湖山入毫楮。此公平生妙言語，突過前人落霞句。簾開月出大江横，定勝滕閣卷山雨。

【校記】

〔一〕輒　原誤作「輙」，據四庫本改。

贈蜀僧妙高并引

蜀僧妙高，自峨眉出三峽爲南岳幹佛事，至辰陽，適余竄居是郡。高數相過，又將去游江湖吴越之間，索詩爲别。

峨眉山頭古時月，浮雲卷盡塵埃滅。曾隨僧宴入中京，光照九天開玉闕。山月如今亦送君，影落洞庭波底徹。此時看月憶峨眉，山色湖光兩奇絶。明月隨君却復東，千里相思共吴越。問言古月與今月，水鳥風林盡能説。溪邊惜别重吟哦，顧我無才奈若何。他日長安逢李白，再乞峨眉山月歌。

戴國和得潘衡墨法於意言之外今携之湖湘必有識之者作詩以送之

老潘膠法秘不傳〔一〕，君獨得之乃其天。此法髣髴如參禪，忽然有省夜不眠。又如神仙换骨法，應手不自知其然。湖東大帥天下賢，詞源如海筆如椽。本是玉堂揮翰手，正要此物供磨研。醉題李白三百首，掃盡將軍九萬牋。老潘殁來知幾年〔二〕，聲名始落瀟湘川。君不見吕洞賓，竹絲籃子烏紗巾。長安市上無人識，唤作湖西賣墨人。

【校記】

〔一〕潘　原誤作「蟠」，據四庫本改。

〔二〕潘　原缺，據李本、傅校補。

送彭秀才赴國學試

君厭江南卑薄鄉，擔簦萬里趨虞庠。虞庠黌舍中天起，上游英俊如堵墻。子欲戰藝於其場，亦須旗鼓能相當。但得同升博士堂，看取官職如驅羊。

卷七

古詩

游貢游洞〔一〕

竄身楚西極，幽奇頗窮歷。况此古道傍，横天竦蒼壁。何年始開鑿，工如鬼鑱刻。飛空數百丈，突出清鯨額。那知風雨時，雲雷非窟宅。事迹墮渺茫，探討失圖籍。豈無高世士，於此煉金液。不能久徘徊，上馬空歎息。

【校記】

〔一〕貢　傳校作「貞」。

次韻折樞密題向萍鄉莞爾堂

器遠無近用，弦歌只暫娱。從來趙魏老，或爲滕大夫。昔時武城宰，其人骨已徂。牛刀發新硎，夫子輒驚吁。向侯本學道，與世疑闊疏。擁紬聽衙鼓〔一〕，庭下一事無。不爲赫赫名，詭衆以自殊。催科雖云拙，於今乃賢歟。夫子儻無言，黑白共一區。家有治縣譜，不飲常晏如。棠陰决民訟，松間讀我書。飛蝗避境土，野鶴馴階除。堂上盛賓客，不減陳趙予。新詩播京邑，異世乃同途。振轡若登仙，身輕衣六銖。雲間倏飛馭，君駕何時迂〔二〕。

【校記】

〔一〕紬　傳校作「袖」。

〔二〕駕　原誤作「焉」，據四庫本改。

寄賀魏彦成郎中

扶桑日出天開關，江南太守初賜環。鴛行舊班三尺腳，踏他龍尾回天顔。是日奏對驚衆目，錯國不動安如山〔一〕。爲郎畫省非常調，民曹金穀徒煩要。江淮久鬱鸞鳳姿，一飛宜上青雲表。政使垂紳坐廟堂，南北封疆談笑了。君不見河南魏弱翁，治行聲聞九天上，漢室中興拜丞相。

【校記】

〔一〕錯　四庫本作「措」。

謝魏彦成知郡寄惠漂布

江南渡頭浣紗女，年年舟上織白苧。織成還自漂江沙，女手纖纖白於布。水邊時有釣漁人，何異淮陰漂輕絮。一飯能識韓將軍，不負平生名漂母。州西寒士衣百結，太守憐渠心甚切〔一〕。爲作絺〔二〕衣倒接䍦〔三〕，炎官火傘方張設。恨無青絲白玉鞭，醉騎白馬踏江月。誰知南國任公子，留待深冬御霜雪。昔徐仲車爲山陽教官，太守程公見其衣敝，以新衣易之。仲車因思南齊任昉之子冬衣絺綌，遂用其事作詩以謝。漂布亦暑服，比絺綌尤精奇，故復用之。

【校記】

〔一〕心甚切　原誤作「茅口口」，據李本、傅校改補。

〔二〕爲作絺　原誤作「口作綀」，據李本、傅校改補。

〔三〕接䍦　或作攞䍦，古代的一種頭巾。䍦，原誤作「籬」，據四庫本改。

題向宣卿伊山有裕堂

伊山連屬朱陵村，公來力掃衡山雲。便令築堂隱其下，萬竹繞堂松作門。此公文簡四葉孫，奇謀遠略世所聞。胸中磊砢著千古，雲夢豈止八九吞。憶昔荆湖盜初起，乞得兩郡西南奔。至今衡陽道州政，父老出涕猶能言。負材傑異衆所忌，使者不便仍謗諠。宗閔羞作南山虎，李斯却憶東門兔。壁後置人誰不知，傾身障簏情已具。何曾日食一萬錢，猶言舉案無下箸。貪嗔俱是可憐人，百憂纏身誰得汝。請君聽我伊山行，九疑洞庭皆可耕。清風不用一錢買，時有明月窺簷楹。其中廣莫幾萬里，寵辱微物安能驚。自非胸懷有本趣，其氣激烈何由平。安得中郎捋鬚手，喚起桓伊來撫箏。桓伊嘗居此山，亦嘗與謝安有功而遭謗，故用撫箏事。

題劉知縣後隆堂

五季列壤争未休〔一〕，庸兒崛起操鉏耰。朝爲吴臣暮歸楚，黥髠盜販更據州。君家大傅出奇策，氣壓百萬姦夫謀。一朝談笑解紛亂，辭爵却歸東海頭。自言其後必隆盛，慶源遠與江河流。昔時楊寶所活一黄雀，猶能四葉清德傳至彪。又聞何敞陰功唯治獄，天遣使者賜策何其優。有如大傅安堵十萬户，宜令後世衮衮生公侯。

【校記】

〔一〕列　李本、傅校作「裂」。

贈別劉文卿 楚公之孫

丞相諸孫早相見，子獨羈游未識面。忽騎瘦馬夜敲門，始得此郎如小阮。通都大邑多豪英，乃走窮山訪微賤。匆匆未暇世論文〔一〕，會看落筆知關鍵。

【校記】

〔一〕世　李本、傅校作「細」。

題王主簿逸老堂

人生異趣各有托，年少何如老人樂。老來萬事不掛懷，樂處勿憂兒輩覺。疾雷破山吾不驚，亦賴天教閑處著。兩部池蛙當鼓吹，萬疊雲山作屏幕[一]。此時真似地行仙，拍酒何須萬斛船。不愛白日升青天，不愛腰纏十萬錢。但愛百年三萬六千日，日對芳樽聊自逸。明日花開花更好，定知不向愁中老。

【校記】

〔一〕幕　原誤作「募」，據四庫本改。

題羅氏餘慶堂

蒼崖翠壁前人居，猶識當時屋上烏。應念前人餘澤在，飛閣突出青山隅。山前老父相叫呼，爲起里門高著櫨。蔥蔥瑞氣已充閭，他日要容高蓋車。

送劉熙載赴省試

江南山欲窮，地與荆楚錯。君生於其間，秀氣鬱磅礴。文章變飢皺，聲名久淘硞。至於吐言談，風味亦不惡。如何生寒窘，詩書對藜藿。天網羅英材，搜獵遍叢薄。君材萬人敵，百鳥避一鶚。忽從布袖中，盈編出新作。奇怪驚我前，雷電雜風雹。行當試殿陛，宏文要追琢。同游三數公，詞藝俱贍博。上方集多士，謀欲取京洛。徑須陳治安，端不談冗齪。致身青雲上，去天纔一握。早寄山中人，庶以慰寂寞。

贈劉亞稷

君家大父當元祐，賦壓鄉閭在人口。子今二十能綴文，已覩落筆蛟蛇走。藍田出玉果不非，豈知剖蚌得珠璣。乃翁高材臥林壑，眼中有此光陸離。炯然見子侍公側，鵷雛翠倚碧梧枝。嘗聞鵷雛之生破卵出，五色即欲摩天飛。陸機少年作文賦，河東小鳳才亦奇。自古有英物，秀發皆如斯。我謂鵷雛排風整毛質，翦拂始光輝。尚須啄琅玕之實〔一〕，飲瑶海之池，然後巢阿閣，集赤墀。赤墀阿閣無凡棲，期子當呼鳳來歸。

【校記】

〔一〕啄　原誤作「啄」，據王本改。

謁王宣子舍人

垂旒畫衮雲繡裳，天子擇日開明光。臨軒策士必親覽，鴻文獨高翰墨場。都人争看狀元出，九衢車馬何煌煌。貴名一日動天地，破卵插翼飛鸞凰〔一〕。螭頭獻納近日月，謂公遠器宜廟堂。麟符虎節下霄漢，雙旗忽開南斗傍。朝廷已知弱翁治，行且大用歸巖廊。江邊野老病初起，始欲杖策窺門墻。

【校記】

〔一〕凰　原誤作「鳳」，據四庫本改。

張元暉生日三月十六日

春風吹月昨夜圓，門對新生洲渚邊。紫文鸑鷟初入夢，燕公手筆大如椽。赤松黄石俱長年，金鈎鵲印仍家傳。劍池霹靂蛟龍吼，寶氣飛精射牛斗。人呼張鎬帝王師，相公元是山中叟。

和王宰早梅

雪裏花開冰未拆〔一〕，如見瑶姬侍君側。瑶姬國艷欲傾人，嫣然一笑頰齒白。疏影横斜語最奇，桃李凡姿無此格。瀛上休覼倒暈眉，且看嬌黄塗半額。

【校記】

〔一〕拆　原誤作「折」，據李本改。

贈歐陽伯威

歐子扶親喪，崎嶇度湘巘。豈無當塗人，孰肯爲封傳。跣足行萬里，僅能及鄉縣。埋玉謀荒山，此計墮彌漫。世無郭元振，一舉四十萬。積微會衆力，庶可咄嗟辦〔一〕。

【校記】

〔一〕辦　原誤作「辯」，據四庫本改。

送頗侄郡學讀書

郡侯勤勸駕，英聲播江瀆。學官得鴻儒，筆頭弩千鈞。金蘭二三友，執經造其門。歐陽子劉子，試藝咸有聞。吾侄奮袂起〔一〕，去若渴驥奔。妙推天地假，高談帝王尊。入室得妙語，録寄青溪村。

【校記】

〔一〕侄，原誤作「有」，據四庫本改。

還劉秀才文卷

君家邇來妙人物，叔父風流更超絶。中興天子搜群材，龍虎同年收羯末。我識君家鐵面公，當年作賦聲摩空。君今祖襲乃復爾，自出機杼成家風〔一〕。惠我新編盈大軸，武庫五兵森在目。縱横璀璨不知名，玄圃昆山皆積玉。文章磨治欲無瑕，要如春風開百花。筆端著力覷天巧，自我秀發成嘉葩〔二〕。

【校記】

〔一〕成　原誤作「或」，據四庫本改。

〔二〕秀　原缺，據李本、傅校補。

和通判周監丞見贈

大廈久撞壞，撑拄非一支。安得好柱石，壯麗如昔時。向來榮盛處，草木今紛蕤。群材未盡出，去若馬脱羈。豈期朝無人，過之輒欲私。骨相不媚嫵，因歸結茅茨。忽逢高軒過，飄然鸞鳳姿。宜在帝左右，珥筆班龍墀。少年歷清貫，高名誰不知。胡爲至下邑，撫俗問民疵。題詩滿巖谷，妙處有餘師。

卷八

古詩

和趙叔清蠟梅

春入梅花村，蠟妝林影繁。香肌冒寒立，此意爲誰存。宫額半塗黄，要爲出俗韻。不露冰雪姿，風流真素藴。

江亭候施倅醇翁阻水漲作詩寄之

夜雨漲溪碧，天明望歸舟。飛帆出木杪，浩蕩兀中流。洪崖仙人姿，謂落滄海游。興盡却回棹，待此霖潦收。抱琴出竹迎，倒披翠雲裘。風濤正可久，煙波生暮愁。施肩吾得道於洪崖，公其裔也。

聞郡中請賢老住報恩作詩贊之

夜郎佛刹接西土，誰敢招提境中住。老賢元是住山人，拄杖無心自來去。山中猿鶴不須驚，明朝聽打禾山鼓。鼓聲新響振人天，水禽草木咸歌舞。

贈羅道人并序

余昔游湖南，聞羅道人而未識也。忽相遇於螺浦之西，鬚髯如畫，神鋒甚偉。又出時賢所贈詩，益知其有以異於人也。亦作一首贈之。

道人渴飲石縫漿，鬚髯墨黑兩頰光。或云公是伯休那，又疑楚有接輿狂。倒騎白鹿渡湘水，獨識老翁跳玉堂。他年賣藥長安市，乞我仙人不死方。

贈蜀僧無觀

蜀僧無觀善相，自謂未能遍閲天下士，意江海山林之間必有異人，行當訪之。於其别也，贈之以詩。

師出峨眉西極天，萬里一衲雙行纏。朝游名山暮滄海，不著脚踏諸方禪。眼中自有識人物，行盡江南山水窟。紫雲深處有神仙，高馬達官無此骨。溪頭惜别强吟哦，顧我無才奈若何。他日長安逢李白，爲乞峨眉山月歌。

次韻胡邦衡衡陽縣瑞竹堂

墻裏園脩竹，竹間開草堂。經春多夜雨，入夏長新篁。節抱幽人操，風敲明月璫。孤根元獨立，并榦兩争長。影落龍蛇動，清移枕簟凉。門常對衡岳，氣足傲羲皇。日射玲瓏色，林疏瑣碎光。雙莖非别種，異物出時方。海嶠名雖久，湖海迹愈彰〔一〕。行當臥龍起，天爲見珍祥。

【校記】

〔一〕海　四庫本作「湘」。

和胡觀光惠詩兼致守倅招延之意〔一〕

伊昔橋門盛，環觀壁水春〔二〕。一鳴先折桂，百拙誤謀身。憔悴湘江西〔三〕，淹留京洛塵。思歸緣竹鶴，静念愧朝紳。顧我蓬蒿賤，逢君海岱珍。贈言多溢美，秀氣發清淳。本出東皋裔，元非水北人。山靈回俗駕，幕府盛談賓。駿骨千金重，沙鷗萬里馴。人生各有趣，忍負接䍠巾〔四〕。

【校記】

〔一〕光　原缺，據李本、王本補。

〔二〕壁　四庫本作「璧」。

〔三〕西　四庫本作「曲」。

〔四〕䍠巾　原作「籬巾」，據四庫本改。

和施倅歲暮感懷

野闊生愁興，時危無定居。淵明傷倦鳥，張翰憶鱸魚。宦路風波惡，交情勢利踈。謀生成齟齬，欲進復躊躇。盜賊猶猖獗，田園未墾鋤。君王圖治切，新下急賢書。近有詔求直言。

和歐陽廣明竹間桃花

雨罷新花明曉日，竹陰瑣碎錯黄金。墻頭過盡雙飛蝶，葉底巧啼何處禽。玉女洗妝匀淺淡，老龍脱籜著青深。柔姿敢并高標立，直節時容粉面侵。愛客分明莫來折，坐輿徑造不妨尋。桃花落後春事已，唯有清風滿竹林。

卷九

律詩五言

秋郊曉興

玉露三秋夜，銀河八月凉。山虛響相答，江静練浮光。雨足園蔬茂，年豐稻穟長。不憂群雀噪，鳴鳳在朝陽。

送謝夢叟昆仲之湘江

蠟屐訪窮巷，脂車戴曉星。哦詩添些語，望岳插清冥。烽火連蠻徼，樓船壯洞庭。瀟湘多夜雨，羡爾對床聽。

秋夜周子康登辰州城樓

殘夜不能寐，起登城上樓。山銜半江月，風撼九天秋。鵲已棲高柳，人猶棹小舟。誰云群動息，漁子正垂鈎。

清江留别任子嚴并序

正月過此甚遽，不果尋訪。及歸，又以鄉人相迓者衆，不肯泊舟，輒留數字寄别，庶子嚴知我過此耳。

正月下南昌，扁舟過玉梁。逢人問任子，迷路失仙鄉。吾道今如此，斯文恐未亡。烏臺千載話，他日自輝光。

送客

東門楊柳陌，車騎散林坰。草緑古今道，馬嘶長短亭。人歸天北闕，光動斗南星。送客何年了，春蘋又滿汀。

次韻方性夫同年見寄

憶在長安日，先朝始賜官。同登進士第，半著侍臣冠。歸意倦飛鳥，詞源倒急灘。平生事何限，話著齒牙寒。

用朱希真韻寄葛主簿時權永新縣丞

聞道石壕吏，今猶夜捉人。徒煩移簿領，何計静煙塵。痛哭聲連野，椎敲瘡滿身。催科君正拙，寧不動悲辛。

再和一篇兼寄朱希真

主簿四海士，先生千載人。羈游厭旗鼓，談笑出風塵。高卧屢違旨，希真累徵不赴。榮名忽中身。清詩何絶妙，齏臼識餘辛。

溪上春日

遲日千花艷，開簾雙燕飛。好山晴拂漢〔一〕，遠水静含暉。細草争青出，佳人薄暮歸。此時春思亂，未覺向來非。

【校記】

〔一〕拂漢　原缺，據李本補；王本作「覺秀」。

送樂秀才歸新淦

夜雨漲新碧，曉舟摇古堤。帆從金水落，家在日梁西。萬竹繞茅屋，千峰隔釣溪。探囊能起死，門外想成蹊。樂善醫。

春日游鴿湖山

風起群木末，花開兩壁香。山溪雲影變，人静鳥聲長。紺殿横崖起，飛泉噴玉光。扣門僧出定，彈指下禪床。

鳳停館中秋

山高月未吐，吟上嶺頭看。萬里雲霄静，一天星斗寒。蝦蟆出金背，玉兔動銀盤。唯有南飛鵲，繞枝終不安。

和葛德濟見懷

憤氣蟠胸久，開談音吐鴻。雲山初闊别，罇酒憶相逢。暮草黏僧屐，晴江理釣篷。閒居詩句僻，衹自詠家風。

送妙空大師往郴陽省兄

遠水縈環碧，秋山作劍攢。取經行嶺徼，飛錫下雲端。風卷湖煙静〔一〕，天高雁影寒。何時却回首，即爲掃蒲團〔二〕。

【校記】

〔一〕静　李本作「浄」。

〔二〕即　原誤作「却」，據四庫本改。

宿唐興寺夜雨

木落群烏起，孤眠枕未安。客愁金橐盡，酒病玉壺乾。雁過風傳響，鷄鳴雨送寒。平生萬感集，咄咄出毫端。

和周監丞聞京洛關中收復四首

扈聖尊皇極，真人握赤符。梯船初入貢，輿地夜披圖。力戰非天意，賡歌奉睿謨。花卿雖猛將，絶世可能無。

戰甲初休馬〔一〕，邊烽不舉狼。山河秦地壯，日月漢天長。劍戟將銷盡，鉤鋤始破荒。欲觀調鼎手，一臠已堪嘗。

喜有官中信，衣冠返舊京。交馳節髦使〔二〕，悉罷羽林兵。丹詔從天落，群心仰首迎。蕭條萬里道，今日有人行。

河南新郡縣，吾宋舊山川。喬木應猶在，遺民不記年。行人將漢月，持節照胡天。屬國今無恙，遥知免罽氈。

【校記】

〔一〕甲　四庫本作「壘」。

〔二〕髦　四庫本作「旄」。

送劉禹錫之官五羊

南海千山外，東風幾驛催。嶺頭梅雨歇，旗尾瘴煙開。蠻徼無塵起，中原有使來。時應問消息，會向日邊回。

秋夜

山色釀空碧，砧聲鳴翠微。自憐爲逐客，誰爲擣寒衣。居士本無病，參軍胡不歸。扁舟在吾手，爾莫用危機。

曉行唐興寺道中寄劉美中

雨洗穹色靜，雲開曉碧初〔一〕。峰巒争峭拔，臺殿已清虚〔二〕。村落孤煙起，人家半嶺居。回看巖際寺，幾欲倒騎驢。

【校記】

〔一〕開　四庫本作「間」。

〔二〕已　王本、李本、傅校作「倚」。

清軒

竹逕有佳色，耳根無市聲。山如畫屏立，水作縠文生。窗户松風響，園蔬杞菊馨。夜深天更静，待看玉蟾明。

亂後過東山寺

煙塵苦未盡，紺殿倚巖阿。雲護佛世界，山棲老禪和。斯人具眼目，法力辟兵戈。欹枕聽粥鼓，誰能奈爾何。

和黄子餘湖南道中寄弟子默二首

花落黄陵廟，禽聲隔岸聞。山川湖外遠，牛斗地形分。回趁峰頭雁，遥瞻嶺上雲。惠連詩更好，夢裏亦思君。

卷裏詩新出，關中記舊聞。乾坤今轉大，吴楚昔嘗分。霧失朱陵峒，晴開紫蓋雲。仍傳九疑尉，奇策動明君。時方傳鄉人營道尉董體仁作殿魁。

又和酬子餘

句法出脩水，家聲誰不聞。微言雖甚秘，殘馥可能分。筆掃堂堂陣，詞飛藹藹雲。馬卿才思逸，傾動卓文君。

又和酬子默

牛渚西江夜，新聲月下聞。定知終夕詠，不覺曉光分。儻有罇中酒，重論日暮雲。山林正憔悴，抵掌忽逢君。

題侄明碧軒

不可居無竹，開軒眼界新。風摇碧玉玦，雨解籜龍鱗。晚色侵書帙，疏枝掛月輪。客來從逕造，莫問打門人。

和李巽伯送劉德基赴縣齋

令君湖海士，置榻謂公賢。緑野千峰翠，朱甍萬室連。客依彭澤柳，人問孝廉船。他日功名逼，金魚未免懸。

郡燕新進士胡文侍讀即席賦詩因次其韻

雁塔題名處，蟾宫折桂新。英雄綴行列，材業濟生民。榮耀初開宴，招呼如此賓。鵬飛上霄漢，横海脱凡鱗。

郭教授南窗置酒觀競渡次坐客劉時舉韻

一飲徑一石，此風誰敢陪。謂劉也。日移林影轉，船劈浪紋開。銀燭自相映，玉山何用推。廣文官獨冷，賴有酒盈杯。

再次前韻

殊方作異客，勝日喜游陪。鼓噪風雷動，帆争錦繡開。詩元無格律，誰與定敲推。折得新荷葉，聊將當酒杯。

送郭教授代人

蠻域經年住，飄然見古風。新編文似錦，高論氣如虹。杖屨容追步，箴規有發蒙。方期親謦欬，吾道又將東。

卷十

律詩五言

廬山道中寄送聶名世

村遠孤煙起，山明曉霧開。人行萬松裏，路過九江來。此去日千里，其如腸九回。淮南酒樓近，玉笛不勝哀。

次韻楊廷秀臨安小樓不寐之什

坐待銀蟾上，寒禁酒力加。霜清群動息，雁過幾行斜。樓角猶吹笛，天街又走車。客眠終未穩，人語已争嘩。

次韻李巽伯贈琴僧惠端

老端高世士，髯李仙中人。鳳吐千篇久，鸞吟十弄新〔一〕。妙談天地假，笑破海山春。物物消磨盡，今年始是貧。

【校記】

〔一〕鸞　原誤作「新」，據四庫本改。

野外春日

步屧穿花徑，香風吹客衣。地偏窮谷暖，雨過亂鶯飛。草色連空闊，僧居入翠微。田翁泥人飲，數肘不容歸。

送向主簿

櫪馬志萬里，棘鸞纔一飛。薦書聞帝里，綵服過庭闈。野渡生春草，林花弄晚暉。君家芸閣老，應問我何歸。

題劉元弼遠庵

門徑臨官路，耳根無市聲。山從雲外起，風入坐中清。静趣逸天半，孤吟待月生。緬懷江海意，溪水繞庵鳴。

辰州上元

留滯沅湘浦，飄如雲水僧。來爲萬里客，又看一年燈。翠幰褰珠箔，高樓俯玉繩。鼇山今夜月，應上最高層。

用前韻酬清首座

寺寄他鄉客，家居何處僧。一盂鐘後飯，數盞夜深燈。出井初無索，斵輪還中繩。擬心觀此境，階級已成層。

早春游孔志行園

小圃傍城郭，新堂磨碧甎。青楓未鑽火，高柳已參天。好鳥又相語，幽葩自在妍。敲門時逕造，不問主人賢。

春日携頔子同劉養正教授游净國寺至李家園

野外煙光闊，僧園竹逕通。柳絲摇嫩緑，桃雨落輕紅。處處花如舊，年年人不同。自矜雙足健，著屐試春風。

清明日訪胡師顔記是日所見

門巷倚城郭，林亭占水雲。竹摇碧玉玦，池皺緑羅紋。鶯舌初調曲，蘭芽忽吐芬。牡丹雖晚發，風味獨超群。

入辰州界道中用峭子韻

路入荒溪惡，波穿亂石跳。騎驢行木杪，避水轉山腰。倒掛猿當道，横過竹渡橋。吾生本如寄，歲晚尚飄飖。

憶馨鴻二孫并序

余竄夜郎日，二孫纔三四歲。阿馨已誦得數部書，兼寄書紙來。阿鴻尚幼，余甚念之。作憶馨、鴻詩，寄令誦之。

憶汝何時見，愁眉此日舒。别來三换歲，誦得幾多書。字稍堪拈出，翁今喜有餘。阿鴻纔弄筆，相對想軒渠。

題步雲軒

身在飛煙裏，如登霄漢行。雲從脚下起，雷忽耳邊鳴。暮碧佳人遠，春紅晚照明。能消幾緉屐，當不負平生。

題昭昭閣

天意豈難訴，雲煙渺降真。倚欄瞻日月，滿壁繪星辰。夜梵光生户，晨炊竈見神。高門有陰德，當不誤儒身。

和余教授

詞高雲藹藹，筆掃陣堂堂。妙絶江南社，清新樂府章。窮通元自樂，身世兩相忘。不下千尋海，焉能得夜光。

和胡觀光聞蟬

地僻林逾静，山幽鳥不驚。日高簾影重，蟬噪柳陰輕。鬢學風前翼，琴傳葉下聲。士龍能作賦，爲爾特留情。琴曲有《蕖下聞蟬》，陸士龍作《寒蟬賦》。

送李彦明

彦明欲赴大學補試，因省叔父吏部。吏部，余之故人。作詩送之兼寄吏部。

叔父今誰貴，中郎一世豪。渡江人物盛，容駟里門高。冠蓋榮吾黨，芝蘭見汝曹。茲游兼問學，鼓篋莫辭勞。

江上

倚杖江風起，呼船水面開。人從州觜渡，帆破浪頭來。月色共千里，天恩遍九垓。當年送客處，待看赤車回。

送楊彦昭往湖南謁陳夢肇運使

結客少年日，同游碧水邊。今持繡衣斧，就覓孝廉船。湖闊驚千里，雲開有一天。莫嗟清絶地，不異泛紅蓮。

謫辰州

得失真何事，文章妙入場。隱身三十載，汗簡幾千張。名落江湖外，氣干牛斗傍。吾衰任飄泊，朝夕渡沅湘。

沅江上晚晴用傾子韻

急雨捎溪面〔一〕，蘭橈轉渡頭〔二〕。寒鴉棲古木，晚日射危樓。山帶黔巫遠，水還荆漢流。晴天思無限，細細數沙鷗。

【校記】

〔一〕捎　原誤作「梢」，據四庫本改。

〔二〕蘭　原缺，據四庫本補。

次韻周秀實通判送段季裕還永新二首

竹下忘年友，誰如籍與戎〔一〕。相從知理窟，會見立奇功。兩地風煙接，三吴水石窮。飄蓬歲事晚，何日一罇同。

州里聞名舊，江湖識面新。讀書元自喜，擬古欲誰倫。巖穴人歸隱，池塘草又春。周侯有佳句，持贈可娱親。

【校記】

〔一〕籍　原誤作「藉」，籍指阮籍，戎指王戎。徑改。

惜春亭席上和伍孺安酴醾

滿眼傷春色，瑶花墮玉巵。群仙下來看，皎月自相隨。國艷晚尤貴，天香發每遲。我方留客醉，簾捲未教垂。

同施倅游壽昌觀

岸曲穿叢篠，山回轉翠屏。煙雲摇晚霽，樓殿倚空青。柏黛参天峻，松脂入地靈。幽尋未能及，重約扣巖扃。

贈惠門端師

亂後過連嶺，閭井皆空，唯惠門寺巋然獨存，書贈端師。

劫火燋鄉邑，煙塵何處逃。雲藏佛世界，門背古亭皋。徑隱花木静，山深人物高。老師具眼目，法力辟兵刀。

齊雲閣

縹緲虚無裏，嵯峨碧繞穹。雲從斷山起，樓在半天中。暮碧千峰雨，凉生四面風。更臨風雨上，待看出豐隆。

清音亭

亭枕秋山窟，山明水共清。空林生逸響，飛溜落寒泓。誰識高深意，初無世俗情。何當携韻磬，瀉此澮無聲〔一〕。

【校記】

〔一〕瀉　四庫本作「寫」。

次韻伍孺安賦草堂瑞香

草屋簾垂地，移花共宴游。艷姬香入骨，熏炷錦幪頭。絶世方名立，殘霞暮不收。夜聲燈影亂，猶覺帶嬌羞〔一〕。

【校記】

〔一〕覺帶嬌羞　原缺，據李本、傅校補。

水亭〔一〕

新暑池亭上，竹風吹我衣。殘花經眼盡，好鳥傍簷飛。水面澄陰闊，橘林香氣微。儻容携茗具，來此避炎威。

【校記】

〔一〕水亭　李本、傅校題作「和伍孺安瑞竹水亭」。

遺經閣

殖財作争府，教子乃義方。斗起千尋閣，中藏萬丈光。諸郎一受業，丹桂幾回芳。他日石渠論，斯文想未亡。

卷十一

律詩七言

寄黄平國正字

麟閣岧嶢入紫清，官居真是上蓬瀛。玉壺風采想如舊，金馬文章元有聲。近喜邊頭新奏捷，獨憐江外正拏兵。老夫飽飯無他慮，料理敲推怠未成。

陪周秀實通判游歐陽炳文園晚過隆慶寺契真亭

别駕前驅朱兩輪，後車藍縷載窮賓。開門叵復見此客〔一〕，看竹何須問主人。坐久風雲欲回薄，雨餘鐘磬忽清新。隔墻便是城西寺，應有高僧住契真。

【校記】

〔一〕叵　李本、傅校作「匪」。

和李巽伯少卿見懷

眼高四海意何如，敢謂論交到闊疏。春草夢池方得句，夜霜置酒復懷予。初披郇國五雲字，何啻劉公一紙書。銅鼓遇時思發響，蜀椎須待刻桐魚。

次韻徐漕按部至廬陵見訪

節擁朱輪下九霄，因從物外訪英豪。江南正自賢徐穉，天子先應問伏滔。試看翰林批鳳尾，何如大尉飲羊羔。諸公拔劍論功業，當念蕭侯轉粟勞。

寄程子山舍人

老泉仙翁騎列星，文采風流屬此甥〔一〕。鳳閣初傳舍人樣，帝城新有能詩聲。青萍出匣蛟兕吼，赤手捕蛇狐兔驚。願扣洪鐘識音響，暮年聊欲聽鑑鍧〔二〕。

【校記】

〔一〕甥　李本作「生」。

〔二〕鑑鍧　四庫本作「鏗鍧」。

過劉美中新居

亂碧峰頭水拍堤，白沙寒竹净柴扉。晨光破霧千山出，絶壁盤雲一雁飛。窗外煙霞舒錦綺，坐中談笑落珠璣。江邊野老逢人説，待看追鋒入翠微〔一〕。

【校記】

〔一〕鋒　原誤作「烽」，據四庫本改。

陪元勃舍人秀實監丞游徹見閣

薫風拂曉度長堤，堤上雙紅卷使旗。樓影與天俱在水，岸沙經雨不成泥。他州半落青山外，别浦遥分翠浪低。渡口神螺誰復識，江空應只月明知。

登滕王閣二首

翼軫南邊第一州，滕王高閣枕江流。天提日月東南走，地闢山川晝夜浮。午後朱簾卷斜照，更深白水自明樓。當時帝子鳴鑾後，歌舞重翻又幾秋。

滕王歌舞今千載，髣髴鳴鑾度綺窗。尚有殘霞伴孤鶩，時聞晚唱下長瀧。危欄傑棟臨無地，翠嶺層陰落半江〔一〕。欲詠朱簾卷山雨，含毫自覺寸心降。

【校記】

〔一〕江　原誤作「紅」，據四庫本改。

贈黄伯成

痛飲長齋擬八仙，醉中談辯亦逃禪。吟詩不落正始後，作句定居靈運前〔一〕。富貴逼人應未免，文章驚世始堪傳。近聞相國頻搜訪，應有除書上九天〔二〕。

【校記】

〔一〕句　四庫本作「佛」。

〔二〕上　傅校作「下」。

寄賀劉美中舍人直學士院

明光清曉玉開關，腳踏金鑾近侍班。行盡九重天上路，正臨方丈海中山。紫薇閣對青霄近，紅藥花翻白日閑。待看飛龍催賜馬，錦袍蓮燭夜深還。

出城北由山徑入徽源忽逢荷花彌望不知爲何處詢其地名曰長塘又行數里行大路出連嶺作詩記之

山根細路繞長塘，忽有荷花照水光。誤入孤村看青壁，却逢千蓋擁紅妝。采蓮不見溪中女，緩轡徒牽馬上郎。行傍緑堤將過盡，回鞭小住惜餘香。

長沙試殿聞傅彦濟永州考試還先寄此詩永叔出試院詩有云「入簾蝴蝶報家人」

歸馬鏘然響轡環，道傍春色正斕斑。吟登回雁峰頭月，覽遍清湘雨後山。剩有虹蜺蟠筆下，喜聞蝴蝶入簾間。花時獨鎖深深院，臥聽笙簫夢裏還。

再次前韻

湘水清如碧玉環，湘妃淚染竹痕斑。此時游宦非高志，何日抱琴歸故山。雁塔共題雙闕際，馬蹄同下五雲間〔一〕。今朝憔悴荆湖外，却望煙霄歎未還。

【校記】

〔一〕五　原誤作「王」，據四庫本改。

春日山行

緩鞚青絲馬不嘶，春山草長静柴扉。迸林新笋斑斑出，隔水幽禽欵欵飛。雨過泉聲鳴嶺背，日長花氣撲人衣。雲藏遠岫茶煙起，知有僧居在翠微。

正月二十立春觀雪次韻向文剛

雪擁東皇下紫虚，霓旌鳳馭肅前驅。天將平地開銀闕，人似春冰在玉壺。緑蟻飄香浮翠斝〔一〕，青絲傳菜出行廚。老農慣識豐年兆，正欠漁簑入畫圖。

【校記】

〔一〕翠　王本作「玉」。

再次前韻二首

馬上吟詩雪滿鬚，垂鞭信馬不須驅。病餘消渴澆茶枕〔一〕，醉後狂歌打唾壺。坐見詞鋒森武庫〔二〕，還如禁臠出天廚。筆間能作有聲畫，似看輞川摩詰圖。

天公剪水落空虚，似借東風㣊力驅。未用春禽催脱袴，寧聞沽酒勸提壺。歌樓人唱郢中曲，野寺煙生香積廚。何必萬錢方辨酒，一杯隨分豈難圖。

【校記】

〔一〕枕　傳校作「椀」。

〔二〕森　原缺，據李本補。

避亂深山蒙兄寶君寄牡丹數枝鮮妍不減平日始覺茅簷頓有春色感歎之餘因成拙句

鄉井雕殘屋瓦頹，東風依舊上池臺。別來縱值時方亂，春到何曾花不開。驟覺茅簷堆錦繡，未消翠轂走塵埃。勿云去草草無惡，今日遮藏要草萊。

再過東岡

物色江寒楓葉凋，江邊微雨暮蕭蕭。白沙翠竹舊行路，碧水朱欄新渡橋。盡室當時避征戰，十年閒事付漁樵。如今傑屋明人眼，一笑端能覆酒瓢〔一〕。

【校記】

〔一〕覆　傳校作「付」。

送元上人游仰山歸浵潭〔一〕

兩刹崚嶒隱翠岑，却擔拄杖出煙林。來時飽吃東禪飯，歸去泥添古佛金。絶嶺松篁青玉瘦，上方漁鼓白雲深。是中不可著言句〔二〕，且聽半山鸞鳳音。

【校記】

〔一〕浵　李本、傅校作「湘」。

〔二〕言　傅校作「詩」。

次韻歐陽叔向水中月

月從海底轉天心，影落長江海共深。倒卓玉輪窺白兔，平看波面擁黄金。魄隨秋水流無盡，光射寒潭曉未沉。此月已曾經照古，又觀古月照如今。

次韻周子發喜雨

天邊旱魃凌高秋，草木焦卷生百憂。正欲焚山泣魑魅〔一〕，忽驚暴雨交田疇。牲羞奔走群祀喜，雷公怒叱萬鬼囚。何當盡洗炎熱苦，坐令清風還九州。

【校記】

〔一〕山　李本、傳校作「巫」。

和胡觀光登酒樓

李白夜登孫楚樓，樓中翫月苦淹留。定知公等非凡客，要是人間第一流。玉勒穿花回曲徑，銀槽防酒注深甌。遥觀翠幕張燈處，小婦鳴筝在上頭〔一〕。

【校記】

〔一〕在　原誤作「生」，據李本、傳校改。

和趙叔清書事

鐵馬初休淮上兵，人心遥望泰階平。祥雲密繞皇居近，喜氣先從日下生。漢殿風高飛燕雀，秋宵星亂落欃槍。從今且覓耳邊静，半夜不聞鼙鼓聲。

和陳相之至日即事二首

湖海元龍氣宛然，求田問舍語何緣。兩京夢斷無消息，萬里人歸有歲年。嶺外梅花愁欲破，雲安江水遠堪憐。茲辰不預朝閶闔，猶喜山間穩晝眠。

南雪常時不到地，嶺梅今與雪奮緣〔一〕。漸添化國舒長日，更卜祥雲大有年。萬木寒凝猶自凍，一枝疏瘦想堪憐。時聽野老談新政，坐竦詩肩夜不眠。

【校記】

〔一〕雪　原誤作「雲」，據四庫本改。

新學□□□落成釋奠諸生畢集喜而有作

洗盡西江戰伐塵，忽開黌宇照城闉。一時人物風雲會，千里溪山俎豆新。儻使將軍皆遣子，定知夷狄却來賓。脩文偃武須今日，鳴玉鏘金未乏人。

和歐陽周弼

誰念揚雄寂寞居，忽逢佳士倒衣裾。裁詩禿盡千毫兔，岸幘斜欹半幅紬。節并松筠霜雪後，唾成珠玉笑談餘。窮山避寇應愁絶，付與騷人萬古吁。

别葛德裕主簿

官冷身閑簿領稀，時從物外赴襟期。憑君少緩青絲鞚，爲我聊傾碧玉巵。野寺石泉秋煮茗，松窗雪屋夜論詩。懸知别後東風近，先寄寒梅第一枝。

和葛德裕别後用舊韻見寄阿吉，德裕子也

渝川咫尺如千里，千里猶堪鷄黍期。旋滴銀槽將進酒，細傾金屈倒垂巵。閑爲洛下諸生詠，突過黄初數子詩。阿吉想能騎竹馬，鳳雛低映碧梧枝。

送裴主簿

長江歸去又騎驢，依舊青山霜葉枯。入眼雲山有佳句，脱身捶楚亦良圖。輕裝但載書千卷，後夜相思天一隅。乍喜飛鸞離枳棘，莫貪爲縣落雙鳬。

移居東村作〔一〕山中有西泉寺故基

避地東村深幾許，青山窟裏起炊煙。敢嫌茅屋絶低小，浄掃土床堪醉眠。鳥不住啼天更静〔二〕，花多晚發地應偏。遥看翠竹娟娟好，猶隔西泉數暖田。

【校記】

〔一〕移　原誤作「和」，據李本、王本改。

〔二〕天　傳校作「山」。

送鄒去非

去非自清江來，求書往郴陽會貢籍，明年當赴省試。余宣和庚子歲作郴州考試官，去非時爲牓首；今二十一年矣。感歎之餘，作詩爲别。

郴陽叨預校群英，二十年來一夢驚。往日下帷搜俊異，見君落筆已縱横。才高固可萬人敵，志大欲圖千佛名。誰念先生今老矣，披簑倚杖看巖耕。

次韻向文剛晁叔易游青原

佛屋深蟠七祖山，魯公奇字刻孱顔。能來把釣溪臺上，安用賦詩戎馬間。薄宦不知何處好，浮生纔得此時閑。夕陽渡口人争渡，又趁城頭暮鼓還。

安成再逢黄平國

憶昨相逢氣益明，投書力詆漢公卿。一時末俗無高論，千古佳名屬後生。魏郡初徵狄仁傑〔一〕，汝陽幾縛李元平。行當獻納麒麟殿，看挽天河洗甲兵。

【校記】

〔一〕徵　原誤作「微」，據四庫本改。

卷十二

律詩七言

題郭秀才釣亭

野闊江寒一雁飛，碧盧花老鱖魚肥。繞欄緑水秋初净，滿棹白蘋人未歸。醉任狂風揭茅屋，卧聽殘雪打蓑衣。他年欲訪沙頭路，會自携竿扣竹扉。

次韻江正邦

盧溪春水欲平堤，滿徑蓬蒿竹掩扉。齋館静無塵土雜，盤飧喜有藥苗肥。君尋甘露峰前住，人似山陰雪夜歸。江海未應終寂寞，鶴書將下釣璜磯〔一〕。

【校記】

〔一〕璜　李本、傅校作「魚」。

正邦聞王師來駐辭歸禾山次韻以別時傳發兵駐吉州

潘才如海渺無堤，肯顧衡茅竹裏扉。閑釣一溪春水緑，尚容三寸白魚肥。忽傳銅虎天邊下，共探驪珠夜半歸。此去煙塵猶未静，何時馬迹破苔磯。

和謝倅謁縣學

玉帳高談已厭兵，聊將小隊出郊坰。先生文史三冬足，學士銅錢萬選青。他日却登龍尾道，教人頂戴佛名經。諸儒勉稱興賢意，作賦摩空動漢庭。

和周公予游春用前韻

曉堤春浪拍江城，出郭試尋堤上坰。雲腳忽從平地起，柳梢先入半天青。村深漸覺人煙好，地僻苦無車馬經。日暮歸來微雨歇，酒醒客去月當庭。

酬張公敏示古戰場賦公嘗繳納文學，今再赴試

吊古高文説戰場，毫端凛凛挾秋霜。自能突過今人作，不必汙爲梵册藏〔一〕。曾捲笏袍還聖主，重携

筆劄試明光。曲江故有家聲在，莫擬愁詩似景陽。

【校記】

〔一〕汙　李本、傳校作「遷」。

和李彦文名獻民，嘗撰《芸齋廣録》行於世

偶從山澤得追陪，吐論風生不受埃。曾讀芸齋編廣録，固知天下有奇才。愁堆青簡千年蠹，忙過黄槐花幾番〔一〕。往歲聞名未相識，常如弱水隔蓬萊。

【校記】

〔一〕花幾番　四庫本作「幾度開」。

送李成叔歸峽江兼簡蕭懋德成叔先之之子

平生未見嵇中散，野鶴軒昂識季昆。江表今無耆舊在，中郎尚有典刑存。螺川汗炙書千卷，玉澗船歸酒一罇。獨羨冰清蕭處士，通家能入李膺門。

次韻裴主簿述懷

著書尚有銀管筆，騎馬元無金絡頭。陶令種田非左計，漫郎作官真薄游〔一〕。脱身簿領歸來好，入手漁竿隱去休。老瓦盆邊可呼客，興酣何用玉爲甌。

【校記】

〔一〕官　王本作「宦」。

謝直夫乘小舟訪予於横山堂兼惠佳篇奉次元韻

謝公雅量含丘壑，夙有江湖萬里情。乃肯屈身登野艇，更容著帽進書生。詩成絶壁煙霞動，雨過晚雲樓閣明。句法誰堪敵康樂，毫端應挾雪霜清。

春日横山堂有懷謝直夫用前韻奉寄

解道澄江元有聲，東山出處更關情。高吟正憶西堂夢，妙語又逢春草生。沙尾斷篷垂釣遠，峰頭晚日落船明。不將軍騎驚猿鶴〔一〕，巖谷猶傳此段清。

【校記】

〔一〕軍　傅校作「車」。

草堂東橋玩月

坐看冰輪碾太清，赤欄橋下水先明。光從蟾兔窟中出，人在鯨鼇背上行。地隔里門無俗客，樓高鄰笛有新聲。此時迥絶非塵境，更聽天鷄第一鳴。

謝同年李提舉見訪

曾共丹梯步廣寒，自無仙骨墮凡間。君攀玉兔窟中桂，我返神螺江上山。豈謂觀風經邑里，猶能駐馬問柴關。鳴騶排入蓬蒿徑，踏破巖前緑蘚斑。

和趙叔清登殷仲堪讀書臺二首

晉朝人物渡江初，爲郡風流只載書。臨水重開數間屋，宿兵仍富九年儲。英豪系出三公後，磊落胸蟠萬卷餘。東觀諸郎未堪比〔一〕，登車不落問何如〔二〕。

池上開軒對郡樓，當時太守氣横秋。聲名已負荆州望，舟棹更爲滄海浮。插架古書芸護蠹，隔溪游女扇障羞。仲堪没後今千載，孰謂人間無此流。

【校記】

〔一〕未　李本作「果」。

〔二〕落　傳校作「着」。

春曉招友人

庭前好樹宿煙浮，上有珍禽啼不休。花發亂紅稠屋角，柳翻新緑出墻頭。起看霄漢知晴色，旋買壺觴辦勝游。平旦争門人競入，與君先上望京樓。

和周公予呈向宰

夜聞急雨洗氛埃，慶澤仍從天上回。寰海自應遵詔旨，管弦何用費詩催。東風漸著金絲柳，和氣潛飛玉琯灰。遥想慈寧動新樂，禁門清曉拂雲開。

次韻黃元授見訪

中興人物起紛紛，應有奇才合致君。仰視孰爲真漢相，夜行何識故將軍。且騎駿馬天邊路，莫話高樓日暮雲。年少功名方入手，勒移休動北山文。

次韻胡觀光長慶寺早起公屢獲盜，而不見知於州郡，故云

曉天樓殿倚空虛，尚見星辰落落疏。鵲動高林人起後，馬嘶殘月客行初。偶來作尉聊驅盜，豈謂論功得謗書。但使一方無犬吠，即看黃紙下新除。

和黃元授喜雨防城之役，村落騷然，冀采此詩，當更講求利病也

天公叱起群龍顛，黑風立海倒百川。黃流忽通南北港，白水自滿高低田。官軍從來仰征賦，農民豈解持戈鋋。雖得一雨洗炎熱，夜吏捉人誰使然。

次韻答劉元弼

鼓篋同登樂泮年，論文誰復似徐堅。向來聚散如春夢，此去逢迎應宿緣。陋巷苦無高馬過，新詩時

有賈人傳。芒鞋竹杖俱無恙，歸日猶堪作地仙。

次韻何倅雪詩

半夜陰風卷地來，平明犬吠恐爲災。高吟梁苑詞方就，醉卧袁門打不開。貧甚此時穿履出，興闌何處棹舟回。瓊樓玉宇非人世，疑共盧敖上九垓。

賀郡守生辰二首

月麗重離日正明〔一〕，星精磅礴應時生。詩成五字今無敵，賦壓三都世有聲。殿閣微凉風乍起，門庭當晝雀争鳴。擬將間氣爲公壽，編入中興頌太平。

鵲印銅鈎幾世傳，門中人物自超然。高文大筆無雙譽，紫府丹臺第一仙。會見黄眉三洗骨，謾勞青史再編年。西林恐未容歸隱，將有追鋒下九天〔二〕。

【校記】

〔一〕月麗重離日　李本作「日麗重離月」。

〔二〕鋒　原誤作「烽」，據四庫本改。

蠟梅寄陳相之侍郎

野寺西邊雪壓梅，曾陪杖履探春回。重尋密竹檀欒外，又見疏枝摘素開。步屧尋花嗟我老，巡簷索笑共誰來。細看風味依然在，不是劉郎去後栽。

和向辛喜雨

夜聽雷車碾太清，風翻急雨落平明。不憂稻穟已燋卷，似見天河欲倒傾。犴獄系囚應盡洗，豐年詩句喜先成。東郊南畝村村樂，草木欣欣亦有情。

卷十三

律詩七言

劉美中自翰苑歸追懷平昔之游再過唐興寺陳迹依然輒成長句奉呈

重尋古壁舊題詩，林竹蕭森上翠微。但見曉猿驚蕙帳，應無山鳥怪儒衣。野僧忽自雲中出，閣老新從天下歸〔一〕。拍手相歡同一笑，可能長伴釣魚磯。

【校記】

〔一〕下　李本作「上」。

唐興寺再呈美中

七年三過唐興寺，夢裏聞君得好官。遍歷蘭臺兼柱史，近辭香案出金鑾。從來呼客沽村釀，不敢移廚洗玉盤。政恐人情賤楊柳，送迎唯作故時看。

送胡邦衡之新州貶所二首

囊封初上九重關，是日清都虎豹閑。百辟動容觀奏牘，幾人回首愧朝班。名高北斗星辰上，身墮南州瘴海間〔一〕。不待他年公議出，漢廷行召賈生還。

大廈元非一木支，欲將獨力拄傾危。癡兒不了公家事，男子要爲天下奇。當日奸諛皆膽落，平生忠義只心知。端能飽吃新州飯，在處江山足護持。

【校記】

〔一〕海　李本、傅校作「癘」。

次韻周公子秋日書懷

酒酣下筆不能休，寫盡江南萬斛愁。長史果爲何物漢，中軍不是置書郵。又聞戰馬將休息，且任浮鷗自去留。觸目西風易增感〔一〕，山川信美莫登樓。

【校記】

〔一〕觸　原誤作「觴」，據四庫本改。

和曹温如都監惠詩

兩脚誤隨車馬塵，江湖歲晚始謀身。籬邊日醉陶元亮，窗外夜呼祁孔賓。倒著敝衣迎好客，急搜奇句發陽春。阿瞞豈但能横槊〔一〕，文彩風流世有人。

【校記】

〔一〕槊　原誤作「塑」，據四庫本改。

次韻呈劉立道宣諭二首

萬里窮民欲叫天，天邊御史兩隨軒〔一〕。潁川大姓行當按，河隴幽囚自不寃。權幸畏威先縮頸，奸回未死已羞魂。江南弊冗如蜂蟻，入奏猶須一夜論。

使星光出太微庭，馬上風雲日下生。斧鉞疑從霄漢落，絲綸如被衮衣榮〔二〕。歡迎道路初頒詔，威讋奸雄不動聲。誰識張綱最年少，耆儒空愧舊知名。

【校記】

〔一〕兩　李本、王本作「雨」。

〔二〕衣　原缺，據李本、王本補。

向文剛讀書齋試雙井茶有懷黄超然雙井老人嘗以青沙蠟紙裹細芽寄人〔一〕，不過二兩，今復見之

黄蠟青沙未破封，已知雙井社前烘。一丘風味極不淺，萬頃煙波興不窮。東晉書齋頽壓後，西湖山色有無中。危欄傑閣明人眼，獨覺登臨欠此公。

【校記】

〔一〕芽　原誤作「茅」，據四庫本改。

二月二日出郊

日頭欲出未出時，霧失江城雨脚微。天忽作晴山卷幔，雲猶含態石披衣。煙村南北黄鸝語，麥隴高低紫燕飛。誰似田家知此樂，呼兒吹笛跨牛歸。

次韻謝同年劉子堅生日惠詩

某與子堅同年生，既長同學，又同預州里薦名。今各潦倒，蟠屈巖穴。因生日蒙惠詩，次韻奉酬。來詩記某生時家祖夢天上赤文〔一〕。

詩詞清麗筆如神，猶記同年歲在申。弧矢志高千萬里，煙霄路闊幾由旬。曾無紫氣衝南斗，空有紅

光動北辰。自顧頑才類銅錫，敢期陶冶鑄成鈞。

【校記】

〔一〕生時　原缺，據傳校補。

和劉元弼亂後見訪

纔下清談已絶塵〔一〕，莫嗟離亂恐傷神。兵戈亦是古來事〔二〕，邱壑還須我輩人。吟罷細傾桑落酒，歸來倒著接䍦巾〔三〕。茅簷近喜聞鷄犬，步屧尋君去亦頻。

【校記】

〔一〕纔　原缺，據李本補。

〔二〕古　原缺，據李本補。

〔三〕䍦巾　原誤作「籬巾」，據四庫本改。

朱通判見訪病不能出以詩謝之

鳴珂傳響動比鄰，争看題輿朱兩輪。節擁兵符分半刺，道經山邑訪閑人。行春號令清如水，落筆篇章妙入神。應念窮愁病書客，經年憔悴楚江濱。

和井令西山石屋感雨

漸見時平草木蘇，奸蹊盜穴已洿瀦。登山敢憚牛馬走，置酒誰呼陳趙予。助魃旱龍初偃蹇，隨軒飛雨不躊躇。雲騰石屋蒼崖峻，磨刻行當候璽書〔一〕。

【校記】

〔一〕候　原誤作「侯」，據四庫本改。

次韻謝處州倅毛長吉見訪惠詩〔一〕文翰謂達可内翰也

有客江邊問草堂，銀鞍白馬爛生光。不嫌茅屋絶低小，往坐竹陰移晚凉〔二〕。入洛聲名動冠蓋，傳家文翰在巖廊。高風誰復如公者，肯接山林氣味長。

【校記】

〔一〕處　傅校作「虔」。

〔二〕往　李本、傅校作「來」。

再次前韻二首

邂逅忽登君子堂，眼明初識斗間光。如窺銀漢纖塵静〔一〕，更酌金盤曉露凉。玉座正臨天北極，蓬山歸直殿西廊。野人不識昇平事，但覺江邊白日長。

毛公過我竹間堂，贈我新詩敵夜光。盛德自爲南土秀，清風何羡北窗凉。漳江日落人争渡，古寺僧歸月上廊。揮麈細談家世事，時材無復數真長。

【校記】

〔一〕静　李本作「净」。

和胡觀光黄元授二首樂天、微之同試制科，各有纖鋒細管筆〔一〕。二公同年登科，故云

兩翁忽動鱸魚興，膾縷無聲雪落砧。細管向來曾并試，清流可賦共誰臨。好詩自昔員如彈，古錦何勞嘔出心。一覽雕章知格律，吹笙學得鳳凰吟。

卧聽蕭寺五更風，錯打當年飯後鐘。不願綈袍憐范叔，獨緣蔬饌識茅容。黄旗接武來招盗，皂蓋行春且勸農。如此偷安欲持久，荒謀誕計恐無庸。

【校記】

〔一〕有　原缺，據李本、傅校補。

讀韓文公猛虎行

夜讀文公猛虎詩，云何虎死忽悲啼。人生未省向來事，虎死方羞前所爲。昨日猶能食熊豹，今朝無計奈狐貍。我曾道汝不了事，唤作癡兒果是癡。

向宣卿生日

庭下秋風吹紫蘭，蟠桃爲壽菊斒斕。厭分銅虎天邊郡，屢直金鑾海上山。洲渚忽然生户外，歲星今却到人間。願扶帝業須難老〔一〕，穩踏龍墀尾近班。

【校記】

〔一〕須難　李本、傅校作「期頤」。

次韻歐陽叔向寺丞早春呈周子發知縣

冰底涓涓已作聲，曉看春色上蕪城。江南樓閣煙中出，檻外山川翠欲萌。梅點宿妝凝笑靨，柳揺新緑换枯莖。化權初入東風手〔一〕，莫使階前草亂生。

【校記】

〔一〕風　傅校作「君」。

謝劉時昇見訪

訪我林間一病翁，數椽茅屋貯清風。華裾織翠來天外，揮麈談兵伏坐中。回首此時增感慨，出門何處問窮通。北溟待看鯤鵬變，坳水蹄涔詎見容。

送别葛德濟

朔風飛雨未成晴，脱葉打窗鷄欲鳴。此處霑襟話離别，向來傾蓋識平生。尚期揮麈堅談壘，不必攻愁用酒兵。北闕上書無計策，誰能穿履雪中行。

再和德濟舊韻

小雨霏霺弄晚晴，饑腸過午自雷鳴。鐘聲隔岸聞香積，風味令人想麴生。近報邊頭新奏捷，獨憐江外未休兵。誰能馭此不羈馬，縱使脱韁千里行。

題劉端禮達軒

昔賢曾此卧煙雲，鶴怨猿驚幾度春。緑蕙再游今日路，青山如對往年人。兒童共是窗間客，夢寐猶懷席上塵。待得繞軒多種竹，等閑來看莫嫌頻。

重陽日送李彦文之衡湘兼簡向豐之

九日君當簇馬鞍，重巖細菊爲誰斑。吟登回雁峰頭月，看盡清湘雨後山〔一〕。莫遣音書和夢斷，會傳名姓落人間。向郎理棹歸何晚，湖水今應不滿灣。

【校記】

〔一〕清　王本作「瀟」。

用前韻酬豐之

每煩書札問平安，落紙遥知筆管斑。塞北未聞輕解甲，江南應得飽看山。荒村但有兩三户，廣廈何由千萬間。他日溪邊尋我去，釣船刺入蓼花灣。

再用前韻酬胡觀光蔡誕自言爲老君牧龍，因博戲輸一五色班龍被謫

牧龍天上幾時還，因失仙龍五色斑。暫謫南昌爲隱吏，會歸東觀校蓬山。高名久已聞江表，異氣今猶出斗間〔一〕。下筆不休才思闊，清如星漢瀉銀灣。

【校記】

〔一〕猶　原誤作「由」，據四庫本改。

從叔君冕見訪山間自云平生躬耕釣無求於人中有至樂令某作詩寫其蕭散之狀爲賦此篇

青鞋布襪緑蓑衣，滿目秋江白鳥飛。小楫扁舟乘興出，斜風細雨釣魚歸。有間茅屋臨蒼巘，尋個樵夫上翠微。閑趁牧童吹短笛，倒騎牛背入柴扉。

和劉元弼見寄

終日思詩句未成，夢回春草繞池生。拂雲松竹兼天盡，如畫江山照眼明。幽處園林皆可隱，亂來軒冕亦何榮。即時使有一杯酒，便勝區區萬古名。

次韻李世京惠詩

童稚情親不記春〔一〕，白頭相見眼猶新。爲文未辦送窮鬼，買宅何妨近里仁。魯國儒衣原自少，棘門兒戲定非真。斗間縱有衝天氣，樓上應無識劍人。

【校記】

〔一〕稚　原誤作「雅」，據四庫本改。

和劉端禮避地初歸見訪

庭前喜鵲亂棲鴉，知有鄰翁酒易賒。老瓦盆隨田舍飲，半溪雲屬野人家。莫將釣手遮西日，來倚危欄詠落霞。無奈醉歸燈火亂，僕夫争路頗喧嘩。

和劉允昇夢草庵前月夜看酴醾

誰與東皇殿後塵，更無凡木敢争春。來觀夢草庵前月，疑是廣寒宫裏人。雨罷香風吹滿院，夜深笑語動諸鄰。詩詞要并花奇絶，對此吟哦句自新。

和端禮惜花苦風雨之句

花逢暮境已侵尋，庭值狂風不可禁。已捲殘紅隨日脚，更吹嫩柳到眉心。明朝藉地猶堪醉，小雨籠晴未作陰。騎馬訪君春好在，不勞鐘鼓報新音。

卷十四

律詩七言

題曹子方詩集後

静常先生初以詩得名於兩蘇公，每恨不能多見。偶於公之孫仲實大夫家見其家集，輒題數語於後。

横槊當年知阿瞞，後來誰復識波瀾。兩蘇門地陪高詠，千古文章得細論。耆舊只今無此語，風流端要善清言。想當巧匠傍觀處，洗盡人間斧鑿痕。

次韻劉升卿惠焦坑寺茶用東坡韻焦坑因東坡始見重於時

日出城門啼早鴉，杖藜投足野僧家。非關西寺鐘前飯，要看南枝雪裏花。玉局偶然留妙語，焦坑從此貴新茶。劉郎寄我兼長句，落筆更如錐畫沙。

嚴子陵釣臺

巨石崔嵬枕碧流，何人曾此坐垂鈎。足加帝腹動星象，手把漁竿還故丘。固異山靈回俗駕，不因鱸鱠憶吴洲。當時冠劍今何在，獨有高臺萬古留。

送劉美中舍人赴漳州二首

一麾初出銀臺路，手把漳南玉獸符。閭里高門容駟馬，旗旄夾道擁前驅。兩科名姓驚天地，西掖文章似典謨。詩卷從教傳海賈，釣竿未肯拂珊瑚。

漳浦城高南斗邊，朱旗遥拂紫薇躔。遠民初識玉皇吏，屬邑行瞻刺史天。此日分携雲際寺，老僧留酌石間泉。祝公名宦何時了，了却歸來作地仙。

次韻羅世英

世英昔年從學蒙嶺書齋，相别三十餘年。紹興丁卯重陽日，復相會於盧溪草堂。世英即席賦詩，次韻酬之。是日坐客皆預免解，唯劉世臣得失未定。須臾解榜至，巍然在選。

蒙山三十年前話，聳壑昂霄見此郎。雲子新秔抄飯白，石泉擊火試茶香。英豪滿坐驚頭角，錦繡詩成出肺腸。此日此公逢此客，更傳秋榜助飛觴。

送歐陽南卿并簡胡紹立

蕭灘傳牓到柴扉，喜見高名掛棘闈。二子文場初得雋，老夫茅屋亦增輝。方驚絶岸孤峰出，更待刺雲雙鵠飛。盧肇風流今未泯，渡頭重看錦標歸。

和裴主簿九日

欲上高高嶺路微，疏林蔽日尚堪依。楓江水冷天初静，桐井霜乾葉亂飛。籬下采花人獨秀，山頭落帽客何稀。金壺倒盡重沽酒，莫惜朝來更典衣。

安成逢吉守李西美舍人二首

掖垣清近泰階傍，新賜魚書綰郡章。手把玉堂青縷管，坐褰刺史赤帷裳。紅旗照日三千騎，白粲連帆一萬檣。幾夜紫微躔次静，飛星今入斗南光。

妙齡高義動神京，獨出漢庭諸老生。鳳閣繽綸朝視草，麟符分閫夜談兵。猶聞豺虎縱横在，已覺山河氣象清。欲會風雲扶帝業，先令草木識威名。

喜楊文發生子

觸目琳琅滿户庭，又聞白母夢長庚。杜家驥子誰家有，天上麒麟地上行。豈但疏眉驚秀拔〔一〕，更期洗眼看飛騰。人間萬事何時足，但有佳兒了一生。

【校記】

〔一〕秀　原誤作「香」，據四庫本改。

周公予監場解官

終年騎馬上山坡，鑄得中郎錢幾何。解組可能留不住，扣門猶許問無他。莫因時事輕悲感，從此新詩更琢磨。竹徑松窗與塵隔，幅巾聊且重相過。

和劉元弼筠亭

種竹誅茅欲傍亭，亭前花草莫争名。笋根稚子春無數，枝上鵷雛晚更清。翠逼衣襟添野興，葉翻風雨打窗聲。何當萬木凋零後，尤見青青不世情。

和劉元弼邃室

竹徑潛通幾許深，遠窗寒色半晴陰。朱輪畫轂走何事，明月清風愜素心。宴坐壺中觀彗景〔一〕，時游物外拂塵襟。此君定自能留鳳，更絶飛鴉噪暮林。

【校記】

〔一〕彗　四庫本作「慧」。

和李巽伯少卿新年憶行在二首

解賦新篇憶帝臺，行宫樓殿亦巍哉。應曾身作壺中客，記得春從天上來。雉扇齊開香霧繞，龍墀暖赴曉班催。君王神武多餘暇，綵勝金花似舊裁。

去國東風又一回，江村度歲亦悠哉。偶逢花向山間發，更喜人從日下來。破敵屢聞胡騎走，急賢當有鶴書催。内中誰進春詞帖，西掖須憑大手裁。

和謝夢叟思鄉用李巽伯韻

江頭野老哭聲哀，宫殿千門安在哉。御路初傳鼙鼓動，驛塵猶見荔枝來。九重奇禍遽如許，四海軍書重困催。家在雙龍雙闕下〔一〕，亂雲春思益難裁。

【校記】

〔一〕雙龍　傅校作「蒼龍」。

次韻謝鄭教授二首

久服才名老鄭虔，奮髯抵掌便談天。平生落盡摩霄翮，妙句新如出水蓮。晚歲江湖聊可樂，夜談城壘不須堅。席門窮巷蓬蒿滿，安得高車忽儼然。

騎馬凌風擬八仙，不須三斗始朝天。細聽街吏鼕鼕鼓，看舞歌姬步步蓮。問事未應無伯始，論文今復得徐堅。喜君琢句無餘迹〔一〕，詩到無成却澹然〔二〕。

【校記】

〔一〕琢　原誤作「啄」，據四庫本改。

〔二〕無　四庫本作「垂」；李本、傅校作「渾」。

和曾英發見寄二首

聞君要了官中事，了事君今竟作癡。陋巷端能一瓢足，虚名何用四方馳。開簾璧月夜生海，下筆冰蠶細吐絲。想得詩成有新句，池塘草入夢中思。

別後文章殊長進，揮毫落紙便風生。詩從平澹人難到，語不雕鐫句自清。無計上書通北闕，猶時蹙額問西征。憶君過我誦新作，殷殷尚留金石聲。

和曾若虚

書生胸次儻無奇，讀盡群書未免癡。學似雕龍宜獨步，才非天馬敢争馳。青編謾費千章紙，白髮愁梳滿面絲。愧乏銀鈎酬雅貺，含毫徒作畫沙思。

再次曾英發

人物風流東晉時，吾家王椽本非癡。見君自少能多學，厥聞如今已四馳。但有香秔炊白玉，不須高馬鞚青絲。西鄰密度墻頭酒，日望扁舟慰所思。

次韻蕭明强追和芙蓉庵

茅齋深倚五雲間，忽有高人夜扣關。揮麈風雷坐傾倒，開簾水竹自幽閒。天寒已放龍蛇蟄，棋罷那知歲月殘。兵革未聞消息好，且來拄頰看西山。

次韻周秀實過草堂夜話

舍北雲生天一隅，短檠細雨夜窗虚。銅爐瀹茗助清泠，玉麈論文愧闊疏。落齒駒兒應有種，謂秀實子。

禿毫錐子尚中書。山城忽遇高軒過，不避席門江上居。

和裴主簿栽花來詩有獨醉明月之語

曉簷風雪壓前墀，勒住群花未出奇。頓覺寒廳有春色，雅宜破屋詠新詩。朱簾不捲門長静，紅蘂微開蝶便知。獨酌莫邀天上月，恐招惡客影相隨。

和劉克强謝仲振

冰柱雪車詩有聲〔一〕，池塘春草夢初驚。兩公共夾清漳住，匹馬時衝細路行。繞屋好山如罨畫，攻愁得酒足鏖兵。興來不用多呼客，著我罇前伴月明。

【校記】

〔一〕冰　原誤作「水」，據四庫本改。

送蘇元老自春陵還龍陽〔一〕

雲渺蒼梧湘渚闊，煙帆初轉九疑高。相逢未卒寒温語，此別更爲魂夢勞。江水江花自今古，湖南湖北足風濤。何時捨棹登平陸，却上晴天跨巨鼇。

【校記】

〔一〕陵還　原缺，據李本補。

次韻義夫同年見寄二首

青袍猶帶御爐煙，坐覺江湖歲月遷。憶在九霄聯雁塔，恍如三尺鑄龍泉。薦書飛鶚聞天上，彩筆題詩落眼前。白髮郎官才力健，知公家世似韋賢。

高文落紙自生煙，論著傳家繼史遷。氣壓千軍橫入陣，詞傾三峽倒流泉。賜袍初并龍墀下，走馬同過鳳闕前。一落江湖坐窮困，顧予何敢望諸賢。

和劉賓王縣尉

鼓篋同游璧水春，橋門争看筆如神。忽傳紫塞軍聲急，尚喜青山草色新。儻有風雲起英衛，可無膠漆似雷陳。况聞作尉功奇絶，兵入潢池不動塵。

次韻劉炳先昆仲見寄

未有新詩敵庾郎，徒將斷木點青黃。峨冠不滿三尺許，拆襪仍無一寸長〔一〕。鵬翼端能翻碧漢，芥舟唯可置坳堂。君才本自堪磨琢〔二〕，穎脱當如錐在囊。

【校記】

〔一〕拆　原誤作「折」，據四庫本改。

〔二〕琢　原誤作「啄」，據四庫本改。

卷十五

律詩七言

和歐陽炳文汝舟酴醾唐降真臺有銀檻玉砌〔一〕，焚龍火香，薦無憂酒

兩翁爛醉酴醾下，擊鉢成詩豈易酬。借地想携千日酒〔二〕，尋香争跨九花虬〔三〕。晚風吹雪空中落，急水漂香何處流。夢覺清芬猶撲鼻，如登銀檻薦無憂。

【校記】

〔一〕銀　原缺，據傅校補。

〔二〕想　李本作「相」。

〔三〕香　李本作「春」。

次韻胡次魚送歐陽景蘇鎮州教授

往昔逢君最妙年，朱霞天半已軒軒。論文豈是無張説，取友何期得邴原。談笑坐輕千疊嶂，吹嘘誰送九重閽。不應海嶠能留滯，早晚公車采至言。

别黄伯成

常恐微言將遂絶，江南耆舊復知名。身從妙喜國中出，脚踏毗盧頂上行。覺我向來聞道晚，識公真處大僧生。相思莫謂山川阻，千里同游聊□□。

送同年趙季成赴行在

繫船楊柳曉鶯邊，冠蓋如雲欲塞川。聞道今開丞相府，沈相同年。昔年同是廣寒仙〔一〕。不須左右爲公地，便恐吹嘘送上天。千載一時真慶遇，會看鈞力轉陶甄。

【校記】

〔一〕仙　原誤作「宫」，據四庫本改。

送劉子東赴省

快鎖荆州從事廳，薦書飛入九重城。試觀文陣英雄氣〔一〕，定勝弓弦霹靂聲。霜踏板橋天欲曉，酒醒漁浦雁初鳴。春風漢殿臚傳近，換取青袍出帝京。

【校記】

〔一〕觀　原誤作「官」，據四庫本改。

趙逢源家有姝麗每造謁必見拒今侍令兄府判東游作詩爲別兼以見意〔一〕

高門日日掩朱扉，未許傾城捲翠帷。客子眼寒空過市，雪兒歌妙欠新詞。華裾將曳銅駝陌，破帽敢隨金馬羈。悵望碧天鴻雁影，黄花應不負歸期。

【校記】

〔一〕姝　原誤作「妹」，據四庫本改。

次韻趙文卿因以送行

堤柳迎人自作陰，江流仍漲緑醅深。行人獨唱陽春曲，此日重聞正始音。騶馭已如仙裹裹，騎驢徒欲度鬖鬖。看君闊步青雲上，莫學書生擁鼻吟。

和施通判以詩惠茶

彩筆題誇北苑春，南來草木始稱珍。江湖風味極不淺，翰墨篇章老更新。落日清吟招惡客，此時佳境屬閑人。慙無好語酬高詠，東望雲山意莫陳。

再和 與客觀詩碾茶，因話時事，再作此

呼童急碾建溪春，麗句兼收掌握珍。陸納家風元冷淡，庾郎詩句自清新。推之不去真何物，試與偕來端可人。當面輸心多背笑，愛君高義似雷陳。

密雲初識雨前春，未羨官廚送八珍。正苦睡魔須料理，愧無妙語敵甘新。兵分刺史千餘騎，系出洪崖幾世人。麗句新詞鄰大雅，豈將文體效梁陳。

重陽日劉元弼筠亭席上〔一〕 時坐上聽端禮舉省試程文〔二〕

不見龍山老孟嘉，風流誰更落烏紗。松槽旋壓初浮酒，籬菊爭開無數花。清論揮犀傾玉雪，高文射策走龍蛇。小兒拍手攔歸路，笑插茱萸待辟邪。

【校記】

〔一〕� 原缺，據傳校補。

〔二〕試　原缺，據傳校補。

周德祖自衡陽相别三十餘年會余竄夜郎德祖知南江寨相遇甚歎道舊興懷輒成長句

回雁峰前水拍天，峰頭一笑尚依然。休論華屋生前美，同在邯鄲枕上眠。騎馬忽來臨紫寨，傳家故自有青氈。時平栅壘無烽火，灑墨成詩有幾篇。

九日以菊花酒寄施醇翁通判

每逢佳節憶淵明，自采籬邊細菊英。坐見南山横紫翠，遥聞北地落欃槍。澆胸止賴杯中物，快意豈圖身後名。幸有酒兵堪一舉，請公談笑下愁城〔一〕。

【校記】

〔一〕城　原誤作「成」，據四庫本改。

盛暑中黄子餘主簿携雙井茶見訪

痛飲元非避暑方，又無金盌汲寒漿。忽逢佳士携新茗〔一〕，來坐竹陰移晚涼。幽處小窗花木好，吟餘清論齒牙香。君家句法誰能似，煎出車聲繞九腸。

【校記】

〔一〕士　四庫本作「客」。

次韻鍾令君自言借鄰僧衣著

閑舉酒兵挑一戰，愁城欲下戰方酣。且烹北苑龍香茗，暫脱東禪鶻臭衫。有志干時君自許，無錢使鬼我何堪。江湖寂寞生涯盡，對客不應容易談。

感雨癸丑

天久不雨，群情焦熬。郡府方索民築郛，縣内惴恐。既而禱雨石屋山，連日大澍，喜而作是詩，呈縣令黄平國。

拜起爐煙繞碧虚，卧龍隨雨躍天衢。道邊草木已焦捲，巖下風雷若指呼。河隴豈無寃繫獄，海汙防有浴川夫〔一〕。君王屢詔寬徭役，亦念凋瘵苦未蘇。

【校記】

〔一〕汙　傅校作「沂」。

和李彦文春雪

聞道江城雪似沙，東風吹動曉寒加。輕飄瓦屋鱗鱗密，亂颭檣竿櫛櫛斜。著地正憐新種竹，漫天故壓未開花。君應對此方乘興，飲似長虹吸海涯〔一〕。

【校記】

〔一〕吸　四庫本作「汲」。

縣僚禱雨盤藤廟連日大澍次韻黄超然

□□□□□□□，□□□□□□□。□□□□上林杪，半空雲走挾雷聲。旱妖作魃乘時起，天意爲霖轉眄成。莫問田疇水深淺，縣前江已拍堤平。

再和前韻

江夏無雙望久傾，高文猶帶玉堂清。子雲識字終投閣，侯喜能詩新有聲。偶會風雲蘇大旱，戲將筆札慶垂成。年豐但使無公事，勿慮潢池賊未平〔一〕。

【校記】

〔一〕勿　王本作「忽」。

喜劉世臣仲美及第

同上青雲踏玉梯，仍穿月脇取蟾枝。江南魁薦星文動，蘭省名高天下知。共喜秀光前日會，争傳真逸老人詩。萬牛回首扶梁棟，可笑蚍蜉欲撼時。

送歐陽廣明游仰山兼簡慈書記二首閣中有小釋迦金襴袈裟

士窮不作儒生酸，歲晚聊爲物外觀。行脚僧從幽徑出，集雲峰倚半天寒。且携幾緉登山屐，勝走高門坐馬鞍。君見堂西舊書記，試求開閣看金襴。

不畏霜風射眼酸，要登峰頂作奇觀。連天野水微生緑，隔岸官梅已破寒。試共嵇康尋石髓，要隨杜老逐金鞍。歸來山鳥迎人鬧，應是怪君猶布襴。

次韻送別曾英發

士元來訪潁川公，桑下清談有素風〔一〕。不扣洪鐘安識響，更聞妙句豈宜蒙〔二〕。如君晚節猶堪奮，期我高名莫大穹〔三〕。此别應難問消息，寄書無惜到山中。

【校記】

〔一〕桑　傅校作「竹」。

〔二〕蒙　原誤作「家」，據四庫本改。

〔三〕穹　傅校作「窮」。

和劉元弼歲除書事

吟詩輒莫歎年終，歲歲年年事不同。藍尾旋傾人半醉，樓頭猶聽鼓三通。漸看暖律回春檻，且任狂風揭釣篷。管有明朝好天色，澹雲微雨翠煙中。

題譚徽仲一經堂

漢儒重道獨專經，唐室初增博士名。韋氏起家仍相國，稚圭能説亦公卿。司空城旦污潢潦，古壁遺文粲日星〔一〕。異日諸郎拾青紫，傳家何用滿籯籯。

【校記】

〔一〕壁　原誤作「璧」，據四庫本改。

卷十六

律詩七言

九日登鴻飛臺

拄杖秋登何處臺〔一〕，天高風急雁聲回。疏林紅葉紛紛下，繞逕黄花細細開。此地崔嵬聊試脚，明年强健更銜杯。緑罇烏帽隨時足，無用白衣人送來。

【校記】

〔一〕秋　四庫本作「扶」

豫章别彭養直時謫辰州

荔子欲丹蕉葉黄，别君南浦正凄凉。九疑隔嶺共明月，萬里窮途非故鄉。坐見浮雲更百態，行吟秋水動三湘。金鷄放赦知何日，尚許生還天一方。

送任子嚴江西運幹

正坐懲羹吹冷齏，送君那復有新詩。明朝便恐隔千里，抱病何由把一巵。西蜀文章自家法，江南煙雨上樓時。東湖滕閣多佳興，落筆端能寄所思。

留別黃子默

回瞻人在斗南邊，目斷湘中萬里天。驅馬又過衡岳寺，携家却上洞庭船。江湖足了平生事，文字豈徒今世傳。不共離亭一罇酒，行看待我著歸鞭。

次韻郭偉節段廷直見寄二首〔一〕辰溪，古夜郎郡，太白嘗謫焉

山靈未忍勒銘移，空有寒鴉噪竹枝。二妙相逢春霧裏，老夫將竄夜郎時。傳看尺素雙魚尾，突過黃初數子詩。不上沅江探奇絶，平生誰肯一來茲。

邂逅江樓初識面，騎驢衝雪聳詩肩。談傾坐客人如玉，蘋滿汀洲水拍天。君欲摩霄登兔窟，我方載月上漁船〔二〕。夜郎千古窮愁地，竄逐曾留李謫仙。

【校記】

〔一〕廷　原作「延」，據王本、傅校改。

〔二〕載　王本作「戴」。

渡瀟湘江

夜聽瀟湘江上雨，今朝雨裏渡瀟湘。船衝曉浪漲新碧，山似畫圖非故鄉。鴻雁來時應好在，白鷗飛起忽成行。論詩安得杜陵老，望岳令渠賦一章。

自江上游龍興至净因寺

曉踏晴沙江上堤，堤平沙盡草萋萋。墻頭野杏纔先發，葉底雛鶯自在啼。問道漁舟通膴水，只應煙火是桃溪。深村疑有秦人在，記取來時路恐迷。

賀王彦恭新除湖北漕

年年新换玉麟符，應爲高名滿太虚。紫塞新分邵陽壘，皇華初上使臣車。木牛轉粟洞庭野，金馬催班待詔廬。旗鼓行春真晝錦，可能一訪夜郎居。

寄湖北總領彭子從郎中

翼軫星邊貫索疏，星文夜動紫宸居。追鋒急召歸郎省〔一〕，持橐猶稽侍玉除。六路藩臣供餽餉，五溪蠻子樂耕鋤。連營十萬無饑色，却入承明奉直廬。

【校記】

〔一〕鋒　原誤作「烽」，據四庫本改。

春晚同石子文游歐陽參軍園問其主人已物故獨一老婦開門亭檻幽雅酴醿方盛開因歎二年卜居鄰巷相去數十步而未嘗一到作詩記之

百花狼藉草如茵，誰與東皇殿後塵。故放酴醿教獨步，更無凡木敢争春。杖藜亦偶逢幽徑，扣户何須問主人。坐久忽思歸路晚，舉頭香雪落烏巾。

居鄰曲巷有朱扉，未許墻東宋玉窺。春草滿池驚晝夢，酴醿萬朵壓繁枝。湘西江上參軍宅，黄四孃家子美詩。他日沅陵尋故事，爲余收入楚人詞。

送黄彦謨通判岳州時寇盗未平〔一〕

奇功已奏紫宸居，新上南州别駕車。木葉寒飛洞庭野，樓船光照赤沙湖。猶聞豺虎縱横在，已覺江山氣象舒。萬一潢池群盗息，回戈請爲掃狂胡〔二〕。

【校記】

〔一〕寇盗　原作「胡冠」，此處從四庫本改。王本作「胡寇」。疑當作「湖寇」。

〔二〕狂胡　四庫本作「穹廬」。

朱致一來守辰州先致啓書余以病未及答而致一壓境以詩迎之

麗譙高壘武陵西，西望雙紅捲使旗。玉帳静驅千騎弩〔一〕，銅符遥鎮五溪夷。我遭白簡爲遷客，君擁朱輪把一麾。諸洞帶刀迎馬首，略無征鼓動邊陲。

【校記】

〔一〕弩　原誤作「努」，據四庫本改。

閏十二月自城東泛舟遷居城西安福寺舟中微雪

朔風吹雪江上來，急槳迎風蕩不開。渡口雲藏伏波廟，山腰霧失楚妃臺。移居自作泛舟樂，抱甕還如載酒回。歲晚浮家寄何處，兩溪春水緑如醅。

李郎中生日

三槐堂下清陰滿，太華峰頭緑葉圓。天上正開炎帝曆，人間初識歲星年。名郎早合歸華省，藏室行當綴列仙。雉堞新崇邊壘壯，長城不獨有前賢。

報恩寺避暑

風枝不動午雲蒸，古寺嵯峨倚石層。百丈虛廊蔭華桷，半簾疏雨斷飛蠅。病餘已怯金罇酒，捧立仍無玉盌冰。奈此人間諸熱惱，一杯清茗屬高僧。

乙亥立春夜雨平旦大雪

青帝重扃夜半開，先驅雷雨下天來。千門萬户春風入，小院高樓樂事回。但喜新年逢瑞雪，不知平地有瑶臺。杜陵遠客多愁思，忽憶兩京初發梅。

和馬德儉韻

兩蘇共賦靈芝句，知是君家矍鑠翁。門巷偶鄰三徑竹，功名當柱五溪銅。似聞四海塵初静，猶恐扁舟興未窮。螺子江邊無久滯，亦宜摶翮上晴空。

劉時舉主簿相别三十年忽相遇於沅湘之間古夜郎郡也郡素窘俸餽不繼垂橐而歸相聚月餘賦詩爲别〔一〕

謫仙適竄夜郎道，主簿歸從飛鳥邊。但喜騎驢得佳句，忽忘揮麈是何年。且將肚束三條篾，敢望腰纏十萬錢。剩斬湘南幾竿竹，他時分我釣魚船。

【校記】

〔一〕素　原誤作「索」，據四庫本改。

早春懷葉觀察

門前江水有春聲，鷺浴沙汀照眼明。詩律未堪傳樂府，酒兵聊且下愁城。無窮澗草争青出，自在巖花絶壁生。忽憶江南護戎老，晴窗磨墨聽新鶯。

送嶺子還廬陵

嶺子遠來夜郎省余，聞其婦方臥蓐，不欲久留，而戀戀不忍去。乃令上沅湘，至昔人窺九疑處，得下武陵溪〔一〕，入荆州，由巴陵、武昌、洞庭黄帝張樂之野，觀開闢以來造化擘出瓌雄怪譎之處，却由瀟湘以歸敝廬。作數語示之，明日乃行。

東歸未辦武陵舟，送汝翻成一段愁。雪點敝裘騎瘦馬，春寒幾日到荆州。湖山天闊洞庭野，吴楚月明黄鶴樓。莫苦回瞻白雲嶺，是行聊學子長游。

【校記】

〔一〕得　四庫本作「復」。

次韻葉起商楊茂之

池塘春草年年緑，筆力千鈞挽莫回。南國遺騷拾蘭芷，西湖體雪禁梨梅。窮途言詠頗寒窘，治世音聲無怨哀。一覽巨編真雅唱，秀苗奇特出荒萊。

次韻酬祝彦直

矍鑠猶能一據鞍，將軍雖老未甘閑。謬携魚目投龍頷，正類蒹葭倚玉山。詞力倒傾江漢底，光芒今射斗牛間。珠璣贈我應難久，却恐風雷夜掣還。

李守拉登譙門觀修城

忽見金湯峙塞垣，麗譙雄冠楚山川。門開下瞰雙溪水，壁立新磨萬丈磚。招撫蕃夷應有術，折衝罇俎正臨邊。邊頭臥鼓休戈甲，坐對春風理管弦。

次韻李宜仲見懷朱崖夜郎二逐客

不因貴賤識交情，此段當令後輩傾。三友一龍吾作尾，同時四海孰爲兄。殊方少客通南北，厚禄無書訪死生。萬里歸期應可指，九衢先聽賣釵聲。

辰州僻遠乙亥十二月方聞秦太師病忽蒙恩自便始知其死作詩悲之

辰州更在武陵西，每望長安信息稀〔一〕。二十年興縉紳禍，一朝終失相公威。外人初説哥奴病，遠道俄聞逐客歸。當日弄權誰敢指，如今憶得姓依稀。

【校記】

〔一〕稀　四庫本作「希」。

次韻段季裕惠詩二首

久戰詞場力未衰，毫端珠璧粲離離。氣如八尺九花馬，人似千年五聚龜。國士無雙君自有，癡兒不了我先知。七年留滯沅湘道，忽詠青山獨往詩。

謫墮西南海角邊，是中樂事亦天全。漸聞長樂鐘聲近，正遇巫陽赦放年。客過茅蓬非率爾，詩如錦繡益飄然。一罇豈盡平生話，咫尺高樓起暮煙。

次韻葉起商

少年携藝試東都，一鼓無成怒奮鬚。便把龍韜取官職，欲隨鵬海混程途。清言自可容平子，文筆誰堪答摯虞。要使貂蟬出金鍪，腐儒寧不愧操觚。

和向令製錦軒

大邑大官身所安，欲將何術撫創殘。久懷利器聊堪試，正見操刀不作難。百里光華風俗美，一天清淡水雲寬。剸裁大巧元無迹，血指從旁袖手觀。

次韻酬劉遂卿

夜郎逐客東歸日，傾蓋江邊側帽時。霧豹隱山宜自養，弓蛇落盞莫生疑。古今得失棋千局，湖海飄零酒一巵。期子嶄然出頭角，名場何患少人知。

卷十七

律詩七言

初至行在

望中樓閣入青冥，疑是長安舊帝城。千里荷花開世界〔一〕，幾年羈旅望神京。老隨丹詔身猶健，夢入華胥眼尚生。行盡沙河塘上路，夜深燈火識昇平。

【校記】

〔一〕千　傅校作「十」。

上殿退朝口號

銀臺南畔曉雲飛，路入丹霄上紫薇。共看客星朝帝座，敢將汗腳踏天扉。遥瞻鳳翼差池侣〔一〕，近對龍顔咫尺威。自愧衣袍正藍縷，晚來忽帶御香歸。

【校記】

〔一〕差池　李本、傅校作「參差」。

送王舍人赴明州過闕二首

紫泥初出大明宫，端爲朝廷知弱翁。平地便開丞相府，烏臺先跨玉花驄。一時治行無前輩，共喜君王記自公〔一〕。暫假雙旌臨近輔，聊觀海日正曈曨。

當年玉殿校群材，名占樞垣北斗魁〔二〕。曾入翰林批鳳尾，每瞻雲氣想蓬萊。前驅候吏千軍肅，遥望天門九扇開。咫尺龍顔應入奏，紫霄東畔曉班催。

【校記】

〔一〕自　李本、傅校作「此」。

〔二〕樞　原誤作「堰」，據四庫本改。

次韻楊廷秀求近詩

聞説學詩如學仙，怪來詩思渺無邊。自憐猶裹癡人骨，豈意妄得麻姑鞭。曾似千軍初入陣〔一〕，清於三峽夜流泉。只今老鈍無新語，楓落吴江恐誤傳。

【校記】

〔一〕曾　傅校作「勇」。

胡邦衡移衡州用坐客段廷直韻〔一〕

朱崖萬里海爲鄉，百鍊不屈剛作腸〔二〕。復出光芒動星斗，定隨雷雨起江湘。歸期正待春回雁，賀客争持酒滿觴。笑説開元丞相宅，凄凉偃月上標堂。

【校記】

〔一〕廷　原誤作「延」，據四庫本改。

〔二〕作　原誤作「爲」，據四庫本改。

次韻張子家見訪惠詩僕嘗爲逐客，故以台州自況

老去無才可致君，强從詩社立奇勳。忽逢天上張公子，應念台州鄭廣文。風月何嘗千里隔，江山不用一錢分。能來鼓噪助餘勇，氣壓淮淝百萬軍。

用前韻贈别子家西掖舍人彦實之子

西掖篇章自一門，君能祖襲有殊勛。風流前代黄花句，夢想當年紫鳳文。月下長吟成獨唱，壁間强韻共誰分。江頭惜别多新詠，秃筆猶堪殿後軍。

送黄子默湖南機宜

潢池赤子弄鋤耰，天子擇日除元侯。今君去爲幕下士，多材應與幄中籌。官弩近圍臨桂峒，捷書飛入未央樓。想當磨盾作露布〔一〕，何異裴公取蔡州。

【校記】

〔一〕作　原誤作「何」，據四庫本改。

送同年趙季成知武岡軍

收科同日上蓬瀛，獨我胡爲憔悴生。晚節見君乘五馬，前驅夾道擁千兵。行問峒窟煙霞静〔一〕，卧聽邊城鼓角聲。入境旌旗應動色，更看蠻户帶刀迎。

【校記】

〔一〕問　四庫本作「聞」。

歐陽彦文晚始得官爲邊郡獄掾乃州里宿儒於其行也詩以餞之

往日高名動場屋，青衫未足稱平生。一官曹掾當蠻徼，萬里山河列漢營。顧我老無投筆志，羨君今去走邊城。邊頭已臥將軍鼓，早晚書來説太平。

送趙文卿之湖南

霜餘新雁點汀蘋，愁絶送君湖水濱。自歎老夫如病驥，早知公子是天麟。渡湘懷遠煙横渚，望岳題詩雨墊巾。想見騎驢得佳句，賸將收拾錦囊春。

次韻張子家新除浙西撫幹見寄

幕府官清比縣僚，升沉何啻九牛毛。蓬蒿仲蔚今多病，湖海元龍氣尚豪。麗句早知何水部，舊交誰記柳儀曹。相如屬思寧遲久，不欲詼俳恐類皋。

次韻路節推瑞香幽蘭

君家蘭玉盈階砌，傍有薰籠錦一端。雅似高人來席上，幽如靚女出林間。芳叢欲吐新芽長，深谷知誰著眼觀。謝氏風流元自有，更留佳客奉清歡。謝安石欲子弟如芝蘭玉樹，故自有一種風味。瑞香古未有，獨見重於近世，遂得佳客之稱。一名錦薰籠。

楊文發自長沙相別忽來權邑惠詩次其韻公來權邑，官妓逃亡略盡

湘水東邊唤渡舟，湘天欲暮使人愁。豈期陶令來爲縣，應念龐公不入州。索我題詩今老矣，看君下筆幾時休。論文把酒誠堪樂，莫歎罇前欠杜秋〔一〕。

【校記】

〔一〕歎　原誤作「歡」，據四庫本改。

次韻楊文黼

烏啼鵲噪竹生風，誰過柴門訪病翁。清論逼人來亹亹，夕陽歸馬恨匆匆。遥瞻紫極黄雲裏，却望長安醉眼中。南北車書將混一，莫嗟吾道隔西東。

次韻黄伯思求其祖夢升墓銘跋

妙句高文滿錦囊，坐驚蓬蓽忽生光。君家人物代不乏，文彩風流想未忘。千載運中逢太史，諸王殿下識黄香。江西多士傳心印，又出宗支一派長。

胡邦衡北歸先寄詩二首次韻迎之

無何真是本來鄉，莫遣閑愁犯肺腸。會見棟梁扶大廈，不將文字吊沈湘。揮毫未辯銀爲管〔一〕，沽酒奚須玉作觴。雙竹端能作奇瑞，衡人宜護竹間堂。

當年大册撼天扉，聖主今呼逐客歸。應是風雲乘此會，便令鵷鷺著行飛。久埋劍氣衝星氣〔二〕，暫裂荷衣换錦衣。穩上丹墀踏龍尾，九霞光裏望晨暉。

【校記】

〔一〕辯　四庫本作「辨」。

〔二〕衝　原誤作「衡」，據四庫本改。

和吴思道韻寄郭德耘思道詩有「校讎瓊殿」之語

德耘寄示吴思道詩，某聞思道之名而未識也。輒和其韻，以寄德耘。

亂後交游半不聞，天涯淪落始逢君。黔南可怪無驢養，冀北遂當空馬群〔一〕。尚使高才淹管庫，忽傳佳句吐煙雲。十年讎校金鑾殿，依舊無氈似廣文。

【校記】

〔一〕遂　李本、王本作「還」。

左世勳妙年登第而飄泊遐荒十年不得調蓋嘗以事忤權貴今公道方開始欲仕進索余賦詩

射策楓庭最妙年，九衢争看若登仙。乘鸞豈慕天邊貴，失馬方知塞上賢。華轂朱輪多覆轍，高門大屋尚修椽〔一〕。如今相國開公道，此詩他時亦盛傳〔二〕。

【校記】

〔一〕修椽　原誤倒作「椽修」，據四庫本乙正。

〔二〕詩　四庫本作「語」。

次韻酬周孟覺

看鑄銅人能幾何，相逢重得復摩挲。江山如畫風流在，城郭空驚歲月多。豈謂今朝聞正始，更翻新律似元和。思君夜久猶竚立，月上松梢映緑蘿。

聞梁養源歸臥病未出作詩問之

試訪伯鸞强健不，但傳煙渚有歸舟。欲聞大士一轉語，爲洗南榮十日愁。青壁萬尋人似玉，碧雲千里月垂鈎。我如堪問維摩病，獅子坐中無此流。

送嶺子歸廬陵

西風吹我夢魂驚，送子東歸無限情。好往沅湘探奇絶〔一〕，遠看衡岳正峥嶸。黄昏渡口呼船急，後夜江頭望月明。能把愁心寄明月，雲開時到夜郎城。

【校記】

〔一〕往　傳校作「向」。

送黄介可

漳川螺浦共家鄉，醉墨題詩尚掛墻。天末異時懷李白，風流誰復數真長。那知此日長江溥，即是昔時江夏黄。鵬背知横幾千里〔一〕，棘間何地可回翔。

【校記】

〔一〕千　王本作「萬」。

謝同年趙季成通判見訪

一夢驚回四十年，昇平樓下聽臚傳。共攀玉兔月中桂，認得銅駝陌上仙。忽遇旗旐行縣邑，先驅貔虎訪林泉。王孫自是經綸手，容我滄江卧釣船。

送劉克强再赴殿試

聞道田西劉克强，年來猶自讀書忙。生平萬卷非無用，歲晚一官聊足償。曾捲笏袍還聖主，重携筆札試明光。漢庭射策推諸老，更看公孫獨擅場。

頤軒

門外紅塵走客車，閉門風月下簷隅。南山霧雨宜藏豹，東海龍芻試秣駒。竹几蒲團消永日，銅爐紙帳夢清都。靈龜隱處無人識，似置寒冰在玉壺。

題青桂亭

天上犀枝玉蘂秋，何年桂子落巖幽。庭前忽生兩好樹，簷外突出雙青虬。九里香飄吹夢斷，十分圓影暮雲收。他時合抱重來看，不是玄都觀裏游。

和劉喬卿雪詩紫極真人吹簫，雪降則止

柴門忽啓玉爲關，疑是新移海上山。野寺僧居銀窟裏，廣寒宫在月明間。老農擊鼓迎豐歲，紫極吹簫近帝寰。臘後東風將解凍，已看峰頂露孱顔。

卷十八

律詩七言

中夜起坐惜春亭月照酴醾清香鬱然因成四韻

袖手歸來避世塵，酴醾對坐惜餘春。靚妝不入市塵眼，幽韻只應丘壑人。醉唤江梅君益友，力移亭竹我比鄰。天公著意憐詩客，月色西窗一夜新。

任子嚴凌風閣

朱簾下瞰梅花發，百尺梢頭掛玉鈎。人在半天攀玉蕊，山如方丈接瀛洲。曾留深夜乘鸞女，相對誰家却月樓。將此層軒擬東閣，正緣詩興似揚州。

楊文發將趍行朝輒用所惠詩次韻一首贈别

欲贈初無金錯刀，待憑巧冶鑄豪曹。公家勛業麒麟上，國史聲名泰華高。已見郎君如玉樹，便爲名士讀《離騷》。甄逢他日驚人去，標目須經大手褒。忠襄公大節震耀天下，而行狀未能詳。昔甄逢能標目其先人甄濟事〔一〕，載之天下耳目，徹於天子，赫然驚人。然濟止能不汙賊而已，其事至微，史臣猶特書之。今文發以神道廟碑俱未立，欲徒步有請於朝，當得大手筆以張闡其事，故篇末激之。

【校記】

〔一〕目　原誤作「自」，據四庫本改。

寄聶賁遠

褒勛新命日邊傳，萬户重封眷愈專。山海盡籠天下貨，江淮流出地中錢。時平麟瑞三千歲，夢協熊祥五百年。富國自能躋壽域，寧論齊相海王篇。

張紹祖雙秀亭

義山山下三丞相，門倚山光照户庭。盛事流傳千載後，寒空高并兩峰青。雙崖過雨好雲氣，絶壁參天列畫屏。更羡君家亭子近，細聽泉溜響泠泠。

題竹溪讀書堂李太白、孔巢父、韓準、裴政、張叔祖、陶沔，號竹溪六逸

竹外溪邊沙石幽，欲招詩客賦臨流。萬竿深鎖藏書屋，百尺清潭繞橘州〔一〕。千里水煙漁唱晚，一堂

風月暮雲收。何當挽取六君子〔二〕，占此佳名作勝游〔三〕。

【校記】

〔一〕尺　四庫本作「丈」。

〔二〕挽　原誤作「晚」，據四庫本改。

〔三〕占　原誤作「古」，據四庫本改。

扶疏堂

碧草深林繞一區，何年開徑洗煙蕪。晨光浮動三竿日，古木陰森十萬夫。静愛長松梢月色，絶無凡卉蔽簷隅。殘枝敗葉風吹盡，簾捲山尖好畫圖。

和曾英發見訪惠詩二首

陋巷誰過馬糞王，一經題品自芬芳。桃花流水春猶淺，茗椀薰爐話更長。千里夙期衝雨霽，十年閑事入篇章。明朝未免成離恨，莫苦吟詩作許忙。

宴坐壺中日月閑，相逢無復話吴山。如君豈是噲等伍，置我當容平子間。喜遇故人持節鉞，猶能跋馬問荆菅。扁舟後會重尋處，更刺灘頭轉一灣〔一〕。

【校記】

〔一〕剌　李本作「剩」。

别後再和一首

平昔高談古帝王，到今春草幾時芳。揮毫欲上三千牘，拆襪初無一寸長〔一〕。亹亹逼人逢此意，匆匆下語不成章。歸來閉閣焚香坐，端爲思君聊復忙。

【校記】

〔一〕拆　原誤作「折」，據四庫本改。

謁魏彦成郎中

病夫投老入城闉，到處逢人説使君。豈料騎驢衝大尹，政須扛鼎識奇文。池生春草何曾夢，楓落吴江誤所聞。更願兼收湖海士，當令冀北馬空群。

王主簿清暑閣

冒暑貪程作熱官，何如避暑得清安。輕陰畫出三湘境，爽氣能爲六月寒。自有薰風生屋角，不須纖手捧冰盤。闌干半倚紅塵外，臥聽江聲瀉碧湍。

段廷瑞四美堂

風月江山何處無，良辰樂事古難俱。其間景物從來美，此美天然畫不如。莫唱黃雞催曉曲，且聽青鳥勸提壺。暮雲收盡朱簾捲，四者横陳獻坐隅。

次韻周穆卿教授兼簡黄元授司户

嘗記楓宸賜異恩，同時人物亦詵詵。從前百事不掛眼，初得微官便退身。教授才華欺蜀錦，參軍詩句似唐人。中興勛業歸公等，顧我徒爲避世民。

讀晉史偶書

夷甫清談萬事虚，阮宣亹亹定何如。鬻魚蝦鮓方乘獻，豆粥萍虀立可須。柱石莫傾人棟宇，纖兒撞壞好家居。揚州喪敗將誰咎，猶自空中咄咄書。

次韻贈隨上人

扣門衲子誦詩聲，雙腳行纏拄杖輕。何處參同得消息，便能作句吐新清〔一〕。高僧著意游湖海，逐客從誰匿姓名。試聽窟中獅子吼，未應斷盡野牛鳴。

【校記】

〔一〕作　傅校作「琢」。

送李仲文赴省試

何人解薦相如賦，狗盜鷄鳴豈此流〔一〕。壯志未登龍虎榜，薦書重入帝王州。煙生漁浦雁初下，月滿江樓霧已收。早晚書來聞好語，沙頭春晚望歸舟〔二〕。

【校記】

〔一〕此句原缺前六字，據李本補。

〔二〕晚　王本作「曉」。

謝梁廉濟運使見訪

夜向天邊識使星，使星光近少微明。朱輪疑自丹霄落，陋巷忽聞驄馬鳴。台下霜威驚草木，山間旌旆爍簷楹。慚無樞具衣冠偉，久服西都暴勝名。

離行在别胡舍人

幾年南畝把鋤犂，尺一呼來上玉墀。未有涓塵答明主，只思耕釣樂清時。著鞭不慣朝騎馬，擊鉢猶能夜讀詩〔一〕。回想都城春色裏，看公談笑定邊陲。

【校記】

〔一〕鉢　原誤作「體」，據四庫本改。

生日周公予惠詩次韻

皇天何時生此漢，六十年前歲遇庚。不使聲名驚四海，未教文陣掃千兵〔一〕。如今只作癡頑老，晚節猶干造化情。每辱雕章勤剪拂，勝驅斗酒下愁城。

【校記】

〔一〕未　傳校作「却」。

資深堂

至深無象本强名，不可言傳著耳聽。克己獨稱回好學，問詩唯有鯉趨庭。會須絶倒聞談道，更看鼎來能説經。欲造淵源應此得〔一〕，百川終使貫滄溟。

【校記】

〔一〕應　原誤作「鴈」，據傳校改；四庫本作「惟」。

清暉亭

畫簷雪壁眺前溪，溪外群峰碧四圍。日上林梢增秀色，珠生潭底護長堤。落霞孤鶩真奇境，捉筆題詩無此詞。擬就江山覓佳句，更須春草夢回時。

次韻歐陽廣明以詩送鉢盂

方丈盈前送八珍，山人不是此中人。試尋僧鉢齋厨近，更喜園官菜把新。秋滿城頭看落葉，風吹酒面已生鱗。何時共過溪邊寺，雪夜扁舟發興頻。

次韻歐陽廣明來詩問余遭謗，故云

半盂香飯敵猩脣，羮芋葅鹽度幾春。坐倚蒲團聽粥鼓，曉擎花雨供天人。庾郎三韭徒多品，顔巷一瓢真絶倫。邑犬狺狺尚群吠，隔籬安得近吾身。

次韻劉唐卿

看鑄銅人五百年，摩挲已是落因緣〔一〕。洛州司馬老方遇，梁苑詞人晚見延。稚子詩書聊可喜，荒村草木亦堪憐。龐公要説無生話，兒女團欒在眼前。

【校記】

〔一〕因　原誤作「姻」，據四庫本改。

雪中訪胡次魚因覽新詩次其韻公嘗爲郢州教官

天涯流落與誰同，雅什重聞正始風〔一〕。文陣向來無敵手，詩壇今孰敢論功。郢中遺唱人難和，冀北成群馬遂空。接屋同鄰江上寺，過從猶幸不匆匆。

【校記】

〔一〕風　原誤作「時」，據四庫本改。

和王彦謨縣尉二首江左盛時，王氏門中高者龍鳳，劣猶虎豹

耳厭鉦鼙處處喧〔一〕，此時猶得臥丘園。負材磥砢幾無用，舊業荒凉半不存。嗟古英雄多朽骨，覽君詞翰可招魂。濟川政要艅艎急，樗散何因被選掄。

虎豹相傳王氏門，風流千載識遺昆。吟詩作賦取高第，插羽鳴弓待報恩。寇賊漸平妖破膽，煙塵猶起客銷魂。山城詩酒方爲樂，豈料西歸席未温。

【校記】

〔一〕厭　原誤作「壓」，據四庫本改。

次韻常德府葛倅見寄

武陵節鉞控湘西，通守仍兼把一麾。玉帳静談千里月，銅符遥鎮五溪夷。漂流欲識荆州面，饑渴正如桑下兒。仰止門墻訴羈旅，窮愁那復有佳詞。

和王彦休

彦休學録相别二十年，蒼顔白髮，著書不倦，尤邃於《春秋》。蒙出示注解數編，將欲獻於公車，以佳句爲惠。誦歎之餘，輒次元韻奉贈。

書成欲奏未央宫，起廢鍼肓略異同。已就外車傳服氏，應曾彩筆夢文通。且觀落紙驚回鳳，莫歎摩天欠阿鴻。宿學暮年方發策，菑川重看一衰翁。

卷十九

律詩七言

夜讀唐鑑有作

開元貞觀承平後〔一〕，群盗縱横似撒沙。可惜君王自神武，不知盧杞是奸邪。瓜分叛將根仍蔓，鼎付哥奴禍已芽。不有汾陽功第一，孰能談笑定中華。

【校記】

〔一〕貞　原誤作「真」，據四庫本徑改。

次韻蔡德億年聞子規

逐客思歸正倦聞〔一〕，三更枝上月微昏。一聲夢斷湘山曲，千古空餘馬足痕。東郭雖無揚子宅，西枝應有少陵村。不須宋玉憐憔悴，招得騷人幾許魂。

【校記】

〔一〕倦　原誤作「捲」，據四庫本改。

贈胡紹立并引

紹立頃年遍游西南諸州，聞余竄夜郎，冒重險至沅陵，由湘南以歸。己卯秋，預清江高薦，復至安成訪别，道舊賦詩，因以送行。

憶昔烏蠻絶塞亭，巴娘歌罷月三更。重尋湘水江邊路，又見蕭灘榜上名〔一〕。此去飛騰對天陛，不應憔悴困書生。將軍三戰成功後，未數焚舟老孟明。

【校記】

〔一〕蕭　王本作「瀟」。

送項直卿赴省

逐客歸來訪里閭，後生文彩益增奇。低頭見子如東野，滿耳聞人説項斯。果有高名動場屋，行觀大策對丹墀。親闈日望泥金信，報我仍須寄好詩。

劉大虚作十花詞相示復以詩來有求揮斤之句兼簡中問僕無恙吠犬不爲災次韻一首奉酬

新詞藹藹吐春雲，清似金爐百和焚。白雪固宜招吠犬，真雷豈比聚飛蚊。陶潛賦就歸何處，李白詩成思不群。君是廣寒修月手，顧予安敢强施斤。

次韻董體仁參政

雷雨何年下九天，公爲舟楫濟長川。涸鱗亦逐龍蛇動，異氣先衝牛斗邊。總謂相君扶帝力，忽傳飛詔落巖前。但隨一氣洪鈞轉，造物豈知然不然。

次韻李昌齡以詩督景賢堂詩

《李廣傳》云得當單於，《陵傳》亦云欲得當以報漢

欲醫詩病了無方，悵望黄州舊雪堂。歲月易奔梭一擲，文章徒費紙千張。相如賦麗終遲思，李廣兵微未得當。句律年來亦如此，收功何以得鷹揚。

宋英臣景賢堂

當塗人物盡豪英，平日相逢眼自青。傾蓋欲交天下士，披雲如仰斗間星。向來道義多耆舊，尚有風流繼典刑。更待里門容駟馬，不應空頂佛名經。

劉君鼎主簿登第累年家貧猶待闕欲游章貢謁梁提刑作詩送之

收科天陛幾年餘，猶似揚雄寂寞居。霄漢又生新羽翼，侯門應許曳長裾。暫游嶺海非凡客，却上蓬瀛行秘書。何日扁舟下螺浦，會看丹詔有新除。

送劉簡之兄弟赴省

弟兄連牓俱高薦，正遇龍飛急詔求。蘭省深嚴清禁近〔一〕，丹梯曾上廣寒游。豈惟一舉兩黄鵠，便好同修五鳳樓。草緑江南舊行路，春風歸馬控雙虬。

【校記】

〔一〕蘭　原誤作「簡」，據四庫本改。

謝向提刑見訪并引

某自貶所東歸，伏辱提刑直閣千里命駕來訪死生，感激高義，輒成長句，聊伸謝懇。

夜郎逐客遇生還，秘閣老翁來扣關。坐聽犀揮妙言語，慚非檑具偉衣冠。高名業已照六合，賤子窮當隱半山。陸納家風元冷淡，口將茶果薦杯盤。

渡湘千里憶分携，因誦癡兒不了詩。送我出門還作惡，今朝會面豈前期。樂天獨往青山日，裴相閑居緑野時。從此功名恐相逼，伊山安得久棲遲。李訓、王涯排陷樂天，訓等死日，樂天正游洛下青龍寺，有詩云：「當君白首同歸日，是我青山獨往時。」或謂白公樂禍。東坡云：「樂天豈樂禍者，特悲之耳！」余今亦然。

送魏彦成赴召

一騎追鋒下九重，手持丹詔紫泥封。君王夜半應前席，郡國名高莫説功。民吏不須留召父，朝廷久已知弱翁。還如漢室中興相，治行於今有祖風。

魏彦成座上忽見擒至吉水賊奉呈彦成

城上啼烏曉欲狂，樓前争看捷旗黄。略驅部曲千餘騎，不折將軍半段槍。樂土異時爲賊窟，太平今日有官方。弱翁治行今如此，何待天邊下鳳凰。

西園探梅三首

俯窺溪影忽横斜，仰看寒梅已放花。未覺東風吹水面，早驚春色到天涯。年時肌骨瘦如許，日暮煙雲薄不遮。折得一枝歸静院，夜深玉頰照窗紗。

東閣官梅未有詩，竹林斜出兩三枝。臨風玉面如相識，殘雪江頭想更奇。立盡小橋溪上影，誰將清調笛中吹。犯寒傾倒先春色，萬木寒凝凍不知〔一〕。

一株斜壓半簷茅，索笑誰堪著句嘲。風度暗香浮遠水，枝回嫩緑到新梢。冰生處子精神外，玉立天涯雪月交。吟處不須歌酒涴，柴門誰許野僧敲。

【校記】

〔一〕凝　四庫本作「癡」。

次韻劉景明寄詩求近作

道邊垂柳緑陰陰，馬上携書閲古今。陋巷豈無人載酒，他鄉誰是子知音。鯤鵬未化風雲外，江海相思歲月深。遠寄雕章覓新句，窮愁唯有苦寒吟。

外孫劉子野游學南安纔歸數日又告行匆匆贈以一詩爲别且以勉之

九十龐眉老舅翁，暫時見汝又西東。舉頭共看天邊月，刮目知非吴下蒙。學至超然應自解，詩唯窮者乃能工。太阿鍛盡山中鐵，始得光芒倚碧穹。

送劉天游益明赴省

兩驥騰風上九垓，瑶林瓊樹絶纖埃。行觀海運幾千里，坐待春驚二月雷。霹靂一聲天外響，婆娑雙桂月中開。老翁日望長安信，報喜泥金早寄回。

次韻曾英發

泮水橋邊不記年，後來誰復敢争先。襄陽耆舊今無在，江左風流寂不傳。窮巷閉門佳客至，新詩照壁夜光懸。未應晚節嗟流滞，三子青袍慰眼前。

酬梁宰惠游永新百韻詩君曾攝縣事

聞君跋馬禾川道，攀蹬遺民識轡環。滿野悲風蟠蔓草，數聲漁笛下汀灣。雲藏甘露峰頭寺，路接青湘雨後山。觸思便能成百韻，偶題僧壁不須删。

謝郭運幹見訪歐陽公有思潁詩，郭乃潁人

窮巷俄留長者轀，清風入户竹生光。不嫌茅屋絶低小，來坐松陰移晚凉。南國諸侯老賓客，西湖

六一舊家鄉。錦囊牘拾詩千首，他日還思潁水傍。天馬從來不受韁，騰雲注目電争光。心如銀漢纖塵静，氣逼金盤曉露凉。妙語織成文繡段，扁舟剌入水雲鄉。朝天便若登仙去，騶馭何人得侍傍。

次韻劉子方喜雪

萬木寒癡凍不蘇〔一〕，六花争巧出枯株。天將平地開銀闕，人似清冰在玉壺。未見嚙氈持漢節，徒聞穿履待公車。月邊恐有瑶臺路〔二〕，擬欲凌空謁帝居。

【校記】

〔一〕癡　四庫本亦作此字，疑當作「凝」。

〔二〕有　原缺，據四庫本補。

懷故人留題

桃李無言對斜日，可堪回首一凄然。子雲投閣知何在，太白騎鯨已上天。春蚓秋蛇留敗壁，金鈎玉帶鎖寒煙。人行古木横塘路，門掩長江上水船。

次韻王秀才

怒髮衝冠忘指瑕，要能全璧始還家。閉門且任蓬蒿長，落筆當令綺繡華。麗句美如青玉案，明珠深貯絳囊紗。愛君年少已如許，他日相逢未可涯。

波光亭

繞亭春水縠紋生，拍岸風微鏡面平。日破浪花摇柱礎，影浮山翠落簷楹。魚跳蓮葉東西動，月湧金盆表裏明。夜久光凝收緑净，冷涵星漢逼人清。

酴醾

百花狼藉點青苔，始見酴醾爛熳開。虢國朝天嫌粉污，唐昌夜月恐仙來。寒梅勝韻聊堪友，穠李凡姿詎敢陪。便欲乘風凌倒影，醉尋香徑上瑶臺。

和黃元授送趙敦本赴萬安宰元授先攝邑事，故末句云

欲救斯民病久尫，想君家譜有奇方。但須去惡猶去草，要使牧人如牧羊。正值雕殘經寇亂，還思激

烈詠時康。當年手種閑桃李，今日成陰總類棠。

和元授閔旱時男子皆防城

旱魃凌空氣愈炎，斷無微雨應時霑。正憂龍卧深蟠水，安得江聲碎瀉簷。禾黍似堪供野火，婦姑猶擬共腰鐮。此時政要調元手，誰作商霖慰具瞻〔一〕。

【校記】

〔一〕具　原誤作「且」，據四庫本改。

卷二十

絶句七絶

建炎己酉十二月五日避亂鴿湖山十絶句

平昔無才可致君，此生何處欲超群。今逢四海干戈動，猶得山間臥白雲。

偶携琴劍入山來，驚覺高僧定裏回。扶下繩床始開眼，嗔人馬迹涴蒼苔。

幡竿插入千巖底，鳥語飛來絶壁間。洞口行人迷處所，不知鐘梵鎖孱顔。

山腰危殿倚青蔥，知是雲峰第幾重。恐有書生來問道，爲憑輕打飯前鐘。

奇峰削出青蓮萼，遠溜縈回碧玉環。氣接混茫藏句法，不知誰與破天慳。

洞裏花開透碧霄，溪横三繞赤欄橋。他年橋斷人迷路，咫尺山源萬里遥〔一〕。三渡橋。

昔人騎鶴嶺頭歸，應有仙居在翠微。絶壁蒼藤無處問，時聞清唳揭雲飛〔二〕。白鶴峰。

破臘山桃已盛開，飛花無數點青苔。莫教流出前溪去，引得魚舟入洞來。山桃花。

巖下逢人説亂離，十年眼底厭旌旗。胡塵復暗江南路〔三〕，堪羡山僧總不知。贈寺僧。

偉岸棱棱似立朝，巍峨冠劍想風標〔四〕。可憐有貌無肝膽，何用昂然近紫霄〔五〕。

【校記】

〔一〕山　傅校作「仙」。

〔二〕揭　王本作「遏」。
〔三〕胡　四庫本作「邊」。
〔四〕劍　原誤作「斂」，據四庫本改。
〔五〕此首詩，《後村詩話》後集卷一題作「題石人峰」。

次韻贈周師禹二首

山中自有陶弘景，窗外誰呼祁孔賓。不敢移文約周子，升沈共作太平人。
晝臥柴門打不開，相逢未識濟川才。那知此夜聞猿處，忽有新詩隨雁來。

贈李子安

窮居未有四立壁，負郭兼無二頃田。擬斸雲根結茅屋，不知誰贈買山錢。

次韻高秀才

臘盡梅花落不停，笛聲孤起不堪聽。且留溪影弄清淺，更看殘英動曉星。

贈松庵僧

庵在深村翠嶺坳，狂風捲盡屋頭茅〔一〕。斷椽破壁何時理，臥看松陰月轉梢〔二〕。

【校記】

〔一〕狂　原誤作「獨」，據四庫本改。

〔二〕梢　原誤作「稍」，據四庫本改。

和鄭元清同游殷仲堪讀書臺二首

晉國衣冠掃地空，漁歌長在水雲中。倚欄欲問興亡事，木末琉璃墜曉風〔一〕。

池上高臺倚碧空，郡樓相對出煙中。讀書太守今何在〔二〕，寂寞無人繼此風。

【校記】

〔一〕木　原誤作「本」，據四庫本改。

〔二〕守　原誤作「子」，據四庫本改。

梁道人借示丹經數册閱未遍輒告行歸其書贈之以詩二首

丹經汗損幾車牛，奥意難從紙上搜。相見纏腰無十萬，待看騎鶴上揚州。

夜半滄溟看日頭，忽聞風雨下層樓。却尋雙徑朝金闕，又跨蒼龍海上游〔一〕。

【校記】

〔一〕跨　原誤作「誇」，據四庫本改。

謝彭仲寬惠小茶磨并仙茅二首

踏梯割得紫雲歸，琢就雙輪半尺圍。晴日午窗新睡起，掌中輕轉雪花飛。

夢具白鷄猶不死，胸吞赤鳳得長生。向來未識仙茅草，誤向松根采茯苓。

次韻魏伯元

公榮自可不與飲，子美何時得細論。正遇題輿陳仲舉，豈容無禮灌將軍。

侯大淵惠花

揚州廟下子規啼，曾看花開萬玉妃。二十四橋明月夜，春風十里捲簾時。

和讀書臺入夜即事二首

池底星光箇箇添，半鈎斜月吐纖纖。數聲寒笛西風下，人在朱樓捲暮簾。
雲捲寒蟾玉暈添，嫦娥遥想鬢毛纖。此時清境非人世，要望煙霄不下簾。

次韻盧贊元蒙田寺橋亭夜月

青版橋邊秋月明，江風不動縠紋平。沙頭野鶴摩天起，飛入紫霄雲外鳴。

次韻劉美中贈段居士

昨夜送人爲太守，今朝不記是何年。歸來一粟庵中坐，水在瓶中月在天。

次韻贈慈書記

仰山慈書記往來安福道中，數經我草堂，識之舊矣。復辱惠詩，自敘老洪之裔。蓋知僕與洪雅故，不可不酬也。感今懷昔，爲和三絶句，兼簡大仰祖禪師，亦覺範同門嗣也。（慈猶記在湘西寺洪和予左字韻有云云。）

探驪猶記湘西寺，愛我詩如左袒軍〔一〕。慈也果能拈此句，定知詞筆帶煙雲。

寂音尊者斷聲聞，猶似銜枚未戰軍。横出一枝來大仰，如今不賦暮天雲。

老洪作語驚一世，筆力可敵千人軍。足下馬駒今復出，縱横踏破嶺頭雲。

【校記】

〔一〕袒　原誤作「祖」，據四庫本改。

次韻向文剛三絶

沈謝曹劉擬絶倫，唯公詞翰可招魂。新詩不拾前人語，文彩風流自一門。

吏案堆塵番故紙，茶甌浮雪動吟魂。長官政擁黄紬被，臥聽排衙晝掩門。

詩仙句法可换骨，豈但能蘇九死魂。要自胸中出機杼，不須剽掠傍人門。

兵火之後家藏墳籍蕩然寄居江村欲借書諸公先寄此詩

卜築江村翠嶺坳，喜君書室近衡茅。牙籤插架幾千冊，准擬從頭借一抄。
聞道藏書埒石渠，仍能一讀五行俱。不妨借我遮愁眼，勝著閑窗飽蠹魚。

歐陽廣明病中覓酒

滿徑蓬蒿貧不病，一區寂寞奈愁何。杜門芳草長楊賦，可是無人載酒過。

胡烈臣臥雲庵

小庵深隱紅塵外，雲在茅簷四角邊。月落烏啼天欲曉，驚回何處夢游仙。

和葛德裕寄紙覓蘭四絶句

麗句雲箋敵夜光，窮兒得寶但能藏。慚無好語酬佳惠，徒詠春洲杜若香。
林下無人亦自芳，幽姿閑淡若深藏。與君坐上添幽客，勝爇金爐百和香。
君家詞翰妙天下，蠆尾銀鈎世所藏。贈我雲藍豈宜辱，强吟春草拾餘香。

兩朵幽花費詠章，是中佳境若爲藏。何時同上瑶臺頂，遍翫芝田蕙圃香。

聽麟師誦經

念經衲子亂如麻，心悟方能轉法華。待得蓮花從口發，自牛車上覓三車〔一〕。

【校記】

〔一〕自　李本、王本、傅校作「白」。

答蕭道人

唤起赤龍耕玉池，鵲巢抱出鳳凰兒。且看火裏蓮花發，十二樓前雪自飛。

卷二十一

絶句七絶

讀唐遺録六絶

梁祖紀

深宫三鼓夜方分，梁祖唯知慮太原。錯料諸兒非彼敵，斬關還入萬春門。

李愚劉昫同傳

兩公罷相由諸吏，提印驩呼頗自誇。因謂我曹當快活，月華門外聽宣麻。

楊師厚

萬炬千釭照一城，彩舟猶聽棹歌聲。鐵車空駕黎陽石，豈悟碑來禍已成。

成汭

勞役三年成巨艦，出師未戰失江陵。不知雷滿和州載，始悟齊山截海名。

安審信

入閤趨班最後時，崇元御史合彈之。如何進奉二十萬，便逐臺中乞索兒。

馮道

大帝四朝咸敗事，惟君賣國作功臣。平生自謂癡頑老〔一〕，晚節仍爲謬語人。

【校記】

〔一〕老　李本、傅校作「漢」。

次韻盧贊元江亭即事二絶句〔一〕

斜日江頭春又歸，半天垂柳拂雲齊。流鶯向晚渾無賴，隔水飛來枝上啼。

江水磨銅鑑面寒，釣魚人在蓼花灣。雲間貪看新月上，不覺小舟流下灘。

【校記】

〔一〕贊元　原誤倒作「元贊」，據四庫本乙正之。

縣尉任子嚴出示從軍陪大將吴侯游石峒五絶句奉次元韻頌平賊之功喜而有作云〔一〕

東來騎火照松蘿，野老逢迎笑語多。共指巖前一方石，將軍大劍可横磨。

石窟巉巖鬼不開，狂童乘此起氛埃。殿前兵馬何曾出，旗鼓初從天上來。

錦帶雕弓銀馬鞍，鳴鞭飛下白雲山。回頭却望經行處，已在青蒼杳靄間。

不待皇恩下九天，將軍兵已入盧川。奸人妄獻招安策，留客丹崖萬古傳〔二〕。

回師小度石門西，鐵馬嘶風四百蹄。不爲從軍一時樂，捫蘿攀徑豈能躋。

【校記】

〔一〕喜而有作　原無此四字，據李本、傅校補。

〔二〕客　李本、王本、傅校作「刻」。

贈筠州司户施文叔二絶句

高軒過我不停輪，風袂飄如出嶺雲。渭北江東無盡意，何時重得細論文。

村巷盡無車馬塵〔一〕，君來笑語動比鄰。兒童驚問此何客，亹亹清言來逼人。

【校記】

〔一〕盡　王本、傅校作「静」。

送周解元赴岳侯軍二絶句

將軍欲辦斬樓蘭〔一〕，子欲從之路匪艱。十萬奇才并劍客，會看談笑定天山。

書生投筆未封侯，拔劍聊爲萬里游。燕頷果能飛食肉，要令豹尾出兜鍪。

【校記】

〔一〕辨　原誤作「辯」，據四庫本改。

雪中贈别黄秀才

雪欲漫山冰未澌，梅花破雪吐寒枝。溪橋漸見黄昏月，應有横斜倒影詩。

劉虞卿衣弊履穿有號寒之憂賦絶句以道其意

江上丹楓半摇落，簷間青女忽横陳。可憐范叔寒如此，誰解綈袍念故人。

次韻黄子餘二絶句

沈謝曹劉俱一體，風流文彩自難兼。黄香獨負無雙譽，不管紅塵壓帽檐。

秋風動地吹纖末，夜雨連明攪寸心。西北高樓何縹緲，信非吾土莫登臨。

次韻劉英臣早春見過二絕句

池草青青細吐芽，夢回疑到惠連家。東風未暇吹桃李，先發寒梅第一花。

春至盤蔬有蕨芽，紙窗竹屋自成家。客來清坐不飲酒，旋破龍團潑乳花。

送羅孟弼并引

孟弼，吾年家子也。少年高薦未第，今之行朝就蔭補，兼謁徑山妙喜和尚。

平步蟾宫腳失梯，當年才命巧相違。遭時何必由場屋，但著青袍騎馬歸。

君到吴山莫問禪，禪翁無法與君傳。若從妙喜覓言句，掀倒禪床却悄然。

次韻周希稷餉耕三絕句

初下車來首勸耕，老農争走道邊迎。歡聲便似承平日，不待期年政已成。

夜聞催餉不成眠，遥望官壺眼欲穿。醉倒田間真快樂，念無田者益堪憐。東坡種麥得雪而喜，復念無田者，終夕爲之不寐。

莫厭行春馬足勞，彈琴吟詠節彌高。盡驅赤子持田器，勿使潢池煩賊曹。

贈寫真劉琮并引

盧陵劉琮與其父，俱以寫真名一時。玉局老人自海上歸，嘗贈以言，由是士大夫益稱之。紹興己未，過盧溪草堂，爲余作隱居圖，頗有勝處，作三絶句。

曾寫峨眉玉局真，遠看前輩畫麒麟。此翁此畫不常有，宜并銀鈎絶世珍。

布襪青鞋倚瘦松，我生骨相真生窮。煩君畫著漁船上，刺入盧江煙雨中。

畫作蕭然物外身，筆端如此有風神。蹇騎破帽江南岸〔一〕，不是尋常行路人。

【校記】

〔一〕騎　四庫本作「驢」。

送風雅長老并引

風雅長老自衡陽花藥山英鐵觜座中相識，一别數年，訪余於安成，將游仰山謁超禪師。留之不可，作偈送之，且速其歸也。

集雲回雁兩峰前，木馬嘶風鶴唳天。他日歸來無一事，却教誰出草鞋錢。

送胡紹立往高陂游學

天下干戈未盡稀，獨騎瘦馬苦吟詩。窮山窟裏携書劍，半夜不眠聽鼓鼙。

游湖頭觀桃花行數里彌望不絶有僧新開蘭若於萬花之中留三絶句書辯公房

十里紅香襯馬蹄〔一〕，更穿林樾訪僧扉。煙長草遠望不斷，忽有鐘聲出翠微。

城内僧來城外住，寺邊花隔寺中籬。花開花落春如許，宴坐深房總不知。

方丈前林萬木春，桃花面目更尖新。爲師拈出靈雲話，却恐桃花解笑人。

【校記】

〔一〕十　原誤作「千」，此據四庫本改。

歐陽公制糧盡扣門索米戲書絶句送之

聞道瓶中無積粟，不憂甑裏有塵埃。饑時且就我索食，更恐胡奴送米來。

次韻趙逢源秋日溪居十絶〔一〕

溪面微凉生晚風，山銜落日半邊紅。臨流解賦歸來句，知是柴桑避俗翁。

門外仙槎泛急湍，應從霄漢落銀灣。歸來不記河源路，風霧凄凄月滿山。

水邊樓上最宜秋，天在欄干四角頭。覓句正緣償宿債，著書元不爲窮愁。

仙人山水古今無，畫妙詩工可得俱。論畫已非前輩手，聲詩能作輞川圖。

出水芙蓉天與工，六郎何事比花紅。後生不識李元禮，試聽長松引勁風。

南嶺浮雲過北嶺，東溪流水入西溪。秋容清淡石骨露，更看明年浪拍堤。

昔人萬里醉爲鄉，暮越朝燕不裹糧。却怕醒來塵外出，千艘銜尾夜鳴榔。

鵶翻日影弄清溪，溪上危巢鳴哺兒。林下西風晚來急，滿身木葉碎琉璃。

千尋塔影照江清，古殿金龍蟠繡楹。秋色排門入蕭寺，閑來飯後聽鐘聲。

【校記】

〔一〕王本注：内第十首全失。

題畫鯉魚

誰把吴淞江剪斷，得此鯉魚長尺半。會逢李白過江來，騎上青天游汗漫。

適從縣門下經西湖上歸見竹間桃花盛開湖上景物一新因成兩絶句呈向宰

彭澤門前惟有柳，河陽縣裏只栽花。如今夾竹開桃李，猶似當年刺史家。
何處春深刺史家，園林猶鎖晉朝花。風煙況接西湖水，重起書齋對郡衙。

再次韻二絶句

墻根巨竹新生笋，竹下小桃初試花。竹色花光正如此，香風吹落幾千家。
新竹高齋凝燕寢，從教細雨落簷花。青山緑水中爲縣，臥擁黄紬聽打衙。

次韻韓宰上元二絶句

火炬銀花照眼明，亂來誰得見昇平。邦君解與民同樂，海上初移不夜城。
傷時此夜憶神京，月照鼇山輦道平。朱雀街門舊行路，星毬飛上鳳凰城。

和劉英臣見寄二絶句

諸葛奇才當十倍，謫仙詞句滿三千。我惟閉閤捫書册，掃地燒香亦静便。

胸吞雲夢欲八九，日誦古書常數千。撑拄枯腸只堪睡，從君嘲我腹便便。

幽蘭寄向文剛二絶句

西風黄葉深林下，忽有新蘭動地香。公子夜寒誰對語，應容幽客到書房。

連夜風吹碧玉枝，山深寒重得香遲。窮秋故出邁往韻，要就高人覓好詩。

次韻黄超然

楚詞賦物取香草，衆草猶須避國香。一辱雕章重題品，何慚清廟薦芝房。

雪中遇胡烈臣歸自郴陽戲成一絶

路傍有客騎牛過，乞與簑衣作蓆眠。邂逅若能相顧問，和公畫上釣魚船。

卷二十二

絶句

衡嶽銓德觀作并引

盧溪老人謫沅湘過此，見故人胡明仲留題同向宣卿提刑、韓叔夏司諫游山之樂〔一〕，悵然有懷其人。復過西房聽陳道士彈琴，作松風夜雨聲，因留二絶。他日三君子不忘游山之樂〔二〕，必再至焉，爲余出示此詩。

峰頭烏帽翠雲裘，三百年來無此流。餘論更容平子否，猶勝湛輩峴山游。

碧玉峰前雲滿徑，赤欄橋畔柳參天。長廊静夜松風起，寫得餘聲入響泉。

【校記】

〔一〕向宣卿提刑韓叔夏　原缺此八字，據李本補。

〔二〕三　李本作「二」。

清江張氏活人堂二絶句

遠系長沙太守孫，謂仲景也。家傳太守活人言。刀圭一粒起人死〔一〕，安得聲名不出門。

海底龍宫失護防，老龍偷得返魂方。聞君夜壓春槽響，携扣柴門乞酒漿。

【校記】

〔一〕粒　原缺此字，據李本補。

次韻謝昌國

今人不識古人心，誰識羲皇太古音。如望銀河九天上，聊分一勺濯塵襟。

雙田逢蕭國器話别

黄葉西風何處村，茅簷立馬問寒温。江東渭北情無限，罇酒他時得細論。

和康晉侯見贈

儒生無力荷干戈，亂後篇章感慨多。但拏筆頭吟白雪，莫挑馬箠渡黄河。

雪中以酒送歐陽廣明袁叔明

小槽新壓甕頭春，盛欲招呼雪閉門。卧對袁郎説《周易》，不妨伸頸飲清罇。

鄱陽周師禹求清軒霧齋詩

月入柴門夜色新，坐堅談疊足佳賓。誰云老子興不淺，政恐元規塵污人。

細雨如煙下九垓，始聞巖谷隱奇才。一朝文彩驚人眼，知自南山霧裏來。

送彭士貴并引

士貴好爲奇偉倜儻之節，今日見訪，聞詔下出兵征虜〔一〕，即日上馬欲遠游，其志甚壯。賦二絶句以贈行。

詔謂將軍急擊戎，連營已列漢旗紅。須君磨盾作露布，破陣誰先第一功。

大將威名震九州，毛錐何補劍鎗頭〔二〕。但歌出塞從軍樂，莫笑居鄉馬少游。

【校記】

〔一〕虜　四庫本作「北」。

〔二〕鎗　原誤作「鏘」，據四庫本改。

劉天錫之子八歲能作大字今年十三矣筆畫愈進有雄健之氣作二絶句贈之〔一〕

群兒墨汁翻老鴉，爾獨落紙生龍蛇。郎罷不須頻掣筆，渠今自會畫江沙。

作戈如挽百鈞弩，腕力相能回萬牛〔二〕。江夏當年有童子，未聞落筆寫銀鈎。

【校記】

〔一〕之　原缺此字，據四庫本補。

〔二〕相　四庫本作「想」。

郊外留别友人

不及匆匆把一卮，丹楓黄葉助題詩。天教遠謫非無意，更上沅湘看九疑。

寄劉世臣仲美

此道陵遲久已亡，後生無復立門墻。遥知二子心如鐵，端爲盧溪一瓣香。

贈無識道人

古廟香爐冷似冰，向來土木弄精靈。如今萬事都不會，却笑金剛努眼睛。

謝張東言〔一〕

忽見蛟蛇繞壁蟠，歸時星斗已欄干。山童不識回鸞字，誤認題門作鳳看。

【校記】

〔一〕東　王本作「柬」。

惜春亭觀酴醾

東皇收拾春歸去，獨遺酴醾殿後塵。憐我寒窗賦愁寂，時看玉面送殘春。

彭青老好談禪喜作詩有謀身之語借其語激之

未省前身是道人，莫嗟求仕困無津。東風動地泥牛吼，薝蔔花開别是春。

未能投筆取封侯，一食聊須爲口謀。日向晴窗研破硯，讀書當讀億那由。
好詩渾厚如金玉，妙質勿令斤斧侵。要識筆端三昧力，夜深山水自成音。

漁父詞

冥冥江雨濕簑衣，夜上高巖宿翠微。夢斷一聲煙草緑，遥聞欸乃扣舷歸。

曦上人頃脱塵網可謂俊哉衲僧也絶句贈之

震林獅子非凡獸，脱網鯉魚真衲僧。宿垢消磨應已盡，竿頭海底任横行。

卷二十三

絶句七絶

游沅陵劉道人庵中唯一禪椅不置臥榻云不睡四十年矣戲作二絶

一庵茅屋白雲深，坐待丹砂欲變金。誰信庵中人不睡，滿池春水聽龍吟。

九曲江邊雲欲净，三更海上月華孤。金刀直入滄溟底〔一〕，奪得驪龍頷下珠。

【校記】

〔一〕刀直入　三字原缺，據李本、傅校補。

次韻陳君授暮春感懷

雨餘山鳥百般啼，煙隔桃蹊一線微。南北東西春總好，杜鵑何苦勸人歸。

辰州馬觀察送酒

壺頭直下開邊郡，勛業誰如馬伏波。還見遠孫持漢節，坐令千騎擁雕戈。

倒盡鄰翁老瓦缸，使君忽送玉爲漿。昌黎對月無詩酒，絶句聊酬馬侍郎。

董仲儀來夜郎訪死生

雪霾鬼葬山頭路，霧失鬼門關外村。不謂故人千萬里，忽携書册夜敲門。
我識君家董狀元，草萊崛起跳天門。揮毫玉陛摩星斗，持槖明光奉至尊。

次韻酬國子生趙秀才四絶句

淵明五柳非無宅，子美西枝自有村。堪笑長安近時客〔一〕，紛紛騎馬傍誰門。
入關莫戀銅駝陌，待詔行趨金馬門。場屋若歸丞相府，可無公道得推尊。
羨君將入銀蟾窟，容我歸耕谷口村。遥想明年春殿下，臚傳先出九重門。
聖主方今舉八元，何人復掃相君門。迂生曲士如丘垤，回首方知泰華尊。

【校記】

〔一〕近　李本作「舊」。

程子山侍講自靖州貶所歸相會於武陵怪余顔鬢未改作四絶句示之

誤讀黄庭玉字章，醉翻王母九霞觴。從兹一墮人間世，獨賴寬恩謫夜郎。
問我何年謫夜郎，尚餘疏髮未成霜。夢朝玉帝窺香案，偷得神仙不死方。
欲吊沈湘乏雅章，借君妙語酹餘觴。已知絶倒如平子，更喜清新似庾郎。
莫把蓮花比六郎，六郎元自不禁霜。君看磥砢松千尺，高節參天孰可方。

次前韻酬趙提幹

解作新詩似樂章，交情風味敵壺觴。平生閲士知多少，聳壑昂霄見此郎。
留滯沅湘見此郎，氣如九月雁横霜。麻鞋踏雪穿沙底，賜履他年出上方。

謝郭景文寄魚鮓

開緘如見故人面，仍喜故園風物來。想見金刀落飛雪，何時斫膾共銜杯。

雪中喜梁養源惠炭

雪裏烏薪絶市珍，能令寒屋坐生春。此中有句誰能道，煖得曲身成直身。

江上

沅陵春盡草萋萋，忽見扁舟繫柳堤。誰寄愁心與明月，肯隨君到夜郎溪。

竄居夜郎雪中杜門數日不出忽郡中送春來始知今日立春〔一〕

東風來從幾萬里，雪擁江梅未放花。忽見土牛驚换歲，始知春色到天涯。

【校記】

〔一〕春　傅校作「春牛」。

寒食日孟司理送酒

兩翁俱是江南客，寒食他鄉歎滯留。燕舞鶯啼春未老，一罇分我洗窮愁。

郭仲質南窗

東風吹月下長汀，窗外鷄號天猝明。時有諸生來問字，隔江猶聽講書聲。
簷外群山碧四圍，風帆過盡小平堤〔一〕。先生獨坐紗帷裏，掛起南窗月滿溪。

【校記】

〔一〕小　傅校作「水」。

夜坐聽沅江水聲

雨過風林生夜清，坐邀明月正關情。漁童酒醒莫吹笛，要聽一江秋浪聲。
水急灘高欲倒傾，來如萬鼓繞山鳴。奔流更借洞庭闊，飛浪朝宗壯此聲。

辰州立春清首座送生菜餅

聞道春風今日回，走尋消息傍寒梅。恨無纖手挑生菜，也有青絲滿飣來。

王巖老携詩見訪詩未究雪下索余作詩贈之〔一〕

扣門有客懷珠玉，被褐長吟坐晚暉。雪打窗扉忽驚起，還將破帽蓋頭歸。

君歸大酉峰前住，歲晚楓丹蕉葉黄。試訪酉陽巖石裏，秦人逸興未應亡。

【校記】

〔一〕究　傅校作「窮」。

初寒方葺火閣而會溪知城周子康惠竹簾火爐寧公瑞惠蒲團便足了一歲無事矣作二絶答之

細柳將軍來護塞，夜郎遷客正窮居。火爐恰恰簾垂地，足了三冬讀我書。

户外霜風入骨酸，誰褰紙閣問平安。正憂坐客寒無蓆，遺我新蒲入突欒。

寄贈王保躬求小山石

扁舟斗轉五溪灣，湘北湘南飽看山。袖裏雲岑皆寸碧，一拳分手亦何慳。

巉蟠蛟虎石骨瘦，地飽霜風山脚寒。我欲借君修月手，爲持玉斧劈煙巒。

寄子老并序

子老自江西來，赴沅州報恩，謂必取道辰陽，翹俟久之。忽得書，乃趨徑路去，已開堂矣。奉寄二絶句，以當相見也。

半程蹉過夜郎溪，不到昌溪問路岐。空使辰州亭下客，隔江招手立多時。

古錦林邊獅子吼，一聲驚倒五溪蠻。何人來問山中景，寺在千巖萬壑間。

訪清首座觀薔薇

紅玉蘂攢青玉枝，群芳凈盡獨開時。只應天女回軒晚，散得天花滿竹籬。

花開花落春何在，宴坐高僧總不知。空色難謾禪伯眼，薔薇應待老夫詩。

贈別陳君授并序

紹興十九年，余坐詩語竄夜郎，偶太學生陳君授〔一〕，前二年上書言事忤秦太師意，亦貶居是州。二十五年冬，秦太師病死，遐方未及聞。聖上慨然施曠蕩之恩，盡放流人，某與君授始獲生還。感恩出涕，作二絶句贈别。

十載投荒坐獻書，忽逢飛詔下荆巫。歸來好上昇平頌，已死奸諛不足誅。

雷雨沅湘振滯寃，皇恩普出九重天。乞兒猶戀權門火，應謂死灰能復燃。

【校記】

〔一〕偶　四庫本作「遇」。

離辰州

逐客休嗟行路難，歸鴻心在杳冥間。初驚草尾千重浪，險渡湖頭十八灘。
行盡黄茅白葦叢，舉頭忽見兩三峰。青青盡出湘天景，如覺身離蠻蜒中。

尋小舟東下忽見巨艦有作

本是蓬頭漁釣客，飄如行脚水雲僧。誰家巨艦和州載，笑我扁舟一葉輕。

次韻任子嚴并引

余竄夜郎日，惠門僧祖麟徒步萬里訪生死。東歸過其寺，見壁間題詩，乃故人任子嚴見懷，嘉麟之義而嘘拂之也。時士方以詩爲諱，而睹此作感激，次其韻。

解訪江南處士廬，行藏正自與時迂。題詩更及夜郎客，此段如今絶世無。
君是石渠東觀人，小邦聊見宰官身。山僧似不孤題品，衆角叢中有一麟。

書覺範詩後并引

余昔年游岳麓，識覺範於南臺，因留數日，酬唱詩盈巨軸。時侍者數人皆能詩，而圓無住亦在焉。别去既久，圓忽携覺範字見訪，悲感疇昔，復用覺範韻題其後。

憶探驪龍頷底珠，湘山同賦夜啼烏〔一〕。當時吟罷鬼神泣，此段如今掃地無。

【校記】

〔一〕山　四庫本作「江」。

戲贈文彦明

江淹才盡一雙筆，庾信窮生萬斛愁。對客安能吐佳句，墻東老駔正操矛。
酒酣拔劍悲生事，病起扶藜踏淺莎。逆旅正如蝴蝶夢，還家試聽戾寥歌。

和羅思武作子房孔明二詩見贈

子房夜半參黄石，手握豹韜揮八極。蒼黄忽起振長流，天地風雲皆動色。
三雄戰争海水赤，欲攬英豪扶紫極。南陽唤起卧龍人，至今草木生顔色〔一〕。

【校記】

〔一〕木　王本作「盧」。

次韻周孟覺記皮老人事皮老九十餘歲，能談熙豐以前事，但稍聾耳

百年人物已無餘，况説銅人鼓鑄初。欲著承平舊時事，政須此老助潛夫。
何物龐眉一老翁，能談慶曆至熙豐。只應坐厭聽鼙鼓，到處逢人説耳聾。
人壽何曾有百年，再逢甲子换新元。眼明重見清平日，自可治聾聽好言。

吉州凌波亭月夜

螺浦東邊雪浪生，峰頭月出半輪明。扁舟欲載銀蟾去，一聽蒼龍水底鳴。

贈日者張谷

余竄夜郎八年，東歸至長沙，遇日者張谷，考十年前所言，皆不謬。余雖老，然壽則非君妙術所得而推，故末句云。

夜坐吟詩竄夜郎，君將何術考休祥。近來偷得西華法，不敢煩君筭短長。

卷二十四

絶句七絶

癸未春被召東山益老來賀曰趙州八十猶行脚以詩答之云

八十心猶未悄然，横擔拄杖布行纏。都城游遍歸來日，却使誰還湯水錢。

寄張正伯求木樨

九里飛香隔岸聞〔一〕，繡簾朱户閟清芬。千林落蕊掃不盡，分我幽窗一炷雲。

【校記】

〔一〕九　傳校作「十」。

送黄秀才歸臨川

傾蓋江頭酒一罇，高樓驚坐去如雲。别君無語獨長嘯，尚想清音半嶺聞。

夜郎東歸黄去非自雙井來惠以新詩妙畫次韻三絶句贈别

竄逐三危山盡頭，出門入門誰與游。歸來頗復見此客，下筆論詩不肯休。

派後江西出一枝，傳家句法自新奇。諸方知子善哮吼，恐是窟中獅子兒。

細看君詩如看畫，無聲詩裏畫何如。蟠胸秀句吐不盡，落筆因成赤鯉魚。

贈别僧紹存

老存以相法隱於叢林，爲拈司馬頭陀話作二偈贈之〔一〕。

住山骨相無人識，何處頭陀忽扣關。第一座中聞謦欬，已知輸却大潙山〔二〕。

踼倒净瓶呼木揬，華林已坐一生窮。却教一座爲山主，都在頭陀相法中。

【校記】

〔一〕頭陀　原誤倒作「陀頭」，據四庫本乙正。

〔二〕潙　原誤作「爲」，據王本改。

和趙伯達二絶句

王孫疑是李長吉，詩句兼如孟浩然。亂後相逢初識面，便當傾廩與談天。
邂逅聞弦即賞音，况逢清境夜携琴。一罇相遇煙霞外，不廢江湖萬里心。

次韻彭青老詠雪三絶句

雪窗未怕筆頭乾，能寫春江三峽寒。笑指漁翁臥蓬裏，不知流下釣魚竿。
天公剪水散花林，試比江梅色淺深。梁苑詞人能賦詠，終篇不作苦寒吟。
莫倚雪車詩句好，池臺草木待春風。稍晴更上高樓望，要看餘霞散晚紅。

贈曦上人二絶句

學詩真似學參禪，水在瓶中月在天。夜半鳴鐘驚大衆，斬新得句忽成篇。
寺倚村南澗水開，終年行脚看山回。盧仝欲洗塵埃渴，入寺却愁曦未來。

次韻劉惠直梅花二絶句〔一〕

雪壓寒梢玉作容，嶺頭相見又東風。人間欲問春消息，半在竹橋溪影中。
吴姬玉面如相識，寒立山隈欲下來。先與江南作春色，一枝傾倒向人開。

【校記】

〔一〕惠　傳校作「貴」。

夜郎歸日答葛令惠詩

七載投荒萬里餘，交游半作曉星疏。門前梅柳换新葉，忽得故人相問書。

南岳張道人見訪言論亹亹若有所自非鹿鹿然者也摭其語作詩贈之三十年相見爲汝掀髯一笑考其所自也〔一〕

唤起赤龍耕玉池，池邊龍虎自交馳。周天一轂三十輻，十二樓前看雪飛。

【校記】

〔一〕自　原誤作「目」，據四庫本改。

次韻李宜仲以詩寄龍涎

愁眉此日爲君開，誰道嶺南無雁回。邂逅江南逢驛使，龍涎風味敵官梅。

鵲噪柴門曉未開，香風撩我夢驚回。恨無好句酬高詠，唤起謫仙蘇與梅。

謗投三篋書猶在〔一〕，力挽九關天可回。胡不北歸陳苦語，莫貪南海戀甜梅。

【校記】

〔一〕三　原誤作「山」，據四庫本改。

戲向文剛生子

平生只欠掌中珠，天與此兒聊慰渠。郎罷新來著綵服，要令啼戲覓銀魚。

和曾英伯

江東渭北關心事，罇酒論文更不疑。馬上皺眉應得句，詩筒聊復寄微之。

雷秀才嘗學詩於吕居仁能談江西宗派中事輒次居仁韻二絶贈行

逐客歸尋溪上居，釣竿猶掛洞庭湖。忽逢雷子談詩派，傳法傳衣共一途。
聞有牙籤萬卷藏，槐花應笑舉人忙。向來閲士知多少，他日昂霄見此郎。

周秀才取古物作十絶句見惠如豐城臨平鼓之類作一絶句題其後

衆寶沈埋萬古悲，嶄新拈出更題詩。臨平石鼓無人識，誰把銅魚作鼓椎。

贈寫真胡生二絶句

欲貌盧溪真面目，非儒非佛亦非仙。莫將踏碓盧行者，唤作騎驢孟浩然。
誤著儒衣到骨窮，兒童拍手笑衰翁。釣魚艇子今無恙，置我五湖煙雨中。

八月十四夜彦和置酒待月遇雨

君方置酒待月明，便有微雲薄太清。雨罷陰雲嘗解駁〔一〕，且教霖雨慰蒼生。
玉宇初涼江練静，夜深風雨更凄清。從教洗出峰頭路，雲破星翻月自生。
坐待涼蟾雨欲傾，一罇相對晚風清。甲兵正要天河洗，秉燭無妨對藭生。

【校記】

〔一〕嘗　四庫本作「當」。

觀競渡次壁間絶句

共坐南窗待月明，雲間忽見大江横。釣魚船上誰家笛，吹出騷人萬古情。
紅旗畫鼓照江明，兩岸争看萬目横。奪得錦標誰助喜，呼聲動地見真情。
昔年買酒論文地，回雁峰前雁陣横。白首相逢夜郎道，不因生死見交情。
心如止水貯空明，還似虚舟盡日横。妙語忽然穿月脇，筆端那有俗間情〔一〕。

【校記】

〔一〕俗　原誤作「欲」，據四庫本改。

謝子發惠茶

打門誰送雙圓璧，驚覺茅簷晝日眠。便覺清風生兩腋，夢魂飛到月輪邊。

謁僧惠端不遇

僧扉深倚碧巖隈，何處看雲久未回。日暮鳴鐘應不語，嗔人馬迹涴蒼苔。

和劉端禮時端禮失解

槐花又是一番黄，天馬飄飄不可韁。但得頃田耕負郭，肯將斗酒博西凉。
白面書生鐵作肝，風雨未動劍長閑。何時去斬匈奴首，直取西凉盡處山。
才如天馬豈能羈，争看雲霓筆下飛。齷齪不須談細務，健毫留對冕旒揮。

國材侄送林檎

嫩紅輕拂女兒臉，淺緑深堆瑪瑙盤。草木若能成好字。來年早寄一枝看。

贈清首座

上堂何事更論量，還我珠來本自光。未識飛猿嶺頭峻，兩回掀倒夾山床。

和裴主簿桃花

近水滚桃不忍看，似臨清鏡惜紅顏。騎驢主簿吟詩瘦，應秃千毫筆管斑〔一〕。

【校記】

〔一〕斑　原誤作「班」，據四庫本改。

秋蘭寄知縣陳邦直

昨夜西風茁紫芽，不應獨著野人家。安仁未倦栽桃李，添此清香一種花。

和答邦直二首

惠愛如蘭正吐芽，芳風吹落幾千家。明年催直金鑾殿，龍口飄香看百花。

系出拾遺揚馬後，清詞麗句復名家。豈惟草木遭題品，大筆行當判五花。

美胡烈臣晚年生子

老蚌生珠喜可涯，窮閻得寶亦堪誇。如今七歲誦千字，他日端能讀五車。

和彭養正陳令尹

氣壓秋園百草芽，風流宜在令君家。但傾緑蟻伴清客，莫羨黄金刻蘚花。

和劉元弼見招

玉壺沽酒挈青絲，及取春風花發時。便把一罇留客醉，莫教紅雨洗殘枝。

贈相士

富貴本非吾輩事，老來寧復問窮通。餘齡幾許君知否，願作昇平一老翁。

問訊王道之病

居士病從何處起，我今往問與誰俱。室中三萬二千座，更許盧溪下語無。

贈宜春筆工

宜城一變宣城樣，入手便如錐畫沙。但喜中書頭未秃，不妨詩老夢生花。

步芳園

密栽桃李礙車輪，柳下風微不動塵。已辨尋春蠟雙屐〔一〕，飛花滿地草如茵。

【校記】

〔一〕辨　原誤作「辯」，據四庫本改。

湖頭觀桃李四絶句

路轉煙村萬木春，村深疑有避秦人。山農出谷驚相問，不信邊頭有戰塵。

朝騎一馬暮還歸〔一〕，盡日花間覓句遲。黄四娘家誰敢道，古來惟有少陵詩。
城裏池臺俗儉窮，却來城外探東風。曲欄幽檻趣不遠，春在郊原浩蕩中。
春入千林煙雨中，桃花李花能白紅。一時草木披錦繡，十里吹香墜晚風。

【校記】

〔一〕暮還　李本作「薄暮」。

茉莉花三絶句

纖雲捲盡日西流，人在瑶池宴未休。王母欲歸香滿路，曉風吹下玉搔頭。
火雲燒野葉聲乾，歷眼誰知玉蕊寒。疑是群仙來下降，夜深時聽珮珊珊。
逆鼻清香小不分，冰肌一洗瘴江昏。嶺頭未負春消息，恐是梅花欲返魂。

卷二十五

挽詞

挽劉美中尚書

公方持橐我休官，握手平生出肺肝。豈是尚書先著履，須知處士不彈冠。文章進直金鑾殿〔一〕，槽櫪空餘寶馬鞍。忍看銘旌下螺浦，再携斗酒餞江干。

【校記】

〔一〕進直　王本作「直進」，傳校作「已進」。

挽彭子從郎中

嶺北嶺南持使節，湖西兼總大農錢。廟堂正賴持國計，蓬島祇爲蜕骨仙。郎省尚虚丹禁地，銘旌忽上洞庭船。衣冠不許掛神武，端謂猶堪濟巨川。

挽王自然二首

耆舊風流絶後塵，尚容晚歲接冠巾。英豪取友半天下，論議常傾一座人。横槊陣前工草檄，結廬江上老垂綸。只今遺像髯如棘〔一〕，猶足堂堂聳縉紳。

衣冠南渡塞螺川，始識蓬萊王自然。舌捲風雷翻海岳，學窮精祲出人天。歸來元亮荒三徑，老去揚雄有一壥。斗酒雙鷄思欲致〔二〕，無因下馬拜新阡。

【校記】

〔一〕棘　四庫本作「戟」。

〔二〕雙　四庫本作「隻」。

挽王夫人周子充舍人母

憶昔諸郎從板輿，當時人物渡江初。蓬萊闕外雙飛鶴，葬會漳南數郡車。魂已成仙歸閬苑〔一〕，兒方著足上雲衢。紫微即日趨嚴召，八座無因問起居。

【校記】

〔一〕魂　傅校作「魄」。

挽盧宜人二首陳晦叔夫人

崔盧唐舊族，譜系自名門。子舍三珠樹，思劉七耳孫〔一〕。是行將貴顯，不及問平反。坐脱無凡語，人傳有至言。

高風林下閫門裏，幾歲長齋繡佛前。夫子雄才尹大邑〔二〕，清魂獨樂上蓬仙。化爲雙鶴何方客，來置束蒭南郡賢。會致送車填廣陌，他時彤史亦須編。

【校記】

〔一〕思劉　李本、傅校作「恩流」。

〔二〕大邑　原作「天色」，據四庫本改。

挽黄忠臣二首

憶昔相逢子少年，詩書從我日磨研。平生極力欲推挽，世事驚人忽變遷。未辯嘘枯送天上〔一〕，忍收遺骨葬江邊。雙親白髮終身恨，不見青衫落眼前。

書報登科墨未乾，已聞吊客在門闌。只傳金榜升華省，不得丹梯上廣寒。賦就兩番隨計吏，花開一日遍長安。誰知鬼録南宫籍，却作修文地下官。

【校記】

〔一〕辯　四庫本作「便」，王本、傅校作「辨」。

挽戴彦成通判〔一〕

早歲同充上國賓，與君先占廣寒春。青雲尚記當時事，黄土今埋如此人。别駕朱幡泥飾屏，縈紆茜綬帶銅銀。生前富貴無餘恨，痛念堂遺白髮親。

【校記】

〔一〕成　王本、傅校作「臣」。

挽劉公弼

弟兄詞賦喧場屋，晚歲鄉閭譽益嘩。窗下殘編雕草木，壁間遺翰走龍蛇〔一〕。蠟餘幾緉游山屐，書滿千篇載鹿車。痛惜蒲輪迎未果，寢門來哭淚横斜。

【校記】

〔一〕龍蛇　原作「蛟龍」，據四庫本改。

挽王修華

督賦寧居中上科，治身從此得名多。不聞老父逾垣走，且聽兒童載道歌。吏不捉人真快樂，庭無留事足中和。邦民盡作嬰兒泣，忍送輀車返爛柯。

挽劉英臣

累世以貲雄里閭，惟公挾策似寒儒。欲將那律九經庫，定勝江陵千木奴。玉樹諸郎新命貴，錦囊丹誥寵光殊。當時籍甚吳丞相，恩澤今歸兩鳳雛〔一〕。

【校記】

〔一〕今　原誤作「令」，據四庫本改。

挽徐子平

子平臨終神色不亂，遣人告别，且求挽詩，爲賦兩篇。

數椽破屋臨溪水，日日讀書喧四鄰。白首傳經窮到骨，清風入座静無塵。堆窗史傳千張紙，過隙光陰一轉輪。富貴掀天亦埃滅，今時何必歎斯人。

季子過徐因掛劍，吾詩似劍敢欺徐。才華本自輕場屋，詁訓猶堪授里閭。踏雪打門人問字，載殽從學酒盈車。兒童誦得平生賦，不是兔園遺下書。

挽羅荆老

初挾儒書戰舉場，弟兄旗鼓亦相當。探囊聊復起人死〔一〕，繫肘空餘濟世方。漢苑舊嘗知姓字〔二〕，壺天今別有仙鄉。老龍猶抱玉函訣，夜扣柴門乞酒漿。

【校記】

〔一〕起人　原二字互倒作「人起」，據四庫本乙。

〔二〕姓　原作「姪」，據四庫本改。

挽鄭教授

仰高雖未接華裾，清論時容著野夫。掛劍未能臨死穴，隔江何處奠生蒭。凄涼陶令松三徑，寂寞揚雄宅一區。插架尚餘三萬軸，傳家宜有鳳凰雛。

挽曾氏安人〔一〕

令儀早出閨中秀，少日來歸丞相家。能以功名勉夫子，忍看旌旐起悲笳。錦囊篆字金裝出〔二〕，玉珮鳴裾帔有霞。贈典有加兒亦貴，誥黄新墨字如鴉。

【校記】

〔一〕曾　傳校作「曹」。

〔二〕出　四庫本作「軸」。

挽范孺人

少日來歸奉藻蘋，一門冠蓋擁朱輪。平生未識德公嫂，比歲纔依孟母鄰。魂返蓬萊三萬里，鶴歸華表幾千春。南州高士應匍匐，忍看靈車下北津。

挽瞿氏

徒身諸福壽尤豐〔一〕，魄返仙曹第幾宫。西土夢星生太白，東床選婿得梁鴻。豈無名士當時論，自有夫人林下風。來吊不知何處客，化爲雙鶴却飛空。

【校記】

〔一〕徒　李本、傅校作「備」。

挽易氏

媪有才子鄰我居，父老欲起高門閭。此媪不知家有無，但典髻鬟供買書。今朝慟哭城南道，忍送喪車入秋草。預愁來歲寒食時，不見襄陽德公嫂。

挽劉子儀

鬼伯歌朝露，歸魂掩夜泉。起家詩禮盛，折桂弟兄賢。箭落雙雕日，是歲二弟預薦名。君當化鶴年。阿鴻今已貴，飛去欲摩天。

挽歐陽仁叟

郡從簪纓貴，騶僮意氣華。呼盧晉公子，大俠魯朱家。錦臂誇豪放，銀鞍走狹斜。忍尋桃徑裏，無主亦開花。

挽張氏安人〔一〕

夫人經亂離，音信隔絶。其孤趙逢源號哭走萬里，至西蜀迎之歸。榮奉二十年，以壽終。兹異事，於其葬也，挽之以詩。

母子未相識，哀號徹九穹。一生何敢望，萬里忽相逢。綵服舊兒戲，錦囊新誥封。悲歌滿行路，千載想遺風。

【校記】

〔一〕安　李本、傅校作「夫」。

挽歐陽宜人

渤海家聲赫，先朝御史孫。霞冠宜象服，腰笏擁魚軒。五福壽尤貴，兩兒名更喧。惟嗟漢陽遠，不及問平反。

挽王氏夫人劉英臣母

歲歉傾禾粟，賓來剪髮鬟。其人今已朽，此事古尤難。斜日銜峰頂，秋風想珮環。出門驚吊客，雙鶴下雲間。

挽王氏孺人

賜爵逢千載，皇恩下九關。誥詞金篆字，珩珮玉連環。陶母今有後，萊衣不復斑。哀歌堪挽紼，徒有淚潸潸。

挽郭氏孺人

擇對真佳婿，傳家好弟兄。魂飛瑶海岸，風斷玉簫聲。舉案人何在，埋文誰作銘。潘郎今未老，他日看褒榮。

挽聶氏孺人

隴上龐公女，相家裴十娘。空門參白足，佳婿得黄香。木馬風前響，蓮花火裏芳。彌陀真樂土，環珮響鏘鏘。

挽露氏恭人〔一〕

華胄東京舊，青樓大道邊。渡江離險阻，舉族得安全。追賞榮身後，褒封及眼前〔二〕。清魂在蓬島，髣髴綴群仙。

【校記】

〔一〕露　李本、傅校作「路」。

〔二〕前　原缺，據四庫本補。

挽丁陶明縣尉

東南作尉本神仙，化鶴家聲亦宛然。臨欲騎魚歸海島〔一〕，猶能躍馬拓弓弦。花間載酒經旬日，陌上悲歌隔九泉。尚有讀書臺下月，夜深還照碧池邊。

【校記】

〔一〕臨　王本作「寧」。

挽劉宗望

何年來臥北山霞，猶指海邊團練家。手把方書妙耕種，門高閭巷獨清華。兩兒駒齒日千里，萬卷牙籤架五車。風動松篁起蕭瑟，不堪回首聽悲笳。

卷二十六

詞

謁金門 梅

溪風緊。溪上官梅整整。萬木寒凝吹不醒。一枝先破冷。　夢斷香雲耿耿。月淡梨花清影。長笛倚樓誰共聽，調高成絶品。

鳳棲梧 王克恭生日

瓊海無邊銀浪卷。畫戟朱樓，縹緲雲間見。當日使君曾擁傳。海霞光裏時開宴。　翠斝紅鱗吹酒面。莫謂今朝，人在天涯遠。彩鳳銜書應不晚。願公難老身長健。

醉桃源

朱門映柳畫簾垂。門前聞馬嘶。主人新著緑袍歸。天恩下玉墀。　憑翠袖，撚花枝。勸教人醉時。請君聽唱碧雲詞。倒傾金屈卮。

臨江仙

家住天門閶闔外，別來幾度花開。近傳消息到江淮。玉京知好在，金闕尚崔嵬。　流落江南山盡處，雨餘蒼翠成堆。暫同溪館醉尊罍。恐隨丹詔動，且任玉山頹。

臨江仙 梅

問道春來相識否，嶺頭昨夜開花。水村煙塢寄生涯。月寒疏影淡，整整復斜斜。　素面玉妃嫌粉汙，晨妝洗盡鉛華。香肌應只飯胡麻。年年如許瘦，知是阿誰家。

臨江仙

寂寞久無紅袖飲，忽逢皓齒輕謳。坐令孤客洗窮愁。誰知沅水上，却似洛城游。　聞道辰溪賢令長，深房別鎖明眸。多年鉛鼎養青虬。不應携妓女，騎鶴上揚州。

臨江仙

簾外東風吹斷夢，卷簾人探春還。一枝疏影動簷間。鴛鴦□瓦冷，霜月墮欄干。　聞道壽陽如許好，晨妝洗盡微殷。可憐玉骨瘦孱孱。誰家長笛□，吹徹玉樓寒。

殢人嬌

小院桃花，煙鎖幾重珠箔。更深後、海棠睡著。東風吹去，落誰家墻角。平白地教人，爲他情惡。　花若有情，情應不薄。也須悔從前事錯。而今夜雨，念玉顔飄泊。知那裏人家，怎生頓著。

憶秦娥

梅花發。夜寒吹笛千山月。千山月。此時愁聽，龍吟幽噎。　數枝飛盡南枝雪。風光又作年時別。年時別。江頭心緒，亂絲千結。

念奴嬌上元

少年時節，見皇州燈火，衣冠朝市。天漢橋邊瞻鳳輦，簾幕千家垂地。人似神仙，身游佛國，謫墮紅塵裏。如今憔悴，漸無往歲歡味。　此夜帝里喧傳，太平祥瑞。有街頭人醉。更值端門新又起，樓闕千兵嚴衛。朝野多歡，邊庭初静，歌舞方騰沸。良宵好景，異時多少遺事。

點絳唇

花外紅樓，當時青鬢顔如玉。淡煙殘燭。醉入花間宿。　白髮相逢，猶唱當時曲。當時曲。斷弦難續。且盡杯中醁。

點絳唇上元鼓子詞并口號

鐵索星橋，已徹通宵之禁；銀鞍金勒，共追良夜之游。況逢千載一時，如在十洲三島。有勞諸子，慢動三撾。對此芳辰，先呈口號：萬家簾幕卷青煙。火炬銀花耀碧天。留得江南春不夜，爲傳新唱落尊前。

玉漏春遲，鐵闗金鎖星橋夜，暗塵隨馬。明月應無價。　天半朱樓，銀漢星光射。更深也。翠娥如畫。猶在凉蟾下。

點絳唇

春入西園，數重花外紅樓起。倚闌金翠。人在非煙裏。　風月佳時，蓬島開平地。笙歌沸。畫橋燈市。一夜驚桃李。

西江月

一拂退黄衫子，幾團嗅蕊蜂兒。西風吹下月中枝。種在寒巖影裏。　人道蠟梅相似，又傳菊滿東籬。饒伊顔色入時宜。安得香傳九里。

江城子　吴貢道班師置酒

錦袍繡帽躍金鞍。卷旗旛。整師還。輕騎窮追，湘尾鼓聲寒。千里塵清高會處，張翠幕，萬人看。　藕絲衫袖捧雕盤。玉頽山。夜將闌。幸遇休兵，且盡玉壺寬。未用漢軍頻出塞，徒生事，斬樓蘭。

江城子　步月新橋呈任子嚴

渡頭猶唱棹歌聲。雨初晴。月初生。忽見飛虹，夭矯掛寒汀。兩岸小兒齊拍手，今夜裏，放人行。　朱欄畫鷁照江亭。客來登。眼初明。如泛銀河，天上跨長鯨。君是濟川舟楫手，將許事，笑談成。

江城子　辰川上元

夜郎江上看元宵。斗回杓。雪初消。燈火銀花，何處是星橋。哄得滿城春不夜，三妓女，五溪徭。　此時回首憶行朝。太平樓，倚層霄。紅蠟光中，買酒聽吹簫。且就天涯聯一醉，歌一曲，望京謡。

江城子再和呈馬守

天回北斗欲中宵。屢移杓。客魂消。記得皇州，燈火虹成橋。異俗西南開萬里，冠帶盡，百蠻徭。　盧溪太守未還朝。起朱樓。接叢霄。翠幕紅妝，歌管玉爲簫。民樂豐登無一事，看下詔，采風謡。

江城子

樓頭鐘鼓變新聲。晚霞晴。水雲生。何處歸帆，争泊蓼花汀。遥望虹橋如畫裏，鼇背上，著人行。　夜闌風定見危亭。却重登。景方明。影落波心，疑是海中鯨。願借吸川滄海量，爲公壽，落橋成。

蝶戀花

月落燈殘人散後。忽到尊前，但覺眉兒皺。數日不來如許瘦。裙腰減盡君知否。　公子風流應自有。占斷春光，肯落誰人手。已是許多時做就。重教舞徹雙羅袖。

蝶戀花

罨畫樓中人已醉。別院微聞，笑語簾垂地。催喚傾城香霧起。翠帷雙卷春風裏。　妝樣尖新歌妙麗。滿酌金尊，不信人憔悴。飢客眼寒誰管你。主人見慣渾閒事。

蝶戀花 贈丁爽、丁旦及第

桂樹新生都幾許。兄弟騎龍，雙入蟾宮去。一日兩枝同折處。姮娥拍手都分與。　楊柳江頭春色暮。白馬青衫，兩郡文章主。只恐遠方難久住。高宗夢覺思霖雨。

滿庭芳

頹玉成山，傾江作酒，醉來莫問升沈。少年狂怪，應笑老婆心。也會東塗西抹，行穿過、柳陌花陰。誠何用，腰軀左顧，猶待鑄黃金。　如今。回首處，青樓縹緲，朱箔重深。歎江海飄零，離恨難禁。好在銅梁玉壘，將車騎、他日重臨。歸來看，文君未老，相對撫鳴琴。

滿庭芳戊辰上元黄子餘席上，時未有月

宿雨初收，晚風微度，萬家簾卷青煙。暗塵隨馬，人物似神仙。試問天公借月，天須放、明月教圓。應移下，廣寒宮殿，燈火接星躔。　盧川。元古郡，當時太守，賓從俱賢。到如今井邑，歌吹喧闐。花下紅妝賣酒，時相遇、曲水橋邊。誰知道，山城父老，重見中興年。

滿庭芳梅

東閣官梅，玉欄朱檻，未如山館疏籬。水邊竹外，斜出兩三枝。最好西湖月下，林處士、著意吟時。何須説，揚州舊日，何遜更能詩。　誰知。深雪裏，玉妃粲粲，初下瑶池。笑人間春色，只在桃蹊。紫燕黄鸝解語，來時但、青實離離。争知道，調羹附鼎，終得近丹墀。

柳梢青和張元暉清明

蘭亭絲竹。高會群賢，其人如玉。曲水流觴，燈前細雨，簷花蔌蔌。　舞雩初試春衣，聽詠歌、童子五六。澤畔行吟，沙汀拾翠，滿江新緑。

菩薩蠻

紹興十九年，謫夜郎。州學諸職事邀就孔志行家圃宴集。時初至貶所，見人物風景之美，夜久方歸，恍然莫知爲何所。酒醒，作此詞以記之。

武陵西上沅陵渡。扁舟忘了來時路。花外有人煙。相逢疑是仙。　清尊留夜語。醉倒知何處。歸去客心驚。金鶏嘲哳鳴。

浣溪沙

薄薄春衫簇綺霞。晝簷晨起見棲鴉。宿妝仍拾落梅花。　回首高樓聞笑語，倚欄紅袖卷輕紗。玉肌微減舊時些。

浣溪沙 次韻向薌林

九里香風動地來。尋香空繞百千回。錯驚秋色上崔嵬。　誰識薌林三昧手，能令花落又花開。返魂元學嶺頭梅。

虞美人辰州上元

城東樓閣連雲起。冠絶辰州市。蓮燈初發萬枝紅。也似江南風景、半天中。花衢柳陌年時靜。剗地今年盛。棚前簫鼓鬧如雷。添個辰溪女子、舞三臺。

桃源憶故人辰州泛舟送郭景文、周子康赴行在

催花一霎清明雨。留得東風且住。兩岸柳汀煙塢。未放行人去。人如雙鵠雲間舉。明夜扁舟何處。只向武陵南渡。便是長安路。

醉花陰

紅塵紫陌春來早。晚市煙光好。燈發萬枝蓮，華月光中，天浄開蓬島。老人舊日曾年少。年少還須老。今夕在天涯，燭影星橋，也似長安道。

醉花陰梅。并鼓子詞

人在花陰醉未歸，玉樓絲管咽春輝。請君暫聽花陰曲，爲惜梅花笛裏吹。

玉妃謫墮煙村遠。猶似瑶池見。缺月掛寒梢，時有幽香，飛到朱簾畔。　春風嶺上淮南岸。曾爲誰魂斷。依舊瘦棱棱，天若有情，天也應須管。

醉花陰

月娥昨夜江頭過。把素衫揉破。冷逐曉雲歸，留與東風，吹作千千朵。　雲殘香瘦春猶可。玉笛愁無那。倚著畫樓人，且莫教他，吹動些兒個。

雨霖鈴　雪

瓊樓玉宇。滿人寰似、海邊洲渚。蓬萊又還水淺，鯨濤静見，銀宫如許。紫極鳴簫聲斷，望霓舟何處。待夜深、重倚層霄，認得瑶池廣寒路。　郢中舊曲誰能度。恨歌聲、響入青雲去。西湖近時絶唱，總不道、月梅鹽絮。暗想當年賓從，毫端有驚人句。謾説枚叟鄒生，共作梁園賦。

鵲橋仙

雲静天高，山明水闊。一年待個中秋月。十分魄少一分圓，今宵已覺蟾光别。　且盡金尊，遥瞻玉闕。更深江水沙如雪。來宵風雨不相關，重須買酒追佳節。

感皇恩

飛雪滿貂裘，馬蹄輕驟。筆下文章焕星斗。凌雲才調，盡是奪標高手。况聞場屋裏，知名久。金榜篆雲，銀鞍披繡。歸去天香滿衣袖。莫辭今夕，且盡一尊芳酒。爲君歌一曲，爲君壽。

感皇恩

羸馬怯征鞍，駸駸欲驟。昨夜文星動南斗。廣寒宫近，欲上煙霄携手。素娥不奈冷，凄凉久。知是謫仙，肝腸錦繡。天半清風動襟袖。而今西笑，且飲新豐美酒。悠然還獨酌，誰爲壽。

感皇恩

一葉下西風，寒生南浦。椎鼓鳴橈送君去。長亭把酒，却倩阿誰留住。尊前人似玉。能留否。醉中暫聽，離歌幾許。聽不能終淚如雨。無情江水，斷送扁舟何處。歸時煙浪捲，朱簾暮。

寰海清上元

畫鼓轟天。暗塵隨寶馬，人似神仙。天恁不教晝短，明月長圓。天應未知道，天天。須肯放、三夜如年。

流酥擁上香軿。爲個甚、晚妝特地鮮妍。花下清陰乍合，曲水橋邊。高人到此也乘興，任橫街，一一須穿。莫言無國艷，有朱門、鎖嬋娟。

浪淘沙

翠袖捲輕紗。玉腕慵遮。蕊珠宮殿倚彤霞。不憤江南梅信早，争下香車。　月露洗凝華。艷壓群葩。暗傳春信到天涯。試問東風誰第一，先到人家。

好事近茶

宴罷莫匆匆，聊駐玉鞍金勒。聞道建溪新焙，盡龍蟠蒼璧。　黄金碾入碧花甌，甌翻素濤色。今夜酒醒歸去，覺風生兩腋。

解佩令本意

湘江停瑟。洛川回雪。是耶非、相逢飄瞥。雲鬟風裳，照心事、娟娟山月。翦煙花、帶蘿同結。留環盟切。貽珠情徹。解携時、玉聲愁絶。羅襪塵生，早波面、春痕欲滅。送人行、水聲凄咽。

卷二十七

書

上皇帝書

年月日，臣某謹昧死再拜上書皇帝陛下：臣愚無適時之才，自少讀書，好言治亂，將以有爲於世，而官卑人微，大吏惡其異己，每摧辱之。自宣和五年罷茶陵丞，隱居江西盧溪之上，窮苦困厄四十餘年，未嘗一出仕，今已老矣。惟遇陛下龍飛，以聖德臨御天下，屈體求士，垂寬容之聽，開忠直之路。又詔舉山林遺逸，令深者不隱，遠者不塞。臣於是獲登文石之陛，對天顔，吐胸臆。

竊伏自惟，國家大事，似非疏淺小臣所當言，若泛論一二常事，迂闊熟爛而不切，以汙陛下之聰明，則終無補於世。臣是以敢不避斧鉞之誅，冒進其愚忠。竊以天下之事，於今爲最大而不可緩者，惟邊鄙未寧、境土未復而已。此聖主焦心勞思，坐不安席，求所以經畫之術，而左右大臣共以爲憂者也。臣愚以謂此未足爲憂，而臣之所憂者，在陛下立志定謀何如耳。

臣嘗謂自古帝王肇造區夏、興復大業者，皆有聽言之明察〔一〕、力行之果斷，雖量時審勢事有不同，至其策畫之一定，卓然有守而不變，故能信用忠謀，斥去異議，卒收成功。國家自遭夷虜之禍〔二〕，今四十年，異時竭民膏血以充其賂遺，割要害形勝之地以塞其奸貪，蓋出於事勢之不得已，而非謂其可久用也。陛下曩居潛藩，負剛明之德，有奮發果毅之志，海内實遍知之。今者奉慈訓，登至尊，適當夷虜背叛之秋，中外臣庶仰德如天日，畏威如雷霆，莫不延首傾目，願聽所爲，誠宜赫然奮厲威權，震動天下，委任賢相良將，以掃除宿憤，恢復中原，此不可復緩之時也。臣近奉詔命來趨闕庭，聞諸道途，采之縉紳，咸謂國家長計，今已紛紛漸無成説。臣竊惑之，請爲陛下試陳其大略。

自靖康之初迄於今日，虜人多以一「和」字誤中國〔三〕，何爲循而用之猶未已也？士大夫有執講和之議者，非獨愚無識，其處心積慮，止欲固爵位、保名寵，苟安目前無事而已，非有奇謀遠慮，爲宗廟社稷萬世計也。且向來何嘗不與之和哉？我之禮日加而彼之奸日肆，我之金幣日遺而彼乃求索愈無窮〔四〕，一旦無隙，而舉兵怙恃暴强，摇蕩邊鄙，以致天下騷動。今若再與之盟，彼將復背盟如反手。何則？夷狄之性與禽獸無異〔五〕，非可以禮義馴服；而我國家以天子之尊，謹守信誓，不敢先動，坐受其弊而已。如近歲遣使嫚言驚侮朝廷，太上皇帝薄其禮而遣歸，中外莫不忻悦，使其勢果能羊驅豕突，可以奮然而深入，則長驅而來亦已久矣。故臣嘗謂夷狄不足深憂，蓋其貪殘暴虐，骨肉相賊，逆天違人，必不能久據中原，滅亡可待也。第恐河洛韓魏之郊，習見虜人屢叛盟約〔六〕，本朝惟守和議，無復境土之意，猝然有一夫奮起，殄滅彼國，僭據中原，則其患愈大，其敵愈堅，未易測矣。今之言和議者，止於苟安，往往不加慮於此。臣願陛下以此深思之。與其輕信詭謀，移於偏聽，寧博采群議，登能庸賢，以張吾已振之威；與其幸歲月之安，憚勞費，罷防秋，寧謹修邊備，練兵選將，以俟其可乘之隙。和議斷不可用也。

近聞官軍既下宿州，而將吏復失律，此亦兵家常勢。竊慮偷惰寡謀異慮之人，幸其失而喜攻之，以取效於平日，而不爲國家長慮後顧之計，此又爲危疑之機。以陛下之勇智，當可以有爲之勢，於此亦或蹉跌，則他時變故，日深一日，歲復一歲，終無如之何也。況今虜酋已斃〔七〕，其國未必帖定，特籍其餘虐，行其詭計，大則恐吾乘其勢之未固以申其掃滅之威，次則恐吾削絶其重幣以潛圖其後。此正陛下經營恢復之時，而非遲疑寬緩之日。

伏惟聖策先定於中，益務收選人材，講求碩畫，力圖而謹守之，然後振舉大義，以掃滅此虜〔八〕，仰慰祖宗在天之靈，天下之大事無過此也。臣愚不識忌諱，願陛下恕其進越〔九〕，而鑒其惓惓之忠，實天下幸甚！臣誠惶誠恐，昧死再拜。

【校記】

〔一〕察　原缺，據四庫本補。

〔二〕夷虜　四庫本作「夷狄」。下文同，不再出校。

〔三〕虜　四庫本作「敵」。

〔四〕遺　原誤作「遣」，據四庫本改。

〔五〕此句四庫本改作「金人之性本反覆無定」九字。

〔六〕虜　四庫本作「金」。

〔七〕虜酋　四庫本作「敵勢」。

〔八〕此虜　四庫本作「寇讎」。

〔九〕進越　原誤作「進鉞」，據乾隆本、傳校改；四庫本作「狂愚」。

上李丞相書

年月日，具位姓某謹齋沐裁書，獻於某官閣下。某聞天下大亂，必有英偉豪傑之士出於其時，以任一世大事。當危疑顛覆之變，衆人倉猝惶急〔一〕，鮮有不失其守而獨能顧視若閒暇〔二〕，舉萬物無足以動其心者，此人不特有超世之才，而其氣有以勝天下，故能整齊乾坤，洗光日月，成就大事，無一蹉跌者，皆其氣有餘於中，而規畫處置不摇於外也。古之建大勛者，未有不先定其謀而措之於事。伊尹相湯，使君爲堯舜之君，使民爲堯舜之民，其説已兆於畎畝之中。管仲相齊，欲合諸侯〔三〕，攘夷狄，雖霸者之業，亦决於初見齊侯之日。漢高祖兵衂於楚，下馬踞鞍而問張子房，謂英布、黥布姓英氏。彭越兩人可急使，而韓信可屬大事、當一面，卒破楚興漢，用此三人之力。諸葛孔明高卧隆中〔四〕，一見先主，與之論曹操、孫權人物，先取劉璋，資巴蜀之饒，以争天下，終其身無一言不驗。歷觀前世君子，遭風雲之變，支傾危，整奔潰，氣爲主而謀輔之。是以臨大事而不亂，否則遇事倉惶，鮮不至於敗者。

國家曩時承平久，武備微，朝廷狃於宴安。宣和之末，變生倉猝，虜騎臨東都城門〔五〕，公卿大臣搏手無他策，進不能戰，退不能守，其計止於求和。惟相公力陳攻戰之策，出身爲社稷犯不測之險，幾成大功。是時京師甲馬勁卒尚可以戰，若席卷以出，可一鼓而俘也。至今忠臣義士憤惋歎息，以謂當時若用相公之謀，豈復有後來之禍？其事昭若日星，今皆可覆，不惟當時可用，而至今猶可用也。豈非氣有以蓋天下之人，而謀慮有以審天下之勢耶！

自憸人柄朝，十年之間，宰相更用事，率不過一二歲罷黜，大抵規摹一律，皆出於卑陋淺近，不足以興起天下之大事。日者宗廟社稷之靈〔六〕，啓寤聖主，赫然排群議〔七〕，起相公於寂寞之濱。方淮甸用師，控扼上流，豈特當一面而已，實安危之機也。然相公之志氣已見於靖康之初，其關天下所以治亂存亡者，固非一介愚儒所能窺測。今尚有可言者，皆相公之細事，而猶未獲見也，豈經營軍旅之急而未暇耶？

蓋天下之事，有若甚微而其勢甚大。治亂之萌莫不有勢，言治者必審其勢於未形之中，無使至於亂。

若坐觀其變而安於所忽，則恐至於不可救。且今日大勢所可憂者，人心最爲可畏，而夷狄不與焉。人心或揺，何事不生，其禍有甚於夷狄；人心寧而天意得，則叛臣逆虜可搴旗而下〔八〕。夫與强敵對壘，而我之國與民不可使先困。若一戰而得京師，再戰而下河北，此亦用兵必然之勢也。然以先困之力，供此必然之勢，而欲措其國於久安，有道於此，惟使吾不先困而已。今諸軍大將氣色精明，張五石之弩、彎二石之弓者數十萬，所向無前，可以大舉。然兵久則變生，事苦則慮易。大舉之後，其勢不一，用事者固嘗歷算周思，審其勢而逆爲之計矣。不然，恐事至而惑，忽有蜂蠆起懷之變，度其力不能任，則辭而去之，使他人任其責。於斯時也，相公其當之乎？蓋慮不先定不可以應猝，惟沈識遠慮、高視世表者能經畫大勢於無形之中。天其意者亦俾相公究知天下疾苦，稔熟具瞻，然後當國。蓋此亦大事，存亡之所從出，決非近日數君子之所能辦〔九〕。何哉？其規模狹陋，不知變更，所以治具卒不張闓。相公即日任其責，其監數子之失，亦思有以易其轍乎？

昔裴度之討淮西，切於餽餉，皇甫鎛以聚斂匂剥爲宰相，而度極論鎛奸邪苛刻，天下怨之，將食其肉，且言天下安否繫朝廷，朝廷輕重在輔相。時帝方倚度破賊，而度之言如此，卒成伐蔡之功。近世有王朴者，爲周世宗獻平邊之策，鑑唐晉之失，其説曰：觀所以失之之由，知所以平之之術。彼民與此民之心同，是與天意同。與天意同則無不成之功。朴當五代衰亂之時，而知出此，使遭明主，其所就當如何？暨我藝祖平定四方，攻取之略皆如朴言。然則自古賢人君子之舉事，雖行師調度之急，未有不以人心爲本也。不然，德宗之討李希烈，宰相非其人，而陳京、趙贊請税屋架、貸賈緡，内怨外忿，卒至於亂，其效亦可見矣。今國家軍旅方興，供億無涯，而某乃於此時區區言人心可畏，蓋畏人心，則暴斂豪奪之法不得施於今日。

然而兵食不足，豈無説乎？嘗試以江西考之，財用自有本源，未嘗竭也。每有軍需，轉運司飛符急於星火，止曰於諸司封樁内要若干而已〔一〇〕，至於本末盈虛之數，封樁之所從出，轉運司蓋懵然不知也。州縣乘其急，緣之爲奸，無所不至。不獨於此時獲免貪惏之罪，而轉運司復稱揚其才，以爲能辦事〔一一〕。此風一煽，人争爲之。委官剗刷，絡繹在道，惟取空文，視歷尾見在憑供帳狀而已。至於盗隱乾没〔一二〕，則納賂胥吏而不究，剗刷之官雖欲加意，而本無才術，漫而不能省也。如此則雖山海之物椎肌斲髓以供，終莫能贍。蓋財用之失其源，非特諸路也。上自朝廷主計之臣，一切出於無術，唯聞賣官爵、降度牒，甚者至於斂僧道、賣户帖。此雖不得已而行，官司如能盡收其錢以濟軍興，猶有所補。今則徒知賣且斂而不復檢校其虧盈，則所失亦多矣。

厥今天下所以大弊，皆原於小人先壞其法制，然後得肆其奸。由是廉耻道喪，守宰狼藉，獄以賄成，民氣寃塞，枉不獲伸，則揭梃報讎，白晝殺人，因以亡命，遂成凶盗。且天子以生人付守宰治之，使其不能自辯於刺史縣令之庭，而白刃相讎於閭里之中，官司坐視而不能討，天下之亂有大於此者乎？今江西盗賊所以未蕩平者，其釁皆如此。夫非官吏刻剥驅迫以成，則不平而報讎以起也。近有官司尚不究其源，常抑壓被害之家，使不得訴，而反爲好語以自媚於賊，以此爲消盗賊之術，無乃闊疏而不當於人心？恐銜寃之民不逞，亦操戈而起，則寃愈煩而盗賊不勝其多矣。

去年相公初來鎮南諸州，盗賊震恐，縮頸不敢摇〔一三〕。厥後聞有小人妄言利害，獻招安之策，於是群凶復跳聚山林，而陰結州縣，以求招安。大抵近時盗賊剽掠金帛，皆以啗州縣之吏及士大夫之不廉而能游者，遇官兵捕迹急，則議請招安，以緩誅討。且今日所謂盗賊者，非有奸雄才智之人，徒操鉏櫌棘矜依險阻劫財幣耳；所至聚落，復有豪民爲之囊橐，其根株窟穴姓名皆可識也。官司若先究治州縣之吏，而責囊槖之家，則一保伍之力可按圖而縛也。此小盗而官不能治，恐養成異日背脇疽根，忽然潰裂四出而不可救，則豈止數倍今日之力哉？

伏願相公視今日之弊，須痛掃除。蓋因循苟簡之習，慮不及遠，自以禍災可以無及其身，考之於古，曠日持久，未有能免於禍災者也。雖然，賢人君子尚有可以有爲之時，莫急於今日，過今日則恐災稔禍變，而悔之無及。相公即日入覲天子，秉鈞軸，議論大事，自有素定之謀，其計秘世莫得聞也。

某江西書生，天稟介拙，宣和初得官湖南，見上下怠玩，無益於時，歸臥山間十五年矣，未嘗識中朝士大夫，唯是仰服相公之勛德赫然驚人，平昔無因進望履舄，今茲伏遇相公開藩作鎮一方，招納天下之士，不問疏賤，則采取風俗利病、閭閻所患苦者數事，別爲劄目，隨書以獻。直率愚衷，惟相公察之。不宣，某再拜。

【校記】

〔一〕倉　原誤作「蒼」，據四庫本改。

〔二〕閒　原誤作「間」，據四庫本改。

〔三〕欲　傳校作「九」。

〔四〕隆　原誤作「隴」，據四庫本改。

〔五〕虜　四庫本作「敵」。

〔六〕日者　原誤作「由此」，據傳校改。

〔七〕群　四庫本缺。

〔八〕虜　四庫本作「賊」。

〔九〕辦　原誤作「辯」，據四庫本改。

〔一〇〕若　原缺，據四庫本補。

〔一一〕辦　原誤作「辯」，據四庫本改。

〔一二〕乾　原誤作「執」，據四庫本改。

〔一三〕頸　原誤作「顯」，據四庫本改。

卷二十八

書

上趙丞相書

竊以軍國之機、安危大計，帷幄自有成算，僚屬得預僉謀，非幕中之事，固不當輕議。愚獨以謂相公負中外之望，雖作鎮一方，而控扼上流，蔽遮江浙，朝廷恃之以爲安，非直藩宣屏捍一方利害而已。自開幕府以來，延問民瘼，講求治道，無非繫天下國家所以安危，雖蕘夫牧兒皆得罄所欲言，某用是輒敢有獻焉。

蓋中原大亂於今十年，廟堂之上，執政大臣訏謨獻納〔一〕，與夫百執事謀臣辯士，人人皆能言其弊而莫能去其害者，其故何哉？豈其根堅穴深，終不可去，而去其害者當自有時邪？蓋天之於是時也，必生是人。古者多事之際，有能建非常之功者，必須有非常之人適當於此時，然後能爲國家排難解紛，驚世絶俗，而後世不可及也。不然，何十餘年間言治者紛紛，而大臣更出迭入，卒無補於禍亂？大抵風俗浸淫，其弊根於崇寧以來三四十年牢不可破，雷同是非，醒醉不分，上下相師，恬不知怪。朝廷每一處置之事，一下諸路監司府縣，悉委刀筆吏互翻故紙相欺蔽，偷爲苟且。一切之計如此，而望治道之隆，未可翹足而俟也。苟非天生大賢君子，出而任事，以身任天下國家之重，取其宿弊，至誠而更張之，期於果斷而力行，則恐曠日持久，靡靡然日入於敗亂，遂致不可支持。

昔漢宣帝中興，魏相、丙吉總領衆職，外得良二千石與之共理，其術止於循名責實，而治效光於前世。其後張禹、胡廣持禄苟安，遂成末年之禍。西漢之衰，議者歸咎於廣、禹，此大臣不任之過也。

恭惟安撫相公威德偉望，鎮服人心，自靖康變故之初〔二〕，天下望以爲相，延首跂踵以至今日者，亦群邪所忌嫉而時俗使然也。天將厭亂，起相公於海濱，授以弓矢斧鉞之雄，藩維要地，影援荆襄，控制表裏，財用根本、人物淵藪皆出於是，其任豈不重哉！一旦入而輔佐天子，指揮四方，凡經濟之具盡在目中，左提右眄〔三〕，無不如意，則今日之事可不素辨哉〔四〕？

某伏見今日幕府所甚急而當措意者，不過曰人材也〔五〕，軍旅也，財用也，盜賊也；又其最害治者，奸胥舞文以害民〔六〕，貪吏黷貨以亂政。此數事議者常以爲今日之甚難，而某每以爲甚易。大率皆原於風俗浸淫之弊，而疏剔之必有先後之序，惟人材不可獨後也。儻得其人而用之，責其功實，則其萬事莫不振舉，而人人變易其思慮矣。自相公至江西，一時才智之士往往見辟，然古人所以招延四方俊乂以共成天下事者，其間必有國士。鷙鳥累百，不如一鶚。尚慮山野陋巷之間，有英豪磊落自重之士，未得盡出於門下，則雖有可成之功業，或有悠悠之徒，未足賴也。今門墻獻計之士如雲，而某不度愚妄，亦庶幾憫時憂國之言或有可采。區區所見，謹別條具以聞。儻蒙裁擇，繼此有獻。

【校記】

〔一〕訏　原誤作「吁」，據四庫本改。

〔二〕康　原缺，據四庫本補。

〔三〕眄　四庫本作「挈」。

〔四〕辨　原誤作「辯」，據四庫本改。

〔五〕材　原誤作「財」，據四庫本改。

〔六〕舞　原誤作「侮」，據傳校改。

與宣諭劉御史書

厥今風俗大壞，上下相師，恬不知怪，雖士大夫常衣儒衣、道古語者，皆甘心自置於廉耻之外，而無高人之意。由是天下日趨於靡敝，盜賊群起，民益困窮瘡痏，呻吟之聲未息，而貪殘之吏誅求剝斂，海內愁怨，未有如今日之極者也。非痛鋤治之，其勢未可以輕革。

世之議者但憂財利之不足，罔慮國家之安危。此豈不由風俗之壞，蓋原於監司郡守之非其人。以江西一路近時耳目所及者計之，則可知矣。一路數千里之間，未聞薦舉一人奉法愛民、能推行寬恤之詔者。其所薦舉者，必苛刻險悍之夫，號爲能集事者，相帥成風，争爲剝下媚上，以圖寵擢，而廉介自守者無所容於時，今皆相率而去矣。前年宗祀赦書，悉放建炎四年積久應寬恤事，專委提刑司，德意甚厚也。至今提刑司出榜放，轉運司出榜催，兩司争爲空文，俱掛墻壁，以此罔百姓可也，朝廷可欺乎？至於比年以來，御書寬恤及平反刑獄等詔，則雖墻壁亦未嘗掛。頃傳大旆壓境之始，紛然勞民，造亭宇粉壁，榜其上，視其後乃紹興三年三月書，其滅裂文具，雖兒戲尚不如此。

去年韓少師兵駐江西半年，費金穀僅二百萬緡〔一〕，朝廷初許通支諸司財物，轉運司執不與，密諭郡縣一切横斂，惟務取辦，急於星火。聚斂之吏承望風旨，因緣生奸，百姓剝膚及髓，至壞屋廬、賣瓦木以應〔二〕。且一縣科率不下數十萬，公吏邀丐亦復稱是，供軍之餘浩浩入贓吏之家。用之如泥沙不惜，少有敗露〔三〕，則納以重賄，上下相影援。寃民叫號，無復雪訴。轉運使方且闊視大言自喜，以謂錢流地上。

嗚呼！以此爲術，其誰不能？大抵數十年以來天生此輩在世間，貪鄙庸懦，相習爲浮沈低昂，以容奸爲長厚。監司或按一吏，則群議交詆，以爲暴刻生事，至於日侵月削，而民弊於下，無復有譏之者〔四〕。

比年江西盗賊蝟毛而起，虔吉尤甚。原其所始，皆緣貪吏暴虐，一夫揭梃叫呼，則無告之民易爲嘯聚。頃常親見吉州境内巨盗所起，未有不如此也。幸而一方有苟安無事之處，監司乃指爲富足之地，督斂無藝，又驅之使盡爲盗。至於師旅益起〔五〕，事務益繁，公私俱竭，用益不足，日入於敗壞，然後已爲監司郡守者，區區救過不急〔六〕，天下安危之慮，豈復介懷？一有調發，監司移文於縣，縣遣悍夫勁卒搜括鄉村，無以異於寇盗之鈔劫，甚至官吏自行所過〔七〕，聚落鷄犬一空。民窮至此，如之何不聚爲盗賊？去年拋買淮衣絹、防秋米，朝廷明降糴買本錢，而所在輒不支。近者使軒按行境上，轉運司方始量頒紬絹折還，卒不盡給。且軍興科率出於不得已，至於朝廷自有本錢，乃移易侵盗，不以還民。此行轉運司使沮格朝廷實惠，斂怨於民。使諸道皆如此，則摇動邦本，豈不深可危懼？韓少師屯江西，號爲用度最廣之時也，然大率不滿二百萬緡，而騷動一路，科率之數不啻數千萬緡。班師之後，各以微末啗轉運司作羨餘，轉運司不復檢察，其餘不知幾千萬緡爲貪吏所没，可不惜哉！

比者復遇閣下觀問風俗，糾擿奸貪，振拔淹滯，勤恤民隱，慨然若以身任天下安危，不顧流俗，雖將相大臣氣焰烜赫，按其奸贓，振動天下。究觀前世攬轡埋輪之士，特史官一時美談，其所施設未必有事業偉然過於閣下今日者也。某生江南卑薄之域，自審其才不能俛仰求用於世，退卧林野，足迹未嘗及公卿大夫之門。伏蒙遺官屬諮訪凋弊，若不吐一言，使遐陬之民不被其澤，某與有罪焉。

【校記】

〔一〕穀　諸本作「谷」，或爲俗寫，今徑改。以下不再出校。

〔二〕賣　原誤作「賞」，據四庫本改。

〔三〕敗　原誤作「則」，據四庫本改。

〔四〕譏　傳校作「議」。

〔五〕益　原誤作「蓋」，據四庫本改。

〔六〕急　四庫本作「給」。

〔七〕行　原誤作「可」，據四庫本改。

與胡待制書 二幅

君子、小人相與進退，常繫天下之治亂。惟大公至正之道不行於天下，則君子小人必至於并進，或至於并退，如是則真僞雜揉，而小人者尤能盜取先王之言，施施裼襲以自出〔一〕，雖明智之君，有不能辨焉。以是鯁亮廉介、守道義、礪名節之士鮮能獨立於人之朝。蓋天下有常勢，此重則彼輕，而輕重均於不能無弊，救之不得其術，不旋踵禍亂乘之。

古之君子尤慎於救弊，而去人爲最難〔二〕。夫世所謂賢人君子者至少，而小人者紛紛項背相望而出，又畏忠臣義士之非己，乃相與薰釀粉飾爲污蠛之計〔三〕，磨牙澤吻，先事根却之。小人幸而勝，則禍止於一時；至其不勝，而君子力不能任，則禍至於無窮。

國家自變故以來，將相大臣失名節者踵相躡也，其姻戚子孫猶仕宦於朝者，咸偷爲一切之計〔四〕，無復振迅以雪門外之耻〔五〕。士有扼腕談名節者〔六〕，則群笑而疾攻之。彼挾忠鯁、負材器、奮然欲有爲者，以時方惡人之談名節，各藏縮鋒穎，不敢見露，惟恐近於名節以犯時人之所惡。是以人人變易其操以追時好，遂使天下之士靡然日入於敗亂而不敢出力以爲之。此名節不立而風俗之壞，天下之最大患，甚可懼也！非有一代偉人，氣力瓌傑，以身任天下之事，其孰振之？

自前年聞閣下執筆立天子赤墀下，入中書爲舍人，宏文讜議，震動朝廷。未幾領方面以出，中外咨嗟，以爲群小人方不便，而忌媢伺隙者衆〔七〕，執事亦審天下之勢，未可與之争歟！

昔者范文正公、富鄭公、歐陽永叔輩同時進用，又有司馬温公、吕獻公等雜遝在廷，亦嘗爲小人讒沮以出。當是時，諫官列其非，御史執其不可出，否則數人者争相引而俱去。近世則不然，今日一賢者出，明日又賢者出，諫官不争，御史不疏，衆人却立環睨，恬無憂戚於其間，將見舉朝而無君子，禍不細也。

今者執事復除輔郡，朝夕入覲天子，四方靡不屬望將以大有爲也。某山林野人，無預朝廷之事，獨念辱侍講與執事之知最厚，且與切磨論議，故輒持小人君子之説以獻，惟執事不怪於浮言而益堅素志，則掃除氛祲，經理中原，再造王室，某雖衰朽，尚幸見之。

【校記】

〔一〕施施　原誤作「時時」，據傳校改。

〔二〕爲　原誤作「於」，據傳校改。

〔三〕汚　原缺，據傳校補。

〔四〕爲　原缺，據傳校補。
〔五〕外　傳校作「户」。
〔六〕扼　原誤作「振」，據四庫本改。
〔七〕娼　原誤作「媢」，據四庫本改。

史館待制執事：某江南一書生，嘗緣幸逡巡路傍，一瞻棨鉞，承謦欬之餘，遽蒙誨獎存撫有加。拜違以來，不敢僭問起居，惟是日與田野凋瘵之甿，望執事入佐天子，行寬大之令，反前人之失，振肅頹綱，以新四方之耳目，則山林之人亦受大賜。自聞大旆趨朝，中外聞風，罔不傾屬。竊惟執事俊德偉望，海内具瞻。其餘出處自繫時事，即日入覲天子，秉鈞軸，議論大政，進退賢愚，痛革時弊，此蓋天下耳目之所望，而非小人之私情也。

某雖退居，抑嘗深念，厥今天下之事，日入於敗亂，其弊在於法制紀綱大壞，言事不究其本，所以言愈多而事愈不立。且今日所患，莫先於財用，則皆言薄斂則不足，横取則傷民。若如此言，必至於横取而後足也。某以爲不然，蓋不必横斂而自足耳。

何以言之？比見江西郡縣錢物皆有總目，守令之貪者盜官錢常至鉅萬，大胥小吏亦莫不然，多者至數萬緡，少者不下千百數。轉運使巡按所過，郡縣費百千緡以啗隨行之吏，則爲隱其失陷之數，轉運使蓋不能知也。此弊行之已十數年，非特轉運使不知〔一〕，户部亦未嘗究也。今若更張措置，則雖斂十倍於民，亦無由足矣。大抵由朝廷不遴擇監司郡守與不戢胥吏之奸，雖采納人言，病在於不行。儻擇能吏，責以必行，如障回瀾使東流也，頹弊之事豈有不振者？近年朝廷給降關子和糴，江西每歲亡慮百萬緡，州縣并不支還人户，多是奸胥攬人，百計情出，或當職官自盗，或賓客請謁，動以千萬計，齎至行在榷貨務〔二〕，并給見錢與之。且財用空乏之時，不支官錢則已，豈有令百姓白出米而虛費百萬緡與游手無賴之人，豈不重可惜乎！此有以見監司郡守不爲公家忠計，習於苟且，而使公務俱受其弊也。

近者向衡州屢言，待制入朝，博詢時病，開納群言，知某迂儒，固不足以講大事。今以山間所見一方之利病，事雖微，實繫朝廷，固有可以爲執事言者〔三〕。嘗妄著《盗賊論》二篇，不自知其當否，敢以上浼執事，幸試觀之。雖然，所論止虔盗耳，頗聞郴、桂之害不減於此，長沙大帥更三四大臣，恬不留意。若以爲遐遠不足慮〔四〕，則龐勛之禍亦可成矣。近日殺戮巡尉，害及江西統領官，其焰益熾，蓋非常之變也。往往朝廷皆不及知，執事抑嘗慮之乎？今州縣弊穴如蜂窠毛舉〔五〕，今姑論財用與盗賊所當憂者〔六〕，不識到闕之際，可以聞於上否。惟執事少留聰明而思之。

【校記】

〔一〕特　原誤作「使」，據四庫本改。

〔二〕榷　原誤作「催」，據傳校改。

〔三〕固　原誤作「由」，據四庫本改。

〔四〕若　原誤作「所」，據四庫本改。

〔五〕毛舉　四庫本作「蝟毛」；傳校於「毛舉」前增「不可」二字。

〔六〕今　原誤作「聞」，據四庫本改。

卷二十九

書

與黄平國正字書二幅

茅齋作别，行復二年，瞻仰清標，如在天上。今夏忽聞有館閣之除，凡交游孰不共喜，而僕又倍於他人也。蓬萊道山從容之樂，回視昔時州縣與俗吏庸人之校米鹽者〔一〕，其會豈可同日而語？

某與平國相識雖晚，而一見知公爲異人，果具高材〔二〕，爲時揀拔，朝夕珥筆螭坳，薦冠南臺，指陳時弊，使海内蒙福。此亦平國之志，而野人之所願見也。今覽所惠書，益見議論高明。

虜使之來雖叵測〔三〕，汴京實大亂之秋〔四〕，彼畏我之乘其虚〔五〕，姑爲請和之議，謀緩王師耳。若其狼心侈欲固多，則蜀亦是其一也〔六〕。僕謂近時禦寇無策，最莫甚於遣使。當建炎倉猝之初，不可不姑爲之；今已十年在目中，遣使何益？徒墮賊計、損國威耳〔七〕。爲遣使之策者，非有奇謀偉議，不過曰二帝在彼，不可不遣而已。前年胡明仲曾論此事，引魯威公爲齊所殺，而其子莊公屢與齊通好，《春秋》惡而書之。其指陳利害，始終剴切，炳如日星，上嘉納之。未幾，時宰惡其議不出己，復議遣使矣。不審平國曾見此疏否？范伯達必有本，不可不一觀。

向嘗略及盗賊事，正慮行朝誤聽，得來教果爾〔八〕。此事因李丞相與孫虔州佑不相能，各爲異論，孫欲殺而李欲招，既而罷孫，除張觷，遂專用招安之説，破械釋死，因而與之官，以歆艷群賊，不數日皆解甲束手來授官，因以盗息聞於朝。此豢虎狼之術，饑飽適時，未肆毒耳。今招安之官反令握兵巡捕，被劫殺者痛入骨髓，寃無所訴。異時招安之官不叛，則報讐者操戈而起，所謂盜賊直須時爾。平國高見，料此可以爲長久之計者哉？今日事大抵皆然，可爲太息也。

比來年穀雖稔，民物虛耗，州縣誅求愈急，向使今歲更遇小旱，不知肉食者何以處之？每見平國慨然有體國憂民之心，因書輒敢及之。如某蓬室之士，興言及此，正猶嫠不恤其緯也，幸勿以爲笑。

【校記】

〔一〕者　原誤作「理」，據四庫本改。

〔二〕具　原誤作「於」，據四庫本改。

〔三〕虜　四庫本作「北」。

〔四〕秋　原缺，據傳校補。

〔五〕彼　原缺，據四庫本補。

〔六〕是　原誤作「足」，據四庫本改。

〔七〕威　誤誤作「戚」，據四庫本改。

〔八〕爾　四庫本作「鑒」。

辱賜教，仰銜眷意之厚，啓緘方知平國入尚書攝郎曹，清資顯秩，將逼禁近，尤慰巖穴故人之望。每有知識自行都來，未嘗不蒙記念，顧田野一人何足以煩齒頰！平國今逢時得路，當奮發之秋，不可與田野之人爲比。況執事本受知於趙丞相，丞相居外一年，亦備見天下之事靡靡然日入於敗壞，將欲救之，必易其轍而後可。向來以吕某總淮西，有識者皆知其必敗事而莫敢言；及今禍亂已成，而後論列，不亦晚乎？徐稺山將江西，風岸棱棱，録寃禁暴，不避權豪，數十年來無此監司也，第恐爲群邪所忌爾。今若諸路盡得如此人則何憂不治？此亦執事不可不知也。狂言，幸恕僭越。

答鄧克强書

余平昔欽嚮克强，鄉里宿儒，游場屋時間關出處，慷慨論議，克强亦若喜其爲人矣。後因盗傷先塚，遭桑梓之吏不良，僕走闕下上書陳寃。是時宰相公卿與臺諫之臣皆惻然動懷，争爲論列，决欲究治。惟鄉閭私好惡之人忌其以布衣動天庭，乃郵傳他詞污衊之，紛嘵十年，卒有公議，不能加損，如蟲讙鳥咋，自鳴自已，了無相干。亦有輔盗賊鼓唇吻，教其張惶筆札，欲以奇動某者，蓋亦不知某之不可動也。方上書理墳墓時，死且不惜，遑他惜哉！世俗欲以區區謗語相摇脇，寧不謬乎？

頃得官湖南，會監司守倅皆庸俗人〔一〕，争事不直，棄官而歸，放浪山水間，與漁樵雜處，甚自負也；而紛嘵之徒復加醜惡語，甚者至蹙額相弔唁，以爲失意，尤可笑也。此非特不知某之心，亦是世間久無我輩人，驟見一二事，自然怪駭。如克强平昔最相知，今者蒙書鐫諭，爲賜甚大，豈不知感？但其間責某不能隱忍如韓信胯下等事，未敢以爲是。信淮陰一餓夫，當擾攘之時，與夫所謂鼓刀僕馭販繒之徒俱碌碌未有所奮〔二〕，使不遇高皇帝，則數子者遂没齒於鼓刀僕馭販繒之間，而信之事業終身爲胯下之人而止耳，何所取哉？且信貧無行，方從亭長妻漂母乞食時，尚不得推擇爲吏，豈自知有拜大將軍、封齊王之事？況今遭世承平，與信之時異，決非黥奴餓夫可以僥倖攘臂而得志者。胯下之事可爲，則鄙儒腐生喜争爲之。獨不見衛青、汲黯同在武帝朝〔三〕，方青爲奴僕時正胯下比也，二人者功名亦略等；然武帝踞厠視青，至汲黯不冠則不見也。蓋青庸奴，固宜踞厠見之，而黯又蒙尊禮如此，則士之所處不可不擇，信何足道明矣。

克强又有取於陽城，初若尋常庸人，至其剛毅見於伏闕之際，此尤不可曉。若城當德宗多事之時，不能吐一辭以開悟人主，爲諫議大夫七年，在職不爲不久；顧乃含糊緘默，適遇陸贄、裴延齡二事，便伏闕争。向使城五六年而遂遷他官，不過齪齪隨仗馬俱退而已，何足羨哉？幸而七年不遷，畏天下議已，始一開口，冀以塞責。此前賢亦嘗著論議之，非僕之私言也。

夫士於困窮之中能秉節自高者，於今已少，克强今又作此論，恐後生棄廉恥，欲無所不爲，庸儒畏怯不才之人沈默苟活於世者，必竊借其説，曰克强教我如此隱忍以就功名。兹風一扇，克强亦必悔之。於今所以勸僕爲之者，豈非見僕官不顯赫，多困厄，因摇撼之，使俛仰自屈，以求合於世俗之人？其意非不善也，顧僕不能爲耳。

君子不論窮達，不失其志而已。夫志雖不可得之於天下，豈不可得之於一身。若無位以行其所志，則當求之於山林之中，或陸沈小官，雖有利禄刑禍在前，使不撼其關鍵，此亦窮而不失志者也。僕愚所見如此，聊布腹心，以當一笑。

【校記】

〔一〕倅　原誤作「猝」，據四庫本改。

〔二〕販　原誤作「敗」，據四庫本改。下文同改，不再出校。
〔三〕汲　原誤作「及」，據四庫本改。下文同，不再出校。

與向宣卿直閣書二幅

往年衡陽山中執别，時方被竄蠻荒，李林甫爲國怪祥，無復生還之望。自舊歲蒙恩還鄉，實出萬死一生之中，每欲渡湘水一見顔色，而久客乍歸，百事牽制。前日遽辱使車壓境，枉道見訪，喜不自勝。衰蹇之人，何以當此厚義！懷感之餘，瞻望悵然。輒復成二詩，聊申謝意。蓋千里命駕，稀闊之事，不可不以詩記之，且留爲異日佳話，亦可少警薄俗耳。如聞次第遷入新居，高門大第，據衡湘之勝，浩然自得，有天下之至樂。彼富貴時來則爲之耳，恐晚當爲蒼生一起，却不得常享此樂也。

經略直閣執事：自七月中聞詔下，除帥五羊，傳者謂即日引道，遂無從遣介爲賀。直閣名重縉紳間，屏處江湖餘二十年，以道自樂，未嘗干進，一日忽有此除，非獨嘗游者喜幸無涯，蓋中外莫不以爲慶，始見公道之行也。自聞除命，恨無羽翰，一見顔色。近有自湖南來者，云直閣方具辭免，尚留舂陵。蓋此除出廟堂特達之知，豈容避也。

竊惟直閣藴公輔之才，蟠屈已久，平生所藴乃四方所瞻望，世之君子莫不知之。向之所以未大用者，群小人衆而君子莫能勝也。習俗之容默相高，非一日之積，驟見一人拔俗異衆，則群聚而非之。今日忽起寂寞之濱，而付以方面之寄，此固有深知直閣者，某尚慮其間小人無以窺伺，獨謂大剛而不容物。嘗聞前輩諸老言，二廣控蠻海，其地闊遠，吏俗不類近地：緩之則事不振，急之則無全人。凡事比餘路宜少加闊略，不識直閣以爲然否？

新參屢言和公有補天洗日之功〔一〕，人雖忌之，往往憚其正而不敢駁。近數於朝列間問小人動静，老耄矣，絶無此念，特愛其一用公道而知以人物爲念耳〔二〕。此可爲多士慶，老者固無憂也。想大旆朝夕啓行，益遠瞻奉，但日聽佳音以爲慰耳。

【校記】

〔一〕補天洗日　原作「洗天補日」，據傅校乙正。傅校作「補天浴日」。

〔二〕愛　原誤作「受」，據四庫本改。

答方耕道删定書

服膺譽之日良久，惟是湮沈之迹，未獲一瞻風采、承誨語也，仰高之心，以日爲歲。執事不鄙，賜以教札，存問勞苦，感佩亡已。惠及墨刻三本，皆奇作也。

欽夫學士生相家，而文章典雅如此，彼掩公議而盜取省殿魁以爲名者，其榮辱孰輕重哉？久欲通書，慮丞相方杜門而不敢，今方欲爲之，兼嘗面辱誨諭，想亦不却也。去歲大臣論和，公者非不剴切，獨不見李逢吉輩忌裴晉公，居百計以沮之，君子小人，其勢然耳。

删定負抱奇偉，中外所聞。某竄居辰陽時，沅靖接壤武岡，孰聞動静。近者廟堂諸公亦備知當時誣枉之狀，若一拔九霄，當自湔洗，況今執政同時館閣故人，豈不能辯之〔一〕？邦衡亦同僚，皆一時名士，以彙而進，正其時矣。

【校記】

〔一〕辯　四庫本作「辨」。

卷三十

書

答王元勃舍人書三幅

判府舍人閣下：某仰服駿德偉望，幾年於茲矣。天壤異趣，脩敬無階，而又天稟疏介，動與時違。政和初，嘗竊進士第，薄宦湖南，不得行其志。自退居林下，邦邑僻陋，中朝名卿巨公游宦鮮或至此，以是雖欲一拜眉宇，識風度，承謦欬，有不可得。

日者舍人下車之初，承積弊之餘，櫛垢爬癢〔一〕，皆當民心，威驅恩收，和氣翕然，千里之士求出於門下者衣袂相屬。獨某未獲造謁者，蓋以憔悴窮愁之久，不特自棄，而時人棄之亦久矣。伏辱台慈遣吏致書，副以醪醴，親灑教墨，詞旨謙厚，如待古之有道者。捧讀驚懼，至於失措。顧其中實無毫髮可以仰當禮請之意，竊意必有人張飾虛詞譽過其情，以欺大君子。雖然，近世公卿鮮能下士，舍人有時之盛名，而不以驚愚頑，二千石之貴而不以驕傲賤，其風流標表，有足以竦動四方，激拂當世，固欲行古人之道於今日，而俯及疵賤之蹤，豈亦如昔人市駿骨、招郭隗，始以是存心者耶？

某居是邦，既不能修桑梓之敬於下執事，而反蒙以書禮爲之先，益見邦君下士之美，而僕之罪戾無以自逭也。舍人朝夕歸朝，議論大政，進退群材，天下瓌瑋閎博自重之士皆將願綴於門闌之游，如某何足道哉？疾病稍痊，當即戒行，摳衣登堂，終必圖之。惟少垂察幸甚。

【校記】

〔一〕癢　原誤作「庠」，據四庫本改。

某違去几下，三易晦朔，歸臥園林，不敢時上起居，是非自取棄於門館。伏念平昔本以愚疏與時不相值，遂自放於山巔水涯者僅二十年，聲迹不聞於人。一旦執事者誤采虚名，損大府禮遇之重，既歸，日夕惶懼，無以塞人之言，又慮流俗不察，便以爲幡然作進身之計，用是愈益戰慄，不敢□□□□□□□□某請於門下。前日遞中辱賜誨帖，詞意爛然，存撫之厚，恍然如在郡閣、登高臺、侍杖屨而奉名理也。逡巡久，不敢申意，似若傲慢。顧舍人心事落落，嘗加異顧，超越俗情，固知必蒙恕察。某有鄙見，上塵台聽。

今歲廬陵境内初若大旱，幸而晚得雨，差勝他州，誠德所感，千里受福。竊見一鄉之中，自有豐歉不均，近陂塘處全不覺旱，高田有至絶穟者。視旱官往往只見路傍平坦處，便謂豐熟，至於山溪僻遠之地，多不及見。若要一一覈實，勢有不可，弊亦滋多，終不能均。今諸邑高下，使府必自探聞，不審只可均情作分數減放否。若以所見熟處，一例不減，則絶穟之家重困賦税，恐不能辨也。又聞諸邑官多以旱爲諱，向非台旨與行下諸縣，决不敢受接旱狀。伏望博采輿論，斷而行之。僭冒及此，非私言也，伏惟幸察。

久以衰殘，不敢上通記室，方具尺牘以自解，乃蒙再賜誨筆，存問有加，仰戴厚德，遂釋危慮，豈勝幸甚！向嘗妄以旱事上瀆台聽，伏蒙開納，詢究幽隱，一方受賜矣。

竊謂田畝高下雖不均，而一鄉之中大率亦可概見，正合尊旨所謂計鄉分作分數。蓋易此説爲可行，若一鄉之内又分數等，則吏緣其奸，終不能均。至於間有漏綱，亦理之必不能免。若欲賑恤貧下，庶幾計鄉分以定分數，上户作一等數若干〔一〕，下户别作一等，如此則無不均之患也〔二〕。愚慮如此，舍人以爲如何？近有行朝及湖南來者，莫不盛談螺浦治譽，赫然驚人。此非諛言，蓋遠近之言如此，亦欲舍人知之耳。向宣卿書中尤所嘆服，兼云十年前曾兩見舍人於蕭山、姑蘇，自後流落天涯，不曾通問。此公留意政務〔三〕，故喜聞治聲，欽重不能自已矣〔四〕。

【校記】

〔一〕數　原誤作「故」，據四庫本改。

〔二〕無　原誤作「亦」，據四庫本改。

〔三〕政　原缺，據四庫本補。

〔四〕欽　原無此字，據傳校補。

與周秀實監丞書 三幅

蒙賜教翰，奬予過情，伏讀赧然。某湮沈之迹，碌碌林巷僅二十年〔一〕，將終老盧溪之上，未嘗敢自衒粥求知於人〔二〕，而人亦莫之顧也。不謂監丞過聽，一見輒欲奬成之〔三〕，自忖虚薄，恐終無以上副憐念之意。比者判府舍人遣吏奉書，如待異人，受之慚惕，恐執事奬飾大過，他日不副所聞，適足累閣下。此所以驚懼不得自已也。

王公天下偉人，與監丞俱負抱絶異之學，欲行古人之道於某，而某實非其人，十五年不入吉州城門矣。尚冀憐恤，保其進退。某近亦臥病新起，自顧何人，豈敢拒大府之命？或此去賤體平復，瞻視稍爽，即戒行李，進謁門下。諸凡更望垂教〔四〕。

【校記】

〔一〕碌碌　原作「鹿鹿」，據傳校改。

〔二〕知　四庫本作「合」。

〔三〕獎　原誤作「將」，據傳校改。

〔四〕凡　原缺，據四庫本補。

違去門墻，倏然秋盡。仰思名理，時奉薄游，高齋論文，靡間朝夕，雖扞格之資，一聽發藥，恍如有得〔一〕，以是别後尤遽傾跂之勤，無由馳謁門屏，惟望使車行縣，乃獲瞻仰。前日途中辱賜手筆，存恤周旋，久稽修謝。是時竊聞郡人有聞於州府，使人憂懼者久之。自惟窮困之迹，所以受知於監丞者，相得於形骸之外，如平日吹嘘澡祓之賜，固自感激。若欲挽而出之，使逐榮利，蓋非所望也。中間亦蒙舍人再賜手書，今方修報，想未加叱怒也。右使門中英彦如林，豈少老僕，得非以隗始之意邪？

聞大旆之吉水督捕，曾不淹日，渠魁就誅，餘黨散滅，一方之幸。近日諸鼠盜間作，此尤當治之於早。若巡尉留心，無不可捕者。頗聞諸邑似以盜爲諱，此豈持久之術？養虺成蛇，爲害愈大，不可不慮也。胡縣尉本寒素，蒙監丞特達之知，舍人亦惻然憫之。近緣細故，輒求罷去。聞得權局保全考第，乃使府終始之賜。舍人以嘗有意惜其功賞，未審其事體可行否。尤望贊成之力，成功與否，乃胡子之命，獲出大賢門下，亦足以光其腳色也。

【校記】

〔一〕得　原誤作「德」，據四庫本改。

近蒙大旆寵賁，不獲詣行館修謝，豈勝感懼！某雖處林下，無預人事，每辱監丞顧遇之厚，輒有所聞，當布於執事。某自甘閑曠之久，絶無外慮，不意鄉人輒列狀於使者，於是令人羞悸不敢出。既而諸使屬皆見訪察，其論議州縣情僞，十得七八。或時有悮聽〔一〕，隨即自明，蓋以詢訪之廣也。初云吾邦大不治，實緣二千石之柔，遂并及執事。今嘗反覆與論掣肘之由，尚且疑信相半。兼云此郡非有風力莫能治，今者閣下權府事，願痛革前弊。蓋郡人所患苦者，莫甚於吏風大强與三獄之淹延。若嚴責時限，立要結絶，勿容以追逮證佐爲辭，指顧之間，何事不了？又聞受納多邀阻，郡僚日夕飲博〔二〕，此聲頗喧，願使府伺察之，勿使達及於持斧也。僭冒，不勝悚惕。

【校記】

〔一〕悮　原誤作「悟」，據四庫本改。

〔二〕郡　四庫本作「部」。

答劉喬卿書

某啓喬卿外甥：去秋臨行，承以新詩爲惠，甚佳。别來匆匆，已見新年，想侍奉進修之外，所履康勝。老舅初被譴就道，懼人以爲罪人而鄙斥之，所至逆旅輒杜門不使之知姓名。自入荆湖界，行路之人皆逆知之，争相迎問，士大夫或至相賀，謂此禍非庸人所宜得。自昔名士，天必厄之，子厚至永而文始盛，魯直至涪而詩益工，况我無二子之才，而又謫輕地。蓋虚有其名，豈非造物者見賜甚厚，而獲蒙聖朝寬大之寵邪？初至宜春，得一故人書，云不合暮年作詩不肯休，宜得此禍，又可笑。迨至貶所，未敢遽入城，而城中士大夫多出城見訪〔一〕，相勞苦。州民驚喜，如異人至其邦，授館如歸。得一蘇氏花園，枕沅江之上，夜郎牂牁之水出焉。自入桃源，觀晉人捕魚至落花流水處，又歷漢伏波將軍征蠻故道，壺頭石室宛然〔二〕。所謂武陵五溪，盡屬境内，以至洞天神仙古迹不可勝數。於是乃知昔人雖流竄而有以自得者，良有以也。始望皆不可以及此，今乃自負，知未爲時論所棄也。

近袁季明書又云，老舅猶有十六年壽。嘗答之云，所謂十六年，亦非不多，但子之術所能知者，天年之壽耳。若十六年之外，在我而不在天，則非子之術可得而知。不審曾見之否，因筆及此，亦欲喬卿知我自有定處也〔三〕。相見無期，言不能盡，餘惟力學自愛。不宣。

【校記】

〔一〕大　原誤作「夫」，據四庫本改。

〔二〕壺頭　原作「湖頭」，據《後漢書》卷二四《馬援傳》，當作「壺頭」。

〔三〕欲　原誤作「論」，據傳校改。

卷三十一

書

答張欽夫機宜書

某疵賤之迹〔一〕，平昔未獲掃相君之門，雖天下士大夫誦閣下偉才謙德，獨某無階進謁，嘗恐抱終身之恨。曩者竄居夜郎七年，王彦恭時出所惠書，屢蒙記恤。東歸之日，道經長沙，始獲進拜大丞相於服制中，仰辱盻睞之意，視如門闌舊物，過於所望。既而退瞻履幙，且承顧接存撫甚厚，一見忘其流落之情，以盡釋平生之願，此幸豈多得哉！

伏自拜違以來，屢欲脩起居問，而身賤迹疏，坐是不敢。比者忽奉教墨，詞謙禮勤，獎引不倦，顧衰朽何以當此！閣下席相門之貴，平生講磨道德，佩服仁義，凡著於言行之際者，皆欲仰希聖賢君子事業而不鄙。謂某可以追逐其間，此蓋閣下好賢喜士，出於誠素，心追古人，而姑從今之人，其使某踴躍而不能自已也。竊惟丞相龍臥湘波，天下企望霖雨久矣。一旦父子接武雲衢，發舒素志，海内蒙福，則某亦受賜一人之數，猶恨老病，不獲日承議論之末，惟矯首遐想而已。

靈壽杖敬拜佳惠，輒成古詩一首，聊致謝意。更冀采覽，幸甚。

【校記】

〔一〕迹　原誤作「疾」，據傳校改。

與黄子寵書三幅

自聞車騎來江西，謂可以因緣少際高論，以解彌年鬱積之懷；窮山無聊，尚未能拏扁舟一走府下，以見顔色，惟是傾嚮之誠，望風增歎而已。某與子寵雅忝一日之游，輒布腹心，露於左右，拙樸不量事體，幸勿以示他客。

丞相靖康初建大勛於王室，至今海内屬望者，獨以靖康時事昭若日星耳。中間憸人柄朝，讒毁百出者，亦忌靖康之謀議當時無能出其右耳。今日主上赫然排群議，將復大用，知丞相決不負國者，亦考靖康之設張耳。自大旆來江西，州郡初極竦動，今尚狃一切故轍，豈相公志在天下而不留意一方邪？抑度時事有未可爲而反以爲靖康之設張自疑耶？甚爲相公惜之。

方今敝亂極矣，試概舉一二。州縣每施行害民之事，期於必辦，則號於衆曰是大使司指揮，愚民無知，不可户曉。至於賕賂狼藉，請托公行，苛虐横斂，爲國賈怨，軍旅所過暴鈔，官吏與賊交結，若此類者不可枚舉。藏奸宿亂，竊恐浸成大禍。愚謂以相公之威望，略指顧行之，頃刻之間，莫不震動，孰敢不聽？

某因窮居，嘗究當今州縣積弊之根源，欲作書獻相公，念無路得通。又迹最疏賤，未嘗獲掃相公之門，不識可以進達此書否。然無固必也，如度可，則續條件江西數事，納於二公，但使其言得行而生民受福，則某亦受賜矣，實無邀丐也。惟裁報，幸甚。

前有書并劄子獻丞相，所陳雖若細事，而民心切切，有望於丞相者實在乎此，不可忽也。若李相公鎮一路而猶有此等積蠹，尚何敢望於他人哉？竊意丞相但未及之耳。此非吾儕小人之私意，願遣人採聽於外，物情輿論，付之千萬人口，不可私也。況丞相平昔舉動未有不合人心，此天下之所責望重也。竊慮旦夕有以追鋒之召，則事不及行，亦須作訪聞行下，警動州縣，使民間曉然知前此非相公之意。其餘見德裕書中。此事惟二公可以議，若持禄偷安者見之，必不以爲然。幸痛察之。

某啓：去年曾蒙福州所惠書，非風義之高，豈尚不忘於寒陋之交？感激之餘，再三欽重。又辱不鄙，寄遺盛製，體裁不凡，俾復觀覽。别後日新之功，益見天資絶人遠甚，不溺於富貴，而作此寒苦書生事業，其材器宏遠，豈易量度！《渭上見虜賦》馳騁有法，已見他日平戎手段，恨未及多見，然嘗一臠已知鼎味矣。

與鄒德裕書三幅

與執事多年相别，懷抱鬱積。初謂贛江咫尺，可以走見顔色，因循滯留，但傾想風度，未嘗暫忘。夏間人回，辱手書累幅，存問之情，豈勝感著？

某愚拙有所見，欲作一書投之帥府，不敢不以聞。緣今州縣弊事有如蝟毛，竊意府中之客雖衆，非獨不敢言，亦不肯言，抑又習以爲常，謂不足言。是不過待相公與他帥爲一律，子龐書中嘗梗概陳之。若二公又不一言，則相公終不及聞外事也。相公負不世之材，特患不知耳，知而行之，易於反掌。願與子龐熟訂之。某非借此以邀丐也，實欲布腹心於相公，惜此事體耳。蒙諒斯意，幸甚。

某啓：近嘗布腹心，蒙不鄙。謂今相公門屏間獻書者如雲，言事紛紛，亦豈無切中時病？如某所陳，亦類常談，但詢察物情，今日所患苦而切切所望於相公者，不過如此而已。其間六七事未敢便以爲可行，須委忠厚曉事之人詢訪外議，使利害粲然。今天下之人仰望相公平昔威名如何，若江西利不興、害不除，則四方解體，無復敢望太平矣。

正月中山州危如累卵，今賊雖出境而巢穴未破，尚賴帥司兵猶屯境上，未敢復來耳。若所謂召募敢勇，則費官錢作兒戲，無益也。聞初破永豐時，半雜永豐士人在其中，此皆失於州縣前後不究治奸人，劄子中嘗論其弊矣。無緣面盡。

某晦迹之久，終未有謁見之便，惟是傾思，日夕惓惓。近又傳丞相移師近藩〔一〕，未得其詳，亦恐自此益遠門墻矣。向嘗謂德裕必時時假檄出游，歷覽江南佳山水，如青原氣象尤勝。又住山老子乃平昔故人，不惟獲江山之助，亦可以周覽風俗，究觀利病，不爲無益。不知曾留此念否？某所欲言於左右者，胸懷切切，顧紙筆不能盡耳。

【校記】

〔一〕師　傳校作「帥」。

答黃元授書

某傾稔才譽之久，比與參識，遽蒙不鄙，傾蓋相懽，仍贈雅章，顧以辱此。獲睹製裁，開益良多，佩服亡已。亦嘗露拙惡，不蒙指瑕而惟獎予之過，愈重愧恧。某與令叔次淵同登政和八年進士科，又同官於衡陽，亦忝有通家之契。元授年少才高，一見知爲國器，清德雅量，遇事不苟，郡府所賴。承諭招讒之患，蓋行古人之事於今之世，豈免讒謗？若元授懼讒謗，則一步不可行，唯久而不移，謗亦自止。近日郡政一新，千里稍蘇息，尤見左右用心異於衆人，細民無不受賜矣。某再拜。

答趙季成書

自郊外之別，俯仰逾半年，方劇翹想，盛价歸奉台翰。喜聞初即治封，教條一頒，邊氓愛畏，忺慕久之。某頃在辰陽，熟識洞溪利病。自蜀連荆湖至廣西，其壤地皆接連。屬鼎、澧、辰、沅、靖者甚微弱，至武岡漸險遠荒闊而難治。昔年黄安俊叛，近時楊再興叛，皆倚武岡之險。國家若不治郡於此，則兩路皆失控扼。觀《柳子厚集》中《武岡銘》，則自唐以來以爲襟帶，非特今日也。向之請廢此者，近類輕狂，幾誤邊防大事。幸朝廷灼見本末，不從其請。若郡得賢太守，禁邊人不擾之，則彼溪氓最易調服。想季成亦備察此理，固不俟某之區區也。

卷三十二

手簡

答董體仁參政二幅

某違遠盛德積十餘年矣。往歲參政射策廣庭，魁天下多士，鄉邦仰歎。是時某政以詔獄初興，奔走洪贛兩州，供詩帳不暇，既而流夜郎萬里之外，益復闊絶爾。後雖聞閣下參預大政，皆不敢僭上賀幅，蓋名在刑書，非自棄也。今春幸獲一瞻履舄，辱降顧之重，曲敦疇昔，不以兩地之尊，高車駟馬，儼然辱而臨之。繼承燕豆之勤，俾奉笑談終日之樂，示以金石絶妙之文，驚耀耳目；臨行又辱名酒餼牽之惠。顧衰暮何以得此，感戢厚意，徒增悚惕而已。

某竄居夜郎七年，無復故園之念。乙亥冬，參政秉國之鈞，又適當郊禮，雖出聖主惻怛之誠意而赦宥之，所推行者非參政輔贊之力，而疇爲之然？某特鑪錘中一人之數耳，斡鈞衡者豈物物而較之以自德邪？宜參政遜之而不受也。彼鄭賈謀歸荀罃，事卒不成，罃尚不敢忘，况流人賓歸，敢遽忘邪？蒙寵賜和章，輒復次韻，聊申謝懇。某再拜。

與劉美中尚書三幅

秋末遞中傳聞進陟道山之選，回思昔日勝游，雲泥相望矣。近承惠問，知館下異書已抄録及萬卷，且欲圖歸，爲來歲金地寺之會。某今已七十餘，無復榮望，但得與公相從，盡讀平生所未見之書，亦足滿其志願。然公方登用，翱翔朝廷，豈能復作林下計乎？青燈夜坐，舉觴道舊，當復有時。未間，千萬保嗇。别膺殊寵。不勝拳拳，某再拜〔一〕。

【校記】

〔一〕不勝拳拳某再拜　原無此七字，據四庫本補。

即日秋老，伏惟玉堂清近，視草之餘，台候萬福。某還溪上餘半年，久客乍歸，亦粗可樂，不敢上關雲霄之念。但兩侄化去，家事荒蕪，然老子甘槁薄，隨分易足，亦不較也，惟坐隔笑談爲恨耳。兩日方聞進登八座，未果具啓爲賀。又聞有出疆之命，不知是否。兩者皆重任，即日大拜之資也。更乞爲國調衛興寢，榮服寵渥。

某不接言誨恰十年，被竄八經寒暑，去歲還鄉。是時左右已赴召，持槖禁從，日侍天顔，相望益遼遠。比聞以微疾請祠〔二〕，榮還里第，赤車駟馬，驚耀州閭，觀者靡不仰歎，謂稀闊盛事。某忝疇昔之雅，宜先諸客迎於郊外，而老大不能追逐車塵馬足之間，然欲見之心，殆如飢渴。尚慮賓客正冗，兼私門比亦多故，碎事逼人，徐當有晤言之日。

【校記】

〔一〕比聞　原誤作「此間」，據四庫本改。

與王元勃舍人三幅

某頓首：即日殘暑尚熾，伏惟郡閣燕閒，神物護持，台候萬福。某杜門苟安，自得於溪山之外，蓋仰泰山北斗以爲重也。未緣參覿，伏祈保綏，爲國自重。

某違去門墻適逾一年，景仰之誠未嘗一日不繫於懷。頃嘗得教帖，有「丈夫志四海，萬里猶比鄰」之語，熟讀詳味，莫見涯涘。韓子有言「志同氣合，魚川泳而鳥雲飛」，蓋古之蓄道德，外形骸，相與往來太虚明月之中者用此道，顧僕何人哉，豈非所謂誘之欲其至於是歟？此身未死，祈見執事建大勛於王室，得與山農野老相慶於茅簷之下。感激所發，遂忘其身之窮賤，作語僭率，愧恧之甚。

某惶恐小稟：前月初聞警報，郡縣倉惶，輒自驚擾。洪、袁諸州或虜公私船，或甲牌閉門，便似失措，萬一猝有非常，不知何以應之。獨聞治府帖下，人情非嘗輒驚，非術之素定，安能如此？今日朝廷又有助軍之斂，蓋緣軍興，豈得已而行也。言利者既已失謀，頗聞諸縣奉行不一。如税田畝，固有定數。至於家業則明言十等户，今坊郭所謂第户正應此一項無可疑者，若營運則無迹可驗。然止言坊郭，則財力多者亦可以概見，少者所得無幾，徒爲擾耳。今諸縣或官吏入人家打量間架，搜索有無，下至抄及賣餅菜之家，如此行遣，全類税間架，恐非朝廷之意。家業、營運獨言坊郭，蓋謂逐厚利者恐有不均之患。今有田畝者即有家業，有家業者則營運在其中，若使一家而納三色錢，恐必至於重困，何坊郭之民獨不幸耶？某愚見以謂且從多處納，則後日所取，猶有可繼。願審思之，行下諸縣，使不至重擾，則民户受閤下之賜，豈勝計耶！僭易，僭易。

與彭仲平親家三幅

某頓首再拜上啓仲平秉義尊親：前此伏蒙新拜誥命，咸增懽慶。某不唯老病所拘，是時適子侄皆赴試，遂與東岡皆不獲親往，必蒙照察。即日苦寒，伏諗尊候萬福，謹奉起居，不宣。某頓首拜問。

某頓首再拜上啓仲平秉義尊親：貴眷并佳萬福，凌雲與諸甥并安。聞全道已交割，未聞歸信。某再拜。

某再拜少懇。周行甫新被薦，欲求見而素未拜識。孟覺來覔書，理不可辭，幸勿訝，蒙一顧，幸甚。某再拜。

與彭郎凌雲將仕六幅

某啓上彭郎將仕：半年不收家書，遂久不通信。朱三來，承書，喜聞長幼皆安。去冬朱守見覃家屋大窄，遂那城西安福寺見借，舍宇明快，度夏極涼。於是煩惱百八未歸，既聞其歸，心遂豁然，其他事并不將心計較。頗聞家事多災患，而家書不報，老人亦忍而不問，恐傷懷耳。己巳冬，作書與彭彦直、王十五迪洪時云，昭遠欲陷我而進身，我非凡人，一沈不出三年必有大咎。彦直以示同僚，端脩亦聞之，莫不笑以爲狂言。近方知端脩死狀，與昭遠無異，皆不出三年，天道如是，我又何憾，當有歸日矣！百八娘喜無恙，好看二外甥，聞皆就學。我處此殊無所慮，遠寄衫袴等已收。吾二孫頗能誦書，差可喜。尊丈不果別奉問，不宣。

某啓：承書。久雨乍晴，喜聞安裕，大小均福。惠茗良荷，袋者必佳。族人過省，示盛事，可喜。示及俸錢如數領之，甚煩也，過便更煩。掛意近殊，新開殿榜合到，亦未聞。人還，布答匆匆。不宣。

某啓上彭郎將仕：諸甥已就學，必有事業。遠承緘啓，審聞長至，所履增慶。百八娘諸甥均福。值節中人事之冗，草草答來价，不宣。

某啓白彭郎將仕：東岡人至，得書甚慰渴思。聞新年動履之佳，尊丈以次并萬福。百八娘臥蓐得女，且幸無恙。百六侄病中久不得書，因疑而憂之，每人來不忍根問，恐傷懷耳。去夏以來，節次問得甚詳，痛苦不可言。葬畢，次女又亡。今百三郎房下子弟未知事，百八又素未更練，乍管家事，疏脱必多。數要來此，已力止之。我寓此泰然，無毫髮可慮之事，若以爲老，是以衆人料我，不知我殊未也。奈清亦可上學，今授書爲誰也？尹商老亦喪妻，亦先護其柩歸。仲質三月赴道州。省老已住沅州報恩，李郎中請也。

某啓：承書，比辰大小均安，示及俸給錢如數領之，甚勞煩也。諸外甥今歲學不成次緒，來春早爲之所。幸資質可教，過時則難致力。尊丈秉義全道知城侍次致意。不宣。

某啓：遠承書，喜長幼均萬福，但聞場屋失意，此固有時命，慎勿因此自墮，當更磨琢，自有發時。如鄉榜雖謬，然其間亦有苦學而得者。湖南運司初傳彦嘉賦甚好，亦遭黜。敘浦楊憲之子得魁，乃范漕之子也。聞全道尚有一半文字，索金乃屬，若遣陳才將錢去取，是一高念二死，一高念二生也，不知憑誰去理會。人遠來，何煩惠果子、金橘等，所送景聞適會其中，因亦甚喜。仲質峽州考試，百日在路干諸司，今文字已足，可慶也。尊丈近上狀，不欲疊疊，侍次言之。不一，不一。

與百八娘

百八娘：别來思念，不可言。人來，喜安樂，殊慰遠懷。我在此安健，正如東坡先生在黄州時，不須憂慮。所寄衣服、果子已收，中都無物可回。猿皮一番與阿儀作劇，若緣作坐蓐，可得兩個。

答吕知府郎中

某頓首再拜知府郎中閣下：某郡民也〔一〕，當以民禮事太守。頃聞使車褰帷入境，宜與此邦士民奔走車塵馬迹之間，迎謁道左；而犬馬齒衰，臥病衡茅，無復生意。又自顧官卑人微，去治府不遠，不敢溷以書通〔二〕。方此畏恐，不謂閣下遣价呼召，賜以尺書，詞謙而禮勤，固宜整襟下拜，即戒行李，一識大人君子之威儀，觀道德於前後，聽言論於朝夕，以釋平生之願望。實以病纔小愈，步履猶艱，未可趨走侍坐於大人君子之側。

竊觀閣下視政以來，境内肅清，吏俗畏威，盜賊不起，素號繁劇，今若無事。蓋閣下心術之素定，其於古今治亂興衰是非之際，應接酬酢，萬象之變，皆素定於胸中，不假群言之助。況大門甲族，祖宗以來英豪濟世之士常滿朝，其家風淵源爲天下士大夫所師表，一旦擢居廊廟，宰治天下，術亦猶是也。如某學術荒唐，知識淺陋，進何説於左右？昔東漢黄叔度之流以人望自高，州郡禮請多不至，漢帝召之或不來，其言論風旨無所傳聞，而聲動於一時。及其終也，死於草萊，卒無一言一事有補於世而卓然可見者。由是觀之，使人亦畏懼而不敢。如餘年尚可苟活，起復爲人，即走墻屏，一識天下偉人，無遺憾矣。伏惟幸察，某頓首再拜。

【校記】

〔一〕郡　原誤作「部」，據四庫本改。

〔二〕通　原無，據傳校補。

與彭子從提刑三幅

某頓首：平生困蹇，拜違台矩餘三十年。升沈異轍，雖有慕仰之心，常若有物隔闊之。暮年復因詩語竄居夜郎。不謂東歸之日，適遇輶軒出使廣右，龍旗虎節，道經里門，遂獲瞻承，良慰積年傾傃之情，豈勝幸甚！

某再拜：竊惟提刑丈駿德雅譽，藹聞於時，天子之所簡注，大臣之所推轂，群聽肅然。下車之初，百吏承風，夷落安堵。異日踐臺省，一舉萬里，皆由此始。非獨蒼生被其福，抑且爲鄉閭士俗光寵。幸甚幸甚。

某再拜：正初領去冬所惠台函累幅，兼寄示王漕書并文字，極以爲感。某老朽四十餘年不調，頃歲蒙恩自便，歸老田里，已足平生，豈復戀此卑微之階？王漕故人，念念垂意，荷其愛厚。非此公高義，某安能自經營也？他日不掛罪籍而死，亦良幸耳。

與胡觀光知府三幅

即日春霖作寒，將履清和。恭惟坐鎮千里，民兵静肅，台候萬福。草寇突出，鄰州皆被其毒，不犯治境，功績昭然，會當有聞於朝者，更冀調護，以迎新寵。

平生交游久而不替如吾友觀光，可屈指數也。知車騎久到臨賀，方欲候袁倅赴官上狀〔一〕，忽承局道出於此，先辱教字問勞之勤，益服高義，未遽以疏懶鄙棄之也。前年蒙召命，初不欲行，自顧本疏賤，豈敢學違朝旨之人，但不可久住耳。既誤蒙恩數，遂乞祠以歸。來教問及，且以爲慶，愧悚而已。今年八十七矣，然尚健，獨未知有晤見之幸否。此心切切。

【校記】

〔一〕倅　原誤作「猝」，據四庫本改。

臨賀接廣西、湖南，最爲佳郡。狂盜奔突如此，而不敢犯，豈非威德有以鎮服之耶？某亦嘗測此盜不可輕，正如來諭。近人料西北亦如此，但苟目前暫安耳。黄元授昔時亦甚熟，後嘗通書否。一子名文昌者登第，頗能文，士大夫多喜之，張安國尤極力推挽。元授去歲得南安軍，文昌復得編修，亦可謂榮矣。

與范元觀

某再拜：育才齋作别三十年矣。中更大亂，南北否梗，絶不相聞。當時同舍爲鬼録者亦已過半，想執事亦不知我之猶在也。數年前鄉人王世臣自廣東歸，始知元觀登進士科，入館閣。韓徽猷居吉州，時車從亦嘗經由，適避盜山中，皆不及知。頃者復聞同判長沙，聲迹甚邇，雖企仰之切，何由一見眉宇。每思向來筆硯之游，與今盛衰異時，人事屢變，令人感慨不能已也。

某政和末得一官，調茶陵丞。值監司守倅皆庸俗，某素樸拙不能取容，又見州縣之態不可爲，遂歸耕於盧溪之上，杜門不出已久。今聞元觀方以高才爲時簡拔，進取美官。如不忘貧賤之交，時飛謡音，以慰岑寂。

答楊文發

某去冬兩辱教帖，拜意良厚。新春，計尊候萬福。執事薦章無患不滿，平生故人方策足要津，若一榮改，則駸駸朝列矣。示及《嫦娥奔月》等詩，寄意高妙，開發衰鈍之思，幸甚。見索拙惡，俟續訊，當不避嗤笑録去也。

與劉舜元三幅

某啓上舜元省幹賢婿：竊聞遷轉之榮，共增歡慶，長至無緣相聚，乃承惠啓，四六粲然，贊美過厚，且審履此新陽，諸福駢集。乏人寫啓爲報，兼迫人事，草草佈謝。不宣。

某啓：相别七八年矣，今春末到家，獨未見舜元，念之不置。忽得書，聞行李已歸，長途盛暑，涉履無恙，深慰老懷。何日一見，以欵緒言。安鄉之闕不惡，且不甚遠，久滯中亦一可喜事也。

某啓：新年未獲面慶，竊知大夫之體候已安，良以爲喜。聞造軒館甚壯麗，恨未獲倘佯其上。索詩，少暇即寄。圃中去歲前略葺修，邇來游觀者甚盛，蒙爲明年之約，人生幾何，當不爽盟。幼麟久擾侍下，此兒似不癡，他日當作外家宅相。新守此旬末禮上，恐欲知。子柬、子華并致區區。

與胡至文

某頓首再拜啓至文秘書賢友：不記與公相别之日，每渴清言，坐以馳仰。比辰絳帳雍容，起居萬福。至文高才而尚沉屈，人所共歎；然近聞書館甚盛，摳衣承教者滿門，良可喜也。惟未卜面晤之期，此懷鬱鬱，邂逅一笑，再當有時。未間加愛，不宣。

答楊秀才

某辱惠書，寄示盛文，珠璧粲然。獨不鄙謂老拙，越數百里而虚辱之，敢不奉報。蓋士患不能文，而場屋之文患不中有司之尺度，雖有奇偉高世之才，一語不中尺度，則棄不肯取，此場屋之文所以爲尤難也。竊覽所寄三場詞彩議論，皆有出人之見。只依此軌轍，益之以學問，巍科可俯而拾也。文軸封納，亦隨所見，不可自隱耳。惟冀孚察。

卷三十三

手簡

與胡邦衡四幅

某數年前盛价自湖南憲司回，道出敝邑，嘗奉書。爾後即聞被召爲樞庭屬官，升沉異迹，不復相聞。去年夏在郡齋，守倅相聚，無日不談盛德。右史公深欲一屈高軒，嘗出示回書，見所以存問僕者甚厚。是時亦欲作書，庶得會晤，又念非所以相愛，固知左右未必肯來也。今春曾法師至，忽辱惠教，喜不自勝。渠約自來取回書，久之不至，遂失修報，甚負愧悚。即日夏熱，伏惟台候萬福。相見未涯，千萬爲時保重。某再拜。

某自去年聞邦衡以言事貶昭州〔一〕，中外聳瞻，嘗約劉校書作送行詩，以俟邦衡之南走，欲效昔人送唐介，爲一時盛事。既而恨邦衡謫大輕，此作遂廢。往時陳瑩中、鄒志完名震天下，號爲敢言，然當時利害尚未及今日事體之重也。國危矣，諫官御史不敢言，而邦衡以編修官摩天子之逆鱗，折宰相而不悔，決非所謂偶然者。宜天下士大夫無賢不肖，皆知稱頌邦衡也。斯道未衰，公議一出，天子喟然思見其人。邦衡雖欲散髮巖岫，效僕之閑致，不可得矣。

【校記】

〔一〕昭州　原作「韶州」，誤。《宋史》卷三七四《胡銓傳》：「書既上，檜以銓狂妄凶悖，鼓動劫持，詔除名，編管昭州。」

某久無衡湘人往來，缺奉起居，不覺春夏之徂也。似聞鼓盆之後頗戚戚，情雖我輩之所鍾，理非我輩亦不能達。殊方異縣，宜自釋也。

某今夏末陽僧歸衡陽〔一〕，曾奉狀，計徹聽覽。即日秋老，伏惟燕坐衡湘，江山護持，台候萬福。某久聞青原長句，未及見，淳上座來惠石本，可謂絶妙好詞，字復奇崛，當與平原、山谷之碑争光於無窮，爲青原之偉觀，欽重欽重。廬陵魏守往年同在朝列，必識之，正宜仲之親也。諸郡方事刻剥，而此公獨欲寬恤，民大慰悦之。江西屢傳有召命，豈人望如此耶？此事終不免，惟厚自保持，以膺大用。

【校記】

〔一〕末　原誤作「來」，據四庫本改。

與向宣卿

某比數見士大夫説直閣議論似不與胡邦衡，聞者皆有疑焉，故不敢不以告於下執事。此説豈不猶用居安福時所聞乎？其源始於曾某戲談，歐陽某從而和之，復增飾惡言，若不熟察，豈不誤大君子聽聞？某嘗詢考輿言及其鄉里，皆謂不然。且邦衡進説之時，内外方以言爲諱，心知其非而噤不敢發，獨邦衡批逆鱗於萬死一生之中，時論以爲鳳鳴朝陽。於今之時，有如此人，縉紳先生宜少與之進，亦助善之一端也。他日公道顯行，其偉名直節，决不在人下。某非敢有欺於左右，既聞此論，頗繫事體，故反復言之，尚幸情察。

與任子嚴

某昨見除目，知龍旗虎節將漕荆湖，竊喜故人榮遷，將大顯於時。未幾，聞有改除，猶不失五馬之榮，亦何歉也！湖南才數月，聲績已遠聞，他日公議豈可掩？洪相既去，尚未聞大拜，物望所屬者誰歟，人皆莫能言。興國賊頗侵廬陵境，勢稍張，而官兵未能禦。郴峒亦尚可慮，吾丈必能料也。便价往清江，奉狀草率，繼此續上記也。

答方性夫 二幅

某頓首，性夫年兄：相别二十餘年，中更時事，變故百出，莫知存亡。近歲舉子往來釣臺，始略聞動静。去年劉克强歸，忽領教帖，始知已掛冠。冬間於遞中又領一書，仰荷年契不忘，勤勤至此。感歎之餘，且喜兵亂以來，吾二人各未死耳。日來春暄，伏惟逍遥物外，尊候萬福〔一〕。各在一涯，何由會見，惟冀以道自重。

【校記】

〔一〕福　原誤作「物」，據四庫本改。

某再拜，前此既失候問，及連辱兩書，又適無便，脩謝失時，冀蒙恕亮。某自湖南歸，見監司黄某等皆被朝廷擢用，而營私背公，無愛民之意，知其將變，遂歸耕於盧溪之上，不復出仕，今三十二年矣。不謂性夫負抱利器，仕宦亦不震顯，至此夫復何言？竊聞頤養益壯，蓋德厚氣全，自應若此。僕亦尚健，能夜讀書，自時寄聲，以慰懷想。幸甚。

答周孟覺

某奉違之後，念欲拜書，非宅中專介以往，其他更無別置，遂爲左右所先。伏審下車以來，台候萬福。榮考京秩，便理資考，選人出火坑，輔以甲科才美，即日滿任，當有異除，何所不可入耶？奉慶奉慶。德安素出異人，黄香在漢時未有安州，總屬江夏。白兆山唐時已著名，有李太白蹤迹，曾游否？絳帷多暇，想訪古思賢之樂無涯矣。所諭疵政，佛出亦無如之何，但其聲籍籍，終恐不免耳。

與楊文明

某十五年前識昆仲於丱角時，既而被竄，流離遐荒，親故隔絶。今春歸自辰陽，乘扁舟下桃源，至武陵，始見中原衣冠士大夫，而昆仲在焉。相勞苦累日，清談亹亹；又蒙新詩盈軸，覽之竦然，至今誦歎亡已。日伺軒車，慰此久懷，乃聞東山一宿，不蒙見過，悵恨而已。

答劉彦純

某昨蒙諭及令叔知縣志銘，某實以此來多病，道不進而文益衰，安能發亡者幽光？况令叔久在仕路，當今能文而顯名者，相知不乏人也。乃蒙教劄諄諄，赧然汗下。然某與令叔既忝平昔雅故，敢以荒拙自揆乎〔一〕？續俟竄定，當即録去。

【校記】

〔一〕揆　四庫本作「睽」。

答楊廷秀

某去歲獲見清矩，慰十年懷想之誠。少年登科，未足爲左右賀；一日相見，詞學驟長，語有驚人，茲可賀也。去冬之官，再經敝里，失於偵伺，辱留手墨，追見不及。家僕回，又辱惠字，何其勤也。尊丈過此匆匆，諭及文字，適除夕忙迫，尋稿未見。上元後有客。子之永口專馳納，政遠晤言，更宜調嗇，以副瞻禱。不宣。某再拜。

與劉子東三幅

某啓上子東都巡侄婿：自承西歸，未獲一面。謝丈屢言，從者旦夕必出，不知得何信也。秋熟，計侍奉安勝。前月胡丈遣人至魏公宅，兼過王舜舉家，問曾附子方書向丈否，報云未曾，計今已達矣。臨安近事殊不及聞，但聞未拜相耳。人行草草，不宣。

某啓：承先丈大夫已畢襄事，禮意周備甚盛，恨以老病不得親去挽紼。即日計動履安裕〔一〕，和公取湖北路由鄂渚趨闕下，恐向丈朝夕必起。聞欲遣人，宜趁人文字未到前早發去爲佳。賀參政落致仕，依舊參政，此公亦向之所爲主，其用無疑也。方欲作書説伊山事，適彭雲翔來門下，遂并附之。

【校記】

〔一〕安　原作「支」，據四庫本改。

某啓：不相見之久，承惠問，甚慰所懷，比辰起居佳勝。近報魏公乞致仕不允，除少師，建節判福州，尚辭免未已。昨日得周舍人書，云與吾親十年前曾半面，篤志科舉，所學必過人。此公不妄許可，亦喜子東能自力，謾恐知之。承惠細茗兩種，皆奇絶。匆匆，未有佳物爲報。不宣。

答李仲孫

某知仲孫之名非一日，而少同里閈、識眉宇亦舊矣，中間隔闊不相見者亦多年。故人劉吏部美中數談仲孫之賢，抱負所有，鬱鬱未得志。今年春承訪僕於溪上，惠以長牋，詞源浩博，瓌瑋閎麗，動人耳目，如天球大圭，森然炳然，焜燿左右，不待數琮璜珩玦之狀，然後知其爲寶也，某於是知仲孫之才氣有終不可掩者。若場屋連蹇，校得失於一夫之目，置之不足道。仲孫勉之。苦寒，爲學自重。

答胡斗南

某啓：聞斗南之名舊矣，雖同州里，及緣曾氏姻聯，薄忝葭莩之好，而各在一涯，未嘗交際。執事方少年，遇天子興大學，聚四方豪英，有補選甚難，大江之西纔三人中格，而執事之名與焉。執經登堂，才譽浸聞於人。當是時，某方坐詩語竄夜郎夷荒萬里之外，與中原衣冠士大夫隔絶者七年，何由一見儀矩？今春蒙恩東歸，聞執事以憂還里舍。未及問訊，忽辱長書見惠，詞筆殷勤，且以先府君銘文見屬。竊不敢聞命，而英彦道左右之意，堅欲得之。且先府君之事著矣，而僕之鄙陋何能發於文也？襄事有日，介者在門，又慮後時，遽中附納，臨書不能盡報復之意，不宣。

與楊文黼

初春纔聞治裝，偵伺不審，方作送行詩未了，遽聞車旆已行，悵然遺恨久之。未數日，忽報令兄主管病不起，禍出不測，驟聞此信，不覺大聲而倒。想昆仲聞訃之時，痛當奈何！文發方履亨途，欲摩霄漢，忽爾一跌而墮之，報忠襄公，豈昧昧不可曉耶？今一門兄弟子侄頭角嶄然，子出其後，必大可倚以待也。夏漸熱，伏審追傷之餘，起居萬福。某衰邁，闕於面慰，私懷極不足，千萬强飯自愛。

與劉子方三幅

某别去數日，竊審起居萬福。向丈書悉如前日，面聞者言之鮮矣。蒙示以所獻書，皆究切當時之務，必有見之者。檢院進文字，非書鋪所慣，彼處自有一等人專管寫此文，兼識體面，只托朱公尋之，必不誤也。無緣再拜别。道中加愛，不宣。

某啓：江下相别已逾月，道中晴暖，十一月九日到家。即日苦寒，旅食佳否。所斡必有美耗〔一〕，或未端的，且一歸，北堂日夕憂念，如文字一事，胡丈可憑，不必親在彼候。今宅中再遣僕夫，力已多辦，歸亦易，莫若且回，以慰太夫人之念。逼冬節，草草。餘幸加愛，不宣。

【校記】

〔一〕斡　四庫本作「幹」。

某啓：忽聞歸騎，喜不自勝。不惟慰釋親意，况有迎門而笑者，喜可量耶！承書，且審起居萬福〔一〕。文字以下，胡丈必不妄言，惜乎劉舍人出。然仕進有命，亦不以一人而通塞也。新正圖會見，不宣。

【校記】

〔一〕且　四庫本作「具」。

答王允元

某去歲夤緣到郡，始識眉宇。既蒙寵訪，又貺以新文，欽歎妙作，愧無以當也。承諭冲遠別開書室，擁群書，掛琴劍，其志豈淺哉！蒙索名，以「進齋」牓之，可乎？期公於九萬里外更進一步，未見其止耳。

慰楊建之

某不意凶變，遽承先府徽猷中大訃音，聞問驚怛，爲之落淚者累日。遥想左右心肝摧裂，何以自處，伏惟哀痛切勿過爲毁瘠，皆無益也。某前年領中大丈書，云朝夕來宜春，私心竊喜，將有侍杖屨爲游山之樂。去臘又得誨字，筆劃語言健爽如舊日，望宜春之耗，冀得會面。不謂紙墨未乾，車軸出門而折，言之愁人。追思往日被竄沅陵，平生故人視若不相識，惟公父子同舟見訪，傾蓋一見，撫我如舊交，所以愛存之意，振拔流俗之外，感戢豈可言諭！老矣，恨不能一至門屏，撫棺哭奠而已。襄事未畢，千萬抑情自重。

答王彦恭運使

某秋間嘗拜狀，聞使車在荆南，將由歸峽出辰沅。想沅陵之人夾道竦觀以爲榮，一時異事也。回日必泛舟由舊路經桃源，觀訪壁間題字，俯仰陳迹，爲之憮然。僕但如漁人迷路，不復見桃花源矣。

卷三十四

論

盜賊論二篇并序

盜賊之變不一。江西殘孽歷十年而不討，始用招安爲弭亂之計。此豢虎狼、養疽根之術也，使一日出落鈐鍵〔一〕，必横突潰裂四出而不可禦。愚獨憂之，故作《盜賊論》焉。

上篇

天下之患，莫甚於大盜起而人主不知。侯景向闕而梁武帝不知〔二〕，賊遍天下而隋煬帝不知，此皆前世已然之事，其轍迹可考也。今天下謀臣猛將、豪俊之士奮然而争出者，皆高談禦戎之策，侈言誕計〔三〕，謂盜賊爲不足憂，不知天下之所以安危治亂，常繫於此。

昔秦既滅六國，唯慮匈奴之爲患，使蒙恬北築長城，延袤萬里，而不知陳勝、吴廣起於閭左之匹夫。宣宗收燕趙，復河隍，威震邊陲，而不知龐勛之亂起於銀刀之亡卒〔四〕。然則盜賊之起，其始未必能桀大，唯郡縣蔽匿以幸須臾之安，養其芽孽，寖以成亂者非一日矣。

自艱難以來，江、浙、荆、廣所在盜起，然皆暴興而亟滅，唯虔州倚荒險，洞窟林麓盡爲賊蹊，歷十年而磐牙猶在。皇帝嘗下銅獸符，發襄漢之師，擒馘幾盡。州縣不能撫緝，厚賦深刑，閭閻愁苦〔五〕，於是復操鉏鈎爲兵，嘯會逋殘，山谷回應。二千石既莫能制，且惡其鴟張而累己也，欲設一奇計而莫知所出，則其計止出於招安〔六〕，當時江西大帥亦聽其説而甘心焉。蓋其説以爲不數月可以盡消江西之盜，而使百官入賀於朝。此真誕漫之術〔七〕，可紓朝夕之患，而非爲國長慮者也。郡縣承其風，往往縱賊不討，悉招其渠率而官爵之。賊利其然，反跳聚山谷，置魁立伍，而陰結官吏，各稱渠帥，以苟一時之賞。雖平居未嘗爲寇者，亦相時生心，操戈而崛起〔八〕，不唯能免於死，而且歆艷爵禄之榮。

此豈非誘民以爲亂者歟？今虔州城中官兵無幾，而招徠倔强之徒〔九〕，帶刀劍、執銅撾，列刺史庭下者凡數百人，群心凜凜，常若刀鋸在頸。此豈可以爲長久之計者哉？所謂數百人者，其故時黨伍散居大山長谷之間，嘯呼成群，椎埋鼓鑄亦自若也。間不得逞，時出焚剽，則州縣必責招安之官提兵追討，往往暗分財物，自相唇齒，驟雨絶弦，莫見其迹。州郡既不敢究窮其奸，又且賞之以爲有平賊之功，凡如是踵而起者，烽壘相望。蓋設法有以啓之，盜賊何時而可息也？甚者盜賊雖起，保伍不敢言，縣邑不敢發，至於勢張而不可掩，則招安之旗四出，上下相爲匿，以避朝廷之知而已。

嗚呼！禍有大於此者乎？愚故曰：天下之患，莫甚於大盜起而人主不知。雖然，先事而言則罕見從，事至而言則無所及，自古禍亂未有不如此者。今盜賊雖已萌，尚可逆爲之計。顧愚無識，不知所以逆消禍亂之計，徒能論天下之勢如此。唯冀廟堂帷幄之臣博采群言，使聖主知之，則天下幸甚。

【校記】

〔一〕鈐　原誤作「鈴」，徑改。使，原作「仗」，此據四庫本。

〔二〕侯　原誤作「候」，據四庫本改。

〔三〕計　四庫本作「詐」。

〔四〕銀　傳校作「鉛」。

〔五〕愁　四庫本作「深」。

〔六〕止　原作「則」，據傳校改。四庫本作「維」。

〔七〕真　四庫本作「直」。

〔八〕崛　原作「掘」，據四庫本改。

〔九〕招徠　原作「朝來」，據四庫本改。

下篇

庶民所以不安其田里，棄鈎鉏而樂爲盜者，豈非法制壞亂，而勢有以驅之使然耶？何則？天下之亂必先有勢，而其勢蓋常生於上之有所憚而不敢爲、無可觀而不足畏。盜賊之初起，非有陵突郡邑之心，至其久也，習知郡邑之吏庸懦不材，舉動施設無奇偉可觀，然後有輕郡邑之心。招安之旗一出，則知上之有所憚而不敢爲者，必難於戰鬭之事；邀脅郡邑，知其不能應，則郡邑人吏愈無足畏〔一〕，而招安之權常制於盜賊矣。

艱難以來，招安之策非不嘗試，而屢招屢叛，蜂起之衆益多於前。漢法，逐捕盜賊責部刺史、二千石。吾丘壽王有言，盜賊猶有，老吏二千石之過。渤海廢亂，二千石不能禽制，則詔丞相御史選能治者。宣帝中興，郡守多以盜賊課最，蓋有助云〔二〕。今四方未靖，而以郡邑付之庸愚怯懦之人，徒爲盜賊輕侮，横兵劫持〔三〕，必取招安，得官爵而後已。

自古及今，未聞如此馭盜賊而能圖治者也。且盜賊十年之間，屠殺官吏，膾人之肝，焚村落，掠金帛，怨忿之毒流於骨髓。其間有不共戴天之讐，叫號無聞，忍耻而未敢發也，一日伺天時之隙，情苦變生，其心有所不可復忍，則操戈拔劍，以報讐爲名，叱吒咄嗟，横行天下，以發其忿怒不泄之氣，遂至於大亂，此亦必然之理。昔人云「盗不能亂天下，而能召天下之禍」者此也。近時士大夫習聞苟簡，慮不及遠，皆謂虔盗已息，可以奠枕，此最誤國之大者。

或謂賊雖未滅，姑以寬朝廷之憂，未爲失也。獨不見唐末咸通之盗耶？招討宋威安奏大渠死，群臣皆入賀。居三日，州縣奏賊故在，不十日破八縣，攻汝州，殺將吏，而東都大震，則幾爲宋威之誤矣。若謂爵賞可以收賊心邪？是時蘄州刺史裴渥爲賊求官，約罷兵。未幾詔拜王仙芝，而黄巢恨賞不及己，劫州兵再亂，遂入陳、蔡，攻陷山東，取江州，轉攻潭、岳，西擾宣、潤，遍天下而勢不可遏，則爵賞果不足以收賊心矣。若謂盗賊已降，便可無事邪？是時高駢、崔安潛等提兵鏖擊，所向披靡，賊氣既殲，乃詣太平軍乞降，詔授右衛將軍。巢度藩鎮不一，未足制己，復叛去，轉寇入浙東，逾江西，破虔、吉、饒、信，刋山開道，趨建州，陷桂、管，進寇廣州。自是勢益横鷙，有虎噬中原之志。

然則盗賊來降，果可以保其不叛乎？若謂賊未破而先言破賊，皆近世之常事，何足怪耶？獨不見唐末諸君屢奏破賊皆不實，朝廷信之稍自安，由是賊得計，整衆度淮，破東都，陷京師，入春明門，升大極殿。迹其所以至此之繇〔四〕，特原於諸君奏賊不實，其禍遂至如此。

嗚呼！皆前世欺罔誤國之明驗，奈何取其轍而復蹈之，以爲可行也哉！古人有言曰：「殺人者不死，傷人者不刑，民無所畏，亂莫大焉。」今盗賊殺人如麻，而賞之以官，蓋自古未有大亂之世刑賞失柄，而能有爲者也。唯賢人君子及其尚可以有爲之時而圖之，過是則恐災稔禍變，天下靡靡，日轉潰腐，遂至於不可支持，然後徐起而圖之，則已晚矣。

【校記】

〔一〕人　原誤作「入」，據四庫本改。

〔二〕助　傅校作「自」。

〔三〕横　原缺，據四庫本增。

〔四〕迹　原誤作「即」，據四庫本改。

卷三十五

記

游廬山記

江出蜀東，會於潯陽，雲濤雪浪相撞擊而下，是爲九江。九江之上有巨山崛起，名甲天下，自外望之巍然高而大〔一〕，與他山未有以異也。環視其中，磅礴鬱積，巖壁怪偉，琳宫佛屋，鈎綿秀絶，愈入愈奇而不可窮，乃實有以甲天下者也。

予往年偕計吏數取道山趾〔二〕，望其巔欲躋焉，探天地，觀造化，擘出怪譎。及其至也，不遇霜飆雨雹、炎熇赤日，則陰霾宿祲，滃然出於洞穴之中，欲冲射人，與夫虺蜴蛇虎之群，磨牙澤吻而垂涎，鳥道苔境之所顛墜，頹崖斷石之所覆壓，有足以褫魄而奪氣。凡遇是數者不可人意，雖好游者不果力躋，而寄目以償所願焉。

政和七年十月七日，道遇武陽聶名世，自圓通同宿東林，觀虎溪、蓮池，明日，登羅漢閣，上白公草堂，至上方五杉閣，馮高而望，九十六峰隱見天末，不可名狀，而香爐一峰尤勝絶，草堂正坐其下，宜昔時隱者之所喜盤旋於此也。過西林，履平地五里許，至資聖庵。資聖而上，漸峻拔，非數十步輒一休，不可疾至。歷三茅亭，乃至錦繡谷，聞春時異葩怪卉，層出雜見，相錯如錦繡然。

自錦繡谷不半里，至天池妙吉祥寺，去平地二十里矣。是夜，禮文殊於瑞光亭，拜未起，而燈光璨發於欄楯之外，大小幾百餘燈，明滅合散不常。僧指示曰：「此聖燈也。」予不能致詰，竊意名山藴靈，必有神物欲示其異以驚衆而然耶？抑草木竹石之自有光怪而爲此耶？或謂唐會昌中，二僧藏金像於錦繡谷，恐其祥光騰溢而出〔三〕，此説幾近歟。寺有貯雲庵，又在絶危，巒頂峭發，壁立數百千仞，吐雲氣而薄星辰者，皆出乎衽席之近。

明日離庵中，由山北下三里至佛手巖，巖下清凉瑩徹，可丈餘，水濺濺鳴其中，有石龍首浮於泉上，詭狀若欲奔動〔四〕，視之毛髮爲寒。巖西半里，登相光亭，觀擲筆峰，坐禪臺竹林遺趾。山中人傳數有僧見竹林寶刹於此，轉眄失之，故今號竹林化寺。復從巖東北下三里至寶林，即唐大林寺，白樂天嘗序此地，實羌廬間第一境，人迹罕至，古今識游者鑱刻未泯也。寺三里，道傍有飲牛池。池一里至峰頂庵，視香爐峰反在其下。東有文殊，四望二臺，老松一株極醜怪，偃於四望臺之上，若張蓋然。坐其下以觀浮圖之屋，穹堂奥殿，負崖架空，矗在天半，紺碧照耀，環山而四出。九江波濤雪色，砰擺振撼，合而東去者，皆在乎履舄之下。彷徉注視，目不得瞬，而千萬狀之變態，亦不可得而窮也。於是下峰頂十里，至普照寺，而寶興、石盆、護國三庵居峰頂普照之間。又下至廣嚴寺，游連枝亭，復投宿東林，觀壁間記游者甚衆，不過徑上天池、佛手巖而止。

吾二人自謂幾覽遍山北好處，因回視江南，地雄富内，坦夷數千里，氣狀清淑。而茲山巉突於江濱，若造物者喜設宏壯，屏扞於此土，使江南清淑之氣蜿蟺儲育，至是礙而不得西〔五〕，嘗産而爲幽蘭、瑞香、芝英、竹箭之美〔六〕，與夫三脊之茅、千尋之名材，希世異物，爲瑞太平之時，未能獨當奇也。尚有魁豪不世出之士，埋光鏟采於其間，而求之復無有，豈明天子在上，皆已出而仕者也？彼陶令與十八賢者一溺於此，遂終身不出。蓋當時挈治世具不得設張，即思自放於山谷之間，而進退卒以不污，後世不敢少訾焉。白樂天貶潯陽，慕淵明之爲人，樂之而不去，是皆人與山相得於一時者也。厥後當宗閔權勢震赫時，終不附離爲進取計，氣節自高，豈無待而然耶？

予與名世冒風埃走數千里，忘其悲憂感慨、羈旅戚戚不已之懷，而驟得天地怪奇偉麗之觀，則茲游所得，時人亦叵測云。既游〔七〕，遂録以記之。

【校記】

〔一〕外　原缺，據乾隆本補。

〔二〕偕　原誤作「借」，據四庫本改。

〔三〕騰　原誤作「勝」，據四庫本改。

〔四〕狀　原誤作「壯」，據四庫本改。

〔五〕西　傅校作「過」。

〔六〕嘗産　傅校改作「鬱積」。

〔七〕游　原誤作「録」，據四庫本改。

靖共堂記

安福縣西南地最廣，高山大谷，荒翳險絶，往往通宜春、長沙郡界，宿蠹藏奸，爲縣者病之。紹興十四年四月，南嶺潘家峒賊突出，犯永新，殺巡檢，勢遂張。朝廷下銅獸符，命御前統制吴侯錫討之，亂人大恐，詭謀乞降。

時吴興錢侯傑之治縣之明年也，政寬人和，理甚無事，方治燕居之堂，見士民問人之疾憂，盡得賊之株柢蹊隧。蓋弄兵不討者十有六年，袁衡湘湖皆被其毒。異時遣偏裨提孤軍鼓而入，他州勢不相援，彼不西走山、南走湖，則陰連大姓土豪張聲焰，脅官兵令解去。郡縣幸其無事，如豢虎狼，不敢拂其心。吴侯得其情，悉破壞其機牙，檄諸郡兵，乘障扼其奔衝，親率勁卒擣之。賊遑急氣殲不能鬥，未陣而衄。大姓土豪縮頸畏罪，各縛其徒以來會。錢侯與縣尉任君詔從間道餽軍，亦擒馘有差，於是賊無噍類矣。得其渠酋，佐證具，乃磔之，脅汙者置保伍，使持田器爲良民，無一人叫謼者。

夫以吴侯之智勇聞於世，遇大寇輒克而平，此草間倔强之寇，宜不足書。蓋鏖兵萬里，從枕席上過師，此必勝之術；至於深林阻險，欲戰不得，非善用兵者出奇以奪之，未可驅而奮也。不然，何蟠拏峒窟十有六年，出没數郡之間，而官軍不能取哉？數郡之民得免於亂，功大事特，實始我邦。班師之日，堂適告成，可以閱軍實，可以陳燕豆。於是饗吴侯於堂，侯不自有其功，而美縣令能脩其職，使不淹日而破賊。錢侯不鄙陋其邑，盡力於其職之所當任，軍無乏事，財不横斂，而去此大慝，民實德之。客有吉文李君尚義，題其楹曰「靖共」，蓋取《詩》云「靖共爾位，好是正直」。坐客咸欲志其事，而以文屬盧溪王某。因饗士之日，落堂之成，故敘賊之所以起滅，鑱諸堂上，俾繼此而理者咸得安其位，而桀黠不敢復芽蘖云。

紹興十四年仲秋日記。

西峰寺重修三秀亭記

亭始作於元豐六年，豫章黄魯直爲前大守壽春魏侯記一時之事，名之曰「三秀亭」，識瑞物也。建炎間，官兵更戍於此，而亭遂堙廢。厥後二千石孰不欲復前賢之故迹，率嘆息遺恨而去，亦誠有所未遑耳。

後元豐七十有六載，當紹興二十八年秋，天子以銅獸符授鄱陽魏侯安行來守廬陵，下車興弊補廢，修起學官，增養弟子員，彬彬文學之士盛於一時，積獄滯訟迎刃輒剖，耘鋤强梗化爲善類。窮山長谷，宿盜積數十年不討者，悉縛致麾下，境内遂寧。時方憂旱，甘雨連霔，郡人大悦，謂此數物者非太平之嘉瑞耶〔一〕，芝草不得專美於前矣。

政既多暇，明年春，始携客游西峰，尋三秀遺址，在蒼松篁竹之間，林麓幽遠，復得舊碑於隤垣之下，字畫尚新。魏侯讀之，喜曰：「吾家譜，鄱陽、壽春同出於婺源，乃知前三秀主人吾宗人也，可不因其舊而新之乎？」蓋物之當興必有所遇，决非偶然者。若峴山亭不遭羊叔子，蘭亭無王逸少，則襄陽風景與從事中郎俱湮滅而無聞，清湍茂林不著見於山陰矣。

亭既成，游觀者輻湊。兩魏侯之名當與此山俱傳，不可不記復興之歲月，紹興二十九年五月十八日也。

盧溪王某記。

【校記】

〔一〕耶　原作「也」，據四庫本改。

龍須山轉輪經藏記

佛在西域時，遠中國僅二萬里，華人未始聞其言。彼方之人聞有震旦之國，負其書重譯而至者，槖駞相屬也。其説使人見性成佛，謂法界寶藏，吾所自有，是以華人説而奉之，積其書至五千四十八卷。於是其徒作華藏之居，建大軸兩輪，以藏此五千四十八卷於輪間者，往往遍九州也。

吉州龍須山，昔有異僧法登禪師自曹溪得法來，遇長者龍須於此地，築庵而留之，遂爲登禪師道場，後人因以龍須名其山。舊無大藏經，紹興甲寅長老秉雍領衆始募置，滿五百函，欲建法輪而屋之。會移錫隆慶，而以懷宗踵其席，始謀建藏室於寺之西隅，度其費莫知所出〔一〕。有居士劉存正、胡瑾、張孝友聞而樂趨之，各出錢百萬以上，由是施者摩肩而至，以故功易成。藏之前後，神物瑰偉，其像設規置於他處不類，觀者歎其異，未嘗睹也。工將畢，而懷宗示滅，厥後繼住者數易，卒無以紀其成。郡侯以藏經實始作於秉雍，而雍前住江西、湖南，所至必莊嚴佛土，復俾住龍須。雍即以書來求論輪藏之雄麗，求文以記藏經之歲時。問其日則紹興甲子四月八日也，於是乃爲之記，而究其説之所以然。

夫掇拾西方貝葉之文爲一大藏，用法輪以轉之，遂始於傅大士，然所謂法界寶藏，從無始來，固存，不可以色相求，使凡夫忽然見道於一念，頃遍十方界，則虚空中法輪常自轉也。昔人有念經一萬部而祖師不以爲勝，有老宿下禪床繞一匝而轉藏了。或有見於此，則道之廢興不繫乎藏之建與不建也。蓋此寶藏，凡夫皆具足而莫能自證，如衣中寶珠，必因人指示，而不到曹溪，安知不失？今之所以聚佛書轉大法輪以張皇其説者，蓋不爲諸佛説法，爲凡夫説法爾。此藏之所以宜建也。盧溪王某記。

【校記】

〔一〕費　原誤作「廢」，據四庫本改。

寄軒記

武陽鄧晉卿學有本源，而於黃帝、老子、方外貝葉之書無所不觀，軒其屋於所居之偏，名之曰「寄」，屬盧溪王某求文以記之。

某因謂晉卿曰：吾所以有大患，爲吾有身，不有其身，則無患而可以有爲。今夫所謂身者，其初未始有物，而偉哉造化，特範君之形而寄之也。所謂軒者，君又以造化之所寄者而寄之也。身與軒且非我有，則向之所謂寄者，實無所寄。若無所寄，安得有名？此之爲物，非言之所能了，而欲强以言記之，是屋下架屋，求馬於唐肆，而夢之中又占其夢者也。

試爲君言其崖略。藏舟於壑，藏山於澤，夜半失之，雖壑澤不得有，而人一受其成形，遂有而哀樂之，以故累於有物，域於宇宙之内而不能自出也。有能出乎百物之表，雖死生無變於己，况得喪禍福之所介乎？莊周以軒冕爲物之儻來寄，故其言曰：「寄之，其來不可御，其去不可止。」然則窮達貴賤，適然相遭於一世之中，直爲物逆旅耳。蜩甲蛇蜕，似之而非。晉卿本以文學起畎畝，陟進士科，方將脱簿書，登金閨玉堂，摩赤霄，取富貴，又何暇寄其身於窮陋一軒之中？

蓋士生於世，使其中不自得，將何適而非累；使其中泊然無所繫，何往而不自得？所以名其軒者，豈特在於窮閻陋屋之中？雖金閨玉堂，亦若是而已。唯磅礴萬物，翛然塵垢之外者，不以廟堂江海置冰炭於胸中，隨所寓而安。爲一累於進退〔一〕，則均爲物役，不知二者皆蘧廬而不可久處，蓋游於物之内而不知游於物之外。彼游乎物之外者，視百千萬億世界同爲一蘧廬，在一微塵中，吾將擇何地而寄耶？晉卿未能絶迹於世，坐進此道，以聽浮雲之去來，作人如此，自可不富貴；倘富貴逼君，亦直寄焉爾。若夫「假道於仁，托宿於義，以游逍遥之墟，食於苟簡之田，立於不貸之圃」，過是而往，余不能言之矣。

【校記】

〔一〕爲　四庫本作「惟」。

隆慶禪寺五百羅漢堂記

廣陵浮圖氏之宫，環峙於州城之西，而仁山獨宏麗而甲出。寺有五百羅漢堂，元符中州民孟華之所建也。華賈江湖間，積竹爲巨𥱼，浮大舸，絶淮汴，之於河。河防用其𥱼，歲一入獲官錢數百萬，轉鬻吴楚之間以歸。華既豐財，愈於孅嗇而樂布施，故能求得天下妙工，造五百大阿羅漢，建兩楹而屋之。東坡先生南遷，過其下，特勺水供養，作八大字榜而揭之。於是此堂亦爲十方道俗動心駭目之觀，而與山中穹堂奥殿争光輝矣。

正和末年，寺廢爲道士之居，東坡之字亦坐禁錮，有僧竊而藏之。及寺復興，羅漢散落民間，寺僧物色得其七八，像既漫剥不治，堂之梁楹亦隳。紹興十三年歲在大淵獻，通守孫公霖欲補其壞而新之。初未遑也，夜夢群僧謁於庭，若有所訴，覺而異之。謂住侍僧秉雍軒然有才力，能任斯事，故雍倡其説，傾數邑檀施，不三月而闕成。自輪藏之陰徙置佛殿之西廊，敞七間爲堂，視舊所建益夥。東坡璇題宛然如有靈光異氣，照應屋壁。是皆可記也。

雍於隆慶扶傾起廢，有功於佛事。昔嘗求佛殿記，而余未暇許者也，今復以孫公之命來乞文以記羅漢重修之歲月，問其落成之日，則五月壬戌也。

予聞古之得羅漢道者，由禪定見宿因，無復愁苦，故此大士應物現形，至於五百，各發慈祥之相，以接物護世，多靈顯云。

七月庚午〔一〕，盧溪王某記。

【校記】

〔一〕午　原缺，據傳校補。

西山記〔一〕

出縣南十五里，折而西行又十里許，林壑絕險，有溪水出孤源峒中，所從來遠矣。西山當峒口，水抱山麓，其停蓄而深者爲潭。溪中多亂石突怒而出，水行石間，洶涌有聲。溪上古木合抱，而巨藤蒼然若龍蛇起立，狀極怪醜，干霄而屈蟠，皆數百年物也。每風雨至，林木震動，水石相摶，觀者毛髮盡寒，震掉不能久立。相傳以爲龍神之所窟宅，故水旱疾疫，凡有求必禱之，常若有答焉。

紹興十一年夏，五月至六月不雨，苗將槁矣，遍禱群祀弗獲。縣宰向公子賁披地圖，訪耆老，咸言西山之靈。乃率僚佐潔誠以往，視神所居，蟠藤之上，三峰峻峙，鄉落所謂三峰蟠藤之神，氣象陰森，崖壁怪偉，使人凜然。既祇飭祀事，有雲出於峰頂，須臾蔽日，隨軒而歸，衆咸異焉。日暮大雨，明日又雨，周被四境，是歲大穰，緊神之力。

向公具其事，乞封爵於朝，且用耆老言，數十百年以來目睹靈異，殆不可悉數。中更變亂，潰卒四出，巨盗在境，神示風霆雨雹之變，又出蜂蠆百怪之物，卒退走之。其事詭異，或者疑焉，然皆近時事，耆老目睹，人能詳言也。夫山川皆有神司之，而能出變怪，興雲雨，澤及萬物，此固宜在祀典，蒙休顯，而力請未獲。若乃神之威德，實不繫封爵之有無，論神而問封爵，猶論人物而問官職。今之大官大職，豈盡能惠澤斯民，神亦猶是也。後之人必欲昭揭神之靈貺，宜有考於斯文。謹書向公一時之迹，以附安成故事，俾不墜。

紹興壬戌冬十月一日，盧溪王某記。

【校記】

〔一〕乾隆四十七《安福縣志》卷十九録作《蟠藤古廟記》

卷三十六

記

吉州新修教授廳記

江西學校之盛，異時獨三州得置教官，而廬陵居其一焉。崇寧中，始詔天下州郡皆立學官，其職專以詩書禮樂漸揉訓導其民之秀者，使轉以教其鄉之子弟，故民皆興於禮義，而其政易以成。長吏知爲政之本在於是，故遇教授異於常僚〔一〕，每加禮而賓客之。惟數十年以來，廨舍徙置不常，比來復居城東雄勝樓〔二〕，雜闤闠，且迂遠。先生晨入泮宫，挹諸生而進之，執經登堂，頌禮甚嚴，講罷摳衣而退。先生不能終日坐堂上，日既昃，歸其舍，弦誦之聲不接於學官，非所以稱勸學興禮、崇化厲賢之意。學者欲遷而近之，有司終以爲不急而姑置，亦誠有所未暇也。

紹興戊寅八月，鄱陽魏侯來守廬陵，物大事叢，疑未遑庠序之事。下車謁先聖於學，首詢學官之舍，知其晨昏往來之艱也，病之。或議毁學旁編氓之居以遷之，侯謂不宜有所騷動，乃環視學門之外，得隙地，延袤可築，經工度材〔三〕，命廬陵宰朱君寀董其役。錢出於官，工不病於民，閲月而崇成，人見其成而莫知其所以成也。棟宇明麗，門臨通衢，泮宫在其左，興賢之門出其右，嚴嚴翼翼，若有神物爲之轉徙。州人父老見而歡舞，知侯之爲是舉將以教吾民，使興於學也。

昔文翁爲蜀郡守，修起學官於成都市中，蜀人大化。是時郡國未有學，文翁所修起者，即學之官舍也。魏侯知以學爲政，豈於其所當急者反徐之耶？故先徙學之官舍，使學者日近教官，親熏而炙之，以成就其材。時福唐陳君禾典教事，秩將滿，而魏侯始至，見侯之臨事若閑暇，而衆務悉舉，乃力陳舍宇不便之所以然。古之人於其所館，雖一日必葺，去之如始至，則陳君亦可謂賢者也。夫魏侯不以始至力未暇而緩其所當急，陳君不以將去而怠於其職，俟其成而落之，以遺後人，是皆宜書也。魏侯命記之。

己卯三月望日，盧溪王某記。

【校記】

〔一〕遇　原作「於」，據傳校改。

〔二〕來　原作「彼」，據四庫本改。

〔三〕工　原作「上」，據四庫本改。

安福縣重修學記

紹興十年冬十有一月，開封向侯子賁宰安福，下車思所以化民成俗之本，大懼弗能究宣，始謁先聖於學，惟王宫四壁，無旁屋以備登降，宫之外故基甚宏大，皆頹垣壞瓦。異時師旅暴起，有司以軍興責吏事，視學校若迂遠而不切於治，如是者十餘年。侯乃進諸生，告之曰：「郡邑不可一日無學，是於國有繫也。蓋隆平時禮樂教化皆有其具，所以遷揉磨礪其民，使風俗醇厚，孝於親，忠於君；又因射鄉飲酒而識尊卑長幼之序。所以塞奸争之竇，遏禍亂之源者，有此具而已。不幸殘滅於兵燼，有司又以爲不急而遂廢其具。教化風俗將入於敗壞，人才衰陋，可遂廢乎？」邑丞趙君洪聞而贊之。

諸生退而喜，相與出私錢，度外垣地增築其址，推擇諸儒有行業者六人，董而作之。昔韓侯邦光亦欲經畫，未及爲而去。至侯之來，其治不米鹽，首用其力於學，懼復失墜。越明年，學成，廟像一新，重門繚垣，堂房庖廩，若經籍祭器之藏，若師儒之舍，皆嚴麗壯雅，冠於一時。八月上丁，凡邑之士咸集，薦獻頌禮甚肅。侯知士可與喟然興於學，乃屬其邑人王某記之。

某因得考庠序之廢興，以明侯之用心，而爲之説曰：周衰，黨遂之教息，夫子無大位設，立言以持世，書成而亂臣賊子懼。後世有國有家者，由其道則治，不由則亂。魯不廢周禮，君子以爲未可動。秦燔《詩》《書》，楚人亦燔其宫。漢興，公卿起屠販，叔孫通率魯諸生作漢禮儀〔一〕，其事至苟簡，猶足以奪拔劍擊柱之氣。厥後春秋饗射無聞〔二〕，郡國耆儒以素木瓠葉行禮於私家〔三〕，縣宰反率吏屬而觀之，何其陋也！終漢之世，士雖通經而不本於學。至其衰也，王氏小兒談笑而竊其國。東京進學之盛，士三萬人，以名節相高，雖奸人崛起，横行天下，猶竦然畏之，何哉？又嘗見唐公卿大臣失節於賊，而六館之士獨不受汙。然則士之漸磨，由學校而出者，其風如此。

世之爲吏者，或不足以知之，而侯獨知以爲急，治縣而刑清訟簡，民服其化，將見禮義興行而先王之俗成。士皆光明秀傑，足以有爲於世，或登朝廷，位將相，爲時偉人；有如不試，猶當礪名節，鼓舞震動，有以自列於後世。茲侯之所期於士他日至於是者，知自教學始也。

紹興壬戌夏五月癸巳記。

【校記】

〔一〕率　原作「於」，據傳校改。

〔二〕聞　原缺，據四庫本補。

〔三〕郡　原誤作「部」，據四庫本改。

蕭瀧廟記

吉水縣之東南八十里，山高而遠險，有水自西北奔注，抵山石屈折而出，至是匯爲奔湍。江中多亂石，其突怒偃蹇、巉然而出者，率争爲奇壯〔一〕，水石相擊薄，其聲如雷霆，如兵車陣馬之行，悍怒鬥激，觀者怖栗。舟上下與石不避，則有破碎淪溺之患。或謂神之威靈，以驚駭斯民。

古有廟，謂之蕭瀧，不知其始所以名者。考之舊記，或云蕭、瀧者，湘中之二水名。按地理，此江與湘水無通流之理，獨江湘以南，凡湍流觸石而奔放洶涌者，率謂之瀧。唐韓退之貶潮陽，先至樂昌，作《瀧吏》詩，有「險惡不可狀，船石相舂撞」之語，是知所謂瀧者，皆奔湍激石而多險者也。問故老，皆云古宿相傳，瀧之神甚靈，而姓蕭，鄉人嚴奉久矣。此説幾是歟？古者能禦大災、能捍大患則祀之，豈蕭氏常有大功於民，而能御菑捍患耶？抑瀧之神能變化，能興風雷、降雨澤，使年穀屢豐，而遂廟食此土邪？今瀧流之上有大穴若破甕，側立千尺，蓋神物變怪之所潛而不可測者也。

廟既久，梁桷隳壞，鄉之進士彭公勉率諸豪出財力〔二〕，易其腐敗而鼎新之，一切增壯於前。是皆世賴神之庥，凡有求必禱於神，常有其嚮荅之者也，宜其祠奉益隆。

余素知蕭瀧之靈，公勉乃求文以記重修之歲月，實紹興辛巳七月壬戌也。復爲作迎神之詩，以繫於後，使鄉人歌以祀之。

瀧神何年此列宫，神之來兮雨溟濛。雷公擊鼓驅群龍，神之靈兮與天通。十日五日一雨風，物無疵癘年穀豐。瀧民事神甚嚴恭，牲羞薦酒羅鼓鐘。湍雖洶涌長年工，不觬船石相撞舂。孰知此者神之功，宜歌此曲傳無窮。

【校記】

〔一〕率　原作「乎」，據四庫本改。壯，四庫本作「狀」。

〔二〕財　原作「才」，據四庫本改。

鳳林橋記

安成古爲郡，介於吴楚之間，雖非通邑，而山川城郭壯偉宏大，猶有故郡之遺風。其西地最遠，廣袤數百里，崖壁峭絶，而水鏘然出於峒穴中。江流蓋發源於此而匯於鳳林，當闤閈之衝，水益奔放。舊有浮橋，歲久壞弗治。兵興以來，吏常力屈於饋餉，而愛民之政一切不可爲。蓋非不可爲，而其勢不得爲也。

後十有二年，歙溪韓侯邦光始爲安福令，問民病之所急，得其根穴而疏剔之。凡利之所宜興，而有司簿書之所不責，衆人搏手不敢謀者，悉以身任之，惟恐後。明年三月，江流暴漲，并齧其隄。韓侯始欲築石以障湍悍之勢，闢隄上路，廣倍於橋，規模甚偉。乃揭畫圖，詢於衆，咸願出財力。率數人造一舟，其用民錢數十萬，而官不主其出入，用民之力，百工各以其役來助。竹木蔽川而下，人見其山積於岸，而不知其材之所自出。列肆無市者更饋食飲，而不告姓名。以故舉此大役與大費，其凡不可得而計，人亦莫知以爲勞也。

橋長三百尺，廣十有二尺，下爲二十舟，魚貫而浮。橋心爲亭，其方如橋之廣，而益其三分之一，檐牙翬飛，突出江半，名曰跨江亭。江之南爲屋於隄上，以觀浮梁之倒影，丹雘飛動，若欲凌鶩大空者，曰彩虹亭。韓侯始爲是役以濟人，又因得以休其餘閑而寓游觀於此。煙消日明，百物媚嫵，邦人士女脱於兵火之餘，拊檻徘徊，忘向來奔竄沈溺之憂，而樂從邦君以游。至於雲破月出，萬籟寂然，雌霓連蜷〔一〕，飛出波面，水光天色動摇而上下，與夫琳宫佛屋，出乎青蒼林木之杪，層巒叠巘，迭高争秀。於是溪山自然之觀，偉麗殊勝，因人而發，遂於此邦之絶境〔二〕，非朝夕徙倚者莫能窮其狀也。

橋經始於三月己亥，訖於六月甲辰，凡六十有六日而畢。嗟夫！操吏權以興事〔三〕，不患於不成，獨患於名存實亡，不知輕重斂散之所以然，而旁緣百出，雖成功而民已病矣。後之人考韓侯經始以方，儻壞而復修，則安成之人復出力而歡趨之，世享其利也。人之所以樂斯橋之成而欲記焉者，非特備觀美而已，故悉書韓侯之始末以記焉。

紹興十年六月初十日，邑人王某記。

【校記】

〔一〕霓　原作「電」，據四庫本作改。

〔二〕於　四庫本作「爲」。

〔三〕操　原無，據傳校增。

上成觀三清殿記

上成觀在安成之西，始建立者與其廢壞之歲月，不可記也。故基遺迹，里父老人莫能言其處也，獨縣圖與尚書職方之籍有其名耳，其所以名之意亦莫能詳也。道士戴知柔實里中儒家子，幼敏悟，讀黄帝、老子之書而説之，因棄家爲清真觀道士，以醫聞於世。

時清真在縣之東，而戴氏之鄉疾病者必賴以濟，議築室而留之〔一〕。其兄弟欲出貲産，知柔一切棄不取，獨取其荒頓之田，廣袤六畝，蒔花藥，爲堂以居焉。堂面白鶴峰，有古仙人遺踪，從兄大夫公榜之曰「揖仙」。其後弟子劉若拙亦以醫世其業，乃以其醫户所蓄金帛益興造而侈大其居〔二〕，於是其人相與言於府，取圖籍，故名曰「上成觀」，作字於門而揭之。始造三清殿，凡三清天中儀像所宜嚴事者，飭之皆備，焕若化出。

夫天下之物有廢毁於數十百年之後而復興起者，非碌碌不能有材智者所能成就也〔三〕。昔者金碧巍然之觀，化爲荒煙野草，致無頹垣敗址可尋。今二道士乃能採取既廢之空名於寂寥不詔之斷版，排蒿萊，起堂殿，使荒煙野草化爲金碧之區，可謂傑然有材智，足以興事起廢而賢其徒者也，不可以無記。因吾友劉太虚以書求余記其事者凡五年，許之而未暇作也，其請不已，遂爲之記。殿成之日，紹興甲子十一月十九日也。

【校記】

〔一〕室　原誤作「石」，據四庫本改。

〔二〕户　四庫本作「之」。

〔三〕不能　原作「不然」，此據四庫本。傅校改「不然」爲「傑然」。

足齋記

玉牒趙公子亦治一室爲燕居之所，蓬戸蕭然，自名曰「足齋」。余究其説曰：自有生物，則好勝争奪相傾侈，失其性分，莫克返於初。於是喬黠卓鶩之行起而相高，天下始有不足之患。子亦貴公子，習見宫室車服之物宜夥，今乃甘寒陋以自足，是其爲心必泊然無所起，其於世必淡然無所嗜。行住坐卧，飲食語默，不求於人，無待於外，明月清風皆爲己有，不知天地間復有何物可以滿吾室也。

昔王懷祖清潔絶倫，嘗語人曰：「足自當止。」然則懷祖未足時猶有累於世爾。馬少遊嘗哀其兄援慷慨有大志，以謂士生一世，取衣食裁足，致求贏餘，但自苦耳。而援後遭光武，立功萬里之外，取封侯，要七郡之使，其視少遊寧有未足於心耶？當其卧浪泊時，始念少遊平生語若不可得，然後知少遊遠識，倏然塵垢之外，非援所能企及也。今君以「足」榜其楹，而請余文以爲記，朝夕逍遥寢味其下，無一毫不足人意，且非迫困窮而後有得於此，又可貴也已。

盧溪王某記。

重修東華寺記

佛屋遍天下，大率費不貲，泥金繒，示瓌璚，務爲不可勝者，多在夫通都大邑。水舟陸車、珠璣象犀百貨之所萃，商官争負挈，營營然貪眄不瞬，浮圖能一語傾之，則罄槖勿僞。此通都大邑之有刹廟〔一〕，所以視他處號爲最雄侈繁麗〔二〕。至於荒僻窮絶之所，往往土圯木撑，罅漏不苴。其徒乞丐不能動人，而檀那喜趨闠闤者且不肯出毫力於此，亦其勢然也。

東華在安福〔三〕，不唯去通都大邑爲遠，而頹垣壞址、荒煙野草至於尺椽寸瓦不留。鄉人劉氏世家貲，惜其湮廢，會青原幼宗禪師歸故鄉，乃相與出財力，破窶場，芟棘區，築宫而留之。經始於政和元年九月，落成於五年之十月。殿寢、堂廡、廚廩、鐘魚，一切視禪林成憲所不可闕者咸置之，可枚舉以數也。佛像嚴具，壁張十八羅漢，皆金碧飛動，冠絶一時。有危欄出於衆屋之上，俯群山，睨雲漢，而匭經於其間者，寺之華嚴閣也。挾方丈，開户牖，塵埃不生，神明頓還者，宗公之妙明室也。初，構木去江水爲遠，數十百人挽一材，夜有大雷電浮而出者，衆益隆信之，果默有贊者耶？舊基四顧磽確，宗公覽其山水，爲高其址數十舉步而易置其嚮。孤峰叠巘，層出雜見，奇偉怪麗，盤薄於煙雲杳靄之間，如有鬼神爲之徒揭佳名勝概，自我而作。宗公可謂無負於兹寺矣。

蓋宗公本東華里中人，好游名山，後爲佛印老禪師弟子。方佛印名譽轟轟動四方，學者千百爲群，至於住大仰、金山、雲居，皆賴宗公垣塹佛事，凡有所建輒赫奕。紹聖中，出世爲長老，住南康鳳棲山，又住廬陵青原山。二山皆天下名藍，角立相望。宗公厭奔走，病其徒逐逐然不知歇，乃自青原飛錫來東華，甘槁薄而不去。其趨尚類賢士大夫之有守而知退者，余嘗樂與之游。當衆人誇漫突梯、肩相摩於世，而獨能超然高蹈，放懷嶄巖之巔，視天下之物不一動其心，豈學佛而有得者邪？

劉氏既出財力以興起數十年泯滅不傳之寺〔四〕，於是而屬余識其復興之年月。考其初創者與其人，舊無文字可訂，特爲掇宗公重見之由〔五〕，與吾鄉人之好善者載之云爾。

宣和二年十有二月吉日，迪功郎、衡州茶陵縣丞管勾學事王某記。

【校記】

〔一〕都　原缺，據四庫本補。

〔二〕號　四庫本作「所」。

〔三〕華　原誤作「安」，據乾隆本改。

〔四〕「興」上原有一「與」字，據傳校删。

〔五〕見　傳校改作「建」。

卷三十七

序

王彦休春秋解序

王澤竭於不競之晚周，然後《春秋》作。然六經俱焚於秦，自漢以來采取古文逸篇，往往出於菑川、濟南齊魯諸生之所掇拾，唯《春秋》出聖人之筆，時有斷闕，要非後之儒者所能竄一詞也。世之爲《春秋》學者，其説蜂起〔一〕，解詁論釋至數十百家，類以詞氣相擊排，黨枯竹，護朽骨，徒爲異論以相訾也。孔子曰：「吾猶及史之闕文也。」彼去聖人千百年之後，取其焚餘殘脱之篇，益鑿其説以出新意，失其旨矣。

余崇寧中始游廬陵郡學，是時朝廷方以經術訓士，薄海内外悉用三舍法，獨《春秋》不置博士，故鼓篋升堂，無問《春秋》者，唯王彦休以宿學老儒，時能誦説，而學者終不暇習。彼年復詔天下立學，以是經天子之事，首尊用之，於是彦休之學久湮没而近乃出焉。若彦休者，可謂能守其所學，窮年而不易，特未見有入室操戈而伐之者爾。惜其老矣，不能以是發策决科。編次其書，丐余文以冠之。

【校記】

〔一〕蜂　原誤作「鋒」，據四庫本改。

任氏二子字序

眉山任氏名二子曰渥、曰溉，而請字於某。某告之曰：元氣融結爲山川，其蒸爲雲雨，其生爲百穀草木之秀麗，人得之爲美俊，均是氣也。然氣之蒸，不爲祥風時雨，則反而爲沴物，則有焦枯不遂其性，故著造化不到手處〔一〕，使萬物滋長，膏其本而末茂者，必假灌注於人焉。歲有雪霜，土膏含和，爲豐盈之瑞，繼以時若之雨，然後秀發而輝光。《詩》曰「益之霡霂，既優既渥」，故字渥曰益之。取江河之水以善利物者謂之溉。溉言漬也〔二〕，亦及物之義也〔三〕。《洞酌》之詩，其初「可以餴饎」「可以濯罍」，至其終則「可以濯溉」。説者謂溉則無所不用也，故字溉曰用之。

夫渥與溉皆本於農事，火耕而水耨，期於有獲而後已。學道亦猶是也。今君之二子才良而志堅，又博之以詩書禮樂六藝之文，澆灌其心胸，輔之以師友，而覺乎薰蒸浸漬之爲益也，所謂耕道而得道，其孰能禦之！

【校記】

〔一〕手處　原作「處手」，據四庫本乙。

〔二〕漬　原作「清」，據傅校改。

〔三〕義　原缺，據四庫本補。

衡州送行詩軸序

往年盜起巴陵，羯奴飲馬於湘水，最後孔彥周、曹成轉劫衡、桂之間，歲仍饑饉，數百里無炊煙，官府搶攘，蕩然無復紀綱，獄訟賦役皆失其平。至於衡陽，創殘特甚，而又比得不能太守。

紹興五年，上選能治者，乃命開封向公以直秘閣佩銅獸符，來牧是邦。始至之日，掀其積蠹，湯沐而櫛梳之，威驅恩收，民獲蘇醒。因索巨奸數人流之，而宿魁吏董瑜者倚憲臺暴橫，前部刺史二千石咸莫能制，而公實去之〔一〕。於是郡中振栗，姦夫盜兒縮氣不敢摇。群小人不便，造飛語聞於朝，公果坐是罷去。衡陽之民數萬遮使者自言，而相與哭於郡庭者累日，抑不知前史所稱良吏去之日攀蹬卧轍者，曾有如此之盛乎？

予覽衡州送行詩軸，與士大夫自荆湖來者，其言皆然。今明天子在上，二三大臣方揀拔良二千石，圖回中興之功，輶軒使者項背相望於道，必有采此詩以獻於上，辨太守之冤，以慰衡陽之人。於是竊序其事，而載之卷首。

【校記】

〔一〕「而公實去之」句原無，據傳校增。

送劉簡之序

起蓬藿登桂籍者，歲嘗數百人，其不合有司尺度而被黜者尚數千人，其選亦艱哉！由白屋而升者，人慕羨之，尤以爲榮。然吏部概以格法擬官，必注簿尉，而簿尉於州縣官爲最卑，人往往牽於習也，概視而輕之。故居是官者，嘗鬱鬱不自得也。夫起蓬藋登桂籍，布衣貧賤之士孰不以爲榮？尉雖甚卑，然進而累爲公卿，著勛庸、垂聲名於天下者，必由此而始。況如簡之者，生廬陵多士之域，未冠時名動場屋，弟兄連貢於禮部，取第一如拾地上物。待闕閭里時從吾游，已能擺脱舉場故步，學古人之文章，搜奇抉怪，自出機杼，有以動人之耳目。吾聞宜春太守黄公賢而待士，子能於尉事不乏，而又侈之以文辭之美，則主人何不容於子？於是洗然忘其尉之卑且賤也，可以緩步富貴，摩九霄如坦途也。

送劉君鼎序

劉君鼎於余同里閈，蓬蒿之徑，屋瓦相望。少余五十歲而生，丱角喜讀書爲文，常執經問字於諸老先生，先生稱之曰：「此奇童子，未易測也。」余獨慮其年太少而尚奇，未必遵舉場之尺度。

又數年將冠矣，乃告之曰：「君子之學，當明道德，通經旨，自然學成而名顯於時，不必務爲雄侈奇怪之文，如捕龍蛇、搏虎豹之爲者。」他日復取其近所爲觀之，則盡柿去牙角，如騎良馬行平地，駸駸無跌蹶之虞矣。自此過余書堂無虚日，若將卒業焉。

會余以詩語得罪竄夜郎，别余於郊外而泣曰：「此别無相見之期，吾學不進，而屢戰不勝，將汩汩爲庸人矣。」後八年，秦太師薨，盡放流人以歸，君鼎復迎我於郊外，言論志氣與其爲文益增勝於前時。又學不已，遂登高第，授鄂州江夏縣主簿。

鄂州今爲上流劇鎮，屯軍數萬，負抱吴楚，上荆州，控川峽，下洞庭，望九江。當藩垣屏翰之任，皆國之大臣，監統大將必材雄偉能、張惶國威、應變出奇者，然後爲之。今君去爲主簿，勿以主簿爲卑而不著鞭於其間，將見材智之士負其藝於大衆之中〔一〕。一遇識拔，遂以頭角自出而嶄然顯名於世者，非子耶？

【校記】

〔一〕中　原缺，據四庫本增。

梁養源道德篇論序

司馬子長欲觀天地山川奇偉秀絶、幽深窮怪之域，覽其氣狀，發爲文章事業，有以驚世而絶俗者，必曰上沅湘，觀九疑。是知沅湘、九疑之間，果有奇偉秀絶、幽深窮怪造化之所，磅礴其氣，蒸爲雲霓，散爲祥光五色，其産爲楩柟巨材、丹砂玉石，古今幽人釋子神仙得道之士，往往相望而出。

余以罪謫居沅陵，聞有梁君者字養源，荆楚高人，常登進士第，仕至慈利令，不樂從事於役，年尚强也致其政以歸〔一〕。於書無所不觀，又讀黄帝、老子、釋氏之書，而超然自得於言意之表，其心泊然無可繫也。嘗著《老子道德篇論》，微言奥義，深探出老氏之心胸〔二〕，涣如冰解凍釋，垢盡鑑明。凡夫庸童皆可由是以入聖人之道，而探其宗指。蓋其道本於清净，恬淡不争，而天下莫能與之争。

方今主上興聖統，立太平之基，正用此道理天下，而不以兵强。然則《篇論》之作，非有不合於時也。蓋天地之平，道德之正，妙體本然，不煩繩削而自合耳。公卿大夫有取其書以獻焉，必見重於世，養源可以出而仕矣。

【校記】

〔一〕歸　原誤作「觀」，據四庫本改。

〔二〕此句原作「微言奥深義探出老氏之心胸」，據四庫本乙正。

送黄秀才序

背衡山南走八九百里，有嶺平地突起，其高不知其幾千丈。郴之爲州，倚嶺之北。韓退之嘗謂中州清淑之氣於是窮焉，蓋天以此嶺限南北，而清淑之氣至是而不得過。氣之所窮而不得過，必蜿蟺扶輿磅礴而鬱積。退之意其必有魁奇忠信材德之民生其間〔一〕，而又未見也。

余宣和庚子秋至郴考試貢士，見其山川之美實然，又見州之傑士何民師宏文博學，今四十三年矣，近纔爲復州守。其鬱積之氣尚未發見，豈其抱材隱而不出者耶？

黄子郴人也，不遠數千里游學吾邑，民師以書先之，道其有志於學。夫自郴陽崎嶇數千里至江西，誠有志於學者也。況子文行俱美，郴人視子已如沅江九肋鼈，當於鬱積窮困中遂奮發而争奇以出，可乎？試以此示民師。年月日，盧溪王某序。

【校記】

〔一〕意　原作「奇」，據四庫本改。

送劉得昇序

占驗之術雜出米鹽，世之談命者，未有不本於五行星辰以推人之壽夭貴賤。賣卜長安市者，其術一律也。

安成劉得昇初業儒，略通《易經》大衍之數，後遇异人教以演算法，可逆知未來之事。其數積至百千萬億無涯涘，特凡人鮮能工之，惟儒者精專而識其要，故能不失萬一於掌握中，言事未嘗不效也。得昇爲人純孝，今有先儒墳墓之寃，欲訴於當途而貧甚，若朝夕不能以自活〔一〕，友人劉必大、彭清老諸君咸以文字勉之。既挾妙術以行，吾亦知子必不羈旅憔悴而落莫以歸者也。

庚寅中元日，盧溪王某書。

【校記】

〔一〕活　原作「恬」，據四庫本改。

卷三十八

序

送劉天游字序

古之學者必期至於道，學不至道則知人不知天。造物者之賦於人也，以天不以人，而俗學之士繕性於人，以亡其天，故遯天逐物，馳騖於人間而不知返。莊子曰：「心無天游，則六鑿相攘。」

劉太虛諸孫皆俊秀，名九垓者時從余游，方冠時請字於余，余字之曰天游，而語之曰：昔盧敖游乎北海，至於濛谷之上，見一士焉。敖自謂能窮觀於六合之外，欲友其人，若士者笑之曰：「今子始游於此，乃謂窮觀，吾與汗漫期於九垓之外。」竦其身入雲中，敖仰視弗見，若有喪也，始自歎。終日行不離咫尺，而自以爲遠，不亦悲乎？

天游志大而心廣，漠視九垓之外，一舉而千萬里，非局局然有封畛者所能至也。故善學者必觀古人之不可傳、不可知處，始識其妙。齊威公讀糟粕之書於堂上，始知斵輪之妙，不可以手傳。鴻蒙拊髀爵躍掉頭曰：「吾弗知，吾弗知。」夫弗知者，乃真知者歟。學至於此，以之經世，則知有不器之器、不用之用，無施不可也。故并書以示天游。

送子野東游序

劉子野秋試不利，橐其書欲東游，謀入太學。夫太學者，賢士之關也，高堂廣廈，層簷飛閣，矗在天半，如清都道山蓬瀛之居，四方豪傑充塞其中，未易掉鞅而入也。子方戰藝不得其志，乃勇於是行，豈非以方州科舉之弊，近歲主司或蔑公道，不若太學之公無私邪？其志亦遠矣。萬一隨牒一試而入焉，執經升堂，問道於國子先生，其門髦士以千數，皆角力傑出，有遷揉磨琢之益，子能擇而交之，行成而名立，無患有司之不公。况今主上修法度，興太平，退黜不廉之吏，取士之源復清，孰敢黷貨而冒禁耶？自成均至於四方萬里，其選舉之法無異道也。

霜風動天，草木黄落，行矣自愛，期子早歸，以榮其親。

贈饒子序

饒子本書生，挾命術游四方。去年秋嘗謂余言：大江之西、荆湖之南，有賢人焉。以五行推步得三數人，是三數人者皆藴公輔之器，瓌磊奇傑，名重天下，當今接翼而起，或指日而知詔除下。已而果然，雖深於五行者亦駭其言之異，蓋不知饒子多學占驗之術，兼用相人之法，察色而知之，故其精如此。今通都大邑，豈無落魄不遇而從唐舉相者乎？他日懷黄金之印，結紫綬於腰，食肉富貴者，宜未忘子之言。余亦以是卜子必不羈旅憔悴而終窮困者也。

贈劉呈才序

吾邑僻在一隅，山水亦奇絶，故人無貧富，皆喜教其子弟。其父兄甘勞苦，日求錐刀以給之。間有不肖墮廢，不能自振立，自後鄉閭不好善者皆目而靳之，至今以爲諺。

童子劉呈才與余比鄰，七八歲時能吟詩，其父世名醫，有陰德在人，謂鄉閭之諺不敢求人知，挈來示余，已十歲矣。指物命篇，頃刻成詩，間有好句，不覺傾倒，始驚而譽之。鄉閭聞者不惟笑子之父，又且笑余之譽子也。豈人情見其樸者鄙其成，狎其幼者薄其長哉！今又日能講千言，學作議論，已如鴛鶵五色，回翔近人，自加憐愛，雖羽翮未成，决非蓬艾間物也。要當從良師友以成就子之美才。

某人吾友也，於子有鄉里之契，其往從之，以是文雜束脯以進，必爲子動容。昔金溪方仲永生五歲已能吟爲四句詩，至十二三反不如前時，又七年泯然衆人。荆國公以謂其通悟受於天也，卒之爲衆人，則受之人者不至也。子今讀書視前日益有加，則可以賢於仲永，然後不孤余之譽子矣〔一〕。

【校記】

〔一〕孤　原誤作「狐」，據四庫本改。

詹濬字序

諸孫侄名皆從言而字之，二孫獨幼而未字。

夫泰山，東魯之鎮山，其雄大秀傑之氣，亘緜數千里，奄有龜蒙，而夫子洙泗之鄉在焉。《詩》曰：「泰山巖巖，魯邦所詹。」阿馨名詹，字之曰巖魯。天下之至美，非刻意力行智巧者之所能得，而常出於平易恬淡、澄清廣漠之中，如海焉澹然無涯矣，乾端坤倪，萬象倒影，百川歸之，不可爲量數。彼擅一壑之水，以天下之美爲盡在己者，特未識海之大爾。莊子曰：「無不忘也，無不有也，澹然無極而衆美從之。」阿鴻名澹，字之曰無極。

詹也、澹也，爾其思吾所以命名之意，極其所學，求萬物於一性之中，將有得於心，亦不自知其至焉耳。

送李生序

余少年時急於進取，欲與四方豪英争得失，惟恐不嶄然以出也。是時有日者李生名景，嘗爲言得失，輒中。由是賓興州里，升辟雍，試禮部，皆往問焉。今棄官築茅屋於盧溪之上將二十年，泊然無求，自足於塵埃之外，無復往時之念。李生術益精，言事益中，雖欲高張禄位，雜死生禍福之變，以撼吾關鍵，不可入矣。雖然，世之英偉豪俊、有志功名之士，與林棲谷隱者異趣，以子之術遍求而物色之，預以告成，他日以驗子之術，子其行焉。

送卜者吴唐佐序

建安吴唐佐值鄉閭之亂，羈游江南，談五行卜筮之術，寖聞於人。余邂逅安成僧舍，適有疑而叩之。初布二十八宿，終與《易》卦相出入〔一〕。其言禍福如養由基之射，無一不中，特與市肆論星禽者軌轍頗异，豈吴君本儒生，通《易》象，兼以《象》《繫》之辭斷之而然耶？今將遍歷江南，窮山巨麓，有賢士君子隱於其間者，假君之術以問之，曰：「厄運將亨，明天子在上，可以出而仕矣。」

【校記】

〔一〕與　原無，據傳校補。

贈尤生相字序

尤子以一字言人平生，此何術也？其説以爲書心畫也，心正則筆正。昔人見顔魯公字，知其爲忠臣烈士、道德君子，其剛毅不屈之氣凛凛見於字畫。至於庸人腐生，胸中無奇，面目可憎，其衰陋之氣亦不能脱筆端。此其大略也。後世占驗之書雜出米鹽，尤子得之毫楮之間，加占驗之術，考災福，遂至於微妙。自吾觀之，必有能辯之者矣。

贈劉德素序

雍門周鼓琴，能令孟嘗君歔欷而涕泣者，其言有曰：「先貴而後賤，昔富而今貧，擯壓窮巷，不交四鄰。」今劉德素可謂昔富今貧，而爲雍門之所深悲者，况火焚其室，蕩然悉無所有，此尤可悲也。然德素昆弟戚屬之富而有餘者，豈肯坐視困窮，亦恐德素未肯號呼而叫之耳。儻或哀叫焉，必不待聞琴聲而慼慼也。

卷三十九

啓

回王舍人啓

伏蒙知府舍人遣安福縣尉持書禮至山中者。竊以鳥公出鎮之三月，先搜處士之廬；陳蕃爲郡，於南州特設高人之榻。考之前古，號爲美談。苟不得人，徒成亂俗。如某本無魁梧奇偉之質，適丁方隅橫潰之時。紆鄒陽可曳之裾，耻爲游説；負虞翻不媚之骨，動輒忤人。由是歸休，往而不反。初非高隱，敢當太守之威儀；正坐羈窮，恐類山人之索價。豈有門闌未造，介使先馳；禮幣薦頒，翰牋還至。朶雲奇逸，下垂蓬室之光；一紙殷勤，實戴荆州之重。恭惟某官名蓋天下，學爲儒宗。以英豪挺拔之資，躋侍從論思之列。厭螭頭之注記，請麟符而布宣。號令精明，兵民静肅。全家飽暖，無非五袴之恩；環堵恬安，例獲二天之庇。况茲庸品，敢盗虚名。非不知馮岱相見於苻融，禮勤州郡；林宗一遇於元禮，名動京師。實緣衰病之交攻，未即奔馳而捧謁。心摇雲表，望極龍門。厚禮已過於陳羔，報語無嫌於買菜。

回魏寺正啓

被病殘人，失修桑梓之役；謙詞厚禮，忽頒羔雁之儀。顧匪其倫，難任斯事。蓋懷祖爲郡，不過逸少之門；况孺子閑居，敢下陳蕃之榻。伏念某，低回暮景，飄泊平生。坐癡兒不了之詩，竄居蠻域；迨渠魁殲厥之日，初返鄉閭。未即參承，更煩呼召。恭惟某官一朝傑士，四海名儒。金榜射於天門，早登龍虎；霜威振於朝内，不赦豺狼〔一〕。天道好還，忠精上達。旋頒紫詔，寵鎮侯邦。昔者烏公開藩，先聘處士；何武按部，首訪諸生。不意古人，復見今日。某敢不續扣守閽之吏，一瞻刺史之天。雖無補於事功，庶有裨於風俗。原其無用，或有可觀。

【校記】

〔一〕赦　原作「敢」，據四庫本改。傳校作「畏」。

賀王守除直寶文閣啓佐

伏審顯膺褒寵，峻陟邃嚴。占北斗之魁星，名傳海寓；聯清班於寶閣，身上蓬山。恭惟某官識際混茫，筆參造化。橋門拔萃，號稱國士之無雙；金殿唱名〔一〕，擢居天下之第一。諸儒仰首，萬國聞風。早登螭首之坳，用副龍頭之選。旋求外補，未正中台。輿誦達於京師，璽書來於郡國。蓋弱翁治行，朝廷久已知之；而黄霸功名，天子以爲長者。盡作中興之名宰，皆緣治郡之休聲。行觀一節之來，益竦四方之聽。南州父老，望輕車白鹿之行春；北闕公卿，想曲蓋朱旗之就道。某奔馳驛路，阻慶門闌。鴻雁雖失於寄書，燕雀敢忘於賀廈。惟茲疏緩，實負兢惶。

【校記】

〔一〕唱　原作「倡」，此據四庫本。

回蔡寺丞啓 洸

伏審召對嚴宸，雲漢下九重之詔；藩宣大屏，旌旗照千里之疆。凡受一廛而卜棲，皆托二天之所庇。仰聞寬大之令，樂誦中和之詩。所被仁風，咸生和氣。恭惟某官望高四海，才過萬人。家聲冠冕於本朝，人物琳琅而滿目。惟神螺之川陸，控湖廣之舟車。民物夥繁，衣冠駢集。乃得魁壘非常之士，用副淵衷異睠之求。開府浹旬，騰聲遐邇。與我共理，其寬西顧之憂；令民咸知，不隔奉宣之吏。即下稱揚之詔，召歸清切之司。豈但漢皇之賜金，竚看弱翁之拜相。某抱病鄉邑，竊聽風聲。遥望高牙，方伏枕而物繫其足；稍能上馬，即擁篲而願掃其門。

賀楊徽猷子登第啓

伏審令嗣學士校藝蘭闈，登名桂籍。士夫傳播，閭里交歡。恭惟某官教子惟以義方，積善必有餘慶。材兼文武，謀贊鈞衡。昔隱漁樵，能通天下之務；旋陞館閣，復運幄中之籌。詞鋒當一座之鼓旗，名譽振四川之草木〔一〕。金門賜第，首蒙帝之知；玉帳談兵，獨出諸公之右。是知善治獄者門閭可大，能活人者子孫必封。定國果侯，信於公之陰德；於陵有子，表楊氏之慶門。豈惟荆楚之材多奇，固知川岳之寶不匱。

可并東京之名族，何慚南郡之先賢。龍虎同登，盡天下英雄之異選〔一〕；風雲千載，當國家宗社之中興。廊廟竦聞，家聲益振。某恨居謫籍，阻造台庭。徒懷賀廈以馳誠，莫獲鳴靴而下拜。

【校記】

〔一〕川　四庫本作「州」。

卷四十

啓

賀劉舍人啓 才邵

伏審榮膺鳳檢，進立螭坳。竦觀左右之班，喜用文章之士。縉紳共慶，黨友增華。恭惟某官連中異科，早升華館。石渠蘭省，遍更唐清要之官；玉輅鸞旂，新造漢官儀之盛。由是擢登近職，得親日月之光；益簡上心，即正絲綸之命。珥筆赤墀之下，授詞清禁之中。豈惟論思注記以盡其忠，要令潤色詔誥以觀其效。故得奉孔甲盤盂之學，紬太史金匱之書。用記中興，焜燿昇平之典；協成大議，潛資翰墨之功。竚陟台衡，副瞻朝野。某臥疾江海，阻慶門墻。闕。

回周舍人啓 必大

伏念政和造士，同上丹梯者七百人；璧水狀元〔一〕，并試赤墀已五十載。仰先賢之盛德，又再世而登科。望高門如崛起於層霄，故尺牘無階達於記室。以茅簷瓮牖之士，希金馬玉堂之英。宜其仰慕之勤，常恨趍承之晚。敢圖高義，先損誨函。曲加奬引之詞，俾獲攀附之托。追講昔年之好，獨高前輩之風。恭惟某官連中異科，亟昇華館。聲彩動傾於四海，詞章突過於《三都》。丹青一代之言，鼓吹六經之旨。暫丐閑於琳館，恐追急於鋒車。久慕高風，便欲曳裾於門廡；縱聞急詔，猶當傾蓋於路傍。竦企之誠，敷陳莫既。

【校記】

〔一〕璧　原作「辟」，據四庫本改。

賀向提刑啓

伏審光奉宸恩，肅將使指。陞麟閣藏書之府，耀繡衣持斧之權。公道遂行，貴名愈白。某官堂堂漢相之後，挺挺祖風之英。秉直節而不回，銜久寃之莫訴。群犬吠月，方虞口吻之嘩；多士叫閽，忽動冕旒之聽。朝綱復振，輿論亦伸。一方斗絶之荆蠻，累歲蟠拏之寇盜。人猶愁瘁，獄有寃聲。宜得恢博之才，領此澄清之任。羌夷雜處，常憂役死於兵戈；老稚相携，復見太平之官府。想聞謄報，已聳懽聲。某卧病江干，心摇雲表，莫陪賀列，徒切忻悰。

回路知縣啓植

伏審光膺綸命，出宰花封。境内衣冠，企聽風聲之美；山中父老，喜聞車馬之音。某官國器宏深，德名高遠。門第東京之望族〔一〕，風流南士之翹材。尚虧九仞之山，聊試一雷之士。漢庭下詔，先崇師帥之官；言偃操刀，必振弦歌之譽〔二〕。某養痾林野，占籍侯邦。老景侵尋，餘生濩落。竊有陰雲之幸，宜深賀廈之誠。賴高賢之可依，略病夫之苛禮。飛藤緘而先及，落蓬瓮以增輝。感悚之誠，敷陳莫罄。

【校記】

〔一〕第 原作「地」，據傳校改。

〔二〕振 原作「扳」，據傳校改。

賀趙参政啓

伏審初被鋒車之召，即日戒嚴；入參鈞席之榮，群情久協。華夷聳聽，廟社增歡。竊以自國步艱難以來〔一〕，居朝廷輔弼之任，欲恢復者屢矣，而罷去者紛然。要必有非常之人，乃能任中興之事。恭惟某力扶宗祐〔二〕，忠結主知。常系天下之安危，蚤冠樞庭之宥密。上前議論，人驚臺諫之風霜；閫外藩宣，威振江南之草木。遂躋柄近，必致時康。望南山之維石巖巖，允符輿頌；瞻北斗之台星兩兩，焜燿階符。定支大廈於將傾，要觀王室之再造。永懷盛事，夐異常情。

【校記】

〔一〕竊 原作「切」，此據四庫本。

〔二〕祐 當作「祏」。

代上萬俟參政啓

仰高千仞，敢陳湖海之私；承乏一涯，彌闊門闌之望。人在風塵之表，位如天壤之殊。既闕掃相君之門，豈敢問記書之室。伏念某智不周物，才無過人。隸於仕版者幾二十年，書於課最者亦六七考〔一〕。徒知小謹，畏縣官之簡書；豈有長才，動衆人之耳目。向者飄蓬湘漢，祇役荆蠻。嘗從事於車塵馬足之間，復摩肩於故吏門生之後。豈徒應奉，記半面於開扇之時；尚有孝基，識此郎爲昂霄之士。吹律或加於寒谷，逢春決望於噓枯。某官柱石擎天，忠精貫日。交歡鄰國，措天下於泰山之安；委質本朝，任王室如九鼎之重。遽抗章而解政，實辭寵以便安。人望還朝，泥方在治。孤根荏苒，尚資披拂之榮；鎩翮摧殘，更動翻飛之念。方炎暉之在候，仰福履之攸寧。願覿晉馬之來庭，重整乾綱；而作輔四方所屬，萬口同音。

【校記】

〔一〕六七考　原作「六七十考」，據四庫本删「十」字。

賀廣東向經略啓

伏審光被恩綸，還陞秘職。番禺聯帥，蓋自古之雄藩；旄節宣風，實當今之重寄。除目一下，公道始行。恭惟某器博而用無不周，名高而實亦自稱。非獨能紹相門之大業，常自任以天下之奇材。稽之群言，久當大用。屬以癡兒秉政，哥奴弄權〔二〕。五百載遇時之休明，小人何其未靖；二十年置公於閑散，君子爲之不平。忽起江湖，驟持斧鉞。南商北宦，會五嶺之舟車；大纛高牙，控百蠻之襟帶。宜須傑士，殿此大邦。儻非聖主之搜才，豈復賢臣之得路。聊偃息於藩翰，行入侍於巖廊。力蘇疲瘵之民，協贊昇平之治。某恨登龍之路遠，顧賀燕之誠深。其爲忻愉，未易敷磬。

【校記】

〔一〕哥　原作「歌」，據四庫本改。

與陳朝散啓

連甍萬室，悉瞻刺史之天；積粟千箱，實富揚州之地。當交廣椎埋之出入，係舳艫轉漕之盈虛。故茲巨人，展此劇郡。恭惟某斗間異氣，天下奇材。忠孝萃一門之弟兄，議論作諸儒之口舌。宏文大策，聳臺閣以風生；姦夫盜兒，聞姓名而膽落。今者盤錯已割，匕箸自驚。吏迹不到於閭閻，貪夫自投其印綬。里無喧雀，耳絶鳴枹。喜聞桑梓之邦，睹此神明之政。蓋何武之爲二千石，好奬稱進士之賢；而李白不用萬户侯，但願識荆州之面。官箴有守，墻仞益高。拜伏末由〔一〕，企瞻徒切。

【校記】

〔一〕末　原作「未」，據四庫本改。

回陳主簿啓 謨

伏審榮登桂籍，暫佐花封。上馬綴行，方看英雄之入彀；跨驢入境，聊爲鸞鳳之卑棲。遥聞風聲，即瞻履幕。某官書讀萬卷，筆掃千軍。早得雋於詞場，久欽名於江表。苟非有馳騁詞章之氣，當萬人之勍敵，則何以飛騰霄漢之上，取一枝於桂林。跂仰聲猷，未遑緘問。敢期謙德，先損華牋；重以好詞，飾其朽質。光生蓬蓽，兼收照乘之珠；氣射斗牛，復識豐城之劍。敢不因而下拜，又當藏以爲榮。雖銜存記之誠，實重疏頑之過。寧無愧惕，尚賴庥光。

回孫縣尉啓 楙

生同翼軫之野，久服高名；夜見斗牛之光，知爲異氣。未遂參承之願，闕馳欵啓之音。某官學探本源，聲高藝苑。鵬飛萬里，初乘南海之風；筆掃千軍，早折東堂之桂。暫迂黄綬，來靖緑林。寧懷小禄之私，更試大儒之效。精通博雅，每窺錦繡之文；深切著明，願見經綸之業。某侵尋暮景，濩落餘生。徒懷共月之明，尚阻披雲之睹。奉誨函之先辱，覺蓬室之增輝。感竦交懷，頌言莫究。

回劉主簿謝及第啓

伏審造廷待問，發策决科。豈惟黨友之華，蓋亦鄉閭之盛。某官久籍時譽，得雋詞場。不有孤峰絶岸之文，豈預千佛名經之選。鴻都造榜，收一時羈旅之遺材；萬乘臨軒，喜天下英雄之入彀。竚觀賢業，以濟中興。敢辱華牋，尚及衰朽。

回劉解元啓亮采

伏承寵訪，兼惠長牋。竊審校藝棘圍，争鋒筆陣。破石取玉，難逢至妙之工；披沙揀金，果見非常之寶。里閭共慶，黨友增華。某人先輩秀出儒林，聲騰學海。會四方英豪而角試，當一路賢能之選鋒。士皆焚硯以驚降，俗亦望風而竦聽。豈但讀五千卷而入此室，固嘗歎二百年之無此詩。覽「黄絹幼婦」之好詞，真干將鏌鋣之利器。非精深律切，何以至此；亦氣質渾厚，乃能爲之。蓋緣設聲律詞賦之科，於以取卓犖魁梧之士。公等自奮，吾儕預榮。幸無凡鳥以題門，仍獲靈蛇之在握。正乏雙金之報，徒爲什襲之藏。尚喜占星，久識衝天之意；粗能别寶，請無按劍之虞。敢不共推月旦之評，以慶得人之盛。

回李祖文謝解啓

竊伏一鄉之評，久淹賢業；始預廣場之選，列貢天朝。恭惟某人才過千人，辯雕萬物。學有師法，識造淵源。吮嗽百氏之精華，言論六經之鼓吹。孰不驚降而焚硯，士皆竦企以瞻風。筆掃千軍，復見少陵之詠；壁立萬仞，可畏嘉謨之文。是宜梯身拔腳於雲霄，指日揮毫於殿陛。豈期陋巷，過辱高軒。粲然贈我以金刀，何以報君之玉案。牋縢厚禮，蓬蓽生輝。感愧良多，敷陳罔既。

賀葉户侍啓

使指昭孚，宸綸趣覲。躐從九府，進貳六官。真賢登庸，有識胥慶。竊以治道莫先於裕國，人才猶貴乎適時。蓋國用不足，雖苟安而未可，尚何以求大功；時變不通，雖小試而莫稱，尚何以頒遠用。恭惟聖君所以圖治拳拳之深意，正以邦計未有綽綽餘裕之成謀。特以中外詳試之聯，以求通達能濟之士。意之所屬，用豈徒然。

恭惟某官能鉅而材宏，識高而量遠。居常議論，不爲落落之虚言；凡所踐更，莫不殫殫而可紀。惟望實久馳於士夫之表，而謀謨適契於天子之衷。宜是超遷，益深眷注。嘗謂錢穀甲兵之問，所當講於安平無事之時；正惟言語侍從之臣，非特以簿書不報爲耻。故下焉則宜明斂散，以寬民力；上焉則惟審取予，以益邦儲。苟蠹弊之源盡塞其隙，則財用之出坐見其饒。想嘉謨嘉猷，無以易此；計立政立事，我其尸之。適觀厥成，啓佑乃辟。

某居塹固陋，夙奉使令。聞明制之初頒，倍常情而增喜。覊窮自縶，既未遑尾下客以前趨；悃幅之私，尚庶幾假單詞以叙見。（宋魏齊賢、葉棻同輯《五百家播芳大全文粹》卷十三，影印文淵閣四庫全書本）

回蕭解元啓

竊鄰里閈，每欽聞譽之高；坐隔溪山，阻奉笑談之樂。偶以臨流送客，假道仙鄉。逆旅披風，高情傾蓋。繼辱緘縢之墜，獲披錦繡之文。仰厚德以增慚，出奇書而命跋。顧無雄筆，敢忘雌黄。某人夙藴英才，晚成大器。久著士林之望，屢隨鄉老之書。指取巍科，行觀射策。即日炎薰在候，德履彌新。

嶺子訂婚啓東岡劉彦弼縣尉女〔一〕

名高異姓，初非秦晉之侔；再世爲姻，實并王劉之系。事當修好，禮屬問名。伏承某人小娘子淑德幼成，令儀秀出。某男某教雖以義，人未之奇。謂王郎子生天壤之中，才容莫稱；而王夫人有林下之氣〔二〕，風韻素高。宜從坦腹之言，豈假駐車而語。不忘雅契，觖靡異詞。

【校記】

〔一〕題下原無小注，據傳校補。

〔二〕之　原缺，據四庫本補。

詹孫訂婚啓

不揆寒微之族，素欽高大之門，宿有契緣，敢求婚對。某長孫某學初聞禮，志欲昂霄。伏承某人小娘子幼有令儀，早勤保訓。願締絲蘿之契，宜垂金玉之音。察其坦腹之在床，許以齊眉而舉案。勿謂非吾偶也，輒渝秦晉之新盟；毋煩更物色之〔一〕，自是潘楊之舊好。期於德請〔二〕，靡有不從。

【校記】

〔一〕之　此字後原有一「來」，衍，據四庫本删。

〔二〕德　傳校改作「得」。

澮孫訂婚啓忠襄楊女〔一〕

聞公選婿，謂東床有坦腹之兒；屬我問名，得青桂近嫦娥之女。不揆蓬蒿之室，素欽忠義之門。久接英游，敢求婚對。伏承某人小娘子，早從姆傅，秀出閨門。而某孫某學始趍庭，室無舉案。方卜蘋蘩之助，用爲禰祀之光。默符設席之求，不待駐車而語。謹因媒氏，恭聽佳音。

【校記】

〔一〕題下原無小注，據傅校補。

卷四十一

上梁文　致語　疏

上梁文

盧溪讀書堂上梁文

兒郎偉。四壁徒立，本爲垂釣之區；三徑未荒，就築藏書之室。即劉令公之别館，乃歐陽子之故鄉。城郭猶存，山川不改。化煙墟爲樂土，亦先人之舊廬。冠蓋如雲，識烏衣馬糞之巷；風流異世，有青箱鳳閣之名。盧溪居士，江湖散人，山谷遺叟。初無五畝，僅如顔子之居；有此一區，便是揚雄之宅。豈須金椀玉杯之號，况非芸輝緑野之雄。但有軒楹，可延風月。高冠赤幘，敢貪西壁之金；古井丹砂，益薦老人之壽。聽余善頌，助爾歡聲。

兒郎偉。抛梁東，天開麗日照梁紅。舉頭忽見金烏近，更覺長安在眼中。

兒郎偉。抛梁西，蕙帳風清待鶴歸。五色大雲遮洞口，山人不用勒銘移。

兒郎偉。抛梁南，門外人歸響轡銜。報導諸生新及第，來騎白馬著青衫。

兒郎偉。抛梁北，溪上東皋雨初足。三節灘聲夜半來，夢回寫作昇平曲。

兒郎偉。抛梁上，宴坐圖書滿方丈。户牖門庭著筆床，文章戲作三都樣。

兒郎偉。抛梁下，古郡江山元似畫。明月清風不直錢，霜松雪竹兼宜夜。

伏願上梁以後，群犬息吠，怪鳥不鳴。君子得輿，從茲奠枕；小人安分，不復跳梁。樂此丘園，足避風塵之地；煩他父老，更高里閈之門。

安福縣廳上梁文

兒郎偉。西晉雄藩，東吴舊壤。郡樓相對，猶名經史之齋；父老流傳，云是大康之郡。風聲未泯，城郭猶存。冠蓋如雲，時迓天邊之客；言談彌日，光餘江左之風。可不高弘決事之廳，遠引回廊之序。山川環繞，動氣象以生光；民吏爭趍，拂旌旗而改觀。勢若虹蜺之夭矯，雄秉柱石之瓌奇。山出晴雲，地增勝概，可無善頌，用助歡聲。

兒郎偉。抛梁東，畫棟飛簷出半空。百里煙霞迎曉日，萬家簾幕卷清風。

兒郎偉。抛梁西，西湖官柳蔭長堤。未羡河陽花滿縣，只今桃李自成蹊。

兒郎偉。抛梁南，鉦鼓無聲白晝閑。耕罷牛眠煙雨裏，夜闌漁唱水雲間。

兒郎偉。抛梁北，如今令尹真侯伯。路人猶指縣衙庭，便是當年史君宅。

兒郎偉。抛梁上，寅陂新築隄千丈。未説秋成大有年，且看麥壟摇青浪。

兒郎偉。抛梁下，四面溪山如罨畫。罨畫光中聽鼓聲，修梁夭矯如虹駕。

伏願上梁之後，風不鳴條，吏無黷貨，士皆升俊，俗不喧囂。入其里閭，而長幼相孝慈於家；行於道途，而子弟争扶持其老。户門不閉，囹圄常空。强暴不至於奪攘，田野各安；其教化遂成樂土，協濟中興。

安福縣學上梁文

兒郎偉。晉朝劇郡，冠八邑之封疆；廬水清流，接三江之襟帶。秀嶺干霄而直上，鳴鳳覽輝而下翔。昔有儒宮，甲於江右，鞠爲茂草，沿值兵戈。物必廢而有興，功自我而作古。縣宰向公，才有餘地，役不勞人。曾未逾時，鬱有成績。舉兹寂寥不詔之典，延聚卓犖非常之倫。堂皇靚深，楹桷峻整。豈但太平之壯觀，實爲治化之淵源。將見鄉邑閭巷之間，咸知向善；寧有公侯將相之種，不出此塗？使北斗星辰以南，見東壁圖書之盛。樵兒牧孺，亦知有夫子之門墻；賢士大夫，當盡入聖人之閫閾。請陳謡頌，用助歡聲。

兒郎偉。抛梁東，峰頭日出半輪紅。粉袍競集紗帷外，聽打開門鼓一通。

兒郎偉。抛梁西，千年華表鶴來歸。好在浴沂橋下水，他時城郭未應非。

兒郎偉。抛梁南，千尋古木與天參。他日明堂雖柱石，萬牛回首轉巖巖。

兒郎偉。抛梁北，喜有中原近消息。將軍一箭落欃槍，果見圖書出東壁。

兒郎偉。抛梁上，夫子門墻高數丈。他年應記上梁人，令尹爲誰今姓向。

兒郎偉。抛梁下，枹鼓向來驚里社。夜聞南廡讀書聲，已足張皇壓戎馬。

伏願上梁之後，民皆安堵，室有鳴弦。同底茂規，咸升俊造。窮閻陋室，能誦詩書禮樂之文；悍卒武夫，亦識父子君臣之義。接踵赴雲龍之會，乘時依日月之光。

致語

乾龍節致語時金人初犯京闕而復守舊盟

河千年一清，慶符宗社；山三呼萬歲，聲動華夷。惟《震》一索出帝之辰，當《乾》九五飛龍之月。雷霆孚號，草木生春。用焕昌朝，永標盛節。恭惟皇帝陛下：天錫勇智，生而神靈。紹寶曆以垂鴻，握元樞而獨斷。德動九天之上，功求一日之間。蠻羌捲地而來，遂空巢穴；金鼓從天而下，盡掃妖氛。治具頓新，國威彌舉。遂致四夷慕義，知中國之有聖人；百辟稱觴，指南山之如帝壽。天聲所暨，海宇同歡。遥望皇居，表裏山河之壯；幾多瑞氣，增崇日月之光。臣等獲見太平，上呈口號：

紅日初生碧海邊，蓬萊金殿起晴煙。幾重瑞氣籠雙闕，萬室歡聲動九天。百二山河扶寶祚，兩階干羽舞文甎。遥聞葱嶺新都護，願舉霞觴祝萬年。

天申節致語

炎精復耀，天開赤帝之符；蘭殿陳祥，慶協青雲之瑞。當南面離明之日，逢中興泰定之年。紹寶曆之垂鴻，廣鈞天而張樂。車書所暨，夷夏同歡。恭惟皇帝陛下，躬睿智之資，撫艱難之運。十六載南巡之後，始致太平；千萬歲上壽之榮，遂超前古。士成於學，兵合於農。長安市廛，不識將軍之旗鼓；東都父老，喜瞻大漢之威儀。萬邦陶禮樂之中，四塞絶煙塵之警。諸蕃慕義，方物歲貢於京師；列辟稱觴，天子壽齊乎箕翼。臣等世工末技，再睹昇平，不度荒蕪，謹進口號：

樂事初從天上傳，慈寧宮在日華邊。慶逢誕節張鈞樂，奏舉遐方錫御筵。滿殿薰風旗彩動，一墀鳴玉佩聲喧。遥聞儀鳳隨《韶》奏，報導君王壽萬年。

閱軍致語

秣馬練兵，威行百里；翔鵬舞旝，歡動一城。拔寶劍以衝星，擁雕戈而耀日。士增感慨，天助精明。溝壘方興，聊試風雲之陣；欃槍未滅，敢忘龍虎之韜。某官鐘鼎名家，詩書賢胄。謂艱難多事之日，非從容緩帶之時。心本在於王家，職方寄於民社。乃以窮秋九月，講武一時。紀律無嘩，便識三軍之號令；風聲所指，今觀大將之鼓旗。會縣内文武之官僚，列天上孤虚之圓象。拓弓躍馬，人驚霹靂之聲；捲甲還營，時有凱旋之樂。某叨居樂部，不愧荒蕪，輒對帳前，上陳口號：

秀嶺東邊今日晴，千兵繞出陣雲平。長槍大劍遮行路，後虎前貔擁使旌。看拓弓弦聲霹靂，顧回甲馬掃欃槍。山農野叟何曾識，來聽秋風鼓角聲。

疏

請智老住東山疏英鐵觜小師

煉金失寶，須携將分上鉗椎；駐錫經年，未放出手中圈樻。傳西來之祖意，坐東山之道場。古郡遺區，千江名刹。金輪飛動，雖兵火之薦興；紺殿崔嵬，實龍天之回護。豈是佛堂不聖，會知木馬能嘶。智公長老問學無邊，得法有自。作駒南岳，且休腳踏天下人；欲嗣老英，更須鐵打新羅觜。只今海會，共聽潮音。若能用舊日家風，乃不辱先師門户。拈椎舉拂，本無法可言；打鼓升堂，看作麽生說。

請如老住曹山疏

百年鑽故紙，徒勞入海算沙；累劫坐道場，謾欲磨甎作鏡。凡情豈異如來藏，大地無非解脱門。未明教外别傳，那得塵中自在。要知端的，須藉宗師。如公長老戒行孤高，世緣淺薄。心空及第，選佛已勝於選官；筏喻度生，拯迷還同於拯溺。久處陰以休影，乃騰實而飛聲。果遇知音，不容袖手。便好重開舊店，何妨再轉法輪。地久天長，祝聖主無疆之壽；花黄竹翠，談祖師直指之禪。遠續千燈，并清衆目。

請簡老住報恩寺疏〔一〕

泥牛吼處，雖假真空；獅子哮時，孰不諦聽。乃聞大士崛起，爲此諸佛因緣，來坐道場，請如法説。簡公禪師獨秉慧炬，秀出叢林。明鑑當臺，靈珠在握〔二〕。具正法眼藏，乘出世舟航。龍象蹴踏而絶群，林檀芬馨而無雜。宜廣第一義，爲通向上關。但能提起布毛吹，不須講得天花落。拈椎舉拂，掃除前代舊家風；打鼓升堂，竚看老人出場屋〔三〕。

【校記】

〔一〕寺　原無，據傳校補。

〔二〕握　原誤作「掘」，據四庫本改。

〔三〕竚　原缺，據四庫本補。

高峰禪寺修殿疏

高峰寺在縣西極遠危峰絶磴之上，有鳥道通仰山，愈入愈深，巖谷益秀，學出世法、游心物外者始樂居之。初，兵火蕩爲賊區，佛殿頹毁，金碧圖像鞠爲茂草，凡數十年，前住持力不能興起。今長老證公自永和飛錫來此，初修戒律，晚悟禪宗，有材力，喜作佛事。侍讀胡公、紫微周公常稱歎之。今欲於舊基重起佛殿，遠近檀越必樂聞而咸起信心焉，故爲書此而繫之以偈曰：

紺殿傾頹幾十秋，佛應不語阿難愁。諸方檀越宜興念，共出把茅來蓋頭。

卷四十二

銘 贊 頌偈 祭文

銘

遷善齋銘

李成叔志大而氣剛，年尚少好學，唯恐不及，精悍之色發於眉目，治所學之齋名曰「遷善」。余固異而識之，知爲章貢先生字先之之子。先生以危言直道不容於世，江南人師其學而慕之輻湊，宜成叔之淵源有自也。

夫學本於人性，恐跳而逐諸物，則磨揉刻琢，日趨於善，使不見異物而遷，爲惡之心無自入焉。推而上之，納諸聖賢之域，可以師友千載，陶冶萬物。蓋積成其德〔一〕，神明變化，去道不遠，非特出幽谷、遷喬木而已。苟不中道而畫，廓之以廣大，極之以高明，如五星北斗之麗天，太山之崇崛，海運徙於南溟，背負青天九萬里，則風斯在下矣，信如參辰之不相比也。成叔進乎此，覺而能遷，未見其止，其可量哉！乃丐銘於盧溪王某，爲之銘曰：

擊石出火，鼓鐘得聲。不鼓不擊，寂無聲形。人之有善，物中最靈。揉以學問，其識乃明。跛鼈千里，六驥不行。玉不加琢，器何由成。吾觀成叔，挺挺有立。學有淵源，家聲爀熠。深山大澤，龍蛇蟠蟄。實無所遷，假遷而入。猶天之升，不落階級。參辰殊途，追莫能及。

【校記】

〔一〕其德　原作「德其」，據四庫本乙。

惠端琴銘

老端暮年斲琴，得不傳之妙。其弟子祖麟携以見遺，欲求老師塔銘。余既許銘其塔，復取琴而銘之，使數年之後，好奇慕古之士破琴而觀者，知爲老端之斲也。

大江之西，盧水之陰。有三昧手，斲無量音。震動法窟，是爲老端之琴。蓋嘗求師於海中，登蓬萊閬風之岑，聽海水林木之蕭森。采枯桐以寄其妙絶，信哉點瓦礫而成金。

琴銘

桐生高岡，斧出月窟。斲而成器，神藏鬼没〔一〕。此一物也，與寶劍相携於盧溪之上，三者皆天下之英物〔二〕。

【校記】

〔一〕藏　四庫本作「出」。

〔二〕三　四庫本作「二」。

惠門寺鐘銘

惠門蘭若，古吟峰院也。院當連嶺吟峰之下，治平中改賜古名焉。舊有鐘，碎於建炎之庚戌，於是道場不鳴鐘者十有七年。紹興丙寅歲，始鑄是鐘。久瘖忽響，山中林木震動，龍像輝焕，召集有緣，檀施雲合。寺僧先來乞銘，盧溪爲之銘曰：

萬動俱寂，如大虚空。虚空無椎，何物爲鐘。傍震萬壑，高聞九穹。聲緣何起，吾知所從。鐘邪椎邪，莫尸其功。隱如雷霆，在大千中。

寶珠寺鐘銘

寶珠寺距安城之北四十里，寺僧慧海當干戈之際，誘檀越鑄巨鐘，張皇佛事，以鼓舞山中之民。盧溪真逸爲之銘曰：

蠢然冥頑孰與覺〔一〕，空中雷電忽磅礴。大音希聲本無作，回禄奮怒飛廉惡。一鼓成鐘神所托，劍蟠蛟螭怒牙角。六種震動天雨雹，鑄此銘詩呵不若。

【校記】

〔一〕冥頑，原作「宜頓」，據四庫本改。

贊

仁山五百羅漢贊

迦葉天中五百尊，目連羅睺皆駿奔。阿難啼哭佛日昏，誰爲設法沙林園。帝釋擁護六鑿根，習氣脱盡婆羅門。仁山金碧耀人天，瞻禮願見前世緣。法螺一吹天上聞，還報十方羅漢恩。

圓通贊

太山秋毫兩微塵，巨細本無不二門。四方八面開户牖，是中元有不動尊。如大圓鏡萬象入，如大海水百谷奔。維摩倒用那羅印，用證初心豈或淪。

洪覺範畫贊

謂公爲佛，乃工文章；謂公爲儒，乃是和尚。非佛非儒，是虚空藏。畫雖逼真，實非真相。作如是見，亦未離妄。水在瓶中，月在天上。

李伯時畫像贊

非佛非仙，亦非儒者〔一〕。硉硉矹矹，名滿天下。孰貌其真，非真非假。讀東坡詩，乃識此畫。

【校記】

〔一〕亦非　原誤作「亦亦」，據四庫本改。

歐陽公制贊

如馬放逸兮不羈，如松磥砢兮多節。偉榦如謝康樂之眉鬚，雄辯如樓君卿之唇舌。其高處可以上可以下，其妙處不可畫不可說。

杲和尚畫贊

硉硉矹矹，如祝融太華，高不知其幾千丈；軒軒轟轟，如驚雷唳鶴，聲徹乎九天之上。道在真空，空即無相。以相求之，如盲摸象。乘機應物，河岳震響。眼如掣電，舌如奔浪。轉大法輪，說無盡藏。當恁麼時，有識之者，個是徑山杲和尚。

鑑達觀畫像贊

鑑大師禪學外以醫聞於時，盧溪王某贊之曰：

寂然其容，萬法不起。色固無求〔一〕，不怒不喜。人自即之，其門如市。忽然探囊，輒起人死。本自無生，死亦何理？公能起之，如月在水。應物現形，本無作止。我復贊之，亦游戲耳。

【校記】

〔一〕固　原缺，據傳校補。

路正卿像贊

森然如千丈之長松，勢若摩穹；昂然如野鶴之出籠，鷄群遂空。使之崛起，接翼鵷鴻。高冠大劍，立於庭中。七尺之軀，萬夫之雄。

王修華畫像贊

不冠不束，真被褐而懷玉。眼如曳電，光掣巖谷。不爲燕頷虎頭，萬里飛而食肉。幅巾飄然，如五柳先生，寧終身爲縣令，而無求於世俗。揮塵塵埃之外，遺物離人而立於獨。

劉大虚喜神贊

畫無老幼，形全神守。頰上三毛，端逢妙手。少年角立，試輒不偶。不復掉鞅，名聞谷口。量陂千頃〔一〕，才不論斗。今逾八十，年其逮耇〔二〕。古人云：用之則爲公爲卿，不用則山谷一叟。

【校記】

〔一〕頃　原誤作「須」，據四庫本改。

〔二〕耇　原誤作「垢」，據四庫本改。

英和尚贊

十八年前見老英於花藥山，忽於智公房一睹畫像，戲爲之贊。

吉州英，鐵作脊。莫眨眼，只這是。

頌偈

戲調義高

高峰强賊猖獗，長老義高以渠魁之馘獻吴侯。盧溪老人戲作二偈調義高，少爲一笑。

横擔拄杖入山，坐斷高峰境界。一吼震動林木，忽然草賊大敗。了則萬法俱空，未了應須還債。本是兩重公案，如今一道俱解。

答王道之

王道之舉雲等三重公案，請盧溪下語。盧溪豈敢批判，不得已答之曰：大似昔人注《本草》，某藥味平，然有毒，能活人，亦能殺人。居士如不信，當聽吾頌。

雲門至死不惺惺，居士仍蹉半月程。未省夢中重説夢，醉來添酒幾時醒。

贈侄孫行深

余侄孫行深自幼喜出家度牒，禁閣二十年而志願不衰，今欲脱巾而緇其衣，資用尚闕，欲丐諸閭里，假衆力隨緣贊助，乞言於余，爲作四句偈題於疏首。偈曰：

頭陀未具山僧像，只欠鉢囊挑錫杖。我今自是在家僧，汝好將錢買和尚。

贈度門僧

度門寺僧道成欲鑄巨鐘，張皇佛事於山中，來求予銘，而冶工不預知，一鼓而鐘成，遂不及勒。道成悵恨不已，作二偈贈之。

眨起眉毛鐘已成，不容著手勒鐘銘。一鋪嶺上新功德，只欠將來點眼睛。

半夜鐘聲殷寺廊，吹螺打鼓助錚鏦。不妨白日開門睡，更遣闍梨飯後撞。

祖麟作東山藏主以一偈送之

海藏龍宫五千卷，口角流涎方誦遍。不如煩此六丁神，一日與君推百轉。

贈行者悟本

行者悟本自幼出家，不食葷酒，刺血寫《金剛經》，日誦未嘗退轉，可謂有志學佛邊事而能住戒者也。蓋能住戒則定慧自生，今乃入惠門禪院，禮拜麟山主。吾喜其戒行之潔，又能擇所歸依禮拜，不錯矣。作偈贈之，亦以堅其志也。

出家未踏曹溪碓，且打吟峰寺裏鐘。□有高僧善哮吼，莫將一物藴心胸。

和耿伯順贈李居士

橫擔拄杖何許語，那個禪林無佛祖。但見闍梨夜不眠，衲被蒙頭聽粥鼓。

李居士再次前韻贈之

東山寺裏逢君語，問君何謂西來祖。鼻孔撩天喚不譍，呼童汲水敲茶鼓。

再次韻呈智禪師

禪師花藥老英之弟子，向游花藥山中，數與老英夜語，時智公在焉，今十五年矣。偶憶其語，因偈載之

花藥山中人解語，何必江西尋馬祖。我亦會參鐵背師，如今不打這破鼓。

登唐興寺上方〔一〕

三入唐興寺裏宿，閉門風雨雲垂屋。今朝披霧立山椒，始識唐興真面目。

【校記】

〔一〕登　原缺，據傳校補。

震禪師喜談傳燈録謾以一偈示之

僧問靈山一會禪，不知誰與佛言論。靈山會裏何曾説，只有闍梨獨得聞。

祭文

祭楊徽猷文

嗚呼！我宋勃興，承平百年。虜忽犯順〔一〕，欲吞四川。四川沃壤，虜尤垂涎〔二〕。肉食者鄙，幾欲棄捐。丞相魏公，獨謂不然。身自請行，遂秉大權。公見丞相，首被薦延〔三〕。咸謂幕府，得知公賢。公復知兵，所向無前。岷峨邛僰，貨走中原。控扼關陝，至今保全。魏公再起，群邪所忌。陰掣其肘，使不得志。魏公既黜，公亦退避。高車大馬，日閧於市。争言知戎，以取顯位。公不爲彼，而歸田里。今復云亡，尚有公議。如公奇略，纔試一二。使得盡用，何功不濟。我初被竄，三危之郊。公一見我，喜如舊交。憐我困厄，撫我良勞。期我他日，一世之豪。今則老矣，白盡頭毛。西望靈輀，薄陳奠設。舉聲一號，魂馳心抑。

【校記】

〔一〕虜忽　四庫本作「金人」。

〔二〕虜　四庫本作「金」。

〔三〕延　原誤作「迎」，據四庫改。

祭向宣卿文

惟公負大器識，忠耿亮直，敢於爲義，所至有迹。褰帷持斧，奸邪辟易，不敢呼吸。折節而取高位，退隱湘山，而放身自樂於閑寂。世之小人，猶且望風而忌疾，然百鍊之鋼，終不可屈。雖常以是而得謗，亦因是而名聲赫奕。比年以來，公道仍開，累任雄劇。天驥呈才，始見知於廊廟，年未七十，遽掛衣冠於神武，望松徑而歸來。又逾年而捐館，士大夫咸歎息悲惋，遂埋玉於高岡。唯有識者，知其不亡。所不足悲者，謗焰已息，讒人已死，而公名獨彰。吠者犬耳，於公何傷。公平昔知我最厚，憫我流落，竄身夜郎。平生故舊，毁書滅迹，公常手劄，訪生死於沅湘。暨余放還，公尚康强。千里命駕，相勞苦於盧水之陽。凡此高義，古人有之，賤子顧何足以當？嗚呼！奠此一觴，淚横臆而浪浪。

祭劉元弼文

嗚呼！惟公平生，幼則同學，掉鞅舉場，争此頭角。暮年追思，成一大錯。公既不偶，我復飄泊。得罪於朝，竄居夷落。歸來見公，皤然一叟，迎我西郊，一笑如舊。禍倚人門，柳生其肘。忽然云亡，不及執手。問所以然，莫測其咎。銘旌戒塗，云是公柩。有潔其羞，有豐其豆。哭奠過哀，魂兮來否。

祭劉英臣文

嗚呼！公之生也，當太平極治之時。嘗處學校，游場屋，不一遇於有司。至於建炎之初，值中原之亂離，江湖盗起，戎馬交馳。公嘗與我避亂東西，間關轉徙，實相扶持。忽以病告，遂不可支。公昔無恙，年猶盛壯。朱公吴公，兩大丞相，各奏恩澤，名聞於上。江淮荆浙，使華郡將，虎節麟符，咸薦以狀。嗚呼！平生所遇，方至於此。天奪其年，遂至如是。我乃秉筆，卒記其事，刻於金石，俾公勿墜。公其聽之！

祭劉世臣文

惟公以明道通經爲時師儒，學者擔簦鼓篋，自遠方來者，望絳帳而趨隅。今者聞公之葬，行道之人，皆爲出涕，而況平昔交游之久、學問淵源而契義最深者乎！公與人交，久而不移。我被讒謗，竄於九夷，人莫敢顧，公獨率其友人欲出而救之，事雖不成，高義益彰。輀車在道，將葬於高峰之岡。我率子侄，設祭道傍。魂兮宜來，歆此一觴。

祭黄子默文

惟靈生於盛世，名門大族，幼能自奮，離群立獨。才足以經世，如蚌之藏珠；文足以自貴，如石之韞玉。未及施用，如風轉燭。所以光明盛大、可貴於世者，忽沉埋於千仞之谷。嗚呼！子默學術瓌奇，言論俊偉，方摩霄翼雲，徙於南溟者，何止九萬里而已。讌游累日，言猶在耳。忽然云亡，此實何理？平昔交游，無以伸哀。聊陳薄奠，魂其來哉！

祭舅母雷氏文

雷在長安，實爲名門，族甲天下，譜牒是論。儻非其匹，孰敢爲婚。況如夫人，令公之孫。唯我老舅，謂真吾偶，夫人不疑，遂執箕帚。凡六十年，康寧富壽。宜我舅家，必大其後。我視夫人，舅家之母，喪車臨岐，奠此卮酒。

卷四十三

墓志

故資政殿學士同知樞密院事贈觀文殿大學士聶公墓志銘

紹興十八年某月某甲子，資政殿學士、同知樞密院事、贈觀文殿大學士聶公葬於撫州臨川縣某鄉某里之原。公之子昂以公布衣時有盛名於太學，而同時登博士之堂，相與摩肩於橋門璧水之上者某〔一〕，尚知公，爲最舊，當時老師宿儒、英豪之士，與公并時騁聲名，相繼登朝廷爲顯人，今皆無在者，乃前期以狀泣授使者曰：「我先君歿於邊境搶攘之時，至今墓銘無詞以刻。」又因公之婿黄君掞以來請銘，乃不敢辭。

公平生遭遇，蒙褒寵睠賚之渥，與嘗所建言行事，經兵火多失其傳，獨其世次官封始終大略可考耳。

公諱山，字賁遠，淵聖皇帝改賜名昌，世爲撫州臨川人。自高曾以來，不求仕進。公雖幼警異，父以常兒畜之。及稍長，自能好學，卓犖不群，鄉閭先生欲共獎養成就之，謂鄉校不足以發奮，乃與筠陽龔端并游太學，而兩人皆極貧，包腰負篋，徒步來京師，羈旅道中，諷誦不輟，見者以爲異人。諸公博士閲其程文而驚偉之，數與太學上游并試，而常角出其上。方天子興辟雍，一道德，而取士皆出於學校，四方英俊之所聚，而識與不識，一時名士皆爭與之交，公亦與人傾倒無不至，而公之名聞天下矣。

補太學上舍，與賈安宅等同日釋褐，除相州教授。又爲廣親北宅宗子學正，徙編修國朝會要所檢閲文字。近臣薦公上殿，改宣教郎，除秘書省校書郎。遷尚書右司員外郎，以直龍圖閣爲荆湖南路計度轉運副使。

方天下隳於久安〔二〕，吏不習事，事多廢職，而公爲人精敏勁果，於職未嘗苟。其在秘書也，患群書散亂不屬，取昭文、集賢、史館之書，各歸其庫而標目之。會徽宗駕幸省中，閱其書如開群玉之府，而見珪璋琮璜之狀，各有次第而可數也，稱歎久之，由是驟擢右司。

湖南去京師遠而財用狹，歲久積逋不復斧，公責諸郡補發，是歲漕粟萬户而下。天子以公長於理財，召爲大府卿，遂除户部侍郎，爲大遼館伴使，兼定一司敕令，又兼侍講。未幾，除開封尹，兼侍講，充神霄玉清萬壽宫判官。神州浩繁，治常屈於豪右，而公遇事果敢，無所回憚。又嘗以事忤蔡京、王黼，乃復爲户部侍郎，即以徽猷閣待制出知安州。已而提舉江西州太平觀，又責授崇信軍節度副使，衡州安置。

後二年，召赴闕，實宣和七年也。除顯謨閣直學士，知開德府。值北邊有警，改差親征行營司參謀官，又改差隨軍轉運使，又除户部尚書，兼領開封尹，拜延康殿學士、淮南等路發運使，復爲户部尚書兼領開封尹，遂拜中大夫、同知樞密院事。方議和好，乃以公爲大金軍前河東國信使〔三〕，公亦自請行，以身試不測之虜，而一介行李卒不返。今上即位之明年，除資政殿學士，提舉西京崇福宫。又二年，始知公至絳州及於難，靖康丙午閏十一月十二日也，享年四十有九。訃聞，上震悼，贈典有加，禄其子孫、内外親屬而官之，太常謚曰榮潛。

曾祖諱經，太子少保；祖諱榮，贈太子少保；父名用之，朝請大夫，是時年八十七矣。公娶鄒氏，封永嘉郡夫人。子男二人，昂嘗任鴻臚寺丞，昇前廬陵縣尉。孫男五人〔四〕，堯臣、舜臣皆某官，周臣、晉臣、唐臣，尚幼。女三人，洞真適脩水黄尚書之孫揆，安福縣主簿；葆真適艾慶嗣，玉真適黄旦，二君皆用公恩澤補右迪功郎。有文集三十卷，編次歷代史門類二百卷，藏於家。

嗚呼！士患無才或不逢時，觀前世有爲之士，投功名之會者衆矣。一離譴逐，或終身不復顯。公起儒生〔五〕，陟禁近，雖非意遇讒，值天下多事，復起而膺大任。人謂以公之才而遭此時，必可以任世之重，而有功於天下者，至是莫不歎其志未極其用，而惜其命止於斯也。當時議者尚或咎公當本兵之地而以身任河東之役，此不猶愈於畏怯回撓，而以死生禍福爲一身顧計者乎？受命以出，有死無貳，公則有焉！於是爲之銘曰：

公幼自奮，硉矹瓌奇。崛起田里，名震京師。上方嚮學，鋤類嫭茀。雲漢昭回，下飾萬物。公於此時，燁然有聲〔六〕。橋門環聽，鏗鏗説經。由是取進，大官大職。忽離讒逐，謗焰未熄。天子念之，訪於江湖。鋒車星發，召登西樞。衆方危懼，公不退轉。勇於徇國〔七〕，遂及於難。一心險夷，公謀則早。處此誠難，後世可考。

【校記】

〔一〕璧　原作「壁」，據四庫本改。

〔二〕隳　原作「隨」，據四庫本改。

〔三〕信使　原作「使信」，據四庫本乙。

〔四〕孫　原誤作「生」，據四庫本改。

〔五〕儒生　原誤作「公生」，據四庫本改

〔六〕燁　四庫本作「奕」。

〔七〕徇　原誤作「循」，據四庫本改。

故右朝奉郎通判筠州黃公墓志銘

維黃氏居邵武軍者，世系遠矣，代有顯人。公諱秠，字伯瑞，建炎帝相諱潛善子也。曾祖諱亨，朝散大夫，贈太傅。祖諱景，朝散郎、秘閣校理、充徐王府侍講，贈太師、申國公；父光禄大夫，守尚書左僕射兼門下侍郎、御營使；母徐氏，吴國夫人。建炎初，虜犯東京〔一〕，僕射自河北領兵入覲，總御營使，大策秘畫多更其才。不淹旬，國步再安，可謂有勛力於再造。未幾，虜復飲馬於淮泗，言者歸罪於僕射〔二〕，貶嶺南，以疾薨於某州。僕射唯公一子，護其柩以歸，冒兵盜，間關梗澀，至吉州遂留以葬，因家焉。

公自幼爽悟不群，有志節，自喜讀書業文，舉進士未就，以父蔭補將仕郎〔三〕，爲御營副使下書寫機宜文字。丁父憂，服闋，權虔州會昌縣丞，調南安軍司户，改差吉州判官，轉通直郎、知南康軍建昌縣。任滿，通判南雄州，轉朝奉郎、通判筠州。待闕五年，貧甚，以疾終於家，實紹興二十六年六月二十四日也，享年四十有九。視其居，如寒士窶人之家。太守黃公某、通判趙公某爲棺殮乃辦。

公生相家，宜挾貴胄氣以臨人，而乃詳練州縣簿書、米鹽劇務，疑獄滯訟，剖决如神。至於倉猝遇變，無所回撓，如孫吴之用兵，乘機必行，無不勝者。在會昌，其年甚少，知縣吴兢爲强寇所執，公單車造其壘，動以禍福，令持田器爲農民，群寇悔悟，悉解甲聽命。公與吴兢聯轡而歸，觀者駭歎。

其在吉州也，一日戍兵謀殺主將，燒營以爲亂，太守陶公愷素知公，問計安出，公語其衆，推首亂者數人戮之，餘釋不問。明年，駐泊統制官湯尚之軍中有唱言欲爲變者，公時攝郡事，往諭主將，收爲首者數人繫於獄，密以聞於朝。尚之既更戍，乃取繫獄者誅之，州人初不之驚〔四〕。公之設施大率如此。

方少年時，自負其材，欲由場屋以自奮，會其父當國，不令子弟取應，慮塞天下英俊之路。當時議者未以爲然，厥後有持權勢熏轢天下者，盗取名器，以紈袴小兒置高等，壓四方髦士，重官累印，窮極貴侈，然後乃知公家僕射真賢宰相之所爲。方盛時，以公書寫機宜文字扈從之勞，循資而已。僕射身後未叙復，公又弗克享於壽，宜其豐爵厚禄不及其身，然安知其後世不蕃衍而不卒亨也哉！

公娶朝散大夫兖彦章之女，先公十二年而卒。男三人，曰旻，始受公致仕恩澤；曰夏，曰夔，應進士舉。女二人，長嫁右迪功郎尉遲孝友，次在室。孫男一人，恞。孫女二人。卜以二十七年某月日葬於廬陵縣儒林鄉鳳凰洲劉家嶺僕射墳之次。銘曰：

士惟才兮，幸而出乎名胄。視爵禄兮，若取諸其左右。公獨不然兮，耻以閥閲抑寒士而爭進取。有此一段兮，可以監權臣，垂百世而不朽。爵不耀厥躬兮，天復奪之以壽。又孰知其天兮，不卒大於其後？

【校記】

〔一〕虜　四庫本作「敵」。

〔二〕僕射　原作「公」，據四庫本改。

〔三〕仕　原作「侍」，據四庫本改。

〔四〕之　原作「知」，此據四庫本。

故令人劉氏墓志銘

前兵部侍郎兼侍讀廬陵胡公名銓之夫人劉氏，世爲贛人，故中散大夫、提點荆湖南路、廣南東路刑獄諱敏才之女，故吏部侍郎諱景之孫，贈金紫光禄大夫諱揆之曾孫。夫人幼令淑，中散賢之，在荆、廣時欲擇對，閱士無可許者。是時侍郎方爲進士，才譽傑出，名震場屋，中散聞而説之，唯恐不得當也。

夫人名德靚，年二十三歸於胡氏，不以其祖、父嘗貴顯，而事舅姑與祖母太孺人唯謹，視兄嫂如舅姑，又能協於上下内外。春秋祀事奠饋，必遵胡氏家法尤肅，凡閨閫職之所宜執者，無一事廢墜。繇是侍讀始不以家事拂其心，而得盡力於學，少年登甲科以榮其親，夫人之力也。既入朝爲樞密院編修官，天子將擢用之。會秦氏當國，固寵怙勢，一時權力熏轑天下〔一〕，中外憤嫉，莫敢逆其鋒。侍讀上書力折其奸，至乞斬檜。或諷夫人止之，恐禍不測，夫人曰：「彼方爲國言事，且不謀於婦人，止之非吾事也，特安之而已。」侍讀坐是貶新州，又貶朱崖，逾嶺海，行萬里，猝遭驚濤駭浪之恐，而蛟鰐黿鼉之怪出没左右，夫人不爲動色，家屬恃以爲安。幸而登平陸，則島夷雜處於荒陋區區窮絶之鄉，亦未嘗一日不自得，使侍讀飄泊海嶠十八年，全家北歸，如不曾涉蠻風蜒雨也〔二〕。於是禍患不能動其心而甘窮困，間關萬里之外以全其節，志節愈高，名與嵩岱等，豈非夫人善自守而以相其夫子之力哉！嗟夫！不以貧賤富貴累其心，今學士大夫之所難，而以女子能安而行，其賢於人也遠矣。

秦氏既亡，侍讀内徙衡州，夫人歸廬陵治家事。以戊寅九月十有四日終於家，享年五十有四。男四人，泳、澥、浹、濤。女五人，長適太和縣鄉貢進士嚴萬全，次適福唐葉昌嗣，次適上饒方自厚，餘在室。孫女一人，相孫蚤夭。孫男二人，侍孫、嘉孫。夫人自紹興丁巳以冬祀恩封孺人〔三〕，滯留海南，今侍讀始湔除罪籍，進用於時，贈典煌煌，蓋未已也。

己卯七月乙酉，葬夫人於廬陵縣中鵠鄉於山之原。隆興甲申上初郊，加贈令人，泳亦以恩授右承務郎。廬溪王某爲序而銘之，銘曰：

男兒爲國奮不顧，女子知義良自許。出門萬里忘憂苦，欲助高名振寰宇。空山埋玉知何處，松楸參天神所護。樵兒牧子不可度，上有華表千年柱〔四〕。白鶴飛來解人語，大宋忠臣夫人墓。

【校記】

〔一〕轑　四庫本作「轢」。

〔二〕涉　原無，據傳校加。

〔三〕祀　原作「賜」，據傳校改。

〔四〕年　原作「里」，據四庫本改。

故王夢授墓志銘

君諱鴻志，字夢授，其先爲東平王氏。有名樸者，佐周世宗爲樞密使，五季之亂子孫散徙。君自高祖以來，爲吉州廬陵人。祖諱九疇，贈右奉議郎；父諱廷俊，隱於鄉閭。方熙寧、元豐間，太平文物之盛，廬陵號多士，戰藝之徒推王氏爲先登。君之叔諱廷彥，弱冠登第，仕至江東西部使者。次叔廷老，博究群書，名擅場屋，尤邃於禮學，暮年官於嶺南。會天子修辟雍，造大成殿，議先聖冕服，群言枘鑿，大臣言廷老曾進説登聞匭中，自賓州驛召至京師，爲禮制局檢討，冕服制度卒用其議，由是言禮者皆尊王氏爲宗師。

君幼與群從兄弟學禮於檢討公，檢討公嘗語余曰：「諸子弟皆善學，而鴻志尤敏悟，他日必有聞。」時王宫教授鄭西元輿太學名儒，閲君試卷而稱賞之。大丞相劉楚公猶子巘出使七閩，爲孫女擇對於庠序中，鄭公獨以君爲可，遂娶劉氏焉。會舍法興，以職事掌永豐龍泉縣，學士嚮慕之。靖康以來，科舉兼用詩賦，君素不喜工雕篆之文，杜門不復進取，築林館於喧囂之外，以延士大夫。待制劉公倜以「冲遠」名其堂，侍郎劉公才邵伯以詩美其高蹈之迹，則其人可知也。

君之室劉氏、毛氏皆蚤亡，會成都運使馬公居中北方囗僑寓境上，以賢謂公而以季女歸之。子男二人，曰仲約、仲恂，皆傳家學，誦説有法度〔一〕。女二人，孫男一人。君以紹興丙子正月晦終於家，享年七十有六。卜以是年十月戊寅葬於廬陵儒行鄉廬陂之原。其孤以余雅與檢討公舊游，又熟識其先君，扶服來乞銘。盧溪王某爲之銘曰：

議禮或失，其説星分。諸儒蜂起，簧鼓淺聞。詔君叔父，詣金馬門。一時大册，卒聽討論。君守家學，益造淵源。升堂誦説，厥聞益喧。不耀其章，老於丘園。風流未泯，有考斯文。

【校記】

〔一〕度　原作「男」，據四庫本改。

卷四十四

墓志

故右武大夫江南西路兵馬都監西河縣開國伯許公墓志銘

公諱仲，字彦時，世爲汾州西河人。曾祖源，祖士宗，皆業儒。父建，贈武節郎。妣翟氏，贈太恭人。公爲人鷙勇有大略，見先世業儒不效，弃去，學兵法，騎射絶人，思立功萬里之外。

紹興之初，虜尚雲擾河洛間〔一〕，大將張俊聞其材，招置麾下，數有戰功，授武節郎。復以捍扼大江之勞，轉武德郎。劉豫兵犯淮南，公從都統劉寶破豫大安寨〔二〕，臨陣斬其驍將司貴，由是轉武功郎，又轉武經大夫，用淮西出等功，特轉右武大夫，誥詞褒异。從都統王進屯池陽，軍中機務悉以委之。又統江南西路準備將領，又爲都統王陞軍中訓練軍馬，改差東南第七副將。又爲王陞軍中第三副將，改差東南第六將，又改差荆湖南路兵馬副都監。復爲王陞軍中第二將，本軍録其摧敵搴旗之勞，奏乞特與外任，改差江南西路兵馬都監，吉州駐劄。凡四遇郊禮，累封至開國伯，加食邑至九百户。紹興二十七年五月己巳以疾卒於官舍，壽六十有一。

公初補官，適大丞相張公都督大軍咸集，欲以觀射，公挽强弓連破的，由是知名軍中。參政魏公良臣、尚書張公澄一時要人，咸稱薦之，公亦欲自奮以顯於時。會敵人請和，天子亦欲養息生靈，休兵革，偹太平，而智謀英勇之士無所用其勇，故公官爵止於此，而惜乎用未極其材也。於時士大夫争以文儒進〔三〕，而公晚年亦好觀書，延師儒以教子。

公娶張氏，封恭人。生一子，曰汝楫，以蔭補忠訓郎。幼警悟，雍容雅度，不類將家子。折節讀書，弱冠游場屋，已兩與漕臺薦舉，蔪蔪然視科名可掇取〔四〕。公之後復以儒起家，可謂榮已。女二人，長適忠訓郎劉允中，今亡。次適成忠郎張炳。孫一人，曰紹祖，尚幼。

其孤以某年某月日奉公之柩葬於某所。廬陵段允狀公之始末，與其孤汝楫偕來乞銘〔五〕。允同郡名儒，而汝楫嘗執經從之游者也，知公之詳，而其言可信。盧溪王某爲序而銘之曰：

公初執戈，虜渡湟水。詔大將軍，中征不軌。將軍謂公，材質之美。持半段槍，排折馬棰。嘗爲軍鋒，先登摩壘。手斬桀賊，功不旋跬。敵人退驚，飯反箸已。遭時罷兵，英雄老矣。百有一試，所出糠粃。儻盡其材〔六〕，業胡止此。今公有子，乃舉進士。感發自幼，雍容閑靡。兩貢南宮，幾掇高第。由是以顯，夫豈不偉。

【校記】

〔一〕虜　四庫本作「金」。

〔二〕都　原缺，據四庫本增。

〔三〕時　原作「世」，此據四庫本。

〔四〕掇　原作「輟」，據四庫本改。

〔五〕銘　原誤作「盟」，據四庫本改。

〔六〕盡　原缺，據四庫本補。

故歐陽縣丞墓志銘

歐陽氏得姓遠矣，文忠公《譜》有曰通者，仕唐尤顯名。通三世生琮，爲吉州刺史。琮八世生萬，爲安福縣令。自萬至鄂，始居安福。至公曾祖諱載、祖諱瑜，皆隱居。父諱安稷，淹貫群書，兩與賢能之薦，四試禮部，將辯論而官之〔一〕，以疾卒於京師。公自太學跣足護其柩以歸。

公諱皤然，字達可，天資夙悟，尤邃於經。方三舍法行於郡國，達可携諸弟入泮宫，皆有聲，每試輒出頭角。宣和元年，以上等校定試入上等，與弟廷光聯貢於辟雍。明年達可升補太學内舍，未及再試而舍法亦罷。父母既没，遭兵火，里巷無尺椽，惟先府君所建精道堂獨存，兄弟四人同居其中，衣食無异〔二〕，鄉人欽慕之〔三〕。紹興十二年，該廷試，授右迪功郎、潭州牧縣丞〔四〕，以潔廉介特爲上官所知，凡一路疑獄及滯訟屈於權勢而不敢决者，悉以委公。由是人争薦之，凡得七章，以考未足，止關升右從事郎。

在武岡時，溪洞楊再興阻兵摇亂，朝廷下銅獸符，發武昌兵躬討。軍無宿儲，守令搏手無他謀。適樞密院删定官方公疇爲通判，方公有异材，密使饋糧，不數日而賊破。當是時，群蠻視方公號令如風雷，邊氓感方公恩德如再生，獨太守不察機事有不可旋踵，乃以方公爲侵權，起大獄。聞於朝，群情悩悩，達可率同僚欲白太守，辯其事之所以然。郡僚有平昔游方公門者，反背誹助成其獄。此正韓退之所謂平居强笑語，至落陷阱，不一引手救，反擠之又下石焉者，皆是也。小人之態自昔如此。厥後太守卒以言罷，而方公亦湔洗，功狀粲然，皆如達可之言。

武岡縣令素遲緩不集事，而軍須皆達可出力。及奏功，則推美於令，而令受其賞，此尤人所難者。嗚呼！事難乃見君子，達可行己臨政皆有過人，不可以毛舉，故取其大概志之，則其平生操履節義皆可見矣。余嘗見方公手書與達可，有「高義絶識，追配古人」之語，乃知其事之信然，追配古人非虚語也。秩滿，就移攸縣丞，忽一日，聚群子弟侄語平生，若將之官而相别者，是夕得疾，終於家，實紹興二十有九年六月五日也，享年六十有九。初娶彭氏，再娶左氏。男四人，長不及名，次如圭、如熏，皆力學。季尚幼。女一人，適進士劉大亮。孫男一人。明年十一月甲申葬於邑之北鄉南嶺之原。如圭携其先友左君時彦所撰行狀來乞銘，爲之銘曰：

天馬汗血，一噴千里。自負其良，深藏不市。力方盛時，誰或縶之。至於老矣，骨猶駿奇。如君盛年，頭角軒軒。使之得路，如驥騰騫。邅回晚節，其氣猶全。萬不一試，而止於斯。其平生氣節行藝，猶可托銘詩以概見，於後世而傳焉。

【校記】

〔一〕之　原作「人」，據傳校改。

〔二〕异　原作「略」，據四庫本改。

〔三〕欽　原誤作「飲」，據四庫本改。

〔四〕攸縣丞　原作「牧縣再」，據傳校改。

故王氏墓志銘

夫人王氏，其先蜀人，五代之亂徙居江南，因爲吉州安福人。有諱繪者，仕南唐官爲承旨。繪生謨，皇朝賜本州文學，調袁州宜春主簿。夫人蓋謨之曾孫，而父、祖皆晦迹不顯。十九歲歸於同邑劉氏諱昱，字明叔。

方是時，王、劉俱以財雄鄉里，而夫人天性儉簡，屏内静嚴，服玩無纖靡之飾。姑窮居二十有八年，病風瘍，凡飲食卧起必須人，而夫人朝夕候伺，靡不順適其意。建炎末，米斗千錢，諸豪方閉貯，夫人獨語其子曰：「歲饑，盗賊蜂起，廥積盈腐〔一〕，非福也。」乃盡發宿侍〔二〕，斗直唯取十之一〔三〕，鄉閭多賴以活。明年，劉大任據郭江作亂，所過焚掠殆盡，獨留夫人之居滅炬弗焚。厥後雖火於他盗，亦有以見夫人智慮之高，而賊亦初有所激也。

夫人以紹興四年二月丙戌終於家，卜以十一月庚申葬於清化鄉洛陽山之上澤岡。其子彦弼泣語余曰：「吾母生平嚮重儒士，而使子孫皆從君游，非一日也。若得君文銘其墓，亦庶爲慰先魂於土中。」於是赴其葬而許以銘焉。

蓋余初舉進士時至其家〔四〕，夫人喜甚，即具飲食，令其子相款締。逮余隱居鳳停山，諸孫亦鼓篋相從於巖穴之間。既而中原擾亂，衣冠避地來江南者踵相屬，夫人悉能言其若某人者當是知名士也，使其子厚交之。自是交游日廣，名譽浸聞於人。嗚呼！婦人女子生僻陋之邦，而識量高遠如此。死之日神色不亂，出奩中物區處後事，皆宿有籤識，無毫髮遺恨，言訖儼然而逝。

夫人享年七十有九，後其夫之死二十有二年。子男二人，彦直，少年克家，先亡；彦弼，幼負材能，紹興元年大丞相朱公安撫江南日，因軍興，補迪功郎，辟臨江軍新淦縣尉。女三人，長適同邑許特立，次適武進士校尉彭安衡〔五〕，次適王庭瑋。孫二人，曰冀、曰翼，皆業進士。銘曰：

豪宗侈家，鮮不覆墜。亦有能傳，至於累世。孰知其天，示而弗閟。婦人得之，兹尤可貴。蓄厚報遲，必在其裔。考此銘詩，庶幾無愧。

【校記】

〔一〕𡼏　原作「𤸫」，據四庫本改。

〔二〕徬　原作「峙」，據四庫本改。

〔三〕直　原作「置」，據四庫本改。

〔四〕家　原缺，據四庫本補。

〔五〕武進士　原作「進武」，據四庫本改。

故劉元弼墓志銘

居士姓劉氏，元弼其字也，諱茂實，世居吉州安福。祖父時家富饒，子孫悉遣就學。余自幼時與元弼聯茵席，共燈燭，從師授業。崇寧初，三舍法遍行郡邑，元弼與群從昆弟紆侈袂，曳方履，鼓篋升堂，有聲於庠序間。既而群從昆弟多貢於京師，獨元弼偶試一不中，即弃去，不復進取。藝圃種竹，結茅屋秀峰之下，曰遠庵、筠亭，藏書萬卷，日哦其間。性獨嗜酒，酷好吟詠，其爲詩非若羈旅失志、雕刻肝腎、憂愁哀怨者之所爲，其詞澹然適意而已。其嗜酒非若狂夫使酒罵坐，與夫露頭狗竇中叫呶以驚人者，引壺觴以樂賓客而已。終日寓此二物，而細故不入，其達生知足者耶！

紹興二十六年四月十八日，過從弟家飲酒，至醉而歸，笑語如平時，神氣不亂，是夜終於所寢之室，壽七十有八。娶王氏，盧溪之姊也。有子一人，曰飛鵬，今爲材進士。女一人，嫁王顗。卜以是年十一月甲申葬於秀峰之西古茶園。銘曰：

酒有何好，中藏妙理。詩非窮人，窮乃工爾。二者皆樂，卒以樂死。便爲勝士，古亦如此。

故段夫人墓志銘

故廬陵秀才李愷字彦强之夫人曰段氏，其先臨淄人，至唐段成式爲吉州刺史，因家焉，今爲吉州廬陵人。父諱蕡，字仲實，官至承議郎，方布衣時，以文行知名縉紳間。南昌黄魯直有盛名於文章，不妄器許，嘗過其友硤江蕭公餉家，見其文，拊髀驚嘆。後爲太和令，始相與深交而力延譽之。承議公既登第，調筠州高安縣主簿。時蘇太史謫監高安酒税，一見异其材，日與論説古人製作關鍵，手爲校正《國語》等書，承議公由是文章益進。夫蘇、黄以文章擅天下，而承議公乃得俎豆兩公門下賓客之列，其風流人物可想而知也。

夫人自幼習見其父出入蘇、黄之門，言論俊偉，遂能誦蘇、黄之文，皆略上口而通其大意。至於六經、《國語》等書，皆涉獵焉。承議公愛之，選婿得李愷而歸焉。其姑永壽縣太君嫠居，治家嚴肅，唯喜教子，坐堂上，日聞弦誦聲，故其子沈博學，登乙科，仕至升朝，有聞於時。愷不幸學成而壽嗇，夫人傾奩具〔一〕，益買書，縱諸子交四方賢豪，以卒其業。於是乃令其子懇負其藝於廬陵，糊名數千人之中，四取鄉舉。幼子恕嘗爲都魁，再舉登第，調贛州司户參軍。二子皆名震場屋，而恕先决科，鄉人榮之者，繄其母之賢也。夫人初以孝謹事其姑稱賢婦，以賓禮遇其夫爲賢妻，以詩書自教其子，而識其子之所與游者皆偉人，可謂賢母〔二〕。婦人之德莫隆於此，故略其細行而志之。

夫人後其夫二十一年以疾終於家，實紹興二十五年十二月庚寅也，壽八十有四。子女十有二人。男四人，長曰嵩，次曰悠，先夫人卒；次即懋、恕也。女八人，適進士蕭憲、曾韶、蕭繼祖、劉拱辰、彭椿年、劉彦京、曾彦謨、段允。孫男六人，黯、點、符、熙、篆、簡。孫女八人。曾孫男二人、女一人。卜以二十七年正月丙申葬於延福鄉榮岡之原。

夫人之侄段允字世榮，少有令名，與其孤懋、恕皆嘗從余游，謂非余孰宜銘。允乃狀夫人之平生，偕來以請盧溪王庭珪爲銘而書之。銘曰：

夫人之先以文鳴，歸逢其良以儒稱，遂能漸揉談六經。傾奩買書充屋楹，坐令諸子拾紫青，女子之事斯爲榮。又能遣子交豪英，試與俱來端可驚，厥德既侈法宜銘。

【校記】

〔一〕具　原誤作「且」，據四庫本改。

〔二〕母　原缺，據四庫本增。

卷四十五

墓志

故右奉直大夫康公墓志銘

康氏世爲開封祥符人，公諱翼，字南仲。性孝謹，通練時務，能談當時事，冗穴弊源，皆有本末。故入仕以來，所至有聲。初以蔭補太廟齋郎，授將仕郎、衛州新鄉縣尉，當塗交薦，升從事郎，又升儒林郎、監定州北岳廟，改宣德郎，監在京廣衍倉。爲博州司録，知興仁府南華縣，監左右騏驥院草場。

靖康改元，轉朝散郎，賜緋衣銀魚。除開封府户曹，將擢用矣。是歲金虜再犯東京，公携家自圍城中出，望江淮南走，冒百死求一活而不自保也。會張丞相召入，相遇，入建康論時事，知其材可用，既拜相，除公知德慶府。

德慶所隸止兩邑，賦入無贏餘，改升藩府之後，前政輒會肇慶例，百色皆增於他州，至是財用頓窘。公究其弊，曰：「元不曾申明朝省，一切當如舊。月給減省，宜自太守始。」由是財用僅足，而官吏請給亦不闕，人皆難之。劇賊猝起湖湘[一]，擾二廣，將犯德慶，去城十餘里列寨，城中恟恟，咸請避賊。公曰：「我非不知驅羸卒守不可恃之城[二]，以當倉惶蜂起之賊，勝負未可必。但守吾城，不可以去。」乃率州兵保甲登城，列旗幟以候。賊聞鼓聲，謂城中有備，一夕引去。州人德之，繪公像於家，示不忘也。

自德慶罷歸，年未六十，不復仕宦。卜築廬陵，閑居二十六年，以某年某月某日無疾危坐而化，享年八十有二。官至右奉直大夫、文安縣開國男，食邑三百户，賜紫金魚袋。

公曾祖諱九齡，故東頭供奉官。祖諱浹，故贈通直郎。父繼隆，故朝議大夫，贈金紫光禄大夫。母趙氏，累封安康郡太夫人。公娶胡氏，次董氏，次謝氏，次嚴氏，次董氏，皆封宜人，先公而卒。男三人，長曰行簡，早卒；曰光禄，右迪功郎、連州司法參軍，知書能文，卒於官舍；次曰照祖，前潭州善化縣主簿。女二人，長適進士李元卿，先卒；次適進士曾昀。孫三人，寧之、慶之，皆將仕郎；永之，以公致仕恩澤奏未下。將以是年某月某日葬公於廬陵縣儒行鄉青湖山之原。右奉直大夫謝公鐸與公同辛苦渡江，知公爲最詳，以狀來求銘序，而銘之曰：

公材足以經世，未始出而自媒。守孤城於海嶠，當凶寇之猝來，驅羸卒以捍敵，志臨危而不回，賊亦引退，城亦不頹。迨今無有知公者，余謂世之君子，非特不能知，知亦不能用，用亦不能盡其材。作此銘詩，以寫其哀。

【校記】

〔一〕猝　原作「賂科」，據傳校改。

〔二〕羸卒　原作「卒羸」，據四庫本乙。

故左朝奉郎前知潯州董公墓志銘

董氏於吉州爲顯姓，世居永豐縣，其族繁衍，時有聞人。公之曾祖諱洙，擢進士第，爲桂州觀察推官。祖諱師範，右朝奉郎。考諱唐，贈右中奉大夫。

公諱觀，字坦叔。幼孤，能致其孝於母。稍長，慨然有志於學，欲自奮以榮其親，弃資産勿問，委昆弟以養母。年未冠，藐然孤童，徒步入東京。聞有太學者近天子之居，天下豪英俊傑鼓篋其中，公一試而入焉。時方重經術，往往脱傳注而得經旨於文字之外，學成嘗與太學薦名。會三舍法遍行海内，太學生悉歸本郡從里選，以興於學，公復以鄉舉貢於禮部。試不得志，自是以經術教導鄉閭，族人子弟皆從之游。有以文章廷試魁天下士爲狀元，不數年遂參大政者，亦公之侄也，可謂盛矣。

宣和甲辰，公始登進士第，調舒之太湖尉。值丁進之亂，官吏皆避匿，公獨陳討賊之策於提點刑獄馬公，勒弓手與州兵會，卒殺丁進。馬公上其狀，以功循文林郎，又改宣義郎。秩滿，道中復聞李成鈔劫行旅，百姓奔亡，至江不得渡。公告急於彭澤令，得舟以濟，復回舟渡奔亡者，渡絶而賊旗至，人咸以再生德之。後知南安軍南康縣、臨江軍新淦丞，以朝奉郎知潯州，所至皆有治績。潯州罷歸，築室郡城之東，有江山之樂，不復出仕，遂致其政以終老焉。

公雖不大顯用於時，退居江上猶二十年，未嘗一日戚戚於懷。遇今上即位，轉朝請郎，賜紫金魚袋，享安佚之榮，亦人生之所難得也。壽八十有六，忽呼兒孫如平時，訓以勿負墮，即奄忽而終，隆興二年七月二十九日。

公初娶曾氏，再娶許氏。子男二人，皆曾氏所生。長曰逢吉，早亡。次曰膺，右從事郎、知融州融水縣。女一人，嫁進士曾彌高。孫五人，長曰伯璋，逢吉子也。次曰聘、曰珏、曰瓌。曾孫八人，大猷、大雅、大節、大亨、大受、大任、大成、大明。是歲閏月九日，葬公於新淦縣揚名鄉慕善里金剛山之原〔一〕。其孤以興化太守張景純狀公之行事來乞銘，銘曰：

公以孤藐，振拔崎嶇。徒步千里，登名天衢。初仕得尉，邑當太湖，大盜猝起。官僚四逋，公獨建議，卒擒凶渠。有材如此，未盡發舒，時莫能用，宜有後歟！

【校記】

〔一〕金　原作「今」，據乾隆本、傅校改。

故縣尉劉公墓志銘

君劉氏，諱彥弼，字英臣，世家安福之北四十里曰東岡，蓋古毛亭之地。王烈之《安成記》「厥稻馨香，飯如凝脂」，即此毛亭也，故其俗貴重農桑，不趨末業。君自高曾以來，家已富殖而好施，然爲士者尚微。至大父時，始置屋，延納鄉里宿儒，使子弟擇術受業，由是東岡之劉彬彬然多儒其家矣。

君考諱昱，尤能捐金帛買書至萬卷。君自少强敏，能讀其書，長而才具秀發，亹亹有聞於人。建炎初，江湖盜起，余避亂山中，君亦橐其書以相從，倉惶轉徙，未嘗一日廢書不觀，於是益知君才行爲詳。與兄之子冀同室廬無异殖，僅三年矣，如其父不没，鄉閭以爲難。兵興，歲薦饑，人方閉庾廩，乘民之急，君獨先時平其直出之，價卒不踴，歲歲如是，遠近德之。

性和樂，喜賓客，居家與待交游，終日不見墮容〔二〕，尤能振人之窮急。君之居鄉大率如此。士大夫識之者皆知其有學問，獨恨其平生以貲蓋其才，故不能顯。大丞相朱公以軍興制置江南，君因補右迪功郎，有薦其才，用權新淦縣尉。提點江淮荆浙等路鑄錢向公行之、直秘閣知道州向公宣卿，兩公皆一時顯人，咸辟薦之〔三〕，未及行，君已得痼疾，紹興十二年九月二日終於家，年五十有二。以十二月三日葬於清化鄉鴨游原。

娶王氏。男一人，庭堅，初業進士，是年與兄之孫暕俱以外姻故丞相吴公遺表授承信郎。女一人，余之子曰頔，其婿也。庭堅以君從余游最久，且有姻婭，泣請掇其事志之。志成，人以爲無溢詞，乃使刻而措諸墓中。復銘之曰：

士生一世兮，或不遇時。善積一身兮，人或不知。人不知兮天知之，唯天知兮必報施。

【校記】

〔一〕墮　四庫本作「惰」。

〔二〕辟　原作「群」，據傳校改。

故彭夫人墓志銘

廬陵段允喪其母三年，厄困不能舉，挾書册走四方爲旅人，欲盡力致其孝以葬。紹興十四年正月，抵廬溪，狀其母以告曰：「葬有日矣，卜以三月壬申作馬鬣於儒行鄉樟山之岡，求文以銘其壙。」余嘗與段之父元美并游學校〔一〕，又及識其大父承議公，因以知夫人之賢，是宜允之來請也。

夫人彭氏，世爲廬陵人。曾祖太常博士諱齊，以文章名播海内，一時公卿傾慕之至，今士大夫猶能誦太博之文。至於醉墨戲稿，時見於野史小説，則其魁豪風味可以概見也。祖諱説，不仕。父諱聞明，復能文辭，終於廣州觀察推官。與承議公同州里相好，又同登元祐六年進士第，故夫人得歸於段氏。

夫人生名儒家，涉獵書傳，知以禮義自飭，事其親以孝聞。至爲段氏之婦，事舅姑如事其親。承議公與賓客燕談，夫人治酒食，咄諾而具。其夫字元美，力學淹貫群書，取官不得志。夫人導以泉石之樂，卒能使承議公日與客飲酒而忘其家之貧，又使其夫不以得失累其心而終身不戚戚者，實有助焉。元美先七年而卒，其家益窶。夫人閨屏蕭然，聞其子讀書夜寒，聲出金石，則喜曰：「我幼聞先太傅微時如此，故用以起家。」於是夫人又能使其子甘寒饑，不以貧富動其心，而得自强於學問，至於有立者歟。今之爲士而不能安貧，苟冒突梯失其守者多矣。幽閨婦人能爲士君子之所難，是其爲德，豈不侈大矣哉！

夫人生三子，長曰允，有才行，鄉舉异等。次曰雍，亦好學。幼曰亶，柴毁而卒。女二人，長適進士蕭安行，亦以聞訃大慟而卒；幼已先夭。孫男曰芍。孫女二人，皆幼。夫人享年五十有八，死之日實紹興辛酉四月二十八也。吾既許段子以銘而序其事，乃銘之曰：

婦德弗耀，閟於閨門。能談詩禮，乃大其傳。亦既有子，而又有文。升於州里，頭角嶄然。人不稱其子而賢其母，謂真彭太博之孫。

【校記】

〔一〕元美并游　原作「元游并美」，據乾隆本、傅校乙。

故王氏夫人墓志銘

夫人王氏，吉州安福縣老儒王遵道諱行己之女。遵道業進士，有聞於州里，初以《詩》《禮》《論語》

等書自教，夫人讀數過輒成誦，耳聞目染，不待勤苦而成，字畫亦工。故人蕭公敞素善書，見夫人垂髫時學書，驚曰：「此女可教。」因授以筆法，由是書益好。遵道愛之，爲選婿，得同邑劉户曹邦傑之子大虛名敦實，未冠，以文行知名，夫人年十九歸之。逮事舅姑，内外歡忺〔二〕，無一异言。舅姑稱之，未嘗有一日不滿之色。又能以順相其夫，處其家以勤儉，至於奉賓客，車馬驟至則傾奩中物無吝情。

户曹公初爲明州奉化主簿，夫人長子曰思文，始就外學，日誦千言。夫人夜具短檠，手自縫紉而勉之，誦聲琅然，響徹鄰壁。縣僚聞而嘆羡，常語於家以激勵其子弟，而稱夫人之賢也。

夫人生三子，曰思文，兩貢於禮部。曰思問、思謙，皆俊而有立。女五人，適士人周鬱、段徽柔、伍稷臣、朱侯度、將仕郎李翀。孫男十人，作肅、九垓、作乂、作哲、作謀、九疇、九叙、九德、九扈、九齡。女九人。曾孫男六人，女四人。

大虛夙富學問而不樂進取。二親既没，年尚强，不復掉鞅於場屋，益讀書爲文以自喜。夫人雖好學，然知古今而識道理，視榮利亦泊如也。大虛嘗言：「吾得老於丘園以樂其生，不以富貴得失動其心者，吾妻實有助焉。」

夫人能爲小詩，大虛未嘗以示人，獨於余厚善，時得觀之，其意亦謂此非婦人女子之所當急，詩一傳於人，則争相騰播，卒掩其内行。然以婦人之知書識翰墨，又以教其子孫，非賢能若是乎？余觀夫人子孫滿門，皆穎秀而能屬文，固已知异日劉氏之後必有興者。寧遠縣丞江致堯叙夫人之行來請銘，每以賢婦稱之。嗚呼！可謂賢矣。

夫人以乾道乙酉八月微疾，忽呼兒孫環立左右，戒以孝弟輯睦，勿墮家訓，語畢而終，實二十日，享年七十有七。以丁亥十月丙午葬於安福鄉焦坑之原。銘曰：

婦德之賢，弗暴於外。良史不書，惟銘可載。行稱於鄉，歸宜其良。階庭競秀，蘭馨玉光。他年駟馬車煌煌，生不及享後益昌。

【校記】

〔一〕忺　四庫本作「忻」。

卷四十六

墓志

故左朝奉郎劉公墓志銘

劉氏世家安福縣，即古安成郡也。自宋彭城王義康廢徙安成郡，因家於郡之西隅，其族至今猶繁也。五代之亂，所在盜起，有劉德言者率游手之民團聚爲鄉兵，以捍閭里。事平，以其兵歸朝聽命，藝祖嘉之，以兵屬諸將，以文官賜德言，終於水部員外郎。自水部八世而生朝奉，諱安世，字世臣。幼敏悟，自知力學。時從祖諱溥方以能文博古爲世名儒，晚年魁天下，特奏名。每見世臣之文曰：「汝方髫齔，文已可觀，恨吾不見其成耳。」由是舉族儒業，皆從祖與世臣淵源所自也。

世臣自負其材，謂科名可必取〔一〕。每遇取士之歲，多士咸集，紆侈袂，曳方履，望棘門將鼓篋而入，輒以近親期服阻不得試。凡如是阻試者連更六次，豈天付之才而厄其早達，非命也夫？紹興十四年，始獲就試，是歲掉鞅者五千人，以君爲榜首。十七年，又以第四人薦，説者謂北斗第一至第四爲魁星，君平生未嘗遭黜落，纔兩試而兩魁多士，其材不可敵也。

明年登進士第，授岳州司户參軍。獄有野夫傭雇於大姓家〔二〕，父病乞歸省，主人不可，野夫徑去，其家誣以盜物而去。獄已具，君争之曰：「奴以孝而省父病，乃誣以爲盜。」衆服其説而釋之。郡丞以財用不足爲名，議減將校月支，諸軍日守司户之門且嘩，州民大恐。君曰：「給納吾職，非丞事也。」亟發帑給之，無一人敢叫譊者。郡丞初怒君，至是反自愧，作詩以贈君而稱其材。後爲永州教授，適丞相張魏公徙居是邦，今侍郎王公宣子綰銅虎符，二公皆注意延譽之。迨魏公再用，欲薦之而以讒去〔三〕，君亦抱疾求退矣。秩滿，改宣教郎，知贛州雩都縣。邑大而俗獷，有大駔孫氏、鍾氏爲害，异時爲縣者莫敢輒呵。君首窮治此二人，而枿其根芽，三年遂以無事。君素有微疾，當此冗劇，病益增，大守爲丐祠禄以歸，轉朝奉郎致仕，終於家，享年六十有八。

父思，贈右承事郎。母李氏，贈太孺人。妻彭氏，封孺人。男四人，格非、去非、勝非、知非，皆業進士，能文詞。格非奏補將仕郎。女二人，嫁李大年、羅昌辰。夔州録事參軍竇依君之考，臨終以諸子皆早亡、婚嫁未畢爲憂，君泣曰：「安世任此責，願無憂。」厥後聚諸孤同居，資産秋毫無私，諸孤婚嫁了方及己子孫。遠近聞風，負笈而來學者，户外之屨常滿。其學以明道通經爲主，不專傳注世俗之文。有文集三十卷，《論語尚書解》二十卷，藏於家。

遺命不得以佛事薦享，蓋平生所不喜也。將以乾道六年十月庚申，葬君於循化鄉封紫嶺之原。其孤携奉新宰楊廷秀所撰行狀來請銘。廷秀名萬里，自幼執經帳下，學成即登第，益能爲文以顯於時，不忘師學，嘗言：「張魏公丞相爲侍郎張子韶服友之服，今侍讀胡公爲清節先生蕭子荆服師之服，萬里今亦爲劉先生制服。」先期，門弟劉承弼復與衆私謚曰清純先生。嗚呼！師弟子朋友之道廢久矣，忽見此舉，可以興古禮，振頽俗，遂并書於石。銘曰：

世有通儒，清純静默。不求人知，名自赫奕〔四〕。挾藝射策，每發中的。三歷州縣，洗手就職。宰臣欲薦，命制其力。考其平生，勒銘於石。

【校記】

〔一〕可　原作「何」，據四庫本改。

〔二〕大姓家　原作「家姓大」，據四庫本乙。

〔三〕讒　原誤作「纔」，據四庫本改。

〔四〕奕　原誤作「突」，據四庫本改。

故孔氏夫人墓志銘

夫人孔氏，世居臨江軍之新淦，其族甚大，不知其所以徙。异時經甫伯仲以文章居顯位，名重天下，世號清江三孔，遂爲一世名門，士大夫偉其望而争與爲婚。逮崇寧鈎黨之説起〔一〕，取元祐以來名卿才士悉陷黨中，皆一時俊异也，於是三孔散徙，不敢以譜系自矜。唯夫人父俊民實其近屬，爲潭州湘鄉縣尉。與廬陵郭氏接境壤，知郭氏世業儒，有字君建者名播州里，遂以其女歸其子景聞焉。景聞既筮仕，監户部酒庫，獲轉運司文解。

夫人年二十三歸之，入門而少長相慶，喜其有孔氏家法而無孔氏閥閱氣。其祖姑老至百歲，封孺人，夫人事之積年，不見有苟慢之容。事姑尤謹，上下戚疏靡不愉悦。景聞所居當新淦舟車之衝，故人賓客日至，夫人密爲具酒食，咄諾而集，曰：「此吾職也，雖賣奩中物亦當爲之。」景聞初爲某州税官，懼瘴煙，不敢携家屬。

夫人生三子，長曰仔，已能立。次曰份，未冠，夫人日遣從師問學，夜則燭短檠置座隅，聽其誦書。份亦穎然异於常兒，自知刻苦磨礪，以成其材。景聞罷官歸，是歲科場份已預鄉薦，景聞亦驚嘆息，閭里識之者尚少。明年試禮部，遂登第，歸榮其親。於是人始知其材而翕然稱譽之，且嘆古之所謂賢母者，於夫人皆可考也。自出官，堂除三郡教授，改宣教郎，才譽浸聞於時矣。幼子偉，早夭。女二人，長適李揚，次適鄉貢進士羅全德。孫男五人，杞、梓、椿、柟、樞。

夫人以紹興辛巳七月二十六日終於家，年六十有七。某年某月某日葬於新淦疇陂之原。左朝散郎、通判贛州羅欽若叙夫人之行狀，其孤又以景聞之命來請銘，爲之銘曰：

孔氏崛起，震驚南斗。一時聲名，風生雷吼。江西氏族，無出其右。夫人在室，世習熏揉。來宜其家，爲婦爲母。以義教子，磨光剔垢。梯雲取官，如探懷袖。夫人之榮，尚考於後。

【校記】

〔一〕鈎　原誤作「餉」，據四庫本改。

故劉推官墓志銘

劉氏得姓遠矣，而君諱洽，字百禮，世爲吉州安福人。余幼從鄉先生劉公濟考其譜系之所自出，與郭明叔内翰嘗志劉氏之墓，皆云晋安成太守遐之後。公濟以文行爲鄉里儒宗，晚以特奏，廷試爲第一。厥後諸劉益蕃衍，彬彬多文學之士。君最後出，尤警悟絶人，讀書不常勤，忽一日閉户，經月不出，日誦數千言，過目輒不忘，比他人窮年盡氣勞苦而不得須臾息者，力常有餘。

會新法更用詩賦，老師宿儒既殁，士皆病之，君獨操筆如素習，精深律切，得唐以來作者之□□，由是聲動場屋，三擬鄉舉皆連中，遂登紹興八年進士第，調柳州推官。適太守以墨敗，經略府欲選能吏以撫摩其民，而部使者咸以君爲能，遂綰銅虎攝州事逾一年。

先是，郡有大姓以賄亂政，奸胥舞文廢法，又承創弊之餘，大獄方興，追繫接踵其道〔一〕。君辯其誣枉者湔滌之，數日之間，犴室幾空，老奸大姓縮頸遁逃。柳素僻陋，庠序墮廢。君爲興學，日延諸生登堂誦説，於是州之秀民輻湊，褒衣博帶，如齊魯焉。轉運使李公紹祖尤加識拔，奏辟爲屬官。成命下而君已病，時紹興十二年十二月十六日，終於柳州之官舍，享年四十有二。

祖諱質，父諱開，皆隱於閭里。子男五人，曰杞，力學有父風。餘尚幼。有詩賦論雜文十卷，號《青錢集》，藏於家。

君平生倜儻不事細謹，無貴賤皆與之游，至當官臨事剛果有不可回者。嶠南吏習苟玩，驟見君所爲，往往群嘲而飛謗，部使者久而卒知其賢，交章薦於朝。唯壽不究其材，使天假之年，當有著見以自顯榮於世。其孤卜以明年十一月丙辰葬於安福縣西萬石塘之原，泣叙君之始末，以君爲余門下士，來請銘。不可不銘也，乃爲之銘曰：

得官南走桄榔林，忽從青霄墮嶇岑。驥行萬里馳駸駸，出門折軸理莫尋。乘風破浪違初心，雲帆方張落蹄涔。爲銘子墓誰知音，萬里山高與水深。

【校記】

〔一〕其　四庫本作「於」。

故桂嶺劉府君墓志銘

君姓劉氏，諱章，字微之，盧陵宿學老儒也。爲人倜儻，善談前世治亂，其國家所以存亡興衰勝敗所繇，抵掌雍容，一座盡傾，莫能與之抗。其於書無所不讀，而名動場屋。後進慕之出其帳下者，皆嶄然而有聞。

少年時，與上計吏偕至京師，試不得意，乃上書言治亂之事，不顧忌權貴。久之，會蔡氏用事，變更治令，取當世宿望大臣嘗有功而不附己者籍其名，謂之奸黨；士人上書不合意者籍爲邪黨，而君之名在焉。天下義士嘆息，號黨籍爲仙籍，以其所籍皆賢者也，乃知賢者所得之禍反以爲榮耶。君坐是不得預三舍考選。宣和三年，始以免解登第，調賓州上林丞。會村民有告鄰婦殺其妻者，君適權尉事，驗視以爲非。太守怒，欲按之〔一〕，君争不已，忽遇赦兩釋之。由是太守始知君之賢，與諸司交薦之，關升從事郎，就移賀州桂嶺縣令。秩滿，以疾終於容州，建炎己酉九月二十七日也，享年六十有三。

君初娶歐陽氏，再娶敖氏。子三人，長曰德驥，次曰德麟，幼曰德象。德驥、德象同登建炎二年進士第。德麟嘗以才武舉至行在，德象以宣義郎終於廣州教授。德驥，朝奉郎、通判欽州〔二〕，罷，始扶君之柩歸盧陵，將以某年某月某日葬於某所之原。未幾，德驥亦卒，以治命屬其子某使來請銘，不可不銘。銘曰：

奮身業儒，崛起蓬藋。晚始登科，誰識此老。十年之間，復見二妙。三折蟾枝，宜大顯耀。胡嗇其年，殁於嶺徼。歸藏故鄉，勒銘以詔。

【校記】

〔一〕按　原誤作「接」，據四庫本改。

〔二〕州　原誤作「之」，據四庫本改。

故吕氏宜人墓志銘

左朝奉大夫前通判吉州軍州事趙公名伯璋之宜人吕氏，世居衛州之新鄉，譜系所自，時有□人。贈金紫光禄大夫諱持者，皇曾祖也；登封縣長官諱覺者，皇祖也；朝請郎、通判忻州諱無黨者，皇考也。長官有女弟適王氏，是爲顯恭皇后之外舅，宜人視后爲表姑。后愛其慧淑，欲留宫中以候其長，宜人性冲淡不樂也，然吕氏因之門户浸顯。公卿貴人走幣求婚於吕氏者〔一〕，吕氏獨欲擇對於士人中。會三舍法初興，通判公纔冠，屢中高等，馳聲庠序間，吕公初見以爲國器，遂許以歸焉。

宜人雖生於大族，德性柔淑，樂勤儉，能以法度自飭於閨閫，上承下順，無纖芥不滿其意。諸吕南渡，困厄不能自救者，悉力賙之，無少靳。方少年時，以閫内事自任，而勉其夫以學，遂中政和八年進士第。由是仕宦四十餘年，所至有聲，實有助焉。先任興仁府幕官，適軍興當干戈之衝，遣家屬奉太夫人版輿避地於壽春。太夫人欲留宜人於興仁，宜人泣請侍行。太夫人道中感疾，朝夕卧起飲食醫藥，獨宜人服勤左右，不見惰容，太夫人稱其孝謹。後太夫人去世，奉几筵如事其生。此雖婦人女子之所當爲然，而近世或以爲難。

宜人子男五人，曰師韓，補將□。女一人，初適右從政郎梁杲任□，適右通直郎、廣州僉判李琥。梁氏三子，曰公鼎、公弼、公偉，歸於趙氏，宜人撫之如己子，與師韓同就學，人不知其爲甥也。孫女一人，曰嚴娘，尚幼。紹興二十六年通判公監吉州秋試鎖院，宜人與兒婦宴飲話平生，若遺訓者，至夜深無病，沐浴而亡，八月二十六日也，享年五十有五。卜以二十八年十二月十一日葬於吉州安福縣新樂鄉嘉林大塘岡之原。銘曰：

呂所自出原於齊，姻聯戚里門浸輝。不願宫中學八姨〔二〕，獨適賢士得所歸。良人弱冠名四馳，早穿月脅攀桂枝。江淮所至爲吏師，夫人端能助設施。家聲千載尚可稽，廬溪今作幽堂詩。

【校記】

〔一〕幣　原誤作「獘」，據四庫本改。

〔二〕宫中　原缺，據傳校補。

卷四十七

墓志

故保義郎劉君墓志銘

君諱冀，字堯京，姓劉氏，世居吉州之安福。其爲人倜儻簡易，不爲小謹，喜振人之急，於財物無所顧計。大抵重信義，凡與之游者久而益親，莫不稱其賢。曾祖諱泳，祖諱昱，父諱彦直，累世以好善聞於鄉里。自曾祖以來，始創書館，延師儒教子弟，買書至萬卷。

君幼孤，與叔彦弼皆穎悟，同時試入縣學，升於泮宫，試藝日有聞。明年，叔升補内舍，勢不可已。君忽念母與祖母年高，遂弃其籍以歸，使二老人安於寢膳，無戚戚不滿之意。叔亦盡以家事委焉，由是家産日益豐。父殁，與叔同活四十年無异殖〔一〕，里人欽慕之。紹興丙辰，歲大旱，米斗千錢，君先傾廪，下其值不增〔二〕，遠近賴以活者萬計。或貸而不能償，君絶口不復問，父老至今猶能言也。君之所居，當吉、袁之衝，徑路也。方艱難時，東北士大夫奔荆湖交廣者必取道於是，忽盗賊并作，持白刃突出草間，闌官道、劫行旅者所在蜂起。君栅草屋於山間，延北方流落之客，贍以芻粟，經年賊平乃得行。後有去爲顯官者，君初實不知，亦未嘗自言。會前靖康宰相吴公來長沙，聞北客談君之美，使人招置，見君貌壯偉，欲留君幕中，補以官。君不願就，乃薦其子睞與叔之子庭堅留吴公門下。未幾，吴公罷去，卒以遺表恩澤奏二子，豈偶然哉！

君娶同邑朱氏。子男四人，長曰文炳，早卒。次曰睞，曰昉，曰曄，皆業進士。睞今爲保義郎、前撫州臨川金溪縣巡檢〔三〕。君常勉以學問，俾换文資，晿亦自力，獲江西轉運司文解，未第，上官諸司咸知其才，多薦之，不概以武弁遇也。女三人，適李震亨、王諲、戴恕行，皆進士也。孫男三人，孫女六人。君得疾數年猶健飲，紹興辛巳正旦日，衣冠坐堂上，與親族相慶，至暮飲酒如常，明晨奄忽而化，享年八十有七。

先是，紹興二十九年上以東朝壽考霈澤天下，君以年逾八十，特封保義郎致仕。人咸謂君生平爲善，雖增廣田業，未嘗有一毫欺於人，與夫近世兼并之家挾市道乘人之急而賤取之所以驟興驟衰者异，宜其天假以耆壽，暮年復享官爵，以勸鄉閭之爲善者歟！諸孤以是年十一月十七日葬君於清化鄉忠孝里書院之原。异時永新劉楚公，嘉祐間賢宰相也，永豐董侍御，元符間名御史，布衣時嘗讀書於此，鄉人榮之，名其處爲書院原，每每游息其間而想見其人〔四〕。今陰陽家以爲吉地，遂葬焉。晿來求銘，爲之銘曰：

急於好義良獨難，望之魁然偉衣冠。無心梯雲登廣寒，天予壽考仍賜官。佳城鬱鬱山四環，前賢讀書山水間。石上猶餘屐齒斑，埋玉於此萬世安。

【校記】

〔一〕活　四庫本作「居」。

〔二〕值　原缺，據四庫本補。

〔三〕溪　原誤作「谿」，據四庫本改。

〔四〕每每　原誤作「母每」，據四庫本改。

故左奉議郎劉君墓志銘

吾邑鄉貢進士劉承弼書其叔左奉議郎諱庭直字諤卿之行狀世次來請銘，曰：劉氏故家宜春，自七世祖豐城府君徙居安福。豐城博學善屬文，嘗有文集行於世，其後未有顯者。君之曾祖璣，祖知復，皆隱居。至父仕先，家益富饒，始置書館教書，聚書至萬卷，日延四方賢士，以故諸子交游日廣，而學日新。紹興初，以詞賦取士，君與兄禹錫尤勤敏自礪，數月之間已蔪然有能賦聲。是歲君幾中魁選，禹錫亦同貢於禮部。明年禹錫登第，厥後選舉兼試經義，君復以詩學被薦，明年亦登第以歸，鄉人榮之。調鄂州司户。鄂於荆湖號擾劇，屯兵數萬，司户掌軍食，無一人叫呶者。大將頗驕肆，以疑似之獄屬州院官使，咸欲迎合其意，君獨執不從，於是人始知君剛而有守。轉從事郎，爲鼎州武陵縣丞。舊無丞廳，君始創立，前隔永泰渠，因建大橋於其上，州人皆便之。未幾，甘露降於後圃海棠之上，太守蘇公籕見而喜之，移植於新堂之南，榜曰瑞露棠。會教官陳元裕被召，君典教事逾年，講訓有方。禮部侍郎辛公次膺、國子祭酒楊公椿列薦於朝，改宣教郎，知臨江軍新喻縣。未赴而君已病，轉奉議郎致仕。紹興三十年八月一日終於家。

君負材見知於當途，方將顯榮於時，而天嗇其壽，悲夫！君初娶伍氏，蚤亡。再娶向氏，文簡公之後也。男三人，宏中、處中、德中。女二人。家有文集二十卷，又作《易集傳》，未成而殁。紹興三十有二年十二月甲申葬於清化鄉黄田廟坑之原。盧溪王某爲之銘曰：

一門丹桂，起於白屋。將大其家，宜享豐福。車行萬里，出門折軸。萬斛之舟，望涯而覆。君材亦然，未究所蓄。誰其尸之，理必有復。階庭芬馨，尚多蘭玉。

故弟才臣墓志銘

庭璋字才臣，安成王庭珪民瞻弟也。幼博敏孝悌，發於天性，胸次明白。尚氣節，自宗族閭里及其所嘗與游之人寄托以事，雖蹈白刃不移，蓋如古之立義不侵然諾者也。室中空虚，而常假貸以赴人之急，人見之外多事而中泊然，實與事闊也。

少年在庠序，其志亦軒然欲有爲於世。會某登第，得官湖南，當宣和天下極盛之時，見公卿大臣其語偷，知其將亂，弃官而歸。庭璋亦即日褫舉子服，芒鞋竹杖，相從於寂寞之濱，爲余藝修竹，結茅堂草庵盧溪之上，藏書數千卷，彈琴賦詩，日哦其間。自先人捐館三十餘年，共甘苦、同衣爨，雖倉猝離亂之間，相扶挾轉徙，未嘗一日失也。某不能治生，身口所須悉傾給於弟，而庭璋每視余意之所欲爲，雖甚勞窘不輒亂，家事無細碎必身臨之，曰：「不以累吾兄。」由是某益得放志煙霞之外，支頤散發而無朝夕之憂也。

近世風俗壞，士或親在而异殖，争不平僅如毛髮比而訟鬥於庭者〔二〕，於是鄉黨鄰里聚而言曰：「昔魯俗之衰也，洙泗之間齗齗如也。蓋聖人惡風俗之漸靡，於此之時，能以一概自修於其鄉者，猶可掇而書之。唐人或有取於閭巷刺草之民，况嘗爲諸生而人多識之者哉！」於是從鄉黨鄰里之言而書之。

嗚呼！天固奪余之助，使是子也不克延於上壽，歲止五十六，以疾終於家，紹興十一年五月己未也。娶劉氏，男二人，曰穎，曰顗，皆力學。女一人，歸於進士劉翼。卜以是年十月甲子葬於安福縣東郊，從先夫人之兆也。某復繫之以銘而爲書之，銘曰：

盧泉之南，秀嶺之西，各一牛眠，馬鬣封之。

【校記】

〔一〕閂　原作「闕」，此據四庫本。傅校作「闃」。

故弟漢臣墓志

庭珍字漢臣，先君居安福之連嶺，生十日而從先君徙居城南。稍長，與群從同學於里中，志獨軒然，不喜齪齪爲章句書生。歲升於州，益不樂，欲假他技以自振立，乃益治産，趨權變，以故貲獨饒。交四方賓客，飲酒叫呼，窮日夜不厭。或探挐以去，亦無所愛惜。退而與閭里賤者游，亦傾身令厭其意。士之羈旅困窮不能自托，與族姻之不能自贍者，傾橐振之，不爲後日有無計也。里人有争者，嘗面折其短，人亦不以爲忤，而卒聽之。人愛其如此，益附焉。

爲人倜儻好義，不事細謹，初若豪放不自繩，而卒劘理道，亦不見其失也。晚年始欲弃俗事，樂閑曠，得唐趙居士東湖〔一〕，近余竹林草堂不數十百步，地最幽勝，與西湖安成太守讀書齋相對而峙，皆山水佳處。蒔花竹，建亭宇，泛舟湖中，日夕上下，不唯有以自樂，實以待余之往來，使忘其老而樂於此也。

其樂蓋未始有涯，而庭珍不幸以紹興十二年臘月一日寢疾終於家，壽五十有五。娶蕭氏，生男一人，頎，業進士。卜明年三月十日葬於縣之翔鸞鄉裏湖之原。葬之日，里落族姻思之，請余志其事。余亦欲記卒葬之年月於墓，故爲之志。兄王某書。

【校記】

〔一〕得　原作「德」，據四庫本改。

故弟德莊墓志

余幼弟庭瑋，字德莊。夙敏慧，涉獵書傳百家之學，試藝不得志，從余隱於盧溪之上，築室號清隱堂，旁建金蘭館，聚書延四方儒者。其居在窮僻陋巷之中，不干預人事，開竹徑，通草堂，從余彷徉，未嘗不移日也。享年五十有一，紹興十一年五月十七日以疾終於清隱。子男三人，初娶劉氏，生顒。再娶高氏，生顒、顥〔一〕，皆業儒。女三人，長適進士劉可行，次適承信郎劉暕，季尚幼。

庭瑋性孝友，工書，有楷法。風神瑰秀，修眉長髯，絶類秦少遊。死之日，畫工貌不能似，有以少遊像置靈座，遂逼真。余乃哭其像而志之。明年十二月二十七日葬於安福縣翔鸞鄉裏湖之原。盧溪真逸王某書。

【校記】

〔一〕生　原缺，據四庫本補。

劉氏二婦墓志銘

盧溪居士王某之妻劉氏，同縣鄉貢進士諱瑗之女，卒於紹興十三年閏四月三日，壽六十有六。一子名頔，一女嫁將仕郎彭飛。居士弟庭璋，亦娶劉氏同居之女，以紹興十四年六月十日卒，壽五十有九。父諱成制，亦嘗貢於禮部。二子，曰穎，曰顗。一女，嫁承信郎劉庭堅。

劉故於安成爲望姓，二父皆高才碩學，名動場屋，故二女幼孤，皆習知禮義，及笄而歸於我家。余兄弟方游郡學，貢於京師，幼弟未娶，所以奉吾父母恪，治閨屏甚肅，使吾父母無晨昏憂，而余因得優游取官以歸榮其親，二婦默有相焉。先君子殁僅四十年，余兄弟無异殖，亦二婦恭儉和柔，職饋爨於内以佐之耳。自爲女至於爲婦，以至舅姑殁數十年，飲食笑語相暖熱，無一日廢也。内外族親异而伺之，卒不見纖芥形於色，豈釋氏所謂宿因，同於彼處没而來生此耶？故其終也，復相繼而逝[一]。余妻先一年死，後一年仲婦亦卧疾。時家人有夢游石屋山，二婦獨留不返□。日者卜地，閲其圖，當密湖石屋之旁，豈偶然哉！居士乃以紹興甲子十月乙酉舉二柩合葬，而銘之曰：

其生也二女同居，及其長而有歸也，又相爲姒以相其夫，故其終也掩爲一墟。前瞻石屋，旁臨密湖，山蒼水清，宜卜此乎。

【校記】

〔一〕逝　原作「有」，據四庫本改。

故李夫人墓志銘

夫人李氏，世爲吉水著姓。曾祖宗舜，祖誠之，父楙，俱爲儒生，隱居田里。夫人幼從父兄學，通句讀，曉大概。稍長，因觀古烈女傳，輒能誦説始末，謂其父曰：「今之爲士而知名節者尚少，古之婦人操履乃如此，其節凛凛與秋霜争嚴，可不畏慕之哉！」廬陵段公承議，州里名儒，聞而聘之。於是夫人年二十有五歸於段氏，爲承議公之孫婦、諱永字偉長之妻。

夫人性恭慎，自髫丱時，鄉黨稱其孝。其歸於段氏也，奉舅姑如事其父母時，不少异也。舅既亡，姑老矣，閫内事悉夫人任之，凡婦事之所宜職者靡有闕也。段氏世以清苦立門户，子弟不務殖財，唯心醉舌耕乎六藝之文，由場屋以取世資，其效迂而多遲，以故段氏未達者常貧。夫人獨能安於貧而樂爲勤儉，自刻削，不以滫瀡之養責其子，而縱之使學，至鬻笄髮間物買書以延師友。此其志大而所蕲不在於歲月之間也，可不謂之賢哉！

紹興二十一年閏四月十七日，以疾終，享年五十有四。後二年四月庚申，葬於吉水縣中鵠鄉北坑之原。一子曰謂，妙齡已預鄉薦。夫人幸及見之，而恨不及見其成爾。謂今才譽益進，他日必顯榮，以爲夫人積善之報。二女，長適進士李大圭，次在室。嗟夫！余嘗及識謂之大父行，又與其群從諸叔游，故知段氏爲詳。今偉長以夫人之狀并其弟世榮之書，不遠數千里，至夜郎求余銘，可不爲之銘哉！故爲銘曰：

古哲婦，節磊砢，能慕之，自髫鬌。身雖不豐後必夥。我作如是銘，其誰曰不可？

故劉君德章墓志銘

君諱璪，字德章，姓劉氏。其上世居金陵，唐末五代江南之亂，舉族遷於吉州，分爲三派，一居永新之中村，劉楚公家是也；一居安福之下村，一居太和之上村，又名九洲。君之祖高曾以來，自九洲徙居安福，今爲安福人。曾祖迪，祖仕先，父良軻，皆隱居不仕。

君幼敏悟博學，善屬文，尤邃於《易》，往往脱傳注而得經旨。時方興三舍，君在州縣學，月試常占魁選。舍法既罷，君不喜爲偶儷之文，掉鞅舉場輒見黜。自知力與命不諧，不復進取。會故人李君尚義負高才而仕未顯，襄漢方用兵，大帥解潛知其名，招至幕府。尚義約君同往，潛一見知其有材可用，奏辟令監襄陽府中廬陵酒税，以試其材，將有以用之也。命未下而大帥改移，干戈尚擾，君亦罷歸，不復出，日從余林間爲杖屨之游。

是時敵計稍窮，一二大將方勇鋭，欲奮而擊之，秦檜忽自虜中竄歸〔一〕，力主和議〔二〕，權傾天下，舉朝鈐口，畏而和之。今侍讀胡公時爲樞密院編修官，上書乞斬檜，中外大悦，喜聞直言。胡公後得罪貶新州，余作送行詩，有「痴兒不了官中事」之句，蓋指檜也。里中有寒乞子妄意炙手權門，訐其詩於朝，仍以他事挂德章之名於牒中。德章無罪，有司文致其犢，致德章亦貶居臨江軍，當年遇赦即歸。余初得罪時，天子不忍誅，止竄居夜郎郡，凡八年而獲自便。既歸及境，而聞訐者病浸劇，方欲遣人問無恙，未數日而訐死矣。德章迎我於郊外，握手道平生，一笑如舊，不復以清江事置懷。人謂德章真高義磊落人也，惜乎不見用以顯其所藴。

君娶邑中名族歐陽氏。子男二人，長允懷，因軍興補將仕郎。次允恊，積學業進士。孫男六人，之洋、之澥、之洌、之洙、之溶、之湜。曾孫一人，曰驥。君於乾道四年四月二十日終於家，享年七十有三。將以乾道五年十月二十七日葬於翔鸞鄉思義塘之東。前常寧令李誦以余與君雅故而知君之詳，作行狀與其孤來乞銘，不可辭也〔三〕。銘曰：

嗟君平生，從我杖屨。讀書屬文，自幼敏悟。我遭讒言，莫能辯數。一時小人，蜂團蟻附。君獨不然，終始出處。日前相逢，一笑如故。鑱君大節，以置於墓。

【校記】

〔一〕虜中　四庫本作「金軍」。

〔二〕和　原缺，據四庫本補。

〔三〕辭　原誤作「亂」，據四庫本改。

卷四十八

行狀

故校書郎曹公行狀

君諱崇之，字唐老，姓曹氏。曹本出於黄帝之苗裔，其後封於曹，又封於邾，皆以曹爲姓。君之高祖諱霸隆，以勇略從太宗平河東有功，官至瀛州團練使，因家於東京。至君之考司勛始遷於鄭，今爲鄭州管城縣人。累世皆右職，而仕不大顯。司勛諱輔，字子方。幼警悟，嘆先世嘗有功於用武之時，雖禄世於家、仕於朝者不絶，而天下承平久，謀臣猛將無所用其武，獨感激讀書，欲以文儒起身。既登進士第，復以文章名譽顯於一時。唐老在髫齔時，見其父以文章從東坡、山谷游，名聲籍甚，亦感悟讀書，不數年學問益進。

余崇寧初以里選貢於辟雍，補上舍，升入太學，遇唐老太學舊人，共窗席爲筆硯之友二年。時三舍法初行，宰相欲變文章，禁錮元祐之學，專用莊老學説〔一〕，談性命，説虚無，習爲骩骳之文，而唐老爲文豪放〔二〕，不自鏤雕〔三〕，無所顧忌，其淵源家學不類時文氣骨〔四〕，以故試輒不偶。諸公博士見而惜之，呼而語之曰：「子之文博辯雄偉，非不美也，奈不合今之法度。今之程文，出入諸史，或誤用東坡公一句，即謂之不純正，有司雖愛其文而弃不敢取。子急於奉親，宜少變其體以就今之繩尺，則有司何敢弃也？」唐老曰：「此文不難作也。」因勉爲之，果頻中優等。

大觀三年，遂登進士第，調延安府司理參軍。循從事郎、秦州司工曹事，改差寧州司工曹事，又改環慶路安撫使司管幹公事，爲耀州美原縣令。用舉主，改宣教郎、知耀州白水縣，轉奉議郎、知真定府元氏縣。宣和三年，知西京永安軍使，轉承議郎、通判湖州，改差之火山軍，又除校書郎。宣和七年七月十九日，感疾而終，享年四十有四。是歲虜犯京洛，攢其柩於鄭州開元寺泗州院。

君娶李氏，封孺人。男四人，長曰承祖，武功郎；曰光祖，保義郎；曰德祖、義祖，未仕。女二人，長適進士魏仕宗，次在室。孫男七人。

君平生喜爲歌詩，清詞秀句類其父。方除館職，駸駸將履亨途，不幸壽止於此，不獲顯用於時。在延安時，兼管防城修戰具，知美原日進築鎮安城等〔五〕，朝廷嘉之，已議推賞，適兵戈猝起，其子光祖等皆奔竄，不能叙理。其平生所爲文亦多散失，惟《東西晋蒙求》宣和間嘗刊行於世。

某與君有同舍之舊而契相好，略知其大概，偶遇光祖於江西，能言其家世及歷官始末，慮愈久而遂失其傳，請余狀其事，故略叙其所知者如此。

【校記】

〔一〕學　原作「字」，據傳校改。

〔二〕爲文豪　三字原缺，據傳校補。

〔三〕自鏤雕　原作「鏤自雕」，據四庫本乙。

〔四〕類時文　三字原缺，據傳校補。

〔五〕日　原作「自」，據傳校改。

故左奉直大夫直秘閣向公行狀

公諱子㦤，字宣卿，世爲開封人。自四世祖文簡公相章聖皇帝，其後蕃衍，浸以盛大，世有聞人。曾祖傳正，故任國子博士，贈開封府儀同三司、太尉。祖綏，故任西京左藏庫副使。父宗琦，故任大中大夫致仕，贈少師。妣夏侯氏，贈魏國夫人；所生母王氏，贈恭人。公自幼慷慨有大志，見諸老先生輒抵掌論世事，劇談雄辯，常欲折其坐人，而諸老先生亦莫能與之争也。蓋其剛毅之氣出於天性，以故與世多不諧，雖屢抑退而終不自悔也。

初入國子學，遇三舍法興，累試入等，已校定當升補。政和六年，再從伯永嘉郡王宗良遇郊祀恩，任公爲登仕郎。七年，爲華州司兵曹事。宣和初，朝廷新復幽燕，其地經契丹之亂，饋餉不繼，自涿至雄、霸，以縣令丞部農夫挽中州之粟實不毛之地，挽不如期者以誤軍期論。先是，涿縣累政以運夫亡逸失期，委印紱而去。時大漕陳公亨伯、吕公頤浩皆知公之材，以爲涿縣丞。既至，究知前弊，調役不均，乃以户口高下均定所役之數，衆服其平允，使部伍相爲保，無一人逸者。以饋運不乏，循從事郎。又以新遷到任，循儒林郎。

少師以公在極邊爲憂，令丐罷。涿以武臣爲州，類出童貫門，恃勢不法，公每以職事面争不少屈，頗恚恨。逮公解去，沮格邊賞，不爲批書，公委之而去。會部使者適至，函令書印，馳介送公。宣和六年，轉宣教郎，爲中山司録事。七年冬，金人犯東京，朝廷以種師道宣撫京畿、河北、河東路，辟公爲幹辦。靖康元年，淵聖皇帝覃恩轉通直郎。六月，丁少師憂。少師晚年不樂處京師，市第於宛丘，未及徙居而少師捐館。是歲，虜再犯京師，明年大亂，公乃歸陳。

建炎二年，虜侵陳、蔡，公之兄忠毅公先有德於蔡，蔡人借留於朝，而朝廷已別除人，就起復知陳州。至是，虜人圍陳，忠毅公誓以死守，先遣公走京師求援於留守宗澤。公見澤無出師意，急歸，而城已破，忠毅公罵賊不屈，與諸弟三人皆死之，公亦喪其外姑與一男一女。乃徒步間關，收斂兄弟遺骸而葬之，訪尋骨肉之存者，攜挾南渡，流寓江淮間。大師復除通判均州〔一〕，道梗不能赴。

建炎三年，江淮兩浙制置使吕公素知其材〔二〕，適真州經殘破，官吏皆逃亡，召公語之曰：「此州非公莫能辦。」即以便宜委公攝真州事。有范瓊潰將郭吉屯駐爲奸利，屢欲叛去。公方之任，艤舟城下，人無知者。公遣人呼皂吏問州治所〔三〕，吏對以吉暴横必爲亂，乞且寄治舟中爲緩急計。公叱之，馳馬徑造州宅，官吏稍集。然百事廢弛，財用乏絶，卒伍縱逸不復歸營，公揭榜招之，得數百輩。有司以無供給爲憂，公謂真州平時富商大賈所聚，酒貨最爲繁夥，意務場瓦礫之下必有宿藏，令人斸之，人或竊笑，果得酒百餘斛，一郡以爲神。公乃張席爲屋，高其直以沽。郡人累月不知酒味，來飲者如市，路傍始有醉人。公又遣吏市麯米於他郡，益醖釀，課利益增羨〔四〕，而發運、轉運猶謂公弗戢私醖，公乃先治沿江二漕兵梢列肆私沽者，二漕雖愧恨而不敢復言。公所至多忤監司者，皆此類也。視事纔幾月，而財用沛然，收貯官錢以千計，至七十萬，不以一毫取於諸邑。

向之郭吉者初畏公威而不敢逞，至是見府藏充盈，輒萌异意，郡人咸知之，竄入他邑。忽一日，吉與其二屬擐甲胄張弓露刃直趨庭，公危坐廳事，敕候兵持劍立屏後，戒之曰：「聞呼即出。」吉既至，公厲聲逆謂之曰：「爾欲殺我，匹夫力耳，何用衆爲？此頸吾自斷之。」呼候兵出授劍，吉氣沮錯愕，急抱持劍者曰：「初無是心，特耀兵以娱公耳。」公曰：「一州人皆知爾欲殺太守，今獨有持吾檄以耀兵爲解，招回散亡百姓。不然，恐爾頭顱亦不能保矣。」吉遜謝，即用公言，乞檄以去。事定，朝論偉之。

會駕幸鎮江，公以鄰郡守臣當赴行在所奏事〔五〕，吕公因薦公，賜對勞問甚久，將欲大用，未果，寵以直秘閣還郡，且令郭吉隸杜充，命公帶淮南東路兵馬都監、管内安撫。冬十一月，虜復南來，建康失守，公退保沙南，以虜檄繳奏，召令赴行在所奏事。未到，有謂公與其餘守臣弃城事體不同，降一官，與知州軍差遣，建炎四年三月也。即以公知江陰軍，專一主管水軍防托事。公從駕還，過明州，金人初退，郡方闕守，即改知州。明年，兼管内安撫使。

公自遭宛丘家禍，忠毅公有子沈爲給事胡公安國婿，從寓湖南，不知存亡，丐守道州，從之，兼湖東兵馬都監，節制管内軍馬。公從兄子譔方帥潭，待次間欲往依焉。聞曹友、孔彦周相繼以長沙叛，李成群盜跨江西數郡爲亂。紹興元年春，丞相朱公以都督恭行天討，檄公權督府參議官。時洪久闕帥，丞相以公兼攝之。張俊以招討使聽吕丞相節制，戍鄱陽，至是輒擅徙豫章。

豫章新遭金人蹂踐，倉庾府庫一空，而俊軍號數十萬，支用不貲，漕司皆被事委去，悉以屬公。公會僚屬議所以應辦，皆欲下諸邑科斂於民，公曰：「大軍壓境，張啄待食〔六〕，諸邑能指期集耶？」因訪得負郭大姓平時兼并，積而不散者，呼而諭之曰：「汝家所蓄，賊至能保乎？今官軍至，賊不能犯，公私皆賴焉。汝能輟不可守之財以貸於官，期兩月，執券取償，一毫不汝欺也。」大姓欣然從之。又有巨商爲金人所害，其妻失所，昔時駔儈受其貨者，咸諱匿之。公究得其實，悉以歸媪。媪拜謝，願分助縣官。旬日間，不擾其民而軍須頓足。

俊既至，公告之曰：「吾州井邑丘墟，戍兵朝入則居民夕避，無市肆則卒伍亦無聊。城東有浮屠屋數處兼廢屋數百區，可以駐師。公能戢士伍，我當招集市區與相交易，軍民兩便。」俊大怒，刬牘於朝，以公沮軍不能入城，亦不用公言而徑自入城矣。朝廷察知俊之言不然，而公敢抗之，兩置勿問。未幾，軍士所處不便，卒如公言，徙於城東。丞相奏公即真，適朝廷已除授，不報，以賞轉奉議郎。

冬十月，公之道州，湖東自經李成、孔彥周焚劫，獨道界於二廣偶得免，一時號爲全盛。兩轉運、刑獄、鹽香使皆聚此州，道實小州，不能堪。公始革去倉廩受納積弊，罷麯引、醋息、牛稅等錢以寬民力，盡收禁軍之遺令在諸司當直者。提刑周隨亨占江華縣治，別募兵四百，所支給一取足於江華。公以狀乞移按他郡，罷募兵，撥還侵用諸司鏹穀，提刑頗怨憾。提鹽薛公度先欲於本州置司，公力陳其不便，爭止之〔七〕。公罷博易場監官，以冗費擾民，而公度堅俾復之，不從，故部使者皆切齒惡其與己敵。

既而成兵至安仁，劫帥入其營〔八〕，縱兵四掠，勢逼道州，衆咸欲遠避。公曰：「守臣出境，則境內先自亂，不如申朝廷宣撫司〔九〕，移治錦田寨。」百姓從之，皆獲免。成兵至，卒無所得。賊雖以偏裨之禮奉帥於道州，而實不遜也。會朝廷有旨令成赴行在所，久之乃解去，帥亦得自便。提刑、提舉挾前憾，共劾公逼逐監司，又誣奏公激李成軍變，降一官，落職放罷。

是時胡公安國自湖東赴西掖講筵之召〔一〇〕，目睹其事，以書抵時宰，訟公之寃，反覆甚明，終不能用。公知道之不可行也，胡公亦自瑣闈出，乃相從隱居衡岳山中讀書，授《左氏春秋》學。貧甚，始丐奉祠，主管台州崇道觀。

四年，敘轉右承議郎。五年以祀明堂恩復直秘閣。右相張公浚以都督平湖寇，薦公守衡州。是歲大旱，米斛萬五千錢。公分遣使臣賫金糴於鄰州之豐稔者，計本直與道路之費，量其價列糶於通衢，每升爲錢六十〔一一〕。饑民驟得賤米，所活不可勝計。提刑司奸吏董瑜湖南大蠹〔一二〕，人莫能訐，公捕鞫得其贓，流之嶺南，湘人欣快。以故諸司皆不悅，謀欲去之。公亦自知不得行其志，丐罷，而報未下，諸司與帥臣共劾公數事，皆出於誣也。

六年正月，復拜宫祠，士民相與群聚擊鼓於提刑司，願舉留，鼓爲之裂。提刑惶懼，夜半登舟出巡以避之。逮公戒塗日，闔城遮擁哭泣，聲聞數里，非若近世風俗爲文具備禮而已。始知古之良吏所謂攀轅卧轍者不然，亦近世所未有也。公既行，得報落職罷宫觀，用諸司誣奏也。是年轉右朝奉郎，八年轉右朝散郎。公銜冤自訟，久不獲伸。至於始被旨差官體究元按發五事，并無一實。御史亦上章極論公剛直明敏，不畏强御，奉法守正，不容於監司，内外朋比而攻之，奉聖旨與改正。尋復直秘閣，提點荆湖北路刑獄。衡人思之，繪公像，建祠於東城青草寺，侍郎胡公寅爲記，鐫石於傍，并刻御史章於碑陰，至今存焉。皆公出後所立，非有使之者。

十年春，赴湖北，先聲入境，時奸吏望風解印綬者數十人。湖北營田舊以抑配百姓，人不聊生，有破産不能償者，日號訴於馬前。公爲詢究其便利可行者，使遵守之，罷一切抑配者，遠近鼓舞。時岳飛以兩鎮節度使兼營田大使〔一三〕，無敢忤其意者，至是飛亦喜以爲當然。公按部所至，立大榜於前，云「久負抑屈，州縣不理者立其下」，於是積年無告之冤咸得伸雪。會總領曾慥與薛弼素不悦於公，慥以職事誣奏，而弼方爲左司，表裏附會，公遂放罷，乃具奏陳，而都司再行批擬，又特落職。復歸衡岳之下，與侍郎胡公寅、諫院韓公璜爲方外之游，不復有仕進意。

十一年，以貧甚請祠禄。自是十九年間四領宫祠。十二年，轉右奉朝大夫。十四年，劉昉帥潭，秦檜方用事，昉欲羅織士夫之之不附檜者以進身。偶富人訴公弟子率由事，昉遂曲致其詞〔一四〕，并及於公，坐此貶三官，遷居衡陽之伊山，乃晋桓伊書堂故基。結茅以處，手抄諸書，尤喜觀《魯論》，取諸家之善爲《集義》，以己見繫於後，今行於世。胡公明仲嘗過伊山，名其所居曰「有裕堂」，仍爲之記。

十七年，叙復右朝奉大夫。十九年，轉右朝散大夫。二十三年，轉右朝請大夫。秦氏久專國柄，放逐善類，無復還期。暨檜死，公方辯湖北之罷、潭州之劾，久抑不伸。朝廷知其冤，悉從改正。二十八年冬，復起知道州，父老兒童走迎境上，咸喜曰：「我舊使君也。」到任半年，復舊職，改知廣州，兼主管廣南東路經略安撫司公事、馬步軍都總管。未抵治所，而御史復彈公，乞落所復職罷免，公歸舊隱，始築第於衡陽之湖東三十里，徙居焉。

三十一年再請祠。三十二年，轉右奉直大夫，除江南東路轉運副使。時淮上方用兵。隆興元年，以饋餉功復職名，繼兼江淮都督府隨軍轉運副使。夏四月，都督張魏公出師破靈壁、虹縣，下符離，勢如破竹。會大將失律，不能深入，魏公駐維揚。公乞還司，因得病丐解職，言者以爲避事。二年春復奉祠。病再作，戒子侄函上納禄之請，無與小人藉口。乾道元年，守本官致仕。八月朔丁丑，命道士建醮，公精爽不亂，醮罷，熟寐如平常，旦遂不起，實初二日也，享年六十有九。

公娶畢氏，儒林郎瑗之女，先公三十五年卒，累贈恭人。男二人，澣，見任右奉議郎，前知潭州安化縣，以公病乞侍養。淳，方五歲。女三人，長適右奉議郎、新廣南西路轉運司主管文字范撰辰，次適右奉議郎、荆湖南路安撫司主管機宜文字黄談，幼適將仕郎、新定擬柳州司理參軍侯宦。孫男五人，士克、士允、士充、士光、士元，皆未仕。孫女四人，長適左迪功郎、新臨江軍司户參軍宋剛仲，餘尚幼。自宛丘之禍，宗緒飄零，公招集兄弟之子與同席飲食，教撫如己出而無擇焉。公買田業分給之，推其子已授官與其猶子澐，請於朝，特旨從之。立其兄儒林公之後而官其子濯。忠毅洎武功有子曰瀍、曰沈，皆不樂從宦，乃各官其一孫，曰士永、士行。其篤於宗族，出於誠心，世所稀有也。捐館之日，一子五孫皆白丁，人謂公其必有大於後乎！

平生好論人物，無所忌諱，聞者頗駭，而後卒如其言。嘗與胡文定公談當世士，文定頗稱秦檜靖康時事，公曰：「與檜同時被執軍前，鮮有生也，獨檜數年之後盡室航海以歸，非大奸能若是乎？」文定既殁，檜奸邪日著，文定之子明仲與公追復前説，曰：「昔侍先君子能預察奸邪如公言者，纔一二人耳。」深服公遠識。公初以直道不容，於是晚年公議方出，聖恩盡與改正。將漕江右，從張魏公轉餉征虜，幾時趨功名之會，不幸魏公遭讒，而公亦以病去，豈非命歟？

其孤以乾道元年十月甲寅葬公於衡陽縣政義鄉高塘之原，自洪州西山遷恭人畢氏之柩而合葬焉。某從公游僅四十年，所得皆事實，故録以爲行狀，以候世之君子鴻文大筆敘而銘之。

【校記】

〔一〕大師　四庫本作「大帥」。傳校改作「尋」

〔二〕材　原誤作「林」，據四庫本改。

〔三〕公　原誤作「知」，據四庫本改。

〔四〕增　原誤作「争」，據傳校改。

〔五〕行在　原無「行」字，據傳校增。下文同。

〔六〕啄　四庫本作「喙」。

〔七〕之　原誤作「文」，據四庫本改。

〔八〕帥　原誤作「師」，據四庫本改。

〔九〕如　原誤作「知」，據四庫本改。

〔一〇〕掖　原誤作「腋」，據四庫本改。

〔一一〕六　四庫本作「二」。

〔一二〕瑜　四庫本作「璋」。

〔一三〕節度使後原有一「相」字，據四庫本删。

〔一四〕詞　原誤作「祠」，據四庫本改。

卷四十九

題跋

跋黃嗣深所藏宣和御書

徽宗皇帝宸翰，宣和以前京師貴人皆得寶而藏之。靖康中，清都九關虎豹失呵護，當時御橐往往自禁中墜落人間，斷紙竄墨，粲然猶新。名卿大臣識而秘之，以遺子孫，爲無窮之榮耀。

紹興丙寅三月望日，臣王某謹書。

跋蕭岳英家黃魯直書

山谷至黔，字書一變，嘗自言元祐以前字後字中無筆。東坡亦云，山谷老人亦僰道舟中觀長年撥棹，乃覺稍進。蓋是時經巫峽〔一〕，上瞿塘，驚湍急流，岸上群峰壁立，銀濤雪浪，出高灘數百仞，從空而下〔二〕，奇險萬變，故此老暮年筆力有三峽倒流之勢。

隆興元年九月五日，盧溪王某書。

【校記】

〔一〕蓋　原誤作「并」，據四庫本改。

〔二〕空　原誤作「公」，據四庫本改。

書漢武帝故事後

《漢武帝故事》，班周撰。劉偉明跋以周爲成、哀間人，又以故事中言迎神君説鬼神事，疑後人托爲之。余觀《漢書》，武帝初即位，尤敬鬼神之事，長陵女子神君之説，及李少君文成五利相綴，以鬼神方見上，能使物却老，夜致王夫人及竈鬼之貌，其事異甚。既久，言方者亦衰，天子始怠厭方士之怪迂語，然猶羈縻弗絶，冀遇其真，則武帝之庸陋溺於怪物始終不移，二史可以概見，偉明何爲而疑之？且其文雄深簡古，類西漢書，非班固不能作也。固父彪在西京時已好述作，采前史遺事，其間指成帝元延年號謂之今上者〔一〕，亦當時所記之語如此。意班固纘其父書，踵而成之，後人流傳，誤寫「固」作「周」爾。設或成、哀間別有班周能爲此書，其人必暴耀於當時，而决不泯絶於世〔二〕，曷爲姓名不少見於他書，而古今學者未嘗道哉？

【校記】

〔一〕今　原誤作「餘」，據四庫本改。

〔二〕泯絶於世　原誤作「泯於絶世」，據四庫本乙。

跋錢勝夫蘭亭序後

世所傳《蘭亭脩禊序》本多不同，其真本世既莫見，而士大夫所有皆唐供奉官數人所摸，雖字畫肥瘦各異，而皆有奇處。或作斷石文，以爲斷地得之，然未易以此論優劣也。錢勝夫此本刻畫未甚訛，蓋其先文僖公時所藏，數十百年前物也。序尾有題「唐貞觀中石本」字者，實文僖之筆，猶可想其風采。明珠大貝不蓄於蓬蓽之家，考其所藏，其來甚遠，非近世轉相摸者。盧溪王某書。

跋向文剛蘭亭序後

《蘭亭》真本一入昭陵，世不復見。太宗嘗賜諸王、近臣，已非其真，皆當時供奉韓道政數人所臨，故其摸傳於世者本多不同。山谷老人獨取定武本，謂髣髴古人筆意。山谷書法妙一世，其論必精。前一本向文剛得之故相吕申公家，未經大盜兵火，時尚有前賢題跋，則知其爲定武本不謬。今數刻并存，而此本偉然絶出，覽者可以自得之。

跋圓覺經後

佛與凡夫皆具圓覺，而凡夫未嘗圓覺，以語言文字求圓覺，則三藏十二部説不能了。況裴相公、圭峰老序注其言已繁，我若更下一語，則屋下架屋，床上安床，愈無益矣。若一心虛明，不假修證，圓覺自現，入於神通大光明藏。至是言語道斷，佛亦不能説也。吾侄孫昌朝印施此經，其發心必有所願。汝唯不忘是念，其報必豐。圓覺不圓覺，吾亦不能知也。

跋李及甫帖

軍興，東南窘甚，二千石惟足餽餉、飾厨傳則不乏吾事，而愛民之政一切不敢爲，以故鮮有良吏見稱於時者。舊聞龍閣李及甫在信州，鯁亮廉介，不爲豐侈以攫賓客之譽，賦無横斂而漕粟亦魚貫於中都，能以是獨立於今世士大夫之間。其聲藹然行於四方，豈不難哉？因觀趙逢源所收信州帖，亦可以概見，輒用所聞於人者書於後。

書傳道集後

世傳吕先生受道於鍾離先生，有《傳道集》，其書秘，世或罕見。近歲轉相傳寫，往往人皆有之，而不甚寶惜，字多駁謬，「烏」「焉」成「馬」者俗莫能辯。因借此本於清真道士楊應存，愛其字小楷可觀，爲竄定百餘處，尚有闕誤可疑者，不敢私意改之，以俟後人是正。余特哀夫蓬心蒿目者之遠於道也，蓋道不遠人，讀此書則知道之在我而已。

紹興癸亥中元日，盧溪真逸書。

題華嚴寺壁

建炎庚戌之亂，避地東村，尋西泉故基，迹樵徑，步飛岑，立巖嶂十數重，至華嚴寺，松風滿天，泉鳴屋下，使人襟袂飄飄，如游衡岳、廬阜之間。寺僧挈泉煮茗延客，終日談出世間事，蓋不知海内之亂也。然我輩因海内之亂，乃能窮極幽峻，得此塵外奇絶之游。

同游者某人。正月日王某書。

書鴿湖寺壁時十二月五日也

建炎三年寇犯安成，王某、劉英臣挈家避亂於鴿湖山中。層巒疊巘，上干青霄，晝夜水聲潺湲不絶，如在秦人洞中，不知有鉦鼓之聲，乃覺此身真風塵物表也。

跋大年畫

大年貴公子也，而喜作江湖山林人物窠窟。畫平林遠水、鳧雁晚景，使人一見如行江南斷岸，水落石出，沙鳥容與波上，若欲驚起。此豈規規積水墨所能至邪？世言大年得王摩詰、李思訓、江都王之典刑，故無畫工氣，信哉！

跋劉伯山詩

劉伯山詩調清美，不減其父升卿，其源流皆出於江西。近時學詩者悉棄去唐五代以來詩人繩尺，謂之江西社，往往失故步者有之。魯直之詩雖間出險絶句，而法度森嚴，卒造平淡，學者罕能到。傳法者必於心地法門有見，乃可參焉。伯山方少年，如駿馬駒，日欲度驊騮前，異時於江西社中横出一枝，爲魯直拈一瓣香，可乎？

跋梁養源心經解義

經凡有呪，皆諸天隱韻之音，欲護清凈、呵不祥則持之，而其句讀則非世間言語及有思惟心所能測，存而勿論可也。昔人注《心經》，至「揭諦」等字，皆鑿出己意，爲之解釋，嘗竊疑之。及觀梁居士《解義》，鈎深索隱，如下巨海取驪龍之珠、破頑石出良玉，示人而人人各獲其所寶。至於説處，則歸諸秘密而不説，惟不説乃真解佛所説者耶。

年月日盧溪王某書。

跋程子山詩後時己卯四月望日寓盧陵郡齋書

余與程子山侍講俱爲夜郎逐客。紹興丙子春，同歸自西陽，下壺頭，經桃源出鬼門關，暫寓於武陵，出此數詩。已而子山還蜀，余歸江南，不復相聞。不知胡英彦何以得此詩軸〔一〕，皆子山真迹也。覽之驚惋，想見其人，不可復得。

【校記】

〔一〕英彦　原誤作「彦英」，據下文徑改。楊萬里有《胡英彦得歐陽公二帖，蓋訓其子仲純、叔弼之》詩，周必大有《五月南山蛟壞民田百畝胡英彦有詩次韻》詩。

卷五十

題跋

黃給事行狀稿

山谷先生文章震耀天下，墨翰以石刻傳者遍九州，而其真迹概見於世者鮮矣。雙井黃子卞家藏山谷所作乃祖《給事公行狀》稿〔一〕，亡慮四千字，落落如明珠大貝，自然可貴。方作文時，無意墨翰畦畛間，故能如是。唐顏魯公字亦多矣，而《論坐位書》稿尤奇，亦取其自然韻出意外爾。

【校記】

〔一〕卞　原作「下」，此據四庫本。

跋彭大博家傳

彭孟舒與祥符、天禧以來名臣俱擅聲一時，而官止於太常博士。余嘗慮浸久而逸其傳，孟舒遂泯而無聞。其裔孫德宣出胡英彥所作家傳，髣髴其平生，庶幾可以備異時史官之采擇，則孟舒爲不泯矣。

書黄山吴道人墨已有吕辯老、胡藏之題

離亂以來，徂徠易水皆斗絶一隅。比年供堂及士大夫所用，惟黄山墨爾。吴道人所携亦黄山之佳者，吕辯老、胡藏之皆工書，蓄奇墨，臧否當不妄。

跋趙孝穆帖崇寧間約閭丘宫教飯，其孫以遺趙從季，孝穆孫也

陳孟公與人尺牘，人皆藏去以爲榮，良史書之。孝穆公在先朝時貴公子也，自折簡邀客，客寶之，閲三世而猶在。客豈以是報一飯之恩？蓋以公子聲名貴重天下而然爾。既而以遺其孫從季，從季好學工文〔一〕，能世其家者也，故客卒不能有而復還璧於趙，豈偶然哉！

【校記】

〔一〕季　原缺，據四庫本補。

跋錢希白上宰相啓

錢希白自吴越入朝，折節學問，晚以能文章入翰苑。當楊、劉力變文體，號曰西昆，學者病之。唯希白博古，能逐追其間〔一〕。方投時相啓求識擢〔二〕，時年尚少，詞雖博贍，猶餘五季文轍，然不蹈襲陳言，至

崑體亦出自然，知變而冠絶於時，非才大莫能然也。

【校記】

〔一〕其　原作「於」，據四庫本改。

〔二〕求　原誤作「來」，據四庫本改。

跋二蘇帖

兩蘇公醉墨斷稿，不自愛惜，求者輒與，往時士大夫家多有之。近歲有力者喜奪人所好，藏書者至不敢示人。趙從季所藏甚富，何以能然？蓋所謂廉者不求，貪者不與，能如是，所以存久也。

年月日王某書〔一〕。

【校記】

〔一〕明汪砢玉《珊瑚網》卷四署「乾道乙酉冬至後二日盧溪王庭珪書」。

跋黄魯直帖

東坡先生嘗言，山谷老人來僰道，觀長年撥棹，乃覺稍進。山谷自論亦然。此帖真山谷書，非不秀偉，要是元祐以前作。

跋范文正公帖

范文正公待客，意不在酒食。客方入朝爲諫院官，折節呼爲長者。蓋臨别贈言，使以直道侍天子之側，勿阿諛權貴，私其喜怒爾。此長者之道也。

跋楚老帖

佛固不可求，會處豈容説。苦作如是言，爲誰略饒舌。乾道乙酉冬至日書。

跋劉美中書李氏先墳連理木

爲士而孝於其親〔一〕，固未足以驚世絶俗，而李氏之孝若能動造化，至爲之薰蒸草木，出瑞物以錫之，何哉？豈近世孝子之道衰，雖爲士者或有愧於斯，天乃表其異而張之耶？翰苑劉美中嘗推本瑞應爲之説，而邑令尹又喜其在境内而褒寵之，將見鄉邑之間皆相率而爲孝，雖閭巷刺草之民，能持一概以自顯，而風俗大變，或自李氏云。

【校記】

〔一〕士　原誤作「亡」，據四庫本改。

跋黄秀才詠史詩

士窮不極，必不能奮厲以奇自出而力傳於世。柳子厚少年時名未大振，一附王叔文，遂陷於不義。既廢斥，材不爲世用，道不行於時，窮愁困頓，能自力爲文辭，以求别於衆人，而其名卒顯焉。分宜黄秀才昔嘗蹈艱險幾危而僅脱，由是感激，閉户讀書，忘寢食，不數年作詠史詩至四百篇，貫穿古今上下數千載間，事迹粲然。夫能如是，可以昌其身而無愧於人，况駸駸未已，欲破萬里道，争先而疾馳，未可量也。

題珪粹中偈後

珪粹中嘗有詩送余鄉人彭青老，兼以見寄，且叙云「爲異時蓮社之依」。其詩蓋從三摩鉢底來，不假雕鎸而放逸自在。每恨未識其面，而粹中順寂，圓無住携所得粹中偈相示。有感於斯人，遂取昔年送青老詩題其後，以示圓，當與此老更結三生蓮社爾。「芒鞋竹杖西出關，行盡千山與萬山。黄塵烏帽不埋没，丹霞選佛非選官。」「請君擡起襆頭脚，向上猶有二四著。再拜更問王老師，老師規模難摸索。」此粹中詩也。

紹興己卯二月五日書。

跋謝仲振所藏秀王帖時乾道六年端午日書

國朝以來，士以職事相交承者謂之交代，契義之重，至累世猶敦宿好。近時貴顯者或忽略此事，其風寖微。秀王天人也，應典册啓國，封爲真王。初筮仕時，與開封謝仲振爲代於淮陽軍幕中，厥後或以事至東都，必先尋訪，叙舊故，接殷勤，通書必親灑墨，英風義氣，表表出常情之外，使人歎仰。仲振今爲右奉直大夫，以祠禄居江西，藏此書以示子孫，爲家寶也。

跋趙從季所藏吴傳朋千字文

世稱吴傳朋書一筆盡一行不斷，目曰游絲書。今觀此《千文》，殊不然，始知得名之誤也。東坡云：唐太宗評蕭子雲書行行若縈春蚓，字字如綰秋蛇，信虚得名耳。東坡取其鄙象之不類，特表而出之〔一〕，人莫悟爾。余於游絲亦然。蓋善書者隨手萬變，安可指一物而求盡其妙。趙從季親得此本於傳朋，亦其晚年筆力縱横得意時書者也。

【校記】

〔一〕出　原缺，據四庫本補。

跋靈樞經

《靈樞》十卷，扁鵲注，其書多論脉，而中有衞生之經，説虚皇九真陰陽之精，皆出天地之外，非凡目所見也。侯大淵示余此書，讀之灑然，益知金丹果可作而不復自疑者，蓋探出扁鵲之肺腑，而取證焉耳。大淵切脉論病，出人意表，其亦有得於斯歟！唯字多脱誤，不敢以私意竄定，爲題其後而歸之。

書李仲孫程文

士失志於舉場，不自振拔，往往窮悴齟齬，喪其英氣。予少年時已聞李仲孫善屬文，論辯俊偉，氣豪邁，獨婆娑連蹇於場屋中，今年秋復不中選。覽其程文，詞鋒森然，停蓄雅健，縱横磅礴，豪邁之氣不減昔時。非胸次吞雲夢，筆頭湧若耶，奚能若是乎？竊意仲孫平生蓄藴，終必爲世用，異時或不由場屋以顯，則當如嚴助、朱買臣、田千秋、馬周輩，起徒步逆旅之中，言天下事，發其精煒以震耀於時，必有竦動而觀者，豈有司私□。

卷五十一

題跋

跋盧贊元題惜春亭詩後

公負英偉絶世之姿，文章流布海内，而此詩乃自衡湘北歸日，過某家真逸堂夢草庵，染大字於梁間，至惜春亭復留長句。筆墨飛動，光照林谷，要當使觀者如讀杜子美到夔州後詩、韓文公自潮州還朝後作。異時欲譜公之詩者，必有考於斯。

跋王樞密環秀亭詩

玉牒趙季成通判江州日，作環秀亭於江上。今樞密王公適至而登焉，覽山川之勝，據上流，實襟帶淮甸，長江九派，驚湍怒濤，頃刻萬變，見昔人用兵出奇戰勝之處，濡須、赤壁，若在牖外，默有感發於心，賦詩壁間。識者知公有經世志，不徒玩景物而已。將見醜虜不敢復窺江涘〔一〕，而曰朝廷有人焉，豈不美哉！

【校記】

〔一〕醜虜　四庫本作「敵人」。

跋顔持約詩

士負其才，詞彩足以驚衆者，豈盡濟世之人也哉！李太白天人也，而失節於永王璘，况餘子乎？顔持約昔以詩畫擅名京師，雖登甲科，而卒遭竄逐，望嶺南走，道出廬陵，始尋方外釋子談佛以自解，故松庵上人得此詩於隆慶。要其詩與字，亦不可棄爾。

跋曹子方墓志銘

曹子方起孤生，一經蘇、黄品題，遂以能文章名於世，一時豪士詩人咸慕而稱之。余崇寧初與公之幼子唐老同舍於東京太學，暇日至其家，盡閲蘇、黄諸老先生詩文尺牘，皆極力推挽，以故名益貴。唐老後亦登科，墓志叙公之行事獨至此，而文辭不少概見，何哉？然事迹迭見於時賢文集中者，後世亦可考也。

跋王元勃鳳林橋詩

右史王元勃平生爲文章力去陳言，迥异常境〔一〕，非醖釀而成者。詩篇蓋其餘事，然亦未嘗苟作。《鳳林橋》詩尤典雅，發於忠厚。其叙安福令韓君朝美之爲橋，而見廉平簡易愛民之意，有足以激拂當世者。夫前世良吏，史或逸其行事，而班班見之名士之詩者尚多有之。韓君之政，後世或有考於此歟。

【校記】

〔一〕异　原誤作「向」，據四庫本改。

跋黄夢升墓誌銘

余讀《歐陽文忠公集》，已悲南陽主簿黄夢升以文章從公游，而卒不得志以死。公嘗稱其文曰「博辯雄偉，意氣奔放」，至於諷誦歎息而不已。初謂文忠公喜稱道天下士〔一〕，特以雄文善飾其説題拂之耳，至於作銘，乃摘取其祭兄子之文，以暴耀於世，始知夢升之文實奇偉，而凡人不能道也。然夢升素剛不苟合，既失志鬱鬱，而諱道於人，使不遇文忠公，遂泯然不傳於世。今得著見於《六一文集》中，後世不磨滅矣。四世孫伯思得胡明仲重書誌銘，將刻諸石。伯思學問曄曄有祖風，能任斯事。盧溪王某書。

【校記】

〔一〕謂　原誤作「誦」，據四庫本改。

跋胡侍郎撰比真觀記

安福圖經舊無此觀，獨有遺址在深林窮僻之野，亦以碑刻可考。里中王氏諸豪力請建屋於其上，始得今名而榜之，復得侍讀胡公之文以爲記。碑成，龜趺璀然，氣象雄偉，如天球琬琰金鐘大鏞，列在東序，拭目者改觀。榱桷之華，豈止百年，無慮其隳墮也。萬一千載之下，陵谷變而壑澤，不能守此碑，或淪棄於頹垣斷塹之間，好事者得之，决不沈泯，迹其姓氏，猶足以誇世耀衆而復興於寂寞不詔之後，然則此碑實爲比真不朽之托也歟。

跋蘇養直贈李東老詩

蘇養直清詞麗句，爲前輩諸老先生之所稱。此詩蓋暮年所作，李東老嘗挾書册從之游而得之。他日江西宗派後爲養直拈出一瓣香者，必子也。

書向豐之詩軸後

向豐之自幼能作詩，句律便不凡，叔父宣卿愛之，每遣從余游。余竄夜郎日，道出伊山，宣卿駭愕，與豐之出三十里下馬流涕而别。後二十年見此詩軸於劉夢得家，夢得與豐之雅故，尤能誦其詩，聽之喜且悲，惜其早亡。時人知豐之者尚稀，使之少延，當更奇麗，而名顯於世矣。

書汪聖錫簡後

汪公聖錫自幼名聞於世，未弱冠當廷試，陳治安之策，以奇材動悟明主，擢居第一，震耀天下，賜名褒稱甚寵。既貴顯，與故人書札皆纖鋒細管，字小楷而清勁，不以勢貌士，真一代偉人也。

乾道己丑清明日書。

跋曾世選三賢論

古之人有負天下之賢，而天下翕然師尊之，决非偶然者，必推其本末，權其禍福之輕重，以救當世之弊，乃能然耳。歐陽文忠公以道德文章震耀一時，昭若日星，終古不可掩也。金虜圍建康，守臣大將不戰而降，獨楊忠襄爲通判，如百鍊之鋼不可屈。虜燕守將於堂上，引忠襄於堂下，誘以好辭。忠襄詬賊不絶於口，毅然之氣至死不折，諸失守者垂頭喪氣，虜亦駭而退。厥後我國家兵威稍震，大軍已屯東京，虜亦畏讋。秦檜忽自金舉族以歸，力主和議，有異議者檜輒害之，人皆股栗，獨一胡編修上書乞斬檜，罷和議。方其歷天階，攀殿檻，陳禍福，左右皆震動，虜亦知國有人焉，俛首聽命，不復他言。然則二賢者可謂有功於國。昔孔子作《春秋》，孟子距楊墨，其功乃配於禹。善乎！曾世選以二士合文忠公爲《三賢論》，其道一也。三賢者皆廬陵人，他日有能繪三賢之像，屋而祠之，使千載之下亂臣賊子過之者，猶縮項而趨，可畏而仰哉！

廬溪王某書。

跋趙德全家大年畫

大年作寒江雪雁，不在筆墨畦畛間。德全學大年筆法，如後騎騣騣欲度驊騮前，他日定逼真矣。紹興丙寅初伏日，觀此畫於德全家，故并論德全畫云。

題唐興寺壁

後七年，美中自翰苑出守漳浦，再會於此三日。道舊賦詩，談玉堂天上事，感今懷昔，酒酣氣振，躍馬而別。

甲子十月二十九日民瞻書。

跋錢吏部燕舉人詩

國家網羅英材，必始於郡國，命鄉論秀而升之，太守實責其任〔一〕。廬陵多士之域，方升平時，掉鞅於舉場者四千人，拔其尤而充貢者才四十五人。厥後寖盛，而州郡多事，止給牒與計吏偕至京師，廢罷《鹿鳴》之禮。

乾道四年戊子賓興之秋，乃遇臨安錢侯吏部綰銅虎適至，閱仕版，見峨冠侈袂，争鋒而入棘圍者至八千人，拔其尤而升者六十八人。侯乃修故事，舉墜典，以鄉飲酒禮設賓主，陳俎豆，合樂張宴，歌《鹿鳴》

之詩，叙長少焉。太守即席賦詩，鄉先生胡侍講、周舍人，貢首劉懷英等六十八人皆屬和。州民耆老聚觀以爲榮，咸稱頌太守之美，使此州文物益大張闡，真稀闊盛事，前所未有，不可不書。

盧溪王某謹跋。

【校記】

〔一〕責其任　四庫本作「任其責」。

書贈墨工戴國和

古之以墨擅名於世者，皆止於其身，雖其子孫不能究其藝，豈其斲輪之妙，固有不傳耶？潘衡去世未久，士大夫家所蓄衡手造者尚多，余復何言？戴國和法墨實出於潘氏，其墨固自可貴，特不必以差殊校爾。

脱稿

古詩

送郭仲質教授

雪欲留君君不住，散作晴天送君去。滄江破臘缺。

題羅巨濟翠波亭

律詩五言

和伍孺安瑞竹

律詩七言

游仙壇欲登芙蓉峰山元弼賦詩因次其韻

欲結茅齋一兩間，芙蓉高處掩柴關。人逢好景缺。

送劉謂卿赴鄂州司户

送楊文黼赴松溪主簿

春曉乘舟至豫章城外

送王仙老歸洪州兼懷黄超然提點

送劉世臣赴省試

余竄夜郎嘗約彭士貴他日必相會於瀟湘之間東歸至長沙果相遇焉士貴惠詩次韻奉贈

□□江南一夢中，覺來説夢已無蹤。會尋湘水□□□枕上逢。逐客衣冠尚繿縷，故□欲下非堅敵試舉酒兵令。

登辰州城樓觀雪

□白銀宫斷椽破壁缺　□□宛積玉千頃，流水灣如月半弓。江邊寒梅自奇絶，何必更畫漁蓑翁。

絶句

惜春亭觀酴醾招韓宰

送陳鵬擧入吉州學并序

陳鵬擧自嶺南萬里慕廬陵文物之盛，欲游學焉。士或以書來求先容於學官，僕恨聞廣文之名而未識，作小詩送之，以呈學官。

和答韓宰諸公

晚春

讀道藏雲笈篇

次韻別向豐之

次韻江伯任見寄

送義宗住小盧山

附録

一　生平資料

除國子監主簿誥詞

朕饑渴求賢，惟恐不及。一介之善，罔有遐遺。矧吾黄髮之良，而朕樂詢者乎。爾粹然耆儒，凜有直節。頃以言語文字抵忤權臣，流落排挹，殆逾二紀。召對便殿，敷奏詳華。京秩峻遷，姑示褒寵。尚展平生之學，益思補報之忠。可特授左承奉郎、國子監主簿。隆興元年八月十四日。（明嘉靖五年梁英刊《盧溪先生文集》卷首）

除直敷文閣誥詞

勑：古之所謂老者，不稱其齒而稱其德也。齒德俱高，誰敢不敬！以爾少而力學，長而有聞，今茲年九十餘，而智識未衰，行義益固。錫對便坐，富有嘉言，庶幾古之所謂老者。綴内閣之清班，賦真祠之腆禄，朕之所以敬老者至矣。往服華寵，益綏壽康。可特授依前左承奉郎、直敷文閣，主管台州崇道觀。乾道七年十二月二十二日。（明嘉靖五年梁英刊《盧溪先生文集》卷首）

左承奉郎直敷文閣主管台州崇道觀王公庭珪行狀

本貫吉州安福縣。曾祖著，故，不仕。祖祥，故，不仕。父奭，故，不仕。

公姓王氏，諱庭珪，字民瞻。其先太原人。十一世祖該避唐末亂，徙居廬陵郡六十里之何山，好善樂施，人號長者。僞吴順義元年，龍見所居陂田間，有異僧云：「是將爲佛寺，公宜北去百里，遇三白即止，子孫當繁衍，且出文士。」長者如其言，行至安成北之連嶺，遇白馬一，問其地名，曰大白茆，稍前曰小白茆，乃家焉。李氏保太中，龍復見何山，遂爲龍田寺，今金地寺是也。公之在母，大父夢赤文亘天，既寤，生公，人知爲文字之祥矣。元祐間，自連嶺徙邑中。

公時爲兒童，毅然有成人風。年十二三，刻志於學，晝夜不息，弱冠通經史百家。崇寧癸未，舍法取士，公一試右諸生。何損以對策貶廬陵，故工部侍郎郭公孝友送之學。一日聽公講書，歸以大義告損，損驚曰：「後來之儁也。」明年貢辟雍。時方錮史學，禁士人説詩，公獨與故顯謨閣直學士劉公才邵吟誦自若〔一〕。丁父憂，家事一付弟侄，居喪盡禮，縣榜其里曰「清節」。未幾，芝産塋上，木生連理，人謂孝友所致。大觀間，提舉本路學事張公根欲薦以八行，公曰：「此士之常，乃以爲異耶？」辭不就。

登政和八年第，調衡州茶陵丞。邑大俗樸，公擇秀民教以學，應書者歲增。猾吏文雅善交結，脇持横甚，前令丞莫敢治。公獨發其奸言於郡，黥徙之，至今父老能道其事也。先是，湖南田賦不均，茶陵尤甚，富者受田不受税，以避力役。公與令約：凡執役者一毫無所須〔二〕，民既不病役，徐下令正其賦，不悛者没入之，自是産與税偕而役均矣。丞舊兼造船場，有部使者嘗薦公，既而諉公役匠造私器，公不可，且歸其章。使者大怒，亦會與守倅争公事，遂拂衣去。潭帥曾公孝序挽留再三。頃之，宰掾倪公濤左官來，致書願交，且責監司不能容一賢者。其爲名人所重如此。

宣和末，公年未五十，知時事阽危，無宦游意，學道著書，若將終焉。邑有盧溪，築草堂其上，鄉人號盧溪先生，執經來者屨滿户外。紹興初，州賦屬邑修城，期會迫遽。公語假令黄衡：「軍興民困，城幸堅，胡爲勞人？」衡告太守，守大怒，將劾衡。公謂衡：「君盍輕一官全民力乎？」衡即日解印綬去，守聞愧甚，爲輟是役。趙丞相安撫江西，奇衡，薦於朝。衡欲扳公，固避乃已。公雖不仕，常懷經世心，事苟宜民，必告於當路。宣諭劉公大中、李公宲皆遣官屬咨訪利病，公盡言無隱，二公賴之。嘗著論二篇，極言招安大盜之害，洪帥李丞相奇其説，未及用而去。後帥參政張公守遂以遺逸薦於朝。郡守右史王公洋號儒宗吏師，下車首以禮幣邀公，虚正堂延訪政事，即學宫聽公講經，一時士大夫多爲歌詩紀賓主之兩賢也。

十二年，今敷文閣直學士胡公銓以忠言忤時相，謫嶺南，親交無敢通問，公獨送以詩，語奇峻驚人。後數年，時相知之，命帥臣鞫公謗訕，坐流辰州。遠人素重公，争以爲師。武將馬羽攝郡事，尤待公厚。公謝曰：「某罪人也，將累公。」羽曰：「繇公獲譴，其榮多矣！」更遣子受業，遂登科。太上更化，許公自便，時年幾八十，讀書益力，夜對短檠作細字，率夜分乃寢。今上即位，有薦公者，一見寤合，詔略曰：「粹然耆儒，凜有直節。頃以言語文字抵忤權臣，流落排挃，殆逾二紀，召對便殿，敷奏詳華。特改左承奉郎，除國子監主簿。」公以年高力求退，命主管台州崇道觀，令所在州常加存問。

既歸，滋以道誼化鄉閭，無貴賤賢愚一接以誠。平生工詩，至是格力雄健，興寄高遠，讀者不知其齒之宿也。心畫端莊，自其天性，人貴珍之。

乾道六年冬，再召赴闕，固辭。上不聽，勑守臣備舟車禮遣，仍以引道日聞，逾年始至。對内殿，特蠲拜跪禮，賜坐，勞問甚寵。上欲留公，公固乞歸，於是制誥有曰：「王某年九十餘，而智識不衰，行義益固，錫對便坐，富有嘉言。其特除直敷文閣。」復以崇道俸禄之，加賜寶香茶綵，皆異恩也。公蒙犯霜雪，往來數千里，略無勞瘁容。明年三月己丑，乃得微疾，啓手足，辭色不亂，則其所養可知矣。享年九十有三。娶同邑劉伯玉女，前二十八年卒。一男頔。一女嫁將仕郎彭飛。孫男二人，詹、澹，皆世其業。孫女二人。所著書有《盧溪集》五十卷，《易解》二十卷，《六經講義》十卷，《論語講義》五卷，《語録》五卷，《雜志》五卷，《滄海遺珠》五卷，《方外書》十卷，《校字》一卷，《鳳停山叢録》一卷。

公學無不通，而尤邃於《易》。少嘗師鄉先生張汝明，晚自得於言意之表。漢上朱先生震、文定胡公安國、薌林向公子諲見其解，皆歎賞，以爲必傳。公亦不輕示人，欲獻公車。會詩獄興，郡守議收公，理掾江公涓奮曰：「王君剛介勇於義，一紙書招之必來。」他掾變色云云，自請提禁卒挾巡尉捕公，守唯唯。他掾遂行，至則突入公家，公談笑就逮。家四壁立，惟《易解》鐍篋中，卒疑其貨也，挈以去〔三〕。他日，公歎曰：「天厄吾書！」或謂今藏掾家云。

子頔卜以十年正月丙午葬公本縣清化鄉長賦之原，使來速行狀〔四〕，將求銘於胡公銓。惟昔伯父暨先君與公同爲政和戊戌進士，故知公詳。其再召也，必大適對禁中，坐定，上問：「胡銓薦詩人朱熹、王某，卿識之乎？」必大既奏熹出處，乃具言公年德文章在今未易多得，且登第五十三年矣。上曰：「官卑何故？」必大曰：「斯人蚤忤上官，晚復流竄，官簿所以不進。陛下若哀窮悼屈，厚加品秩，錫之章服，足以勸善。」上曰：「俟其至議之。」明年公至，上命寓直西清，蓋待以卿監去朝禮。必大嘗白丞相濟公：「王某百年故老，扶杖造朝，意欲掛其冠神武門。丞相能爲上言，俯聽所請而官其子，非美事歟？」丞相曰：「君言是也，上必不爲老人惜一子官。」明日又言之，丞相曰：「決矣。」已而乃不報。天其或者欲公子孫自以儒業發聞於世乎？敢具列之，敬俟筆削。謹狀。

乾道九年十月望日，年家侄、左朝散郎、提舉江州太平興國宫、賜紫金魚袋周必大狀。（明嘉靖五年梁英刊《盧溪先生文集》卷首）

【校記】

〔一〕與　原脱，據四庫本補。

〔二〕須　四庫本作「需」。

〔三〕挐　原誤作「絮」，據四庫本改。

〔四〕來　原誤作「行」，據四庫本改。

監簿敷文王公墓志銘

乾道八年歲在壬辰三月己丑，盧溪先生王公卒。公諱庭珪，字民瞻，其先太原人。十一世祖該，厭唐末亂，徙居廬陵郡西六十里曰何山，彊爲善，稱長者。順義初，或見物若龍出於所居田間，有僧求其處爲寺。保太中，所謂龍復見，遂名寺曰龍田，今金地寺也。僧謂長者：自此北行百里許，遇三白即止，後當繁衍，有以文鳴者。如其言，至安福之北曰連嶺，遇白馬一，問其地名，曰大白茆、小白茆，遂家焉。曾祖著，祖祥，父奭，皆業儒，以氣節聞於鄉。元祐戊辰，復徙居邑之南。公生時，大父夢赤文亘天，寤而公生，乃喟然曰：「僧言其告之矣。」

公爲兒時，凜然有立。既冠，通經史百家。崇寧癸未三舍法行，公一試即爲選首，爲頖水講書，間出新貫，聽者環堵。時何損以對策訐直竄廬陵，侍郎郭公孝友受業焉。一日聽公講，歸以語損，損驚異。明年貢辟雝。方禁史學及元祐學，無敢犯者，公獨與其友劉公才邵手不停披。劉公後爲學士，常德公不忘。丁父憂，一一如禮〔二〕。撫弟侄，人無間言，邑榜其里曰「清節」。亡幾何，親塋産瑞芝，木連理，識者以爲孝友之祥。大觀間，提舉學事張公根薦公以應八行詔，公曰：「此士之常，以釣爵位，豈吾志耶？」辭不就。

政和戊戌登進士第，調衡州茶陵丞。民俗樸陋，擇秀民勸以學，士皆向化。三年間，應書者倍蓰。猾胥文雅者勢傾一邑，參政不能去。公把其宿負白於郡，黥徙之，舉邑稱快，至今六十年人猶誦之。茶陵田税不均，富者田多税寡以規役。公語令：凡執役者邑毋得秋毫擾，使安於鄉，民既不病役，田復元税，由是産與税侔，役不頗矣。他郡之民以事訴於監司，願得公決者相踵。丞舊兼造船場，憲臺初與薦牘，久之欲役船工造家具。公却其薦，憲掾怒甚。適守倅亦不相能，拂衣去。湖南帥曾公孝序力挽留，且欲薦諸朝，不屑。左司倪公濤方員外置，致書願交，復責當途不能容一賢者，諸司大慚。濤蓋政和間名士也。

宣和末，公見禍根已萌，葺草堂盧溪之上，年未四十，棄官却歸，教授鄉里，執經踵堂者肩摩，人不稱其官，曰盧溪先生。紹興初，郡賦工役修城，時武夷黄衡攝邑。公謂衡：勞罷弊之民可乎？衡白守，守大怒，欲械繫衡。公曰：「民苟獲免，身屈何傷？」即棄去，守大慚服。趙丞相帥江西，薦衡，衡歸功於公，固辭乃止。初，江西盜作，公著論二篇，言招安之害。李丞相帥洪，欲行其言，會罷去。後帥參政張公守遂以遺逸舉。先是，劉公大中、李公宲相繼宣諭，各遣其屬諏以時政民瘼，極言以對，二公服膺。公未嘗入官府，右史王公洋爲州令，賫書幣招致，且虚其堂館公，訪以闕失，又延詣學官講習，一時士大夫哦詩紀其盛。公常懷憂世心。

紹興戊午，銓以狂瞽忤時相，壬戌秋謫嶺表，士皆刺舌，公獨以詩送行，有「癡兒不了公家事，男子要爲天下奇」之句。婉孌者告訐，詔帥臣沈昭遠鞫治以聞，除名竄夜郎。公至，人争迎勞，執經踏門者屨滿。時忠州刺史馬羽假守，尊以師禮。公曰：「加禮罪人，恐與時左。」羽曰：「聞先生之名舊矣，獲譴固所願。」且命其子從學，遂中第。

公歸自夜郎，年幾八十，觀蠅頭字，率夜分乃寢。上踐阼初，召對，剴切，詔云：「粹然耆儒，凛有直節。」頃以言語文字抵忤權臣，流落排擯，殆逾二紀。召對便殿，敷奏詳華。改左承奉郎，除國子監主簿。」力乞去，主管台州崇道觀，令所在州常加存問。乾道庚寅，再被召，固辭。詔郡臣給輿檝趣遣，仍具引道日申中台。明年冬，始到闕，引對免拜，賜坐問勞，令少留。公以老丐還，誥云：「王庭珪年九十餘而智識未衰，行義益固，錫對便坐，富有嘉言。除直敷文閣，領祠如故，仍賜香茗繒綵。」士慕其榮。

公少從鄉先生張公汝明學《易》，晚益悟於理表。張公蓋作《易索》，嘗爲御史，繫蔡氏者。漢上先生朱公震、薌林居士向公子諲過草堂談經旨，常繼晷，見所講《易》，皆降歎。文定胡公安國經從亦欵留，且云公有經濟大略，文章特其餘事爾，爲作《易解序引》。公不輕以示人，欲獻之公車。會獄起，郡守郭東集其僚議逮公，獄掾汪君涓曰：「王君剛介勇於義，若幅楮招之必來。」户掾變色曰：「彼詆大臣，可善待之乎？」請部卒會巡尉捕之，遂行，至則排闥突入，公談笑就逮。公之書緘鐍頗固，衆卒疑奇貨，挈以去，公喟然曰：「此吾書厄。」遂不獲傳。

公土木形骸，儼然不可犯，雖市井無賴子見公，亦斂沮。人無賢愚貴賤，一待以誠。聞人善，若己出，有爲不善者畏公之知，必慚惕自悔。公學極高明，尤工詩。遷謫既久，語益奇。書有楷法，自成一家。平生治氣養心，翛然有高舉意。溘然而逝，享年少衛武公之二。

娶同邑劉伯玉之女，前卒。男一人，頗能稱其家。女一人，歸將仕郎彭飛。孫男二人，曰詹、澹，皆志學。孫女二人。

有《盧溪集》五十卷，《易解》二十卷，《六經講義》十卷，《論語講義》五卷，《語録》五卷，《雜志》五卷，《滄海遺珠》二卷，《方外書》十卷，《校字》一卷，《鳳停山叢録》一卷。

將以淳熙元年正月丙午葬於安福縣清化鄉長賦之邍。頔扶服乞銘，銓曰：「侍郎周公狀自足傳信不朽，焉用糞土之言？」頔請益虔不懈，遂銘之。銓頃於榻前論人物，及公云：「雖老，宰相才也。」蓋用狄梁公薦張柬之語，上不以爲過。公儻無恙，殆未易量也。嗚呼惜哉！銘曰：

材大而剛，志直而方。百世之豪，抑彊掖弱。蒐爾民瘼，小試牛刀。皐比當路，獖其勢距。雪虐風饕，禮經墓式。高止四尺，德與山高。（〔南宋〕胡銓邦衡撰，明嘉靖五年梁英刊《盧溪先生文集》卷首）

【校記】

〔一〕二 原誤作「一溢」，據四庫本改。

槲溪居士集序

古今文章至我宋集大成矣。蓋自奎宿宣精，列聖製作，於是焕乎之文，日月光華，雲漢昭回，天經地緯，衣被萬物，河岳炳靈，鴻碩挺出。在仁宗時則有若六一先生主斯文之夏盟，在神宗時則有若東坡先生傳六一之大宗，在哲宗時則有若山谷先生續國風雅頌之絶弦，視漢之遷、固、卿、雲，唐之李、杜、韓、柳，蓋奄有而包舉之矣。中更群小崇奸絀正，目爲僻學，禁而錮之，蓋斯文至此而一厄也。

惟我廬陵有瀘溪之王、檆溪之劉兩先生身作金城，以郛此道。自王公游太學，劉公繼至，觸犯大禁，挾六一、坡、谷之書以入，晝則庋藏，夜則繙閱，每伺同舍生息燭酣寢，必起坐吹燈，縱觀三書。迨暇或哦詩歌，或績古文。每一篇出，流布輦轂，膾炙薦紳，紙價爲高。嗟乎！若兩先生，當妖禽群啾而發紫鸞之鳴，折楊騤歌而奏清廟之瑟，鷸冠妖服之競麗而覿黄收純衣之製，其有大勛勞於斯文，其偉乎哉！

予生十有七年，始得進拜瀘溪而師焉而問焉，其所以告予者亦太學犯禁之説也。後十年，又得進拜檆溪而師焉而問焉，其所以告予者亦太學犯禁之説也。今兩先生遠矣，予亦老而歸休矣。檆溪之曾孫千齡，一日訪予於南溪之上，出其祖之書曰《檆溪集》者示予，請書其後。予披而讀之，見丞相益國周公序其篇首，凡檆溪拔新領異之詩，登峰造極之文，既攡張發揮不遺餘矣，予尚何言哉？獨書兩先生所以告予者於篇末，俾後學者有聞焉。

瀘溪又云，是時書肆畏罪，坡、谷二書皆毁其板，獨一貴戚家刻板印焉，率黄金斤易坡文十，蓋其禁愈急，其文愈貴也。今家有此書，人習此學，有知當時斯文之難得如此者乎？是小人之厄斯文，乃所以昌斯文也，然厄斯文者本皆泯然與草木共盡，而斯文之傳與日月争光，然則斯文病不厄耳，厄也奚病哉！古者聖賢君子之所守，於是可得而知矣，顧吾道之是非何如而已，時之好惡足爲之動耶？六一、坡、谷，其知之矣。至於吾州之兩先生獨首犯時之大禁，力學衆人之所不敢學，所謂豪傑特立之士者，不在斯人歟？

檆溪諱才邵字美中，瀘溪諱庭珪字民瞻，皆擢進士第。檆溪再中宏詞科，終官工部侍郎，兼權吏部尚書，贈顯謨閣直學士。瀘溪晚爲國子監簿，終官直敷文閣奉祠云。

嘉泰三年十月丙午，寶謨閣直學士、通議大夫致仕楊萬里謹序。（〔南宋〕劉才邵《檆溪居士集》卷首，影印文淵閣四庫全書本）

王叔雅墓志銘

叔雅王氏，諱頔。九世祖該，自太原徙家吉之廬陵，又徙安福。曾祖祥、祖奭皆隱德不仕。父庭珪，字民瞻，登進士第，終官承奉郎、直敷文閣、主管台州崇道觀，號瀘溪先生云。

叔雅自束髮受書，性警敏，六經百氏悉鉤其深，尤邃於《春秋》。初，文定胡公過瀘溪先生草堂，與先生講《春秋》，叔雅從傍聽之，即能陳説大義，筆削衮斧，洞視諸儒陳迹，一武不隨，夏秋侯卿讞以王法，恕不及漏，威不病刻，然鞶帨其詞以賈於時，我實耻之。一再試於有司，即棄去，曰：「持古晞今，可乎？」先生詩句得法於杜子美，自西江而下不論也。叔雅少從先生賦《早行篇》，先生驚喜曰：「吾子亦能詩乎？」遂授以句法。

龍圖閣學士胡公以直言謫嶺表，先生以詩送行，有「名高北斗，身落南州」之句，人争傳之，一日滿四海。權臣聞而惡之，下江西帥司興詔獄，名捕先生，叔雅以從，父子俱繫獄。叔雅請於决曹掾蘇庠曰：「吾父老矣，願以身代之。罪若笞死瘐死唯命，翦之市朝亦唯命，願以聞焉。」蘇受辭白帥，帥怒，屏不奏。先生竟謫夜郎。既赴貶所，族大口衆，不能偕往，留叔雅經紀家事。夜郎狸嗥鼯嘯，非人所居，崖路攀天，下則入阱，距家二千餘里，叔雅徒步省覲，胝足血指，一歲再行，行不可至，至不忍歸，凡八年。權臣死，先生始得放還，年八十矣。上即位，聞先生名，兩詔召見。先生往來道塗，叔雅皆侍行。禮部侍郎周公嘉叔雅之勤，欲白之朝，有以旌寵之者，叔雅力辭焉。

先生没之四年，而叔雅卒。叔雅未嘗疾，一日與客飲酒至丙夜，無惰容。明日夙興，坐而逝云。實淳熙二年閏九月一日也，享年五十有三。娶劉氏。男二人，詹、虞。女二人，長適將仕郎葛耆年，次許嫁進士劉逢原。孫男五人，女二人。將以明年十二月庚申葬於安福縣翔鸞鄉青陂之原。

叔雅静而視之若不能言，及論當世人物，如水鑒影。人犯之不校，或疑其矯。退而察之，終不言其非。其胸中自與甚高，望之蕭然簡遠，若晉、宋間人。蓋近之若疎，遠之若親，即之若遺，去之若思者也。群從兄弟與叔雅分田既定，有一人若不滿意者，叔雅復分己田以半畀之。與從兄弟二人同居且同食。二兄歿，叔雅字其孤，人不知其爲猶子也。里之人有伍其姓者，以貧不自食，至欲扣其祖父墓中之藏。叔雅呼謂之曰：「汝欲錢耶？吾畀汝，墓不可發也。」至今松柏不刊。

某少出先生門下，與叔雅有五十年之舊，晚復托昏焉，於誼宜銘。銘曰：

瀘溪之詩，叔雅胡得其傳？瀘溪之壽，叔雅胡半其年？豈可傳者人，不可傳者天耶？抑瀘溪既逝，叔雅不留人間耶？將父子騎麐翳鳳，追少陵、太白而俱仙耶？（〔南宋〕楊萬里《誠齋集》卷一百二十六，影印文淵閣四庫全書本）

吾州詩人瀘溪先生安福王民瞻名庭珪，弱冠貢入京師太學，已有詩名。有絶句云：「江水磨銅鏡面寒，釣魚人在蓼花灣。回頭貪看新月上，不覺竹竿流下灘。」紹興間，宰相秦檜力主和戎之議，鄉先生胡邦衡名銓，時爲編修官，上書乞斬檜，謫新州。民瞻送行詩云：「一封朝上九重關，是日清都虎豹閑。百辟動容觀奏議，幾人回首愧朝班。名高北斗星辰上，身落南州瘴海間。不待百年公議定，漢庭應召賈生還。」「大廈元非一木支，要將獨力拄傾危。癡兒不了公家事，男子要爲天下奇。當日奸諛皆膽落，平生忠義祇心知。端能飽吃新州飯，在處江山足護持。」有歐陽安永上飛語告之，除名竄辰州。孝宗登極，召爲國子監簿，以老請奉祠，除直敷文閣宮觀。（〔南宋〕楊萬里撰《誠齋詩話》，影印文淵閣四庫全書本）

（紹興十九年六月）丁巳，左迪功郎王庭珪特勒停，送辰州編管。庭珪，安福人。胡銓之貶也，庭珪爲衡州茶陵縣丞，以詩送之，有曰「癡兒不了公家事，男子要爲天下奇」。銓鄉人歐陽安永告之，以爲謗訕朝政。事下虔、吉兩郡，而守臣曾慥、王珉，江西路提點刑獄公事李芝不切究之。會芝奉祠，直秘閣林大聲代芝提點刑獄，亦寢其事。敷文閣待制沈昭遠知洪州，白發之。時大聲已去，而昭遠與降授右朝議大夫、江西轉運副使勾光祖以他事交章，俱罷，庭珪遂坐貶。久之，慥、珉、芝、大聲與兩郡倅左中大夫吴温彦、右承議郎杜師仮，皆坐降一官。（〔南宋〕李心傳《建炎以來繫年要録》卷一五九，中華書局二〇一三年點校本）

王盧溪送胡忠簡

胡忠簡銓既以乞斬秦檜，掇新州之禍，直聲振天壤。一時士大夫畏罪箝舌，莫敢與立談，獨王盧溪廷珪詩而送之，今二篇刊集中曰：「囊封初上九重關，是日清都虎豹閑。百辟動容觀奏牘，幾人回首愧朝班。名高北斗星辰上，身墮南州瘴海間。豈待它年公議出，漢庭行召賈生還。」「大厦元非一木支，欲將獨力拄傾危。癡兒不了官中事，男子要爲天下奇。當日奸諛皆膽落，平生忠義只心知。端能飽喫新州飯，在處江山足護持。」於是有以聞於朝者，檜益怒，坐以謗訕，流夜郎，時年七十。

既而檜死，盧溪因讀韓文公《猛虎行》，復作詩寓意曰：「夜讀文公《猛虎》詩，云何虎死忽悲啼。人生未省向來事，虎死方羞前所爲。昨日猶能食熊豹，今朝無計奈狐狸。我曾道汝不了事，唤作癡兒果是癡。」蓋復前説也。尋許自便。

孝宗初政，召對寤合，詔曰：「王廷珪粹然耆儒，凛有直節，頃以言語文字抵牾權臣，流落排抳，殆逾二紀，召對便殿，敷奏詳華，可特改左承奉郎，除國子監主簿。」廷珪不留，乞崇道祠官去。乾道六年，再召對便殿，上又留之，不可，乃詔復禄以祝釐。後告老終於家，壽九十三。其再召也，廟堂欲予一子官，既而不果。識者謂以忠得壽，而澤不及嗣，天人報施，猶若少偏。時又有朝士陳剛中、三山寓公張仲宗，亦以作啓與詞爲餞而得罪，檜之怨忠簡，蓋流貤不少置也。（〔南宋〕岳珂《桯史》卷一二「王盧溪送胡忠簡」條，中華書局一九八一年點校本）

王盧溪先生諱庭珪，字民瞻，廬陵人，政和八年登第，調茶陵丞，以上官不合，去隱盧溪者五十年。紹興八年戊午十一月，編修胡公銓，字邦衡，以和議奏封事乞斬王倫、秦檜、孫近黜，十一年謫新州，盧溪作是詩送之。同邑人歐陽炎識遣其里人匡求告詩訕，送虎獄送勘。盧溪引咎追官，送辰州編管，時年七十矣。檜殂得歸。孝廟立，召除國子監簿，再召除直敷文閣，時年九十餘。有《盧溪詩集》傳於世，楊誠齋作序（一作瀘溪）。胡公謂於民瞻初未識面，胡再謫朱崖，檜殂，紹興二十六年移衡州，又久之，始得自便。孝廟立，召用至從官資政殿學士。張魏公謂秦檜之專權，只成就得胡邦衡一人。如盧溪隱節固高，因此詩得罪，大名愈著。夫人不可以爲不善，造物者未嘗肯泯没之。又以見夫正人義士之不幸，乃國家之不幸，生靈之大不幸也。選此詩識中國之所以衰也。（〔南宋〕方回《瀛奎律髓》卷四十三，四庫全書本）

瀘溪送澹庵

王瀘溪《送胡忠簡謫嶺表》二詩，有「癡兒不了公家事，男子要爲天下奇」之句，秦檜見而大惡之，以謗訕流辰州。二詩人皆傳誦，忠簡和韻，少有見者。詩云：「岩耕名已振京闕，未信終身袖手閑。萬卷不移顏氏樂，一生無愧伯夷班。致君自許唐虞上，待我誰能季孟間。宗社年來欠元老，蒼生拭目看來還。」「士氣年來弱不支，逢時言行欲俱危。不因湖外三年謫，安得江南一段奇？非我獨清緣世濁，此心誰識只天知。萬牛回首須公起，大廈將顛要力持。」清峭警拔，與前詩相稱。瀘溪在辰州，人争迎以爲師。孝宗更化，許自便。光宗即位，忠簡薦之，召對便殿，除直敷文閣，年已九十餘矣。（〔明〕瞿佑《歸田詩話》卷中，《叢書集成初編》本）

王盧溪先生知時事阽危，無宦游意，學道著書，若將終身焉。壽皇之代，與朱晦庵同薦，敦召再三，逾年始至。壽皇一見契合，優詔獎之，曰：「粹然純儒，凜有直節。」命直敷文閣。年九十有三。其詩詞格力雄健，寄興高遠，不知其齒之宿也。嘗作上元鼓子詞云：「玉漏春遲，鐵關金鎖星橋夜。暗塵隨馬。明月應無價。天半朱樓，銀漢星光射。更深也。翠娥如畫。猶在涼蟾下。」蓋寄點絳唇云。（〔清〕馮金伯輯《詞苑萃編》卷五《品藻》引《古今詞話》，見《詞話叢編》第二册，中華書局一九八六年版）

回王敷文民瞻定親啓

賢者有後，仰玉樹之森然；儒冠多貧，顧席門而陋甚。云何猶子之二女，得配執事之兩孫。伏承某人第一令孫，乃吾家忠襄之甥，生而獨秀；而某侄子第五女孫，爲詩人瀘溪之婦，愧其非宜。發幣載欣，揮毫莫敘。（〔南宋〕楊萬里《誠齋集》卷五十二，影印文淵閣四庫全書本）

招安福士人王丞民瞻啓

名高物表，固遐想於清規；識照幾先，宜洞明於世務。借馬預觀於慣馭，陳羔敢愧於非儀。某官聖世逸才，南州望士。安貧守節，懷昔賢樂道之心；勇退養恬，躬幽人嘉遯之操。某濫分支郡，適處名邦。虛齊相之堂，敢希蹤於前哲；結王生之韈，覬少遂於初心。（〔南宋〕王洋《東牟集》卷一二，四庫全書本）

二　版本序跋

盧溪先生文集序

昔人以文章比珠玉，六經言珠玉多矣，然《易》不過《乾》《鼎》之卦，《詩》不過瑱佩、六珈、衡、琚、瑀，《書》不過璿璣、玉衡、蠙珠、璆琳、琅玕、天球而已，《春秋》不過寶玉、龍輔、剡圭、紀瓚、玉鬯、佩璲而已，唯《戴記》《周官》之書言之爲詳且悉。有以璧爲貴者，如穀璧、蒲璧、蒼璧、圭璧、加璧之類；有以圭爲貴者，如土圭、鎮圭、桓圭、信圭、躬圭、青圭、琢圭、珍圭、駔圭、琬圭、琰圭、裸圭、穀圭、端圭、白圭、廣圭、大圭之類〔一〕；有以玉爲貴者，如玉敦、玉齍、玉帛、玉爵、玉几、玉豆、玉兆、玉笄、玉瑱、玉簋、玉堪、玉璪、玉瓚、玉醆、玉斝、玉戚、玉鎮之類，又如服玉、佩玉、裸玉、蒼玉、赤玉、白玉、玄玉、瑜玉、嘉玉之類；有以璋爲貴者，赤璋、琢璋、圭璋、牙璋、駔璋、大璋、邊璋、中璋之類〔二〕；有以璜爲貴者，如玄璜、琥璜、大璜、夏后氏之璜之類；有以多爲貴者，如兩敦、兩圭、四璉、四圭、六瑞、六瑚弁、十有二玉璪、十有二旒之類；有以璜爲貴者，如玉璜、璋璜、圭璜之類；有以奇爲貴者，如山玄、水蒼、瑞玟、衡牙、衡笄、鬱邑、不琢、有邸、璧羨、渠眉之類；有以大爲貴者，如大圭、大璋、大璜之類；有以長爲貴者，如信圭、躬圭、穀圭、邊璋七寸，瑑璋、圭璋八寸，桓圭、琬圭、琰圭、璧琮、大璋、中璋九寸，鎮圭、裸圭、四圭尺有二寸，土圭尺有五寸，大圭長三尺之類。又有五德焉：潤澤以温，仁之方也；鰓理自外，可以和中，義之方也；其聲舒長，知之方也；不撓而折，勇之方也；鋭而不技，絜之方也。又有十一德焉：温潤而澤，仁也；縝密以栗，知也；廉而不劌，義也；垂之如隊，禮也；扣之其聲清越以長，樂也；瑕不揜瑜，瑜不揜瑕，忠也；孚尹旁達，信也；氣如白虹，天也；精神見於山川，地也；圭璋特達，德也〔三〕；天下莫不貴者，道也。嗚呼，珠玉之可貴如此！而以文章空言配之，不已誇虖？

盧溪先生以明經中科，而宦不達，落落與時左，凡憂悲、愉佚、窘窮、喜怒、思慕、怨恨、無聊、不平有感於懷〔四〕，必於詩文發之。紹興壬戌秋，銓坐不肯與醜虜和議〔五〕，且乞斬主議大臣二人〔六〕，銓爵削竄嶺表〔七〕，先生送行詩有云「名高北斗星辰上，身落南州瘴癘間」，人争傳誦，至達權臣耳，奏下江西帥司鞫治，久之，竄辰州，時紹興己巳秋七月壬午也。

先生貶八年，會權臣薨，得旨自便。先生思益苦，語益工，蓋如杜子美到夔府後詩、韓退之潮陽歸後文也。人得其片言隻字，寶藏十革，雖玉府所謂珠盤玉敦，未足爲珍。由是觀之，以文章比珠玉，未足過論。

先生自隆興癸未至乾道辛卯，凡兩賜對，對必坐，免拜，玉音諄諄，問勞欵欵，退則賜茗、藥、束帛不貲，書生之榮至矣。銓頃於榻前論先生人物云：「雖老，宰相材也。」蓋用狄梁公薦張柬之語，上不以爲過。然則上之知先生深矣，儻未死，其見用於時，殆未易量也。

乾道壬辰六月，長沙布衣劉君光祖與其弟紹祖寓書安成彭君叔夏，走千餘里抵廬陵，乞爲先生集序，固辭弗獲，遂書以畀叔夏。先生姓王名庭珪，字民瞻云。

敷文閣直學士、降授左通直郎、提舉江州太平興國宮、廬陵縣開國男、食邑三百户、賜紫金魚袋胡銓序。

（明嘉靖五年梁英刊《盧溪先生文集》卷首）

【校記】

〔一〕琢圭　四庫本作「瑑圭」。

〔二〕琢璋　四庫本作「瑑璋」。

〔三〕德也　原誤作「德天」，據四庫本改。

〔四〕愉佚　四庫本作「愉快」。

〔五〕醜虜　四庫本作「金人」。

〔六〕二人　據《戊午上高宗封事》列名王倫、秦檜、孫近，「願斷三人頭，竿之藁街」，應爲「三人」。

〔七〕爵削　四庫本二字互倒作「削爵」。

盧溪先生文集序

李、杜詩多於文，韓、柳文多於詩，世之不知者便謂多者爲所長，少者爲所短。此殆拘牽之論而非圜機之士。夫賢哲之於世，學以爲主，用之則行，其發而爲言有所謂不得已者，其將激於中而發於外者乎？即是而爲詩，即是而爲文，文即無韻之詩，詩即有韻之文，所以三百篇之美刺即十二公之褒貶。蓋本一致如此，則李、杜可名長於文，韓、柳可名長於詩，又奚可以一偏觀耶？

盧溪先生王公民瞻，江鄉大手，以詩文馳聲者蓋六七十年。其少時志尚已高，視功業如拾芥。既齟齬，則發而見諸紙上，皎如日星，鏗如金玉，芳如芝蘭，浩如江河，自然有一種奇趣。他人之所强勉，而公則信手拈來，渾然天成。公亦非有心於此，是乃所謂激於中而發於外者。其詩之多於文，非此長而彼短也。儒林於詩久以厭飫，而文乃未廣，有友劉江伯深慨然編集，詩也文也相與并行於世，然後公之所以無窮者不遺矣。書銘記序諸篇嚴厲有法，而《上皇帝書》并《盜賊》兩論，其經綸宏傑，不減陸贄、杜牧，豈徒文而已哉！伯深欲余爲序，余喜伯深之識而不可默也，書而冠其篇首。

淳熙丁未臘月甲申，朝奉郎、試右諫議大夫謝諤書。（明嘉靖五年梁英刊《盧溪先生文集》卷首）

盧溪先生文集序

紹興八年，故資政殿學士胡公以言事忤時相黜；又四年，謫嶺表。盧溪先生以詩送其行，有「癡兒不了公家事」之句，小人飛語告之，時相怒，除名流夜郎，時先生年七十矣，於是先生詩名一日滿天下。里之士愛先生者，謂詩之禍從古昭昭也，先生不戒，又欣然犯之，適以濟權臣之威，成小人之名。此先生之禍也，亦先生之過也。或曰：先生何過哉！先生言直而詩工耳。言不直，詩不工，世無傳也。世有傳矣，不見媢於明，必見媢於幽。故「庭草隨意」之詩，「空梁燕泥」之詩，「飛燕昭陽」之詩，「不才多病」之詩，言非直也，詩工而已耳。詩工而言非直，猶且小者逐，大者死，况先生之詩工而言直耶？先生何過哉！濟權臣之威，亦稔其惡，先生成小人之名，未若小人成先生之名，先生何過哉！

未幾，時相殂，先生得歸。又未幾，上踐阼初，召除國子監簿，再召除直敷文閣。年餘九十，耳目聰明，賦詩作文不見老人摧頽之氣。朝廷想聞其風，天下傳誦其詩。禍先生者何知其非福先生者乎？嗟乎！天人之理，其紊也或勝之，其定也或正之，不觀其定而觀其紊，則古之聖賢厄於小人者皆過也，獨先生之過也乎？

先生王氏，諱庭珪，字民瞻。登政和八年第，調茶陵丞，與上官不合，棄官去，隱居盧溪者五十年，自號盧溪真逸。少嘗見曹子方，得詩法。蓋其詩自少陵出，其文自昌黎出，大要主於雄剛渾大云。

清江劉清之子澄評先生之文，謂盧陵自六一之後惟先生可繼，聞者韙焉。先生之孫澮及曾孫澂及其門人劉江銓次先生之詩文，凡五十卷，將刻棗以傳，而太守朱公子淵復刻其詩於郡齋，澮屬萬里序之。萬里嘗侍先生之杖屨，聞先生之誨言者，欲辭敢哉？

淳熙戊申九月晦日，門人朝奉大夫、新知筠州軍州事楊萬里序。（明嘉靖五年梁英刊《盧溪先生文集》卷首）

重刻盧溪集序

昔人有言，文章者不朽之盛事。觀古之以文名世者衆矣，而其間有顯晦，有絶續，是豈繫乎人之好惡取捨之殊哉？君子曰：德盛者言傳，文之盛者言亦傳，故文之既晦而復顯，垂絶而復續，謂之繫乎其人文可也。寰於宋盧溪王先生之集之刻於是乎有感。

先生盧陵人，以進士釋褐爲縣僚，其詩文著於中朝，奇偉峻拔，自成一家言。用直道忤時，久不進，其文愈超詣而名益著。當是時，盧陵諸賢若丞相益國周公輩皆後出，而推遜其作，至謂可繼歐陽文忠公。

有集五十卷，刻於東岡劉氏。薦丁喪亂，世無傳焉。逮元作者輩起，無能舉先生之業者，則其文之晦而將亡可知已。我明文教日隆，學者往往知有先生之名，尊尚其述作。故吏部侍郎葉文莊公雅好先生，宦迹所至，嘗訪其集，遂獲劉氏刻本，録而藏之。寰嘗觀公著述，數有及盧溪者，知其家有是集，因借得之，間以示常熟縣令梁君，梁君許爲刻之以傳。丙戌孟夏，會我都憲静齋先生陳公出撫南畿，使節過吴中。謁見之餘，公賜燕談，因以是集請益。公曰：「盧溪文不傳久矣，兹乃卷帙完萃，靡有遺逸，是學者所欲觀，不可以不刻。」於是遂付梁侯刻之，以是歲五月入梓，八月以迄工告。

嗚呼！先生詩文如精金粹玉，雖久淪没，其輝光發越終不可掩，顧其閱二百餘年，乃獨以文莊公而獲存，逮我都憲公而復行，此非繫於所遭耶！蓋先生奥學資深而才華高妙，緣情述事，無非炳然仁義之談，而其志操端挺、氣節激昂，雖處下僚，恒以國事爲憂，竟以言語得禍，遠竄夷方，瀕於九死。之死不悔，所謂行義之士，先生其人焉！是則先生之德與文皆盛，厥所著述宜有神物相之，其卒再行，殆非苟然者。然則文之傳世，固有俟於知德知言者歟！

刻既成，梁侯屬予書集刻之始末，寰不敏，敢著先生之集所以行世以告於讀斯文者。梁侯名英，字邦彦，癸未進士。其爲邑多美政，此特其一節云。

嘉靖五年八月，崑山張寰謹序。（明嘉靖五年梁英刊《盧溪先生文集》卷末）

重刻盧溪集序

吉郡在宋中世以多賢稱，盧溪先生王氏其著者。先生名庭珪字民瞻，家於廬陵之盧溪，自號盧溪真逸。以政和八年進士歷階左朝奉郎、直敷文閣，年九十三而卒，所爲詩文甚富。既卒，其門人劉江集之，定著爲五十卷，他所著經解講義諸書又無慮數種，皆别行。而鄱陽馬氏謂先生有詩六卷，詞一卷，不言其有文集。今其詞不在集中。

蓋宋自宣政以後，小人嗣起擅國，而國事日入於敝。其波流所漸，使士或棄恒檢而爲附和，以是政理習俗不復如往時之盛，至於文詞亦寖失其舊，渾厚散而尖新出，雅正喪而侈靡競，識者病之。先生當其時，才稟絶出，於學無所不窺，其氣剛而志正，又嘗及接前輩，慨然以氣節文章自命，爲下僚數言時事利病得失。其説有行與否，而其氣直遂以昌，形之於詞，故可考焉。中間胡忠簡以言事竄嶺外，先生以詩贈行，其語顯刺孽檜。檜啣之，竄之於五溪。比檜死，乃得歸。異時名聲發聞，一日召見，賜坐殿中，温語慰藉，然卒不能用也。蓋其與世齟齬，履險處窮，節苦而思深，故得致力於文詞。

或謂先生之詩高亢清圓，名章秀句，最稱於世，文若不逮。今觀集中諸文體，雖稍變，其詞致皆雄渾雅健，要之多該物理，悉事會，不爲空言者。至爲雜文則奇麗邃博，各極其趣，殆有元祐之風焉。

韍嘗見先生之作於别録，愛之，訪其集久不獲。乙酉秋，濮陽守張君允清於故少宰葉文莊公家得録本二帙，所謂五十卷者皆在。嘗以示常熟邑令開封梁侯，侯方議刻以傳。明年丙戌夏，御史大夫静齋先生潁川公以夙望撫南服，嘗蒞崑邑，君以集呈。公謂斯文不可亡也，遂以刻事下常熟。於是梁侯蒞事惟謹，以集屬韍校勘。韍辭弗任命，顧録本出於筆吏，多謬誤。韍於其可正者正之，刓闕者仍闕以俟；其題具而文亡者，仿先儒校韓集例，别具於卷後，則王氏之集於是再行。先生奇士也，讀是集則其人之志操行業宜自得焉，是有勵於學者，其可以弗廣？非但以其詞而已！

嘉靖五年八月，常熟鄧韍謹序。（明嘉靖五年梁英刊《盧溪先生文集》卷末）

《盧溪集》七卷。直敷文閣廬陵王庭珪民瞻撰。政和八年進士。仕不合，棄去，隱居數十年。坐作詩送胡邦衡，除名，徙辰州，年已七十矣。阜陵初政，召爲國子監主簿，九十餘乃終。寄禄才承奉郎，澤竟不及後。周益公在位，欲委曲成就之，卒不可。（〔南宋〕陳振孫《直齋書録解題》卷二十，上海古籍出版社一九八七年版）

盧溪文集提要

臣等謹案：《盧溪文集》五十卷，宋王庭珪撰。庭珪字民瞻，廬陵人。政和八年進士第，調茶陵丞。與上官不合，棄官去，隱居盧溪。胡銓謫嶺南時，庭珪以詩送之，有「癡兒不了公家事，男子須爲天下奇」語，後坐是流嶺南。至孝宗朝，召對，賜國子監主簿。乾道六年，復除直敷文閣。年九十三卒。卷首載胡銓等序，後附録周必大等志狀題跋，敘述始末甚詳。生平著述頗富，有六經、《論語》講義，《易解》《語録》及《滄海遺珠》《鳳停山叢録》等書，今多散佚，惟此集猶傳。庭珪抱經濟才，鬱而未發，故雄直之氣時流露於詩文間。劉澄評其文在廬陵可繼歐陽之後。楊萬里嘗從之游，謂其詩出自少陵、昌黎，大要主於雄剛渾大，蓋亦得其近似云。此本首載古近體等詩二十五卷，次載書序及各種雜文二十五卷，其脱稿不全者則附於簡末云。乾隆四十四年七月恭校上。

總纂官臣紀昀、臣陸錫熊、臣孫士毅，總校官臣陸費墀。（影印文淵閣四庫全書集部四）

王庭珪《盧溪詞》世無刊本，今所傳嘉靖本《盧溪集》不收。平生所見有吴訥《四朝名賢詞》本及毛斧季校《紫芝漫鈔》本。兹據毛本以校吴本，并旁搜《花庵詞選》《歷代詩餘》《欽定詞譜》諸書，參訂如下。康熙間，朱彝尊、沈辰垣等尚及見之。同、光以後，王、朱諸氏校刊叢書均未列人，蓋隱晦者非一日矣。萬里記。（趙萬里《校輯宋金元人詞·盧溪詞輯本題記》）

三　有關題跋與題詠

周益公贊王盧溪畫像

嘲弄萬象，雕琢太和。不見詩人，未老鬢皤。先生九十，乃爾顏酡。窮則追澤畔之吟，達則和沛中之歌。人徒見其善者機，吾獨謂之水盈科〔一〕。蓋風披而文成，非日鍛而月哦。後此雖千二百歲可也，彼造物者其如予何。（明嘉靖五年梁英刊《盧溪先生文集》卷首）

【校記】

〔一〕水盈科　《省齋文稿》卷九作「井無波」。

跋王民瞻送胡邦衡南遷詩

有澹庵壓嵩岱、排淮泗之舉，然後可以發盧溪穿天之心、造月窟之詩，不如是不稱二絕。澹庵授之從弟廉夫鍔，廉夫復授其子渙，所謂文獻相承衣鉢單傳者。若能刻石，人授之本，則法周沙界矣。慶元丙辰

四月十四日。（〔南宋〕周必大《益公題跋》卷二，津逮秘書本）

跋王民瞻詩

人年八九十，語必諄諄，雖衛武公未免蹈此，懿戒最詳於二《雅》是也。盧溪丈人年至矣，而益清壯簡古，如揮魯暘之戈，日可再中，其壽豈量耶！安復隨高坐，出示此篇，知予非紹貂手，苦求跋語，爲題其後，使携歸爲丈人賀。乾道丁亥正月二十二日。（〔南宋〕周必大《益公題跋》卷九，津逮秘書本）

跋王民瞻楊廷秀與安福彭雄飛詩

瀘溪王公主廬陵文盟者六十年，繼之者今誠齋楊監廷秀也。觀二公品題彭君如此，則其學問文采可知矣。袖書過我，欲默不可，請爲祝辭，附名於左：惟瀘溪年近期頤而筆不衰，予祝雲翔他日與之齊。誠齋仕都顯美而進未止，予祝雲翔他日踵其趾。豈特毋負二公之言，亦庶幾鄉里斯文之得其傳乎！紹熙改元。（〔南宋〕周必大《益公題跋》卷一一，津逮秘書本）

韓子蒼跋王盧溪題宣和御畫詩

自古正人端士一飯未嘗忘君，又況形於歌詠贊美聖德之大者。今觀王某所作宣和殿御筆鵲圖詩，甚

於痛哭觀圖〔一〕，足見憂國愛君之切深至於此爾。凌陽韓駒書。（明嘉靖五年梁英刊《盧溪先生文集》卷首）

【校記】

〔一〕甚　原誤作「其」，據四庫本改。

胡明仲跋王盧溪盜賊論

王民瞻常以《盜賊論》獻江西大帥李相公，盡得盜賊根柢蹊隧，大帥欲用其言而以宫祠去矣，時紹興七年也。二十二年，虔兵逐刺史，閉城以叛，平時帶刀執檛立刺史庭下者，果回應也。雖朝廷遣兵掃滅俱盡，而諸將争上功狀。使當時用其策而禍消於無，冥冥之中則民瞻之言亦無以取録，所謂曲突徙薪，無恩澤焦頭爛額爲上。客歎息久之。余自嶺南歸，聞其事，遂取《盜賊論》題其後。紹興丙子孟夏望日，武夷胡寅書。（明嘉靖五年梁英刊《盧溪先生文集》卷首）

謝諤艮齋跋王盧溪手簡

彭君夢協出示盧溪先生舊帖，末後語諸甥就學必有事業，意蓋可知。今觀夢協氣宇不凡，論議合理，文筆藻麗，志在青雲，當不負老先生之觀矣。紹熙二年四月二十四日。太平興國散史桂山謝諤書。（明嘉靖五年梁英刊《盧溪先生文集》卷首）

楊文節公誠齋跋王盧溪手簡

盧溪先生以詩取老檜之嗔，二沈希其意，出力擠先生以策元勛，竟何成耶？先生料其不三年必有大咎，未幾，果若其言。又四年，檜亦殪。古語云「前車覆，後車戒」。嘉泰壬戌人日後五日，門人楊萬里敬書帖尾而歸之其宅相彭夢協云。（明嘉靖五年梁英刊《盧溪先生文集》卷首）

李子賢跋王盧溪手簡

盧溪王先生天下之士也，晚而後遇，雖不顯用於時，然持正不屈，聞者猶能興起於數十年之後。比得安成劉君伯深所編文集，觀其詞采議論，已足以知其胸中之所存。彭君夢協於公爲外孫，家藏有墨迹，乃貶夜郎時往來書問，言語鄭重，字畫端正，可以爲法矣。至其自處，謂如東坡先生在黄州時，又謂處此泰然，無毫髮可慮之事，則又知其所守之定，雖困沮無聊而不變也。慶元己未冬十月望日，廬陵簿領李東子賢書。（明嘉靖五年梁英刊《盧溪先生文集》卷首）

楊長孺跋王盧溪手簡

歲在乙酉秋八月二十五日，大志彭君名靖字安國來訪余，示以盧溪先生王公家書十紙，與曾祖親家諱安衡字仲平者三，與其祖諱飛字凌雲者六，與其祖母女百八娘者一，皆先生謫居辰州時帖也。其辭有云，朱守郡城西安福寺見借舍宇明快，度夏極凉，寄猿皮一番與阿儀作劇，歡愉安適，無半點羈人遷客之氣者。山谷先生謫黔州，有家書與天民知命，云吾在此甚安，所居在南寺摩圍閣，閣正對摩圍峰，蜀人呼天爲圍，屋極寬潔瀟灑，冬温夏凉，風物似江西。寄荔枝二百，糖獅六枚，蘗橙蘗橘糖霜三罐與孩兒甜口兒。兩先生言動，殆晉人所謂將無同者耶？想嘉人爲之太息，敬書其後而歸之於安國。朝奉大夫、直華文閣楊長孺書。（明嘉靖五年梁英刊《盧溪先生文集》卷首）

歐陽玄跋盧溪先生手簡

余客族侄秉彝家贅倩彭君益謙，出其曾大父夢協所得冰霜翁王盧溪先生復往書札，跋者爲艮齋謝公、誠齋楊公、某子伯子。藹然前輩風誼，見於筆墨。盧溪謫所書兩幅尤見居艱險如平夷，宜與忠簡齊名於百世也。至正壬子十一月二十一日，冀郡歐陽玄跋。（明嘉靖五年梁英刊《盧溪先生文集》卷首）

跋宋王盧溪先生遺墨

古人去我已遠，誦其言可以想見其人，况得其手跡而觀之，其風度宛然在目中矣。安成彭氏家藏宋王盧溪先生十簡，寬幸預觀。雖紙敝墨渝，而此老正氣勃勃可挹。蓋餘三百年於此，豈亦贈胡忠簡之語所謂江山護持者耶？彭之遠祖母出於盧溪，凡書問所及，其間可以爲訓者，世守不失，故自將仕公十傳至浙江僉憲，生四子，其三登甲科，并顯於朝。蓋讀書種子，自外族而來者，深且遠矣。簡後題識數十家，其

説已悉。職方主事禮字彦恭者，僉憲之季子也，以寬有同年之好，俾復書之。（〔明〕吴寬《家藏集》卷第五十，文淵閣四庫全書本）

次王民瞻贈覺梵二首

腹稿欲成聊假卧，寒松疏磬仍相左。不容開府占清新，雲裏江梅蕚初破。奇芬還似暗香浮，全勝風光泛蘭些。玉川昔訪長壽寺，石壁留題如此作。珊瑚炫轉光奪目，含曦一讀忘飢餓。便堪高躡詩將壇，紛紛誰可克參佐。韋莊豈免贈巾幗，格嫩更遭脂粉涴。

修竹幽蘭伴高卧，新詩不待江山左。原注：韻注與助字。開緘快讀耳目醒，睡魔奔迸愁城破。懸知大手千人英，且擬二招吟只些。原注：二招謂招魂、大招。暫時雖現宰官身，百事疏慵無所作。郊居未敢厭岑寂，且烹杞菊充朝餓。勸兄不須夢惠連，鄙句安能婉如佐。冰壺玉椀幸無瑕，莫使游塵得輕涴。（〔南宋〕劉才邵《㮣溪居士集》卷二，影印文淵閣四庫全書本）

次韻王民瞻題慧門院二首

亂后身重到，醉中暫禪逃。蓮闕無泣象，鷲嶺不傾鼇。原注：文選賦云，鼇雖仆而不傾。井邑劫灰在，霜林秋氣高。更須資法雨，一爲洗弓刀。

亂兵如穴蟻，攘攘欲何逃。肆毒空揺蠆，支傾已斷鼇。上方塵不染，北極勢元高。佩犢知難久，紛紛已賣刀。原注：近聞諸處寇盗悉受招安，故有是句。（〔南宋〕劉才邵《㮸溪居士集》卷三，影印文淵閣四庫全書本）

次韻王民瞻

野外蕭條供給稀，愧煩車馬顧柴扉。正憐習懶成癡鈍，欲使乘時試奮飛。高義杉松度冰雪，好詩星斗轉璿璣。如公亦豈宜深隱，早晚光芒動少微。（〔南宋〕劉才邵《㮸溪居士集》卷三，影印文淵閣四庫全書本）

爲王監簿先生求近詩

林下詩中第一仙，西風吹到日輪邊。杜陵野客還驚市，國子先生小著鞭。拈出老謀開宇宙，本來清尚只雲泉。新篇未許兒童誦，但得真傳敢浪傳。（〔南宋〕楊萬里《誠齋集》卷二，影印文淵閣四庫全書本）

送王監簿民瞻南歸庭珪

潮頭打雲雲不留，月波潑窗窗欲流。夜寒報晴豈待曉，天公端爲盧溪老。盧溪在山不知年，盧溪出山即日還。黄紙苦催得高卧，青霞成癖誰能那。詔謂先生式國人，掉頭已復煙林深。路旁莫作兩疏看，老儒不用囊中金。（〔南宋〕楊萬里《誠齋集》卷二，影印文淵閣四庫全書本）

贈王婿時可

忠襄先生有賢甥，盧溪先生有賢孫。只今二十能綴文，超然下筆如有神。忠襄大節争日月，盧溪清風敵霜雪。兩家不是無家法，何須外人問衣鉢。老夫卧病南溪旁，芙蓉紅盡菊半黄。子來問訊維摩詰，分似家風一瓣香。（〔南宋〕楊萬里《誠齋集》三十八，影印文淵閣四庫全書本）

詩人王季廉挽詩

手探盧溪頷下珠，詞林再嘯老於菟。不餐煙火惟存骨，吟殺江山失却鬚。錦里鶯花餘故宅，灞橋風雪入新圖。只今醉卧長松下，猶要熊兒捉轡無。（〔南宋〕楊萬里《誠齋集》卷三十六，影印文淵閣四庫全書本）

贈彭雲翔長句

讀書臺邊士如雲，盧溪門下士如麟。定知此地難爲士，後來之秀説彭子。雪裏能來訪我爲，當堦下馬雪滿衣。贈我文章無不有，出入歐蘇與韓柳。如今場屋號作家，相州紅纈洛中花。豈如彭子有律令，會當一書取張景，今年誰子司文柄。（〔南宋〕楊萬里《誠齋集》卷五，影印文淵閣四庫全書本）

跋王民瞻某文

「周生述孔業，祖謝響然臻」，此淵明語也。民瞻一振馬隊之遺風，人欽趨之，所謂從善如登者耶，淵明不欺矣。（〔南宋〕胡銓《胡澹庵先生文集》卷二三，清乾隆二十二年裔孫胡澐等刊本）

四　佚句佚文

凌波亭，《明一統志》：在府城南，瞰江，宋時建。王庭珪詩：嵐光浮水面，濤影撼城陰。（清雍正《江西通志》卷三十九「古迹」，雍正十年刊本）

庭珪近略申賀禮。伏蒙台慈謙尊，賜以聯銜，口勑飛動，光生蓬甕。兼蒙頒惠名樽羊麵，疊拜公厨之饋，有靦面目，下情感悚而已。右謹具呈。左承奉郎、主管台州崇道觀王庭珪劄子。（《頒惠帖》，上海書法館藏）